비밀 95＋ε (엡실론)

잃어버린 시간과 카페

이상우·노원 외

명지사

책 머리에

이상우

□책 머리에

추리소설 시장이 90년대 들어 크게 확대되긴 했지만, 밀물처럼 쏟아져 들어오는 번역물로 인해 국내 작가들의 활동이 미약해 보이는 것은 사실입니다.

하지만 최근에 국내 추리소설이 조용한 가운데 약진하고 있고, 외국소설 못지 않은 훌륭한 작품들이 선을 보이고 있는 것은 자긍심을 가질 만합니다.

이러한 추세에 발맞춰 한국추리작가협회에서는 매년 회원들의 단편들을 모아 작품집을 내고 있습니다. 월간 추리잡지 〈미스터리 매거진〉이 창간되어 지면이 넓어졌다고는 하나, 아직 단편추리소설이 경제적인 효용 가치를 인정받지 못하고 있는 시점에서, 이렇게 베테랑 작가들과 신예 작가들의 다양한 작품을 모은 앤솔로지를 발간하게 된 것은 뜻깊은 일이라 아니할 수 없습니다.

의외로 단편에서 추리소설의 재미를 만끽할 수가 있습니다. 짧은 구성과 긴박한 묘사에서 의외의 반전으로 이어지는 호흡은 역시 짧은 것이 제격일 것이기 때문입니다.

헨리 슬레사나 아토다 다카시 같은 단편의 대가들은 그 작품의 수준에서 가히 명성을 얻고도 남음이 있습니다. 하지만 그들이 단편작가라는 점이 마이너스 요인이 되어 대중적으로 알려지지 않은 아쉬움이 있습니다.

그런 현상은 국내에서도 마찬가지여서 장편추리소설을 대상으로 한 시상식은 있지만, 단편소설을 대상으로 한 상은 아직 없는 실정입니다.

명지사에서 매년 발간되는 단편집을 계기로 여건이 성숙되는 대로 우수 단편에 수여되는 상이 조만간 마련되었으면 하는 바램입니다.

올해는 17작가의 17편이 독자들을 기다리고 있습니다.

즐겁게 읽어주시기 바랍니다.

1994년 10월

한국추리작가협회
회장 이 상 우

6

비밀 95+ε (엡실론)
잃어버린 시간과 카페

─────────

차 례

아내의 남자들

이상우

• 이상우
경남 산청 출생.
한국일보 편집위원,
스포츠서울 초대 편집국장,
서울신문 전무이사 등을 역임.
현재 한국추리작가협회 회장,
국제펜클럽 한국본부 이사,
중앙대 대학원 강사 등을 맡고 있음.
주요작품
「악녀 두번 살다」,「화초 밤에 죽다」,
「안개도시」,「악녀시대」,「컴퓨터 살인」,
「모두가 죽이고 싶던 여자」,「마지막 숙녀」,
「악녀와 함께 여행을」,「북악에서 부는 바람」 외
중·단편 백여편.

아내의 남자들

그가 일러준 대로 후방 아파트는 범어동 로타리서 수성못 쪽으로 돌아서 50여 미터 떨어진 곳에 있었다. 밖에서 얼른 보기에는 20층도 훨씬 넘어 보이는 고층들이 수십동 들어서 있었다.

추경감은 겨우 7동 707호를 찾아냈다. 현관에 경비실은 있는데 사람은 아무도 보이지 않았다. 추경감이 엘리베이터를 타고 7층 버튼을 눌렀으나 불이 켜지지 않았다. 7층만 켜지지 않는 것이 아니라 홀수층은 모두 듣지 않았다. 한참 뒤에야 추경감은 엘리베이터가 두 층에 한 번씩 선다는 것을 알았다.

추경감은 하영구 경감의 얼굴을 눈앞에 그리며 엘리베이터에서 내렸다. 하영구 경감, 지금은 은퇴해서 손자들이나 봐주고 있지만 왕년에는 날리던 강력계 민완 형사였다. 그와 추경감은 10여 년 전 경북 도경에서 2년 간 함께 근무한 일이 있다. 하경감은 은퇴했지만 추경감은 아직 현역으로 서울 경찰청에서 일하고 있었다. 모처럼 휴가를 얻어 대구에 왔다가 옛날 동료 하영구씨의 아파트를 찾은 것이다.

"707호라……."

추경감이 혼자말을 하며 아파트 초인종을 눌렀다. 그러나 아무런 기척이 없었다. 현관 손잡이를 돌려보았다. 희한하게도 아파트 문은 열려 있었다.

추경감은 자기가 온다는 것을 알고 있는 하경감이 문을 열어놓은 것으로 생각하고 거실로 성큼 올라섰다.

"하경감!"

추경감은 나직한 목소리로 불렀다. 실로 몇 년만에 만나는 동료였다. 그러나 아무 대답이 없었다.

"아이, 아……."

하경감이 대답 대신 여자의 신음 소리 같은 것이 들렸다. 추경감은 정신이 번쩍 들었다. 온몸의 세포가 갑자기 잠에서 깨어나는 것 같았다. 직업 의식이 되살아난 것이다.

추경감은 숨소리를 죽이고 벽에 붙어서며 몸을 숙였다.

"아아, 아아……."

여자의 다급한 목소리는 아까보다 더 높아졌다. 그러나 여자의 신음 소리만 들리는 것이 아니었다. 간간이 남자의 신음 소리도 섞여 들렸다. 추경감은 남자와 여자가 서로 죽기 아니면 살기로 격투를 벌인다고 생각했다.

추경감은 소리나는 쪽으로 발자국 소리를 죽이며 다가가 보았다. 신음 소리는 방안에서 나는 것 같았다.

추경감이 살며시 도어 실린더를 돌리고 문을 살그머니 열었다.

옥!

추경감은 방안에서 벌어지고 있는 뜻밖의 광경에 하마터면 소리를 지를 뻔했다.

방안 침대 위에서 남녀가 어울려 대낮의 정사를 벌이느라 정신이 없었다. 추경감이 방문을 연 것도 물론 모르고 있었다.

실오라기 하나 걸치지 않은 남녀는 침대 위에서 아무것도 덮지 않은 채 땀투성이가 되어 그 짓을 하고 있었다. 사나이보다 여자가 내뱉는 절정의 고통(?)스러운 신음 소리가 더 요란했다. 단단한 어깨 근육에 땀이 송송이 밴 사나이는 얼핏 보아 30대 초반 정도로 보였다. 사나이에게 깔리다시피 한 여자는 얼굴이 반쯤 사나이의 어깨너머로 보였는데, 20대 후반이나 30대 초반쯤으로 보였다.

희고 윤기나는 피부와 선명한 이목을 갖춘 여인도 땀과 환희로 일그러진 얼굴을 하고 있었으나 대단한 미인이라고 추경감은 생각했다.

커튼도 활짝 열어둔 창문으로 뉘엿한 햇빛이 쏟아져들어와 남녀의 나신이 눈부실 지경이었다. 켜져 있는 텔레비전에서는 윔블던 테니스 결승전을 중계하고 있었다. 거기서도 열기가 쏟아졌다. 침대 밑에는 남녀가 급히 벗어던진 듯한 옷가지들이 어지럽게 널려 있었다. 검정색의 여자 브래지어와 손바닥만한 팬티도 남자의 속옷들과 섞여 있었다. 산만하게 방바닥을 어지럽힌 옷가지 중에도 남자의 줄무늬 팬티가 눈에 띄었다. 초록색 바탕에 흰 줄과 검은 줄이 가늘게 쳐진 그런 팬티였다.

보통의 남자들은 잘 입지 않는 멋쟁이 속옷이었다.

추경감은 시계를 보았다. 4시 10분 전이었다.

이런 대낮에 누가 들어와도 모를 정도로 정사에 몰두한 남녀라면 정상적인 부부가 아닐 것이란 생각이 들었다.

추경감이 호기심어린 모습으로 그들의 정사를 훔쳐보고 있는 동안, 그들은 전혀 인기척을 느끼지 못한 채 그들의 천국을 향해 달리고 있었다.

여자의 신음 소리가 절정에 이른 듯 더욱 커지면서 두 사람은 최후의 몸부림을 쳤다.

추경감은 도어를 다시 닫고 돌아섰다. 자기가 찾아온 집이 진정 하영구의 집이라면 저 사람들이 이 집 식구임이 분명할 것이란 생각이 들었다.

추경감은 재빨리 그 아파트에서 도로 나왔다. 밖에 나와 아파트의 호실을 다시 보았다. 그제야 추경감은 자기가 실수한 것을 알았다. 그 아파트는 707호가 아니고 708호였다. 승강기에서 내려 위로 반 계단을 올라가면 708호이고 밑으로 반 계단을 내려가면 707호였다.

"야, 이게 정말 얼마 만이야!"

하영구 경감은 추경감을 보자 어깨를 얼싸안고 서양 사람들이 하는 것 같은 짓을 하며 반가워했다.

"아주머니는?"

추경감이 정갈하게 단장된 거실에 올라가 소파에 앉으며 물었다.

"응, 시장보러 좀 갔다네. 추경감이 온다는데 그냥 있을 수 있나. 우리 대구 하숙 시절에 잘 먹던 물오징어 사러 갔다네. 야, 정말 우리가 대구서 만난 것이 몇 년 만이야! 꼭 28년 전이더군 그래!"

"계산 한 번 야무지게 했네. 그러고 보니 강산이 세 번 변했군 그래. 근데 오면서 거리를 보았더니 어디가 어딘지 통 분간이 안 가더군. 우리가 자전거 타고 낚시 다니던 효목동, 범어동 논두렁이 모두 빌딩숲이 되었더군 그래."

그들은 공무원 생활의 고달픔과 보람을 이야기하면서 시간 가는 줄 몰랐다. 밖이 어둑어둑해질 무렵 외출에서 돌아온 하경감의 딸이 이상한 소식을 전했다.

"아버지, 요 위층 아파트에서 사건이 났다캐요."

하경감을 닮아 피부색이 하얀 대학생 딸이 억센 경상도 사투리로 말했다. 사건이라는 말에 추경감도 하경감도 귀가 쫑긋해졌다.

"사건? 무슨 사건……."

추경감이 다잡아 물었다.

"누가 죽었다카는 거 같던데요."

"죽어? 누가 죽어? 왜?"

추경감은 딸애의 얼굴을 뚫어져라 쳐다보며 물었다. 그러다가 그는 자기가 지금 휴가 중인데 설사 살인사건이 났다고 한들 어쩌겠느냐는 생각도 했다. 더구나 여기는 자기 관할 구역도 아닌 대구라는 것을 떠올리며 어깨에 힘을 빼고 고개를 숙였다.

"뭐야? 그럼 그 집 아주머니가 죽었단 말이야?"

하영구가 바짝 긴장된 표정으로 다그치듯이 물었다.

708호라는 말에 추경감도 눈이 번쩍 뜨였다. 조금 전에 본 뜨거운 정사 장면이 눈앞에 선명히 떠올랐다.

땀과 흥분으로 흥건히 젖은 희고 육감적인 그 여인. 환희의 신음을 내뱉으며 사나이를 껴안고 몸부림치던 모습이 눈에 선했다.

추경감은 그들의 정사 장면에서 예사로운 부부의 사랑 모습보다는 어쩐지 비정상적인 무엇이 있을 것이라고 생각했는데 불행하게도 그 생각이 적중하는 것 같았다.

"708호 아주머니라면…… 나이가 얼마나 되었나?"

추경감이 하영구를 보고 물었다.

"나이? 글쎄 한 서른 되었을까?"

하영구가 자신 없이 말했다.

"올해 스물아홉이라캅디더. 하긴 그 여자, 작년에도 스물아홉이라카던데……."

딸아이가 대신 대답했다.

"얼굴이 계란형의 미인이고 살결이 서양 여자처럼 하얀 아주머
니지?"

추경감이 두 부녀를 향해 물었다.

"아니, 추경감이 아는 여자야?"

하영구가 눈을 크게 뜨고 물었다.

"뭐 안다기보다는…… 조금 전에 내가 만났지……. 아, 글쎄 말
야……."

추경감은 이야기를 끄집어내려다 딸아이의 얼굴을 쳐다보며 입
을 다물었다.

"그 아줌마를 만나?"

그러나 추경감은 차마 뜨거운 장면을 훔쳐보았다는 이야기를 할
수 없어 그냥 우물쭈물 넘기고 말았다.

추경감이 그 집에서 물오징어회를 반찬으로 저녁을 먹을 때였
다. 텔레비전 뉴스에 708호 여인 사건이 보도되었다.

이름은 백지숙, 나이 서른두 살, 5년 전에 결혼했으나 아직 아기
는 없다고 했다.

남편 표인식은 백지숙보다 열한 살이나 많은 마흔세 살. 건설회
사 기획실장으로 근무하고 있었다. 백지숙도 결혼하기 전까지는
그 회사 경리직원이었다고 한다.

백지숙은 자기 스타킹으로 목이 졸려 죽었다고 했다. 죽은 시간
은 이날 낮 5시께라고 텔레비전서는 보도하고 있다.

추경감은 낮의 정사 모습을 다시 떠올렸다. 침대 위에서 땀투성
이가 되어 여자를 공격하던 사나이의 모습이 떠올랐다. 여자 위에
엎드려 있었기 때문에 얼굴을 선명히 보지는 못했으나 미남형의
얼굴에 30대 초반쯤 되었으리라고 생각했었다.

어쩐지 그 사나이는 남편 같지 않아 보였다. 그렇다면 그 자가

정사 끝난 뒤 여자를 죽였을 가능성이 대단히 컸다. 추경감은 자기가 마치 사건의 열쇠를 가지고 있는 사람처럼 생각되었다.

"하형, 실은 말이야 오늘 낮에……."

추경감은 어쩌면 불륜 관계일지도 모르는 남의 정사 장면 목격담을 털어놓았다.

"그래? 그 라이브쇼, 나도 좀 보게 하지 그랬어? 하하하…… 그건 농담이고…… 자넨 지금 휴가 중인데 어떻게 하지?"

"그래도 나는 아직 현직 경찰관 아닌가? 여기가 어느 경찰서 관할이지?"

추경감이 아무래도 그냥 있을 수 없다는 듯 옷을 챙겨 입으며 말했다.

"내가 경찰서까지 데려다 줌세."

하영구도 말리려고 하지 않고 일어서서 옷을 챙겨 입었다.

이렇게 해서 추경감은 엉뚱한 사건에 말려들게 되었다. 말려들게 되었다기보다는 목격자겸 수사관 역할을 하게 되었다. 몇 년만에 얻은 5일 간의 휴가를 이 일로 망치게 되었다고 생각했다. 그러나 그렇게 기분이 나쁘지는 않았다.

수성 경찰서에 설치된 수사본부는 추경감을 구세주 만난 듯 반가워했다.

추경감은 이튿날 사건 기록 일체를 읽어 보았다.

백지숙과 정사를 벌인 그 남자는 추경감의 육감대로 남편은 아니었다. 남편 표인식은 그 시간에 회사에서 아파트 공사 하자 보수 문제 때문에 회의를 하고 있었다. 표인식이 집에 돌아온 것은 저녁 7시께였다. 부검 보고서가 말해 주는 피살 시간과는 2시간의 시차가 있었다. 그가 그 시간보다 늦게 집에 돌아왔다는 것은 증명이 되어 있었다.

한 가지 께름칙한 것은 그녀의 몸에서 채취된 정액에서 밝혀낸 상대 남자의 혈액형은 A형이라는 것이었다.

그것은 낮에 정사를 벌인 남자도 그녀의 남편과 같은 혈액형이라는 뜻이 되어 그것이 남편의 것인지 다른 남자의 것인지 알 수 없다는 것이었다.

"집에 부인 말고 머물러 있는 사람이 있었습니까?"

반쯤 정신이 나간 채 경대 병원 영안실에 앉아 있는 표인식을 보고 추경감이 물었다. 그는 한참 동안 추경감을 쳐다보고 있다가 고개를 저었다. 그는 마흔셋이라는 나이보다는 훨씬 더 늙어 보였다.

주위 사람들의 이야기는, 늦게 장가를 든 그는 아내를 끔찍히 사랑했다고 한다. 이 세상에서 가장 착하고 가장 아름다운, 오직 한 사람의 여인이 있다면 그 여자가 바로 아내 백지숙이라고 늘 말해 왔을 정도였다.

추경감은 그의 아내가 대낮에 외간 남자를 끌어들일 정도로 타락한 배신자라는 것을 알면 미쳐버릴지도 모른다고 생각했다. 추경감은 수성서 수사팀장에게 자기의 정사 목격 사실을 수사반 외의 사람들에겐 알리지 말도록 특별히 부탁을 했다.

추경감은 며칠 동안 보관되어 있는 사건 현장을 다시 가보았다. 그가 그날 낮에 본 상황과 별로 달라진 것이 없었다. 주인공이 없는 침대와 흩어진 여자의 겉옷가지 몇 개만 아무렇게나 놓여 있었다. 백지숙은 그날 침대 밑에 떨어져 있던 검정색 팬티와 브래지어만 입은 채로 방바닥에 반듯이 누워 죽어 있었다고 했다.

추경감은 그녀의 소지품들을 차근차근 조사해 보았다. 일기장, 가계부, 전화번호, 메모책 같은 것을 세밀하게 뒤져보았다.

"수상한 전화번호는 다 체크해 보았습니다. 두어 군데 미심쩍은 데가 있어 수사가 진행 중입니다."

추경감과 한 조가 되다시피 하여 어디든 같이 다니는 장형사가 말했다. 그도 그럴 것이, 추경감은 정식 수사요원이 아니었기 때문이다.

추경감은 백여인이 외출할 때 들고 다녔다는 리나리치 상표가 붙은 고동색 핸드백을 발견하고는 열어보았다. 핸드백을 거꾸로 들고 바닥에 내용물을 쏟아부었다. 손수건, 화장지, 지폐, 간단한 화장품 등 잡동사니들이 쏟아져나왔다.

"이게 뭐야?"

그 잡동사니 속에서 추경감은 약품이 든 것 같은 작은 포장통을 집어들었다.

"후후후…… 그건 콘돔인데요."

보고 있던 장형사가 웃으며 말했다.

"가정 주부가 외출할 때 이런 걸 갖고 다닐 필요가 있을까?"

추경감도 쓴웃음을 지었다.

"세상이 아무리 달라져도 변해서는 안 되는 윤리와 진리가 있는 법이야."

추경감은 장형사의 말허리를 끊고 단호하게 말했다.

"하긴 표인식 같은 일편단심 남편이 지 여편네가 어떤 여잔지 알았다카모……."

추경감은 현장에서 그럴 만한 단서는 아무것도 발견하지 못했다.

이튿날 수시회의가 열렸을 때 추경감은 옵서버 자격으로 참가했다. 수사회의에서는 몇 사람의 인물을 떠올렸다. 용의자라고는 할 수 없는 인물들이었다.

첫째로 백지숙의 수첩에 전화번호가 적혀 있던, 자동차 서비스 센터를 하는 김윤구라는 사람이었다. 그러나 그는 백지숙을 모른다고 딱 잡아떼다가 그냥 아는 사이라는 둥, 학교 때 친구라는 둥 엉뚱한 소리만 했다. 백지숙은 물론 자동차를 가지고 있지도 않았고 운전면허도 없었다.

두 번째는 남편 표인식과 같은 회사에 근무하는 석정기라는 사람이었다. 나이 서른네 살의 노총각으로 표인식의 직장 부하인 동시에 한때 백지숙과도 동료 사이였다. 석정기와 백지숙이 회사 근처에서 몰래 만나는 것을 목격했다는 동료가 두 사람이나 있었다.

세 번째는 같은 후방 아파트 6동에 사는 박평대라는 청년이었다. 일정한 직업이 없이 아버지에게서 돈을 타다 쓰는 미혼 건달인데, 백지숙과 볼링장에 몇 번 같이 다녔다고 백지숙의 친구가 증언했다. 그때 두 사람은 아주 심한 야한 농담도 스스럼없이 하면서 서로 몸을 부딪치는 장난을 자주 하더란 것이다.

네 번째, 남편 표인식은 확실한 알리바이가 있기 때문에 용의자가 되기에는 무리가 있었다.

"현장에서 채집한 유류물들은 어떻게 되었나?"

수사팀장 한경정이 물었다.

"감식반과 국과수 회신이 와 있습니다만……."

국과수란 국립과학수사연구소를 말한다.

"현장서 채집한 모발 12개, 체모 8개는 백지숙과 남편 표인식의 것이 대부분이고, 모발 2개와 체모 1개만이 누구껀지 모르는기라예."

장형사가 억센 사투리로 보고를 계속했다.

"그건 혈액형도 A형이 아닌 O형인기라예. 그러니까 범인은 O형인 혈액형을 가진 놈이라고 봐야지예."

"다른 건 뭐가 있었어?"

장형사가 커다란 목소리로 말했으나 한경정은 침착하게 물었다.

"그 집 부부끼 아인 지문을 침실 실린더와 현관 실린더에서 따냈는데 도대체 누구낀지 알 수 없어예."

"전과자들과 대조해 보았어?"

"장사 한두 번 하는기요."

추경감은 그것이 자기의 지문일 거라고 생각했다. 적당한 때 밝힐 생각이었다.

현장에서 채집된 모발이 O형이라면 그것은 그날 정사를 벌이던 30대 사나이의 것이 아니라는 뜻이 된다. 백지숙의 몸에서 나온 정액은 A형이었기 때문이다.

그날 낮 4시께 백지숙을 찾아온 30대 사나이가 뜨거운 정사를 벌인 뒤 이해 관계가 얽혀 말싸움을 벌였다가 격해져서 그녀를 목졸라 죽였다면, 살인자와 정사를 벌인 자는 동일인이라는 흔적이 있어야 한다.

여기서부터 들어맞지 않아 수사는 난관에 부딪혔다.

추경감은 장형사와 함께 용의선상에 떠오른 세 남자를 차례로 만나보았다. 먼저 찾아간 사람은 건설회사 직원이며 표인식의 부하인 석정기였다.

동인동에 있는 건설회사의 지하 다방에서 그들은 마주 앉았다. 추경감이 옛날 대구 근무 시절 하숙집이 이곳에 있었는데 그때의 국민주택은 간 곳이 없고 빌딩이 서 있었다.

"제 혈액형이 뭐냐구요? O형이라예. 와 내가 수상하다 이겁니까?"

장형사의 질문에 그는 퉁명스럽게 대답했다. 어깨가 딱 벌어지고 단단한 체구에 미남형의 얼굴이었다. 추경감은 그날 뒷모습으로 본 정사의 남자와 연관시켜 보려고 애를 썼으나 그 남자라고 단언할 수는 없었다.

"수상해서 그런 게 아니고 범인을 잡기 위해 참고 말씀을 드리려
는 겁니다."
추경감이 그를 안심시킨 뒤 다시 질문을 했다.
"백지숙씨와는 자주 만나셨나요? 요 건너편 일식집에 가끔 왔다
던데요."
추경감이 그의 감정을 자극하지 않도록 조심스럽게 물었다.
"자주라기보다 몇 번 점심 같이 한 일 있심더. 표실장님 만나러
왔다 공치는 날 나랑 밥묵은 일 있심더."
그는 추경감이 알고 하는 말에 약간 기가 죽은 것 같았다.
"백지숙씨 아파트에 가본 일 있습니까?"
"우리 실장님 아파튼데 가본 일 없겠습니꺼."
석정기는 약간 긴장된 표정으로 대답했다.
"표인식씨와 백지숙씨는 나이 차이가 많던데 어떻게 결혼하게
되었나요?"
"글씨 말입니더. 나이 차이도 열한 살이나 난다 아입니꺼. 백지
숙씨가 우리 회사 다닐 때는 인기 좋았심더. 인물 좋지, 여성답
게 나긋나긋하제…… 여러 남자가 주민증 내밀었지만서도 최후
의 승리는 엉뚱한 사람이 한기라예. 하긴 미끼가 좋았응께……."
석정기는 탄식을 하듯 줄줄 말을 뱉어냈다.
"미끼가 좋다니오?"
추경감이 되물었다.
"표실장님 집이 이름난 경산 부자 아입니꺼. 게다가 둘째아들에
다…… 사람 하나 진실되기로 회사에서 이름났지요. 하지만 사
내치고는 쪼다 아입니꺼. 그래서 마흔이 다 되도록 장가를 못 들
고 있었다 아입니꺼. 거기 비하면 미스 백은 오감타 이거 아입니
꺼."

석정기는 '꺼'라는 발음을 유난히도 많이 쓰면서 말했다.

"백지숙씨의 평소 태도는 어땠나요?"

"평소 태도라니오?"

석정기가 다소 경계하는 듯한 목소리로 되물었다.

"회사 다닐 때 매너라든가, 남녀 관계라든가……."

추경감이 우물쭈물 말을 주워담았다.

"누구한테 무슨 이야기를 들어서 그카는지는 모르지만요 백지숙씨는 알고 보면 그런 여자가 아잉기라요."

그는 지레짐작을 했는지 엉뚱한 소리를 했다.

"알고 보면? 모르고 보면 어떤 여잔데?"

장형사가 석정기의 말꼬리를 물고 늘어졌다.

"마, 그만두입시더."

석정기는 자기가 실수했다고 생각했는지 입을 다물어버렸다.

추경감은 그와 헤어져 나오면서 곰곰 생각했다. 그는 백지숙에게 대단히 호감을 가지고 있었으나 범인이라고 단정할 근거는 없었다.

추경감은 다시 후방 아파트 6동에 사는 박평대를 찾아가 보았다. 그는 혼자 사는 아파트에서 낮잠을 자고 있다가 추경감 일행을 맞이했다. 팬티 하나만 입고 소파에서 자고 있는 그는 두 경찰관이 보는 앞에서 천천히 바지를 입었다.

"팬티 색깔 좋군. 저런 옷은 내복이라도 꽤 비쌀 거야."

추경감이 꽃무늬가 놓인 박평대의 팬티를 보고 혼자말처럼 중얼거렸다.

"무슨 일로 이렇게 쳐들어왔죠? 설마 내가 백지숙을 죽였다고 찾아온 건 아니겠죠?"

그는 담배를 꺼내 질겅질겅 씹으면서 말했다. 거침없이 하는 행동이 가정 교육을 잘못 받은 청년 그대로였다.

"그 팬티……."

추경감이 마음에 걸리는 게 있어서 계속 팬티를 화제로 삼으려고 했다.

"저 아저씨, 왜 남의 빤스 붙잡고 늘어지려고 저래?"

박평대가 노골적으로 불쾌한 표정으로 응수했다.

"그건 미안해요. 헌데 이렇게 넓은 아파트에 총각 혼자 사시는가?"

추경감은 사방을 둘러보며 말했다.

"호구 조사 나왔능기요. 내 혼자 살모 안 되는 일 있능교?"

박평대는 삐딱한 태도로 일관했다.

"당신 혈액형이 뭐야?"

옆에서 보고 있던 장형사가 더 못 참겠다는 듯이 나섰다.

"와요? 에이즈 검사할라카능교?"

추경감은 도저히 못 잡을 녀석이라고 생각하고는 일부러 빙그레 웃었다.

"이게 어따 대고……."

더 참지 못한 장형사가 주먹을 쥐고 쥐어박을 태세를 취했다.

"와요? 때릴랑교? 헤헤헤, 이거 문민시대 웬 폭력 경찰이고, 참말로…… 그래, 함 때리보이소. 우찌 되는지……."

박평대가 어깨를 장형사한테 들이밀면서 대들었다.

"때리긴 누가 때려. 농담이야, 농담. 그건 그렇고, 혈액형이 A형이던가……."

추경감이 농치면서 나섰다.

"나야 평생 O형 아인교."

"몇 가지만 좀 물어볼 테니 협력해 주십시오. 이 동네 사시니까

참고로 좀 알자는 것이지 추호도 박평대씨를 의심해서 하는 말
이 아니니까 안심하시고 대답 좀 해주시겠습니까?"

추경감이 깍듯이 존대말을 쓰자 그도 좀 누그러졌다.

"우리 거 앉아서 야기합시다. 내캉 백지숙이캉 친하다고 그카능
기지요? 사실입니더."

"가끔 볼링도 함께 가고……."

장형사는 여전히 뱃이 뒤틀려 있었다.

"맞심더."

"볼링만 같이 쳤나 뭐."

장형사가 다시 빈정댔다.

"보소, 아까부터 말씨가 뭐 잘못 묵은 사람 말툰데…… 그래, 볼
링만 안 치고 엉덩판도 쳤어요. 우짤랑기요?"

박평대가 갑자기 홍분해서 떠들었다.

"지숙이하고 둘이서 안 한 짓 없어요. 그 늙은 영감한테 맡겨놓
기는 아까운 청춘인기라. 그래, 내가 좀 데리고 놀다가 자꾸 결
혼하자캐싸서 즈그집 안방서 목졸라 쥑이뿐기라. 이제 속쉬원
한 답 들었능기요? 그 여자 몸매가 어떤지 알고 싶은기요? 같이
떡 안 쳐본 사람은 모르는기라. 기가 맥히지. 야들야들한 살결,
착 달라붙는 감촉, 그뿐 아이라 고개 넘어갈 때 목청 한 번 기똥
차다 아잉교. 이제 됐는기요?"

더 있다가는 박평대에게 무슨 봉변을 당할지 몰라 추경감은 장
형사를 데리고 그곳을 나왔다.

"경감님, 저놈이 틀림없이 범인입니다. 그렇지 않고서야 그 여자
잠자리 맛까지 어떻게 그렇게 잘 압니까?"

돌아오는 길에 장형사는 분을 참지 못해 씨근덕거리며 말했다.

추경감은 그가 말한 것과 사건이 나던 날 그 집에서 목격한 사실을

연결시켜 보았다. 비슷한 점이 없는 것도 아니었다. 특히 그의 화려한 팬티가 마음에 걸렸다.

"거기서 발견된 모발과 음모 중에 남편 것이 아닌 O형이 있었지 않습니까, 경감님?"

"그러나 그 여자 몸에서 나온 정액은 남편 것과 같은 A형뿐이잖아."

추경감도 박평대가 의심스러운 점이 많았으나 섣불리 결론을 내려서는 안 된다고 생각했다.

"그날 그 시간 박평대의 알리바이는 어떻게 되었지?"

추경감이 갑자기 생각난 듯 장형사에게 물었다.

"시내를 싸돌아다녔다고 하는데 도무지 증명이 안 됩니다."

"석정기씨! 사건나던 시간에 어디 있었다고 했지요?"

이번에는 추경감 혼자 석정기를 찾아가 물었다.

"몇 번 이야기해야 합니까? 누님 집에서 텔레비전 보고 있었다고 하지 않았어요? 누님한테도 확인해 가고는 또 물어요?"

성질이 느긋해 보이는 석정기도 짜증을 냈다.

"그때 무슨 프로를 봤지요?"

"KBS 명화 극방. 샤론스톤이 나오는 그 뭐더라…….."

"영화 좋아하세요?"

"죽고 몬살지요."

"만약에 백지숙이 아직도 살아 있고, 미혼이라면 결혼하겠습니까?"

추경감의 엉뚱한 질문에 그는 진의를 알지 못한 듯 눈만 껌벅였다.

"품에 안아본 뒤에는 아무 여자나 별차이가 없더라고 바람둥이들이 말하더군요. 오히려 책임감만 뒤통수를 눌러…….."

"지금 무슨 말을 하자는 깁니꺼?"

"아, 아닙니다. 그냥 해본 소리예요."

추경감은 수사본부로 돌아오자 반장인 한경감을 만나 몇 가지 확인 수사를 부탁했다.

첫째, 현장인 708호 아파트 현관 등 도어 실린더에서 채취된 낯선 지문 중 추경감 자신 것 외에 제3의 지문이 있는지 확인할 것.

둘째, 사건이 나던 날 KBS텔레비전에서 샤론스톤이 나오는 영화를 방영한 것은 몇 시부터 몇 시까지인가?

셋째, 백지숙의 몸에서 채취된 A형 정액의 주인은 남편 한 사람뿐인지, 아니면 A형의 다른 남자 것이 섞여 있는지 유전자 검사를 국과수에 의뢰할 것 등이었다.

"추경감, 정액 유전자 검사는 이미 결과 통고가 와 있어요. 내가 그 얘기를 안 했었나? 남편 표인식의 정자 외에 다른 사람 것은 없었어. 표인식이 전날 밤 성교 가진 것을 확인해 주었어."

한경감이 미안하다는 듯이 말했다. 그렇다면 그날 추경감이 목격한 장면은 무엇이란 말인가?

추경감은 한경감이 자기의 도깨비 같은 대낮 목격담을 의심하고 있는지 모른다는 생각이 들기 시작했다.

"그때 모습을 더 자세히 좀 설명해 줄 수 있습니까? 하고 물어봤더니 글쎄 말입니다."

장형사는 침을 한 번 꿀꺽 삼켰다. 후방 아파트 단지에서 백지숙에 대한 평판을 듣고 와서 이야기하는 중이었다. 그의 설명으로는 동네 여자들이 그러는데 백지숙이란 여자는 남자라면 사족을 못 쓰는 여자라고 하더란 것이다.

"글쎄 그 아주머니가 어느 날 밤 10시께 퇴근해서 주차장에 들

어가 차를 세우고 막 돌아서는데 옆에 있는 차가 혼자 출렁거리
며 춤을 추더란 것입니다."

"뭐? 주차장에 서 있는 차가 혼자 춤을 춰? 에이, 거짓말도……
그걸 수사라고 하고 다닌 거야?"

추경감이 핀잔을 주었다.

"경감님, 제 얘기를 더 들어봐요. 그래서 이상하게 생각한 그 아
주머니가 차 안을 들여다봤대요. 그랬더니 아, 글쎄 차 안 시트
에서 남녀가 어울려 한참 그 짓을 하고 있더랍니다. 얼마나 열중
했는지 옆에 차가 와서 서는 것도 모르더랍니다, 반장님. 카섹스
라는 게 그렇게 재미있나보죠?"

"그 안에 있는 남녀가 누군지 어떻게 알았단 말인가?"

추경감이 물었다.

"그래서 그들 일이 끝날 때까지 기다렸다가 그들이 나오는 것을
보았다더군요. 그들은 바로 한 단지에 사는 백지숙과 박평대였
답니다. 박가 그놈이 틀림없어요. 자꾸 결혼하지고 여자가 졸랐
겠지요. 그러니까 귀찮아서……."

"함부로 범인이라고 단정하지 말게."

추경감은 다시 남편 표인식을 만나러 갔다. 언제나 약간 미소를
띠고 있는 그는 사람 대하는 태도도 아주 공손했다. 둥그스름한 얼
굴이 전혀 악인 같지 않았다.

"죄송하지만 몇 가지 더 묻겠습니다. 박평대씨를 아십니까?"

"예, 우리집에 한 번 놀러 왔었지요. 활발하고 착한 청년이죠."

"백지숙씨와 자주 어울렸습니까?"

"아뇨, 외출할 때 우리 부부가 차를 얻어탄 적은 있죠."

"석정기씨와 백지숙씨가 가끔 만난다는 것을 알고 있습니까?"

"여보쇼, 듣자 듣자 하니까 못하는 말이 없군요. 잡으라는 범인

은 안 잡고 정숙한 남의 아내 뒷조사나 하러 다니는 겁니까? 우
리 지숙이만큼 정숙하고 깨끗한 여자 있으면 나와 보라고 해요!"
표인식은 갑자기 화를 내더니 일어서서 나가버렸다.

추경감은 서비스업을 하는 김윤구를 조사해 보았으나 그냥 아는
사이일 뿐 의심 가는 점이 없었다. 그는 이틀 동안 몇 가지 보완 수
사를 한 뒤 석정기를 범인으로 지목했다.

추경감은 장형사와 함께 건설회사로 석정기를 연행하러 갔다.
표인식 실장 방에서 석정기를 불렀다. 와이셔츠 바람으로 들어온
그는 형사들을 보자 표정이 달라졌다.

"실장님, 부르셨습니까?"

"내가 부른 게 아니고……."

표인식이 추경감 얼굴을 쳐다보았다.

"우리가 찾았어요. 석정기씨, 경찰서까지 좀 가주셔야겠습니
다."

장형사가 단호하게 말했다.

"예? 무엇 때문에요?"

"당신은 백지숙을 살해한 유력한 용의잡니다."

"하하하…… 정말 이 양반들 웃기고 있네. 보소, 내가 죽있다카
는 증거 있는기요?"

그는 펄쩍 뛰었다.

"사건 당시인 오후 4시 10분에 KBS에서는 윔블던 테니스 중계
를 하고 있었어. 당신이 말한 명화 극장은 6시부터 방영했어."

그는 기가 좀 죽은 것 같았다.

"그야 착각할 수도 있는기라. 그거하고 백지숙씨 죽은 거하고 무
슨 상관인기요?"

"또 있어. 현장의 도어 손잡이에서 당신 지문이 나왔단 말이야.

이젠 부인하지 않겠지? 왜 죽였어? 유부녀를 실컷 농락한 뒤 죽이기는 왜 죽여? 침대에 떨어뜨린 체모가 당신 것이란 것도 확인되었어? 왜 죽였어!"

추경감이 책상을 치면서 다그쳤다. 그제야 석정기는 눈물을 흘리며 무너졌다.

"나하고 헤어지자는 거 아입니꺼. 결혼 전부터 내가 절 얼마나 사랑했는데. 헤어지느니 차라리 같이 죽는 게 낫다고…… 지숙씨……."

석정기가 울음을 터뜨렸다. 그때였다.

"이 나쁜 놈, 거짓말이지? 지숙이하고 잤다는 거 거짓말이지? 지숙이는 그런 여자 아니야. 지숙이는 나만을 사랑했어. 이놈아, 거짓말이지?"

표인식이 갑자기 석정기의 멱살을 쥐고 아우성을 쳤다.

석정기를 연행해 가는 차에서 장형사가 궁금한 것을 물었다.

"아, 정액이 왜 남편 것밖에 안 나왔냐고? 하하하, 백지숙 핸드백에서 콘돔 나온 것 기억 안 나? 하하하…… 내 휴가는 어디서 찾지?"

폭행 기념일의 여인

이원두

• 이원두
경북 안동 출생.
영남대학교 졸업.
영남일보, 신아일보, 한국일보,
경향신문 편집부국장,
내외경제신문 논설위원 역임.
한국추리작가협회 부회장.
「폭군의 아침」, 「찬란한 음모」,
「바람 언덕의 살인」 (이상 장편추리소설)
「배고플 때는 키스를」,
「아르바이트 지도」 (이상 단편추리소설)
외 작품 다수.

폭행 기념일의 여인

요란한 벨소리.

소파에 웅크린 채 까빡까빡 졸고 있던 인애는 눈을 반짝 떴다. 전화벨 소리는 아니었다. 알람시계 소리——그렇다면 지금이 다섯 시, 그녀는 발딱 일어나면서 티테이블 위의 시계를 집어들었다.

알람을 한 시간 뒤인 6시에 세트하던 인애는 무심코 건너편 장식장 위에 걸린 달력으로 눈길을 던졌다.

3월 15일, 화요일.

알람을 세트하던 인애는 손길이 딱 멈추었다.

바로 그날이었다.

어쩌자고 잊고 있었던 것일까?

지난 15년 간 한 번도 잊지 않았던, 아니 잊을 수 없었던 날이었다. 그런 3월 15일을 이처럼 까맣게 잊고 있었다면, 그래서 그 귀중한 하루를 이처럼 무료하게 썩혀버렸다면…….

"이제 나도 늙었나봐."

인애는 한숨을 폭 내쉬었다.

서른네 살, 출산 경험이 없는 그녀는 마음만 먹으면 아직 20대로 행세할 만큼 팽팽하고 신선했다.

"하긴 그만큼 다른 데 정신을 쏟고 있었으니까 잊을 만도 했지 뭐."

그녀는 두어 번 고개를 내젓다가 욕실로 발걸음을 옮겼다.

알람을 6시에 세트해 두었으니까 앞으로 한 시간은 푸근하게 목욕을 즐길 수가 있는 것이었다.

밤맞이 준비를 위해서 그만한 시간이 꼭 필요했다.

그녀는 무슨 일을 하든, 알람시계로 예정 소요 시간을 세트해 두는 버릇이 있었다. 그리고 일단 세트한 시간은 전쟁이 터지지 않는 한 철저하게 지켰다.

10분에 세트한 아침 화장실 시간을 엄격히 지키느라고 변비에 걸려 고생한 게 한두 번이 아니었으나 그녀는 고집을 꺾지 않았다.

그녀는 욕조에 물을 담으면서 옷을 벗었다. 입고 있는 것이라고는 내리닫이 홈웨어 한 장뿐이니까 머리 위로 홀러덩 뒤집어내기만 하면 되었다.

그만큼 그녀의 준비 태세는 완벽했다. '벗기 쉽게 입자'는 것이 그녀의 철칙이었다. 그 철직 때문에 생각지도 못한 봉변을 겪기도 했지만 타고난 '유비무환' 사상은 어쩔 수가 없었다.

3월 15일 화요일이 지난 15년 동안 그녀에게 처절하도록 잊을 수 없는 날이 된 것도 따지고 보면 '벗기 쉽게 입자'는 그녀의 준비성 때문이었다.

이른 봄, 쌀쌀한 야산 골짜기에서 그녀는 강제로 소녀에서 여인으로 변신한 것이었다.

강간 기념일——. 정확하게 말해서 3월 15일은 강간당한 기념일이었다.

욕조에 물이 찰 동안 인애는 머리부터 감았다. 샴푸를 하고 린스를 하는 동안 소름이 돋아 닭살이 되었던 피부가 더운 물에 이완되면서 분홍빛으로 물들어갔다. 이렇게 날마다 샤워를 하고 더운 물에 몸을 담그면서부터 남자들이 어째서 핑크빛이라면 자다가도 벌떡 일어나는지 까닭을 알게 되었다. 더운 물에 적당히 이완된 여인의 핑크빛 살갗……. 거기엔 체면이나 자존심 따위를 찾고 있을 여유가 없는 원초적 본능이 스멀거리지 않는가. 그래서 인애는 핑크빛을 본능의 색깔이라고 생각하고 있었다. 그것도 여인 자신을 위한 것이 아니라 남성의 야성을 자극하는 본능이었다.

인애는 욕조에 몸을 담그면서 더욱 빨갛게 익어가는 살갗을 내려다보았다.

오늘 밤엔 이 핑크빛으로 누구의 본능을 자극할까?

물론 남편이었다.

그러나…….

남편 박사장은 최근 열흘 간 본능을 어딘가 저당이라도 넣은 사람 같았다.

서른넷, 완숙한 여인의 핑크빛 살갗을 소가 닭 쳐다보듯 하고 있었다.

갑자기 정력이 쇠진해 버린 것은 물론 아니었다.

어느쪽이냐 하면 남편 박사장은 센 남자였다.

밤이 센 남자…… 사업 수완이 그 절반만 되었더라도 준재벌쯤은 되어 있었을 것이다. 하지만 15년 동안 직원들을 거느린 변함없는 영세 오퍼상의 사장에 머물고 있었다. 그래도 물려받은 재산을 축내지 않고 고스란히 간직하고 있는 것이 대견하다면 대견한 일이었다.

서울 중심가 여기저기에 흩어져 있는 땅이 줄잡아 1만평, 1천억의 재산을 가지고 있으니까 사업에 열을 쏟지 않는다고 앙탈을 부릴 수도 없는 일. 남녀 평균 수명의 차이까지 감안한다면, 열 살 아래인 자기가 남편 박사장보다 적어도 20년은 더 오래 살도록 되어 있기 때문에 초조해할 필요도 없었다.

20년 동안 1천억을 다 쓰자면 얼마나 바쁠까?

마음 무던한 남편이 그런 걸 안다면 아내 사랑하는 마음이 평균 수명보다 좀더 일찍 막을 내려줄지도 모르지만 그렇다고 무리하게 재촉할 생각은 없었다.

그녀는 욕조에서 나와 차근차근 비누칠을 하면서 거울에 비친 자기 몸을 눈여겨 살폈다.

핑크빛 바탕에 색이 짙어야 할 곳은 짙었고 나오고 들어가야 할 곳은 어김없이 지키면서 질서정연하게 흘러내린 곡선이 탐스러웠다.

목욕을 끝냄과 동시에 알람시계 벨이 요란히 울렸다. 정확히 1시간 동안 그녀는 정성을 드려 밤준비를 끝낸 것이었다.

나는 끝났지만 저쪽도 준비에 신경을 쓰고 있을까?

베드 로브를 걸치면서 인애는 두 사람의 얼굴을 떠올렸다.

한 사람은 남편 박사장, 또 한 사람은······.

새삼스레 이름까지 되새겨볼 생각은 없었다. 단지 기억하고 있는 것은 3월 15일 야간 허리자락에서 지금의 남편에게 습격만 당하지 않았으면 결혼했을 남자였다.

그는 여전히 15년 동안 독신으로 있었다. 하는 말로는 인애, 당신을 잊지 못해 결혼 않고 있다지만 그 속셈까지는 헤아릴 수 없었다.

다만 그 일 이후······ 그러니까 파경이 된 뒤에도 어김없이 3월 15일이면 해마다 인애에게 장미를 한 송이 보내 왔고, 마침내 그녀는 자기 몸으로 장미값을 치러 주기에 이르렀다.

처음엔 1년에 단 한번, 장미 한 송이 값으로 치마끈을 풀었지만, 최근에 와서는 서로의 필요에 의해서 인애가 장미값을 선불해 오고 있는 형편이었다.

지금까지 쌓인 선불 횟수만큼 해마다 한 송이씩 장미를 받자면 아마도 3백 년을 살아도 미치지 못할 정도였다.

수지 안 맞는 장사…… 그래서 남편 박사장까지 어렴풋이 눈치를 채고 만 것 같았다.

그렇지 않고는 그렇게 센 남자가 서른넷 여인과 한 이불을 덮고 자면서 어떻게 소 닭 보듯 할 까닭이 없지 않는가.

꼬리가 너무 길어 주체할 수 없게 되면 스스로 잘려나가거나 잘라버려야 하는 법.

인애는 배시시 웃으면서 캔맥주 뚜껑을 땄다.

꼬리를 자를 수 없으면, 꼬리 밟는 사람의 발목이라도 잘라야 하지 않는가. 어물어물하고 있다가는 1천억이라는 막대한 재산을 손끝 하나 못 대보고 허공에 날려버릴지도 모르지 않는가.

인애가 맥주를 두 모금 마셨을 때 현관 차임벨 소리가 울렸다.

"누구세요?"

"배달 왔습니다. 백화점 꽃집에서……."

"밖에다 두고 그냥 가세요."

인애는 약간 얼굴을 찡그리면서 내쏘듯이 말했다.

3월 15일의 장미가 배달된 것이었다.

남편이 비록 소 닭 보듯 하고 있지만, 어쩌면 오늘 밤은 쓸쓸하지 않아도 될 것 같았다.

맥주를 다 마시고 나서야 인애는 현관을 열었다. 입구 계단엔 빨간 리본으로 묶은 종이 상자——필통 세 개를 이어 붙인 것 같은 길쭉한 상자가 놓여 있었다.

인애는 상자를 집어들면서 건너편 빌라 쪽으로 눈길을 던졌다. 마주 보는 3층 창가에서 무엇인가가 번쩍 빛을 반사했다.

석양도 사그러진 지금 주변엔 반사할 불이 없는데도 번쩍인 것이었다.

인애는 눈길에 힘을 쏟으며 자세히 살펴보았다.

렌즈였다. 카메라, 그것도 정사진 카메라가 아니라 비디오 카메라였다.

별 우거지 같은 녀석이 사람을 놀라게 하네.

건너편 빌라 입주자가 비디오 카메라를 새로 마련한 김에 이리저리 초점을 맞추어 보면서 즐기고 있는 것이라고 생각했다.

인애가 살고 있는 쪽의 주택들은 좀 별난 구조로 되어 있었다.

도로에 면한 정원은 외국 영화에서나 볼 수 있는 것처럼 나지막한 나무 울타리뿐이었다. 때문에 마음만 먹으면 누구나 손쉽게 현관까지 드나들 수 있었다. 때로는 정성들여 가꿔 놓은 잔디밭에서 사진을 찍고 가는 촌뜨기들도 있었다.

그러나 인심을 쓰는 것은 거기까지만이었다. 현관부터는 2중3중으로 안전 장치가 설치되어 있어 주인 허락 없이는 옛말 그대로 개미 한 마리 얼씬도 못 하게 되어 있었다. 외출했던 집식구라도 안에서 열어주지 않으면 들어올 수 없을 만큼 완벽했다. 열쇠 하나로 따고 잠그고 할 수 있는 아파트 현관과는 달랐다.

게다가 비교적 고급스런 빌라가 도로 건너편에 위병소처럼 막아서 있어서 아늑하기 그지없었다.

비디오 카메라 렌즈가 번쩍인 곳도 바로 그 빌라 3층이었다.

인애는 소파에 몸을 묻으면서 종이 상자를 찢어 열었다.

예상했던 대로 장미였다.

포장하면서 꽃잎에 스프레이를 한 것일까? 진홍빛 꽃장미 갈피엔 물방울이 이슬처럼 맺혀 있었다.

그녀는 장미를 가슴에 안으면서 눈을 감았다.

일이 잘 되어 줄까?

그러나 더 이상 생각에 잠겨 있을 수가 없었다.

또 현관 차임벨이 울린 것이다.

"배달 왔습니다."

"밖에 놔두고 가세요."

하지만 인애는 가슴이 콩 하고 내려앉았다.

배달 온 사람의 발자국 소리가 멀어지길 기다려 인애는 현관을
열었다.

역시 빨간 리본이 달린 큼직한 상자가 놓여 있었다. 명함도 꽂혀
있었다.

세기 엔터프라이스 대표 박형우. 남편 명함이었다.

그녀는 서둘러 현관에서 포장을 찢었다.

루이 뷔통 핸드백이었다.

메모도 들어 있었다. 세 번 접어 꼰 메모지를 풀었다.

당신이 닭이 아니라 소, 암소임을 깨달았소. 목욕하고 기다려요.

싱거운 사람. 더는 못 참아서 손을 들었다는 말이지?

인애는 살포시 웃음을 흘렸다.

오늘 밤이 어쩌면 몹시 바빠질 것 같기 때문이었다.

소도 상대해야 하고, 3월 15일 장미도 상대해야 하고……. 그런
데 시간을 어떻게 쪼개지?

그런 생각이 어느덧 여인의 몸에 불을 지핀 것일까? 방금 더운
물로 샤워를 막 끝낸 전신이 촉촉하게 젖어들고 있음을 느꼈다.

인애는 선 채로 다리를 꼬면서 현관 문틀에 몸을 기대었다.

왜일까? 남편이 느닷없이 핸드백에 러브레터까지 보내는 까닭이

뭘까?

갑자기 약이라도 사먹고 낭만적인 인간으로 변신했다고는 믿을 수 없었다.

무슨 기념일? 생일이나 결혼 기념일 같은 날에도 선물 한 번 해본 적이 없는 남편이었다.

아내에 대한 선물은 이것 이상 가는 게 없어!

그러고는 허리끈을 푸는 것이 고작인 사람이었다.

그렇던 남편, 세기 엔터프라이스 대표 박형우씨가 핸드백과 메시지를 보낸 것은 무슨 까닭일까? 그것도 3월 15일, 이날에 맞추어.

인애는 가까스로 몸을 추스려 거실로 들어와서는 다이얼을 돌렸다.

남편은 자리에 없었다.

거래처를 들러 바로 퇴근한다는 연락이 들어왔다는 대답이었다.

인애는 소파에 깊숙이 몸을 묻으면서 눈을 감았다.

어떡헌다?

방법은 이미 정해져 있었다.

다만 타이밍이 문제였다.

남편이 선물을 보내면서 법석을 떨고 있는 속꾀도 마음에 걸렸다.

그렇다고 이제 와서 주저앉아버릴 수는 없는 일. 그녀는 꼼짝도 않은 채 시간이 흘러가기를 기다렸다.

마치 시간이 모든 걸 해결해 주기라도 하는 것처럼.

꼼짝 않고 소파에 몸을 묻고 있는 사이에 깜빡 잠이 든 것일까. 인애는 쿵쾅거리는 요란한 소리에 발딱 몸을 일으켰다.

잠시 동안 영문을 몰라 어리둥절해 있던 그녀는 쿵쾅거리는 소리가 현관 두들기는 소리임을 깨닫고 반사적으로 달려갔다.

"누구세요?"

"홍인애씨 계십니까?"

투박한, 그러나 어딘가 깊고 묵직한 느낌이 드는 목소리였다.

"누구세요?"

"급한 일입니다. 사장님이, 박사장님이 앞에 쓰러져 있어요. 빨리 나와 보세요. 피투성이가 되어 있어요."

인애는 깜짝 놀라 반사적으로 현관 잠금 장치를 풀었다. 그러나 마지막으로 버튼을 풀면서 인애는 아차 했다.

남편이 피투성이가 되어 쓰러져 있다면, 달려와야 할 사람은 운전기사인 미스터 김이어야 마땅했다. 길 가던 사람이 대신 달려왔다면, "홍인애씨 계십니까?"가 아니라 "박사장댁 맞죠?"여야 하지 않는가.

그리고 그렇게 다급한 상황이라면 말을 전하는 사람이 조금은 더 허둥대야 실감이 나지 않는가.

그러나 인애의 깨달음은 한 걸음 늦어 있었다.

마지막 버튼이 풀림과 동시에 현관문이 벌컥 열리면서 우악스런 사내 팔이 인애를 낚아챘다. 두 사람이었다.

"떠들면 여기서 죽여버릴 테다. 얌전히 따라오면 환갑까진 보장해 주지!"

오뉴월 서릿발이 이처럼 차갑고 날카로울 수 있을까?

두 사람의 공갈에 기가 질려 인애는 소리를 치고 싶어도 지를 기운이 없었다.

그 자리에서 허물허물 무너져내렸다. 침대 속에서는 하다 못해 야산 비탈길에서 남자에게 짓눌려 무너져내린 적은 있지만 현관 통에서 이처럼 속절없이 내려앉기는 처음이었다.

"누, 누구세요?"

인애는 한껏 기운을 돋우어보았지만 입에서 흘러내린 소리는 메마른 신음이었다.

"곧 알게 돼. 얌전히 따라와!"

양쪽에서 두 사내가 팔을 낚아채는 바람에 인애의 앞가슴이 드러났다. 베드 로브 한 장, 상체 뿐만 아니라 하체도 불안했다.

누가 엿보는 건 아닐까?

총상 중에도 여자의 본능은 주변을 살피게 해주었다.

건너편 빌라 3층엔 여전히 비디오 카메라 렌즈가 번쩍였다. 그러나 두 사내는 눈치채지 못한 것 같았다.

베드 로브 한 장에 맨발인 채로 인애는 두 사내에게 끌려나갔다. 앙탈을 부릴 생각이 없는 것도 아니었지만 두 사내 기세 앞에서는 어림없는 일이었다.

베드 로브 앞자락이 바람에 휘날려 알몸이 드러나지 않게 몸을 비틀어 꼬는 것이 고작이었다.

"어…… 어디까지 끌고 갈 생각이에요? 옷 입고 가면 안 돼요?"

그러나 팔을 나꿔채어 끼고 있는 사내들이 손아귀에 더욱 힘을 주었을 뿐 대답이 없었다.

자동차 한 대가 저만큼 빌라 모퉁이에 멈춰 있는 게 보였다.

고급 주택가에서 여인이 납치당하고 있다는 신고가 들어온 것은 저녁 6시 50분이었다. 신고자는 건너편 빌라에 살고 있는 대학생이었다.

"납치 현장을 비디오에 담아뒀습니다. 빨리 와 주세요!"

신고자인 대학생이 덧붙인 이 한마디에 마경감과 편형사는 맥이 빠지고 말았다. 아니, 힘이 부쩍 났다고 하는 것이 옳았다.

"현장 비디오가 있다면 어린애 팔 비틀기 아닌가. 이봐 쪽, 이건
나까지 나설 것 없을지도 모르겠군. 네 혼자 한 번 뛰어볼래?"

성씨에 걸맞는 모습으로 태어나게 해달라고 정화수 떠놓고 빈
것은 아니지만 처음 보는 사람이라도 그의 성이 마씨임을 당장 알
아볼 수 있는 얼굴이었다. 쉽게 말해서 말상, 웃음 소리조차 힝힝으
로 들릴 정도였다.

하지만 부지런한 데다 때로는 보통 사람이 착안 못 할 기발한 아
이디어로 수사 성적을 올리는 사람이었다.

그의 짝인 편형사는 10여 년 손아래인 30대 초반. 한글 전용에
물든 탓일까. 마경감은 편형사로 부르기보다는 쪽으로 줄여 부르
기를 좋아했다.

"쉬운 일이라면 제가 나서기보다 경감님이 가보시죠. 그래야 승
진에도 도움이 될 테구……. 뭣보다 적재적소라는 원칙에도 걸
맞을 것 아닙니까?"

"이노옴!"

두 사람은 패트롤카를 몰아 신고가 들어온 성북동으로 달려갔
다.

관할 파출소에 전통을 날린 보람이 있어 두 사람이 도착했을 때
는 이미 정복 경관 두 명이 현장을 지키고 있었다.

"누구, 현장에 들어간 사람 없지?"

마경감이 길쭉한 얼굴에도 위엄을 보이면서 물었다.

"네, 아직은……."

두 사람은 집안으로 들어섰다. 예상했던 것과는 달리 깨끗했다.

"현관에 신발이 가지런한 것하며, 집 안이 깨끗한 것으로 봐서
는……."

마경감은 말끝을 흐렸다.

더 이상 설명하지 않아도 편형사쯤 되면 집안에서 난동이 벌어지지 않았다는 것쯤 쉽게 알 수 있다고 믿었기 때문이었다.

"물론이죠. 건너편 집 사람이 비디오를 찍었다니까 납치는 집 밖에서 이루어진 게 틀림없죠."

그래도 두 사람은 집안을 찬찬히 구석구석까지 살폈다. 이상하게 보이는 건 하나도 없었다.

거실 티테이블에는 장미꽃 한 송이와 핸드백이 포장이 풀린 채로 놓여 있었고 욕실 바닥엔 아직도 물기가 축축했다. 등신대의 거울엔 수증기가 서렸던 얼룩이 그대로 남아 있었다.

"목욕을 막 끝낸 상태에서 일을 당한 모양이군……."

마경감은 중얼거리면서 물기가 축축한 욕조 바닥을 휴지로 훔쳤다.

"주인 없을 때 목욕탕 청소를 해줄 생각이세요, 수사는 않구?"

편형사가 빈정거렸다.

마경감은 말없이 돌아서서 욕조 바닥을 훔쳤던 휴지 뭉치를 편형사 코앞으로 내밀었다.

"이게 뭔지 아나?"

휴지에 시커먼 물때와 함께 머리카락이 여러 줄 달라붙어 있었다.

"머리카락 아닙니까?"

"이런, 사람하군! 그래서 자넨 언제나 쪽이야 쪽. 반쪽의 쪽이란 말이야……. 욕조에서 머리감은 사람 봤나? 이건 체모야. 머리카락이 아니구……."

체모나 머리카락은 당사자 혈액형 판독의 중요한 자료가 되었다. 운 좋게 모근(毛根)이 붙어 있다면 요즈음 유행하고 있는 유전자 분석이 가능하므로 지문이나 다름없는 증거력을 확보할 수도 있었다. 그런 건 편형사도 잘 알고 있었다.

"어쨌든 경감님은 취밀 좀 바꿔야겠어요. 사건 현장에 오기만 하면 체모부터 긁어모으고 있으니……."

"그래, 나두 내 짝이 조금만 똑똑했더라도 이런 짓 직접 하지 않아도 될 텐데…… 짝이 쪽이 돼놨으니……."

두 사람은 마주 보면서 싱긋 웃음을 주고 받았다. 현장에서 농담을 주고 받을 만큼 호흡이 맞는 데 대해 서로가 만족하고 있다는 증거였다.

"……이제 저 장미와 핸드백을 누가, 왜 선물했느냐를 알아봐야겠군. 어쩔래? 그건 자네가 맡구, 난 신고한 대학생이 찍었다는 비디오를 한 번 봤으면 하는데……."

"같이 하죠, 두 가지 다."

편형사도 비디오의 납치 순간을 정밀히 관찰하고 싶었다.

대학생이 찍은 비디오는 기대 이상으로 많은 자료를 담고 있었다.

납치 순간은 겨우 1분 반밖에 되지 않았으나 그 전에 두 번, 피해자인 건너편집 안주인이 현관에 나타나 배달된 상자를 집어 들어가는 장면도 찍혀 있었다.

마경감과 편형사가 궁금해하던 장미와 핸드백은 직접 배달된 것임이 확인되었고, 두 번째 배달품(핸드백)을 받았을 때, 여인은 현관에 서서 함께 끼어 있던 쪽지를 읽고 있었던 것도 밝혀졌다.

이 대학생은 무슨 까닭으로 이 여인을 집중 촬영하고 있었던 것일까?

마경감의 의문을 눈치챈 듯 대학생이 먼저 입을 열었다.

"이 창에선 그 집을 찍기가 제일 쉽습니다. 저쪽 창으론 찍을 만한 게 없구……. 저 집 정원이랑 주변 분위기가 무척 부러웠거든요. 마침 비디오 카메라를 마련한 김에⋯⋯."

손에 익힐겸 며칠째 시간이 비는 대로 그쪽을 집중으로 찍고 있었다는 것이었다. 거짓말하는 것 같지는 않았다.

"이봐 쪽, 저쪽 집으로 달려가서 쪽지가 혹시 남아 있지 않나 한번 찾아봐."

마경감은 '쪽'자를 되풀이해서 발음하느라고 혀를 몇 번씩 굴려야 했다.

"젠장, 무슨 '쪽'이 이렇게도 많누? 잘못하다간 혀 물리겠네."

길쭉한 얼굴에 멋적은 미소를 흘리면서 그는 담배를 피워물었다.

쪽지를 찾아낸다 하더라도 그 쪽지와 납치가 직접적인 연관이 있을 것 같지는 않았다. 단지 참고 사항――납치당하기 직전의 상황 파악에 어느 정도 도움이 될 것으로 생각했다.

――그 여자, 남자 관계는 깨끗할까? 집이나 살림살이로 봐서는 재산이 꽤 있는 것 같은데⋯⋯.

언제부터인지 모르지만, 경찰은 강력 사건만 나면 일단 치정 관계나 재산 관계로 보는 버릇이 있었다. 같은 조직에 속한 마경감, 편형사라고 예외일 수가 없었다.

마경감은 관할 파출소서 파견된 정복 순경을 불러 납치당한 여인의 신원 파악과 남녀 관계, 가정 환경, 그리고 남편과의 관계를 조사하도록 지시했다.

"남편이 누군지 확인해서 마누라가 납치되었다고 연락해 주는 것부터 서둘도록."

"네."

순경이 달려갔다.

그 정도의 기초 자료라면 관할 파출소나 동사무소 반장을 통해 쉽게 입수할 수 있다고 믿었다.

정복 순경이 물러감과 동시에 마경감도 대학생에게 고맙다는 인사를 남기고 밖으로 나왔다.

납치 순간의 비디오 테이프가 남아 있고, 납치당한 여인이 고급 주택 주민이라는 사실이 마경감의 마음을 한결 가볍게 해주었다.

그 정도라면 사건 해결이 비교적 손쉽다는 생각에서였다.

우선 남편이 누군지 확인해서 연락, 만나 보면 별로 골치를 썩이지 않아도 일망타진할 수 있을 것 같았다.

그런 낙관적인 마음을 뒷받침이라도 해주려는 듯이 편형사가 벙글거리며 다가왔다.

"간지름병에라도 걸렸나, 히죽거리고 있게?"

"이것 좀 보세요, 경감님."

편형사가 내미는 명함과 쪽지를 받아 읽던 마경감도 히죽 웃음을 흘렸다.

"목욕하고 기다려라 해놓곤, 그걸 못 참고 사람을 시켜 납치하듯 데려갔나?"

"후후후, 글쎄요. 목욕하고 기다리라고 할 적마다 루이 뷔통 핸드백이 한 개씩이면 꽤 비싼 여잔 것 같군요."

"그래, 값은 나중에 따지고 이 명함, 박형우라는 사람 전화해 봐. 정체가 뭔지……."

공중전화로 달려갔던 편형사는 금방 돌아왔다. 얼굴이 꽤 심각해 있었다.

"이 사람, 박형우란 사람, 납치된 여자의 남편입니다."

"뭐라구?"

늦게까지 사무실을 지키고 있던 여직원과의 통화에서 박형우 사장의 집주소가 이곳, 사건 현장이란 것, 그리고 부인 이름이 홍인애임을 확인했다는 것이었다.

"사장이란 친구, 지금 어디 있대?"

마경감도 눈살을 찌푸리면서 물었다.

"거래처를 들렀다가 바로 집으로 들어간댔답니다."

마경감은 시계를 보았다.

어느덧 여덟시를 지나고 있었다.

두 사람이 서로 얼굴만 마주 쳐다보고 있을 때, 패트롤 무전기에서 마경감을 호출하는 소리가 울려나왔다.

"여기는 마경감, 무슨 일인가?"

본부 데스크였다.

"정릉 골짜기에서 변사체 발견, 피해자는 박형우라는 오퍼상으로 밝혀졌다. 그쪽 상황이 괜찮으면 즉시 현장으로 출동하라."

마경감은 송수신기를 팽개치듯이 무전기에 걸었다.

변사체 발견 소식도 그렇지만 그것이 박형우란 사실에 마경감은 뒤통수를 한 대 얻어맞은 것 같았다.

마누라에게 목욕하고 기다리라며 핸드백을 선물한 남편, 박형우가 집으로 돌아오기는커녕 정릉 골짜기에서 변사체로 발견되었고 정체 불명의 괴한들에게 납치되었다면……. 결론은 한 가지뿐이었다. 사건이 결코 간단하지 않다는 사실——. 마경감은 지금까지의 낙관적인 생각을 버리지 않을 수 없었다.

"어떨 것 같아, 이번 수사?"

마경감은 옆에 앉은 편형사에게 하소연하듯이 물었다.

"글쎄요, 해결되겠죠. 아니, 범인을 꼭 잡아야겠죠. 우린 시민복지를 지키는 민주 경찰이니까……."

"이런 맹추하곤."

마경감은 입을 다물었다. 편형사가 한 번 비양거리기 시작하면

끝이 없음을 잘 알기 때문이었다.

현장은 정릉 골짜기임엔 틀림없었으나 노천이 아니었다. 허름한, 누가 쓰다 팽개쳐 둔 듯한 창고였다.

말이 변사체였지 피살당한 게 분명했다. 가슴에, 심장에 칼이 꽂힌, 그래서 한 바가지나 피를 쏟은 변사체가 자연사이거나 자살일 수는 없지 않은가.

마경감 일행이 도착한 직후에 감식팀을 비롯한 지원팀이 달려왔다.

"면식범 소행 같군요. 심장에 저 정도로 칼을 꽂는 데 반항한 흔적이 없는 걸 보면……."

편형사의 진단은 그러나 절반은 맞았고 절반은 틀린 것이었다.

상의를 벗어젖힌 와이셔츠 가슴에 단번에 깊숙이 칼을 꽂을 수 있다면 그것은 피해자가 잘 알고 있는 사람——다시 말하면 바싹 가까이 다가와도 경계받지 않을 사람의 짓이라고 봐야 했다. 칼솜씨는 프로라고 해도 좋을 만큼 깨끗했다. 따라서 면식범의 짓이란 편형사의 진단은 적중한 셈이었다.

그러나…….

감식팀은 피해자 손톱 밑에서 혈흔과 함께 모발 몇 올을 발견해 냈다.

"아마도 칼에 찔리는 순간 상대방을 할퀸 것 같습니다. 모발도 그때 함께 끼인 것일 게구. 분석을 해봐야 알겠지만 손톱 밑에 끼인 건 사람의 살점이거나 표피 벗겨진 것일 겝니다."

"그럼 이 모발은 남자의 가슴털일지도 모르겠군."

마경감이 무겁게 입을 뗐다.

"분석 감정해 봐야죠, 정확한 건……."

"언제쯤 나올까요, 감정 결과가?"

"서둘면 오늘 밤 안으로 1차 결과는 알 수 있을 겝니다. 정확한
건 시간이 걸리겠지만……."

마경감은 1차 결과라도 서둘러 달라고 부탁하면서 홍인애 욕실
에서 수거한 체모도 함께 의뢰했다.

현장 유류품과 시신 감정은 물론 중요한 일이지만, 그렇다고 감
정 결과가 나올 때까지 일선 수사관이 팔짱을 끼고 기다리는 것은
아니다. 탐문수사나 현장 감정은 물론, 피해자 주변 상황 파악 등
해야 할 일은 산더미처럼 많았다.

마경감과 편형사도 마찬가지였다. 더군다나 오늘은 유괴와 살인
이 겹쳤기 때문에 평소의 두 배는 뛰어야 했다.

"이상하지 않은가? 목욕하고 기다리라고 메시지를 보낸 남편은
살해당했고, 몸단장하고 있어야 할 아내는 유괴되다니……. 이
런 걸 두고 말세라고 하는가?"

마경감은 길쭉한 얼굴을 있는 대로 찡그리면서 탄식을 했다. 힘
에 벅찬, 그래서 가닥이 잘 안 잡히는 사건과 부닥칠 때면 언제나
장탄식을 하는 게 그의 버릇이었다.

"너무 그렇게 기죽지 마세요. 남편은 살해되고 부인은 납치됐으
니까 오히려 사건이 간단한 것 아닙니까?"

편형사가 위로하듯 말했다.

"어째서?"

"왜냐하면 여인이 목욕하고 기다리는 걸 두고 보지 못하는 어떤
사람이 일을 저질렀을 테니까요."

"치정이란 말인가?"

마경감은 얼굴을 활짝 펴며 다잡아 물었다.

"일테면 그렇죠. 일테면 일종의 3각 관계라고나 할까, 그런 것이
겠죠."

"그럴 듯한 근거라도 있나? 실마리라도 있나 이 말이야?"

"있죠. 이걸 좀 보세요."

편형사는 바지 주머니에서 종이 뭉치를 꺼내어 마경감 앞으로 내밀었다.

"이건 백화점 포장지…… 아니, 장미 아닌가?"

마경감은 어이가 없다는 듯 편형사를 바라보았다.

"맞습니다. 백화점에서 배달한 장미가 분명합니다. 거기 쪽지가 붙어 있으니, 다만 오늘 홍인애——납치된 여인에게 배달된 겁니다. 유부녀에게 장미를, 그것도 발신인 이름조차 밝히지 않고 보냈다면 일단 의심해 볼 만한 것 아닙니까?"

말은 간단했다.

홍인애에게 장미를 보낼 수 있고 남자(여자일 수도 있지만)라면 일단 조사해 볼 가치가 있었다. 그러나 발신인 이름을 밝히지 않은 그 사람을 어디서 어떻게 찾아낸단 말인가?

"그거야 간단하죠. 이 백화점 꽃 코너에 물어보면……."

"그럼 얼른 뛰어가봐!"

마경감은 그러나 히죽 웃고 말았다. 밤 8시가 지난 지금까지 문을 열어놓고 있을 백화점이 없다는 생각이 들었기 때문이었다.

홍인애에게 장미를 보낸 사람의 정체 파악과 홍인애 박형우 부부의 인간 관계 조사 등은 내일로 미룰 수밖에 없었다.

그러나 밤이 이슥했어도 가능한 다른 조치는 재빨리, 그리고 쉴 틈 없이 취했다.

대학생의 비디오 카메라에 잡힌 자동차(번호는 확인되지 않았지만)와 괴한 2명을 1차적으로 수도권 전지역에 긴급 수배했다. 동시에 서울 근교 으슥한 골짜기나 빈 집에 대한 순찰을 강화하는 한편으로 우범 지역과 여관, 여인숙의 임검도 강화했다.

마경감과 편형사는 그래도 홍인애 박형우네 집을 다시 한 번 살펴보고 이웃 사람들을 만나보았다. 부부가 석 달 전에 이곳으로 이사왔다는 것을 확인했을 뿐, 별다른 성과도 없었다.

"장미 한 송이에 모든 걸 걸어야 하나?"

맥이 빠진 마경감이 중얼거렸다.

"일단 본부로 들어가죠. 비상을 걸어놨대니까 무슨 정보라도 들어오겠죠."

두 사람은 본부로 차를 몰았다.

편형사가 예언한 대로 본부엔 곳곳에서 온갖 정보가 쏟아졌다. 그러나 눈이 번쩍할 만한 것은 별로 없었다.

입이 딱 벌어질 만한 정보는 마경감과 편형사가 본부에 도착한 5분 뒤에 들어왔다.

북악 스카이 웨이 팔각정 부근 숲속에서 반라의 젊은 여인이 쓰러져 있는 것을 발견했다는 통보였다. 마침 은밀한 데이트를 즐기려고 호젓한 곳을 찾던 젊은 커플이 발견, 관할서에 신고해 왔다는 것이었다.

"그 여인, 지금 어디 있소?"

마경감이 전화통에 대고 다급하게 고함을 쳤다.

"아직은…… 지금 막 현장으로 떠났으니까, 곧 이리로 데리고 오겠죠."

관할서 담당자의 대답은 애매했다.

"그럴 것 없어. 현장 그대로 보존해 두라고 해요. 지금 우리가 곧 그쪽으로 갈 테니까!"

마경감은 수화기를 팽개치듯 내려놓음과 동시에 복도로 뛰쳐나갔다. 편형사도 뒤를 쫓았다.

현장은 훼손되지 않았다. 아니, 현장 보존 상황은 별로 중요하지 않았다.

반라, 베드 로브 한 장만 걸친 30대 여인은 마경감과 편형사가 도착했을 때까지 헛소리를 중얼거릴 정도로 인사불성이었다.

외상도 별로 없었다.

다만 눈동자가 풀려 있었을 뿐이었다.

"저건 목욕옷 아닌가?"

여인의 몸에 걸쳐 있는 가운을 보면서 마경감이 중얼거렸다.

인사불성인 여인을 앰뷸런스에 실어 일단 경찰병원으로 옮겼다. 앰뷸런스에 동승한 마경감과 편형사는 여인의 몸을 자세히 관찰했다. 물론 다른 뜻, 징계위원회에 회부되어야 할 엉뚱한 생각 때문이 아니었다. 외상 여부를 확인하기 위해서였다.

역시 큰 외상은 없었다. 그러나 몸 전면과 팔다리엔 찰과상이 여러 군데 나 있었다.

"숲속을 헤매다가 나뭇가지에 긁힌 것 같군요."

그럴 수도 있는 일이었다.

"하지만 이 여인의 신원이 밝혀져야 점을 쳐볼 수 있지……. 오늘은 무슨 액땜하는 날인가? 온갖 사건이 다 겹치게."

마경감이 투덜거렸다.

경찰병원으로 옮긴 1시간 뒤에야 겨우 정신을 차려 스스로 입을 열었다.

그러나 집에서 납치되어 차에 실린 순간 정신을 잃었고, 어딘가 숲속으로 끌려가고 있을 때 잠시 정신이 들었으나 그 뒤 곧 또 의식을 잃었다는 것이 그녀가 밝힌 전부였다.

"누군지, 아주머닐 납치한 사람들이 누군지 모르시나요? 마음에 짚이는 것도?"

마경감의 물음에, 그러나 홍인애는 눈을 감는 것으로 대답을 대신했다.

입회했던 의사가 마경감과 편형사에게 눈짓을 했다. 두 사람은 의사를 따라 병실을 나왔다.

"내 방에 가서 차나 한 잔 나눕시다."

의사가 권했다. 단순히 차나 마시자는 뜻이 아님이 분명했다. 종이 커피로 입술을 적신 의사가 의미 있는 눈길로 입을 열었다.

"환자나 환자 보호자의 동의 없이는 곤란하지만, 일단 내 독단으로 검사를 해본 건데……."

편형사가 물었다.

"뇨검사죠. 결론부터 말씀드리면, 저 여자 헤로인 양성반응이 나왔지요."

"뭐라구요?"

마경감과 편형사가 동시에 되물었다.

"상습 중독자인지 납치된 뒤 일시적으로——이 경우는 강제일 가능성이 높지만——수사된 건지는 모르지만, 뇨검사는 양성이었어요. 여기 실려왔을 때 여자 증상이 이상해서 검사를 해봤던 겁니다."

새로운 사실——충격적이었다.

그렇다면 이번 홍인애 유괴나 박형우 살해 배후엔 마약이 연관되어 있단 뜻인가?

마경감과 편형사의 놀라움이 가라앉기를 기다려 의사는 다시 입을 열었다.

"저 여인 몸의 찰과상…… 어딘가 이상한 데가 있더군요. 대부분이 나뭇가지에 긁힌 것이지만 딱 한 군데, 젖가슴 상처는 그렇지 않았어요 깊이나 긁힌 자국이 좀……."

"구체적으로 어떻게 다르다는 겁니까?"

편형사가 물었다.

"글쎄요, 구체적인 것은 법의학 분야가 돼놔서……."

마경감과 편형사는 서로 눈길을 마주쳤다.

이튿날, 홍인애의 심문을 뒤로 미룬 마경감은 국과수(國科搜)로, 편형사는 장미 발송의 주인공을 찾아 백화점으로 달려갔다.

다시 두 사람이 만난 것은 늦은 점심 시간이었다. 모밀국수 두 장으로 일단 허기를 채운 두 사람은 오전 중 활동 결과부터 맞추어 보았다.

"장미를 보낸 건 의사였어요. 그 꽃집 단골 병원 간호사가 의사 부탁으로 백화점에 주문한 거란 걸 밝혀냈습니다. 그리고 그 의사는……."

일단 말을 끊은 편형사는 장나스런 웃음을 흘렸다.

"……그 의사는 홍인애의 옛날 애인, 아니 서로 장래를 약속했던 사이였구요. 홍인애 여고 동창생들 사이엔 꽤 유명한 로맨스 사건이었더군요."

그렇게 두 사람 사이를 홍인애가 지금 남편, 박형우에게 폭행당한 뒤 깨어졌다는 것. 그 뒤 의사는 해마다 3월 15일이면 홍인애에게 장미를 보내고 있다는 것 등이 편형사가 탐문해 온 내용이었다.

"수고했어. 자네가 알아온 그 얘기로 이번 사건은 쉽게 풀렸어."

"어떻게요? 감식 결과는 뭐라고 나왔나요? 홍인애, 마약 중독은 아니었나요?"

"하나씩 말해 주지. 홍인애의 젖가슴 상처는 할퀸 자국이었어. 박형우 피살 현장, 아니 박형우 손톱 밑에서 수거한 표피의 살점은 분석 결과 홍인애 것으로 밝혀졌지. 또 하나, 박형우 몸에 붙어 있던 체모 가운데 몇 올도 홍인애 것이었구……."

"그렇다면 박형우를 찌른 건 홍인애?"

편형사는 기가 막힌다는 듯이 말끝을 흐렸다.

"맞았어. 자네가 탐문해 온 내용이 이번 범행의 동기를 설명하고 있어. 그 의사 이름이 뭐지? 아니, 그건 중요치 않아. 당장 가서 연행해 와!"

편형사가 연행해 온 의사는 완강히 범행을 부인했다. 강달수라는 산부인과 전문의인 그는 홍인애와의 관계는 순순히 시인했으나 박형우 살해에 관해선 펄쩍 뛰었다.

알리바이까지 있다며 생사람 잡지 말라고 입에 거품을 물었다.

그러나 그는 암흑가에 헤로인 유출 혐으로 검찰 마약 전담반 블랙 리스트에 올라 있는 인물임이 밝혀지자 묵비권을 행사했다.

그가 주장한 알리바이는 그러나 신빙성이 없었다. 병원 간호사와 함께 저녁을 먹고 극장 구경을 갔다고 했지만 확인 결과 증인이 없었다. 오히려 간호사와의 내연의 관계가 밝혀져 알리바이 자체가 인정받을 수 없게 되었다.

강달수와는 반대로 모든 증거를 들이밀자 홍인애는 단번에 무너졌다.

"그 사람이 간호사와 내연 관계? 거짓말이에용!"

처음엔 그렇게 앙탈을 했지만 홍인애는 결국 체념을 했다.

"내가 죽였어요, 박형우는. 그 사람 가슴에 칼을 갖다 댄 건 나였지만 찌른 건 강달수였어요. 강달수는…….."

지난 15년 동안 해마다 3월 15일이면 장미를 보내 왔고, 그럴 적마다 박형우 소유의 1천억 재산을 위자료로 하여 새 출발하자고 속삭였다는 것이다. 같은 말을 15년 동안 줄기차게 들어오는 동안 어느덧 자신의 잠재의식 속에 깊이 뿌리를 내리더라고 했다.

"그래서 죽였나? 강달수가 시키는 대로 말야."

마경감이 소리를 버럭 질렀다.

"그것뿐이 아니지? 강달수와의 관계를 박형우가 눈치를 채고 이혼을 요구하는 바람에 죽인 것이지? 이혼당하면 박형우의 1천억 재산이 허공에 날아가버리니까 먼저 죽인 것이지?"

"아녜요! 이혼이라니, 당치도 않아요."

"그럼 강달수가 무슨 까닭으로 박형우 이름으로 이런 메시지를 당신한테 보냈어? 이것, 박형우 글씨가 아니라 강달수 글씨 맞지? 아니라면 여기에 왜 강달수 지문이 묻어 있어?"

마경감이 소리를 뺙 질렀다.

결국 유괴 사건은 강달수와 홍인애의 자작극으로, 박형우를 살해하기 위한 자작극으로 밝혀졌다.

두 사람을 송청하고 돌아오는 차 안에서 편형사가 불쑥 탄식하듯이 중얼거렸다.

"여자란 것은 무섭군요, 경감님. 그런 여자와 어떻게 함께 사시나요……? 전 결혼할 용기가 없습니다."

잃어버린 시간

백휴

● 백휴

대구 출생.

84년 서강대학교 철학과 졸업.

86년 연세대학교 철학과 2년 수료.

94년 제10회 한국추리문학 신인상 수상.

「샤프의 비밀」,「장미 벼랑에 서다」,

「낙원의 저쪽」(이상 장편추리소설),

「정신병을 일으키는 除毛劑」,

「초상화를 그리는 남자」(이상 단편추리소설)

외 작품 다수.

잃어버린 시간

무시무시하게 생겨먹은 낡은 한 쌍의 장승을 지나서 숲이 울창한 좁다란 오솔길을 얼마나 걸었을까.

사방 어디를 둘러봐도 빛이라곤 한 점도 없었다. 시커멓게 입을 벌린 동굴 같은 암흑이 그들을 두겹 세겹 에워싸고 있었다. 두 남녀는 희미하게 앞길을 밝히는 손전등에 의지한 채 쏟아지는 폭우를 고스란히 맞으며 쉬지 않고 걸어갔다.

잡석이 드문드문 박힌 황토길 양옆으로는 리기다 소나무와 떡갈나무 그리고 단풍나무 따위가 겹겹이 층을 이루고 있었다. 그들은 첩첩산중 속에 있는 것이었다.

벌써 오래 전부터 걸을 때마다 빗물에 젖은 구두에서 철퍽대는 소리가 났다. 그러나 두 남녀는 걷는 것만이 유일한 목적인양 얼굴을 차갑게 때려오는 빗줄기에도 아랑곳하지 않고 끊임없이 걸어갔다.

"대체 여긴 어딜까? 아무래도 길을 잃은 것 같애."

마침내 남자가 발걸음을 늦추며 말했다.

푸른 바다 빛깔의 남방 셔츠와 청바지를 입은 남자는 30대 후반쯤 되어 보였다. 키는 1백75센티쯤일까, 메마른 인상에 우수적인 눈을 가지고 있었다. 걸음을 멈춰 선 그는 그 눈으로 손전등의 빛이 쏘아져나간 곳을 천천히 둘러본 단음 여자에게 말했다.

"아까 길이 갈리지는 곳에서 방향을 잘못 잡은 것 같아. 도로 내려가야겠어."

"이상하군요. 다른 길은 아예 잡초가 무성했잖아요."

여자가 말했다.

그때였다. 번쩍하며 칠흑의 하늘 한가운데로 한 줄기 섬광이 그어지는가 싶더니 귀를 찢을 듯한 뇌성이 산등성이를 울렸다.

여자는 파리해지며 남자의 품으로 뛰어들었다.

"무서워요!"

"걱정할 거 없어. 도로 내려가서 민박이나 하자구."

남자는 여자를 꼭 껴안아주며 등을 다독거렸다.

그러나 여자는 여전히 겁을 집어먹은 채 핏기 하나 없는 창백한 얼굴로 남자를 올려다보았다.

여자는 남자보다 머리통 하나가 작았다. 아담한 체구에 가냘픈 몸매가 여성적인 분위기를 자아내고 있었다. 돋보이는 미모는 아니지만 뭇남성들의 관심을 끌 만큼 깜찍한 용모였다. 나이는 남자보다 열 살쯤 아래인 것 같았다.

여자가 떨리는 목소리로 말했다.

"대체 얼마나 걸었을까?"

"글쎄, 시계가 없어서…… 한 두 시간쯤?"

"웬지 두렵고 불길한 생각이 들어요."

"두려워할 거 없다구. 어두워서 잡념이 생겨나는 것뿐이야. 어서 내려가 보자구. 내리막길이니까 수월할 거야. 한 1시간쯤만 걸으면 민가도 있을 거구. 자, 내 손을 잡아."

남자는 여자를 리드해서 왔던 길을 되돌아갔다. 남자의 말대로 내리막길이라 걷기가 수월했다. 이따금 모난 돌부리와 나무 부리에 채이는 것을 제외하고는 그런 대로 걸을 만했다.

한 10분쯤 걷자 거짓말처럼 비도 폭우에서 부슬비로 변해 갔다. 그러자 여자는 다소 안심을 하는 것 같았다.

"헌데 우린 왜 이곳을 걷고 있는 거죠?"

여자가 말했다.

"철학적 질문인가? 이를테면 지금 이 순간 우리 존재의 의미 같은 걸 묻는 건가?"

남자는 퉁명스럽게 반문했다.

"아니, 말뜻 그대로예요. 우린 왜 지금 이 시각에 이곳을 걷고 있는 거냐구요?"

남자는 잘 생긴 이마를 갸우뚱했다. 그 또한 자신이 지금 이곳을 걸어야만 하는 이유를 이해할 수가 없었다. 왜 그런지 그는 그것을 기억해낼 수가 없었다.

그러나 그는 금방 그것이 중요하지 않다고 고쳐 생각했다. 당장은 비를 피할 수 있는 곳과 몸을 누일 잠자리가 간절했다.

"배가 고픈데."

남자의 무성의한 동문서답에 여자는 아무런 항변도 하지 않았다. 여자 또한 그런 질문을 무심히 던졌을 뿐 굳이 만족스런 답을 기대하진 않았던 것 같았다.

"저두요."

여자가 말했다.

그리고는 대화가 끊어졌다. 다시 얼마나 지났을까. 그들은 몹시 지쳐 더 이상 걷기가 힘들었다. 특히 체력이 약한 여자는 주저앉을 지경으로 숨을 헐떡거렸다.

"더는 못 가겠어요! 발바닥에 물집이 생겼나봐요."

"여기서 이러면 어떡하라구? 아무리 무더운 여름이라지만 잘못하면 얼어죽을 수도 있어. 비에 젖은 몸이라 체온이 급격히 떨어진단 말야."

"하지만 더 이상은……."

여자는 잡혔던 손을 빼며 아무데나 털썩 주저앉았다. 어차피 젖은 몸이라 엉덩이 아래 물이 홍건히 고여 있는 것에도 개의치 않고 끈 매듭을 풀어 랜드로바를 벗은 다음 피곤해진 맨발을 주물러댔다. 다행히 비는 완전히 그쳐 있었다.

남자는 하는 수 없이 여자 옆에 쪼그리고 앉았다. 손전등의 빛이 그들의 주위에 커다란 원을 그리고 있었다.

비가 그치자 풀벌레 소리가 들려왔다. 이따금 황소개구리와 무당개구리의 울음 소리도 섞여들었다. 그 소리를 무심히 듣고 있던 남자가 말했다.

"이 근처에 민가가 있을 것 같군."

"도무지 불빛이라곤 보이지 않는데요?"

"시끄럽게 울어대는 저 개구리 소리를 들어봐. 개구리는 보통 논바닥에 떼지어 살거든. 그렇다면 민가가 있는 것도 당연하지. 어서 일어나자구."

남자의 낙관적인 전망에 힘을 얻은 여자는 흔쾌히 일어났다. 과연 1백여 미터쯤 비탈길을 내려가자 길에서 얼마간 벗어난 곳에 하얀 벽돌로 지어진 집이 보였다.

그러나 얼른 보기에도 그 집에는 사람이 사는 것 같지가 않았다. 창문으로 불빛도 새어나오지 않았고 생활의 생생한 흔적이라곤 손톱만큼도 엿보이지 않았다.

남자는 손전등을 여기저기 비추며 벽돌집으로 다가갔다. 울타리

가 없는 마당엔 오래 전에 쓰다 버린 양동이 같은 집기들이 아무렇
게나 나뒹굴고 있었다. 여자는 그런 살풍경한 모습에 몸을 움츠리
며 남자의 어깨에 바싹 밀착되었다.

"폐가인 모양이야. 오히려 잘 됐지 뭐야. 여기서 하룻밤 묵어가
야겠어."

"웬지 으시시해요!"

여자는 공포로 인해 몸이 얼음장처럼 차가와졌다.

"으시시하기는? 어린애같이……."

남자는 빙그레 웃으며 대청마루로 올라섰다.

집은 대청마루를 가운데 두고 양쪽으로 방이 하나씩 있었다. 왼
쪽 방에도 부엌이 딸린 아궁이가 붙어 있었다. 외형만 시멘트와 벽
돌로 지었지 구조는 전통 가옥과 같았다.

남자는 손전등을 앞세워 집안을 한 바퀴 둘러보고 나서 마침 아
궁이 옆에 장작개비 부스러기가 있어 불까지 지폈다. 그들은 아궁
이가 붙은 방으로 들어가 단단히 문을 잠갔다.

방바닥은 장판지가 해어져 꺼칠꺼칠한 시멘트 바닥이 노출돼 있
었으나 피곤한 몸을 누이기에 불편할 정도는 아니었다. 그들은 손
전등을 천장에 비추어 그 반사되는 빛으로 방안을 밝힌 다음 일단
눈을 감고 벽에 기대었다.

먼저 졸기 시작한 것은 여자였다. 남자는 안쓰러운 표정으로 여
자의 젖은 머리카락을 쓸어주며 자신도 눈을 감았다. 온몸 어딘 한
군데 노곤하지 않은 곳이 없었다. 그러나 이상하게도 정신만은 말
똥말똥했다. 육체와 영혼이 분리된 듯한 그런 느낌이었다.

여자가 새근거리는 숨소리를 냈다. 남자는 그 소리를 들으며 자
신들이 왜 여기에 와 있는지를 기억해내려고 애썼다. 하지만 알 수
없게도 좀처럼 떠오르지 않았다.

비에 젖은 온몸은 축축했고 방바닥은 아직 온기가 느껴지지 않았다. 그는 주머니에 손을 찔러넣으며 거북이처럼 턱을 끌어당겼다.

무언가 손에 묵직한 것이 잡혀 왔다. 아닌게아니라 그것은 아까 걸을 때부터 허벅지에 부딪치며 신경을 쓰이게 하던 것이었다. 그는 그것을 꺼내 보려다가 눈꺼풀이 무거워지며 스르르 잠이 들었다.

"재준씨! 재준씨!"

얼나마 지났을까. 남자는 낮게 외치는 소리에 눈을 떴다.

"뭐야? 왜 그래?"

"쉿! 조용히 해요!"

여자는 남자의 입을 틀어막으며 가슴으로 파고들었다.

"저 소리를 들어봐요."

"무슨 소리?"

"저 소리요."

남자는 하품을 짓씹으며 귀를 기울였다. 1초, 2초, 3초, 4초, 5초 ……하지만 아무 소리도 들리지 않았다.

"대체 무슨 소리가 들렸다구 그래?"

"저 웃음 소리가 안 들려요?"

여자는 당황했다. 그녀의 귀엔 분명히 까랑까랑한 웃음 소리가 들려오고 있었다. 그건 절대 환청이 아니었다.

"무슨 소리가 들린다고 그러는 거야? 괜히 날 놀리려고 그러는 거지? 내가 겁 먹나 안 먹나 시험해 보려고. 난 이래뵈도 튼튼한 심장을 가지고 있다구. 나 졸리니까 쓸데없는 장난일랑은 그만 두라구."

"쓸데없는 장난이라뇨? 제발 목소리 좀 낮춰요. 저 사람들이 들겠어요.”

여자는 숨이 막힐 것 같은 기분으로 말했다.

“피곤해. 잠이나 자자구.”

남자는 상대하기 귀찮다는 듯이 다리를 뻗고 방바닥에 드러누웠다.

여자는 잔뜩 겁을 집어먹고 있었다. 머릿속은 혼란을 느꼈다. 밖에서는 계속 웃음 소리가 들려오고 있었다. 그것은 아이들의 웃음 소리였다. 열대여섯 살쯤 되어 보이는 소녀들이 재밌는 얘기에 빠져 까르르 웃어젖히는 소리였다.

그 소리는 대청마루 너머 건너방에서 들려오고 있었다. 여자는 공포로 인해 금방이라도 온몸이 얼어붙을 것 같았지만, 그러면서도 한편으로는 건너방을 눈으로 직접 확인하고 싶은 충동을 느끼고 있었다.

“제발 좀 나가봐요.”

여자가 남자의 어깨를 쥐흔들며 간청했다.

“이봐 경옥이, 조바심낼 거 없어. 그게 바로 흔히들 말하는 환청이야. 당신은 너무 긴장해 있다구. 배는 고프고 몸은 지치고, 한마디로 모든 게 뒤죽박죽이어서 그런 거야. 나가볼 필요도 없어. 잠시만 마음을 진정시켜봐. 그럼 소리가 그칠 거야.”

놀랍게도 남자의 예상은 딱 들어맞았다. 남자의 말이 그치자마자 약속이나 한 듯이 소녀들의 웃음 소리도 뚝 그쳤다.

여자는 귀를 의심했다.

그러자 그때였다. 남자는 갑자기 벌떡 일어나 앉으며 의미심장하게 말했다.

“아아——그거야, 바로 그거였어! 알았어. 알았다구.”

“……”

여자는 아직 공포에서 깨어나지 못한 채 약간 멍한 표정으로 그를 바라보았다.

"우리가 왜 여길 걷고 있는 것이냐고 물었었지?"

"그런데요?"

여자는 새삼스럽게 이제 와서 그 얘길 다시 꺼내는 이유가 뭐냐는 생뚱스런 표정이었다.

"우린…… 그러니까…… 놀라지 말라구…… 우린 그러니까 자살을 하려고 했던 거야."

"자살이라뇨?"

여자의 얼굴은 의외로 무덤덤했다.

"바로 이게 해답이야."

남자는 바지 주머니에서 필름을 담는 캡슐만한 파란 병을 내보이며 말했다.

"이건 청산가리라구. 0.15그램만 혀에 닿아도 죽을 수 있을 만큼 맹독성이지. 그래, 분명히 생각이 나. 우린 이걸로 자살을 하려고 산으로 들어왔던 거야."

여자는 손을 오므려 이마에 대고 뭔가를 고통스럽게 생각하다가 말했다.

"도무지 전…… 이해가 가지 않아요. 우린 왜 자살을 하려고 하는 것이며, 또 그럼 왜 자살을 하지 않고 산 속을 헤매고 있었던 걸까요?"

"그거야…… 길을 잃었던 거겠지."

그 대목에서 남자도 자신이 없는 투였다.

"길을 잃은 것과 무슨 상관이 있어요? 아무데서라도 그것을 마시고 죽으면 될 텐데요."

"딴은 그렇군…… 하지만 난 확연히 느낄 수 있어. 우린 이 세상에 아무런 미련도 없었던 거야."

"그런 소름끼치는 소릴랑은 말아요. 무서워요."

여자는 남자의 품에 안기려다가 미간을 일그러뜨리며 낮게 소리
쳤다.

"또 저 소리!"

"무슨 소리?"

남자가 반사적으로 물었다.

"저 까르르대는 웃음 소리요! 건너방에 누군가가 있는 게 틀림없
어요. 제발, 좀 나가봐요!"

"난 아무 소리도 들리지 않는데 자꾸 왜 그러는 거지?"

"제발요! 부탁이에요."

여자가 매달려 사정하자 남자는 하는 수 없다는 듯이 어슬렁거
리며 일어났다.

"같이 가볼 테야?"

"싫어요. 전 여기서 내다볼게요."

남자는 방을 나가 느릿느릿 대청마루를 가로질러 갔다. 여자는
대청마루로 나가는 문턱에 기대어 서서 긴장한 채 건너방을 바라
보고 있었다.

남자가 와락 문을 열어젖혔다. 그리고는 손전등을 비추었다. 남
자는 여자 쪽을 돌아보며 싱겁다는 미소를 지어 보였다.

"아무도 없는걸. 대체 무슨 소리가 들렸다는 거야?"

"서, 설마요?"

여자가 냉큼 달려왔다.

남자는 다시 한 번 방안에 천천히 손잔등을 비추어 여자가 살펴
볼 수 있게 했다. 텅 빈 방에는 아무도 없었다. 그들이 쉬었던 방처
럼 장판과 벽지가 해어져 너덜거릴 뿐 사람의 흔적은 눈에 띄지 않

왔다.

"이래도 믿지 못하겠다는 거야?"

남자는 의기양양해져서 말했다.

"저, 저기요!"

여자가 손가락으로 가리켰다.

"저기 다락이 있어요."

방 한구석의 바람벽 위쪽에 가로 세로 1미터쯤 되는 고동색 미닫이문이 보였다.

"저건 이불장이라구. 사람이 들어갈 만한 곳이 아니야."

"혹시 모르잖아요. 한 번 열어봐요."

"전엔 몰랐는데 당신, 정말 집요한 데가 있군."

그러며 남자는 문 밑으로 걸어가 다락문을 열고 손전등을 비추었다. 안은 겉보기도다 훨씬 비좁았다. 오래 방치된 탓에 여기저기 거미줄이 쳐져 있었다. 거기에도 사람은 없었다. 아니, 사람이 있을 턱이 없었다.

"자, 그래도 의심스러우면 어디 들어가서 살펴보시지. 등으로 발판이라도 만들어줄까?"

남자는 거 보란 듯이 비아냥거렸다.

여자는 허탈해졌다. 그러나 자신이 잘못 들었다고는 생각되지 않았다.

(분명히 들었는데…….)

그들은 다시 쉬던 방으로 돌아왔다. 남자는 눈을 좀 붙여야겠다고 자리에 누웠고, 여자는 아직 오싹한 공포의 느낌이 가라앉지 않아 그 옆에 무릎을 세우고 턱을 괸 채 앉아 있었다.

(어쩌면 내 귀가 잘못 들었는지도 모르지…… 그래, 재준씨 말이 맞아. 이게 바로 환청이야. 난 지금 정상이 아니야. 춥고 배고프

고…… 그러다 보니 헛소리를 들을 만도 하지.)

여자는 마침내 자신이 환청을 들은 것으로 결론을 내렸다.

그러자 그때였다. 또다시 소녀들이 까르르대는 소리가 들려왔다. 여자는 모골이 송연해지며 귀를 틀어막았다.

웃음은 그치지 않고 계속해서 들려왔다. 귀를 틀어막아도 들리릴 만큼 그 소리는 컸다. 아무리 듣지 않으려고 몸부림을 쳐도 소용이 없었다.

결국 여자는 듣지 않으려고 애를 쓰는 것을 포기했다. 그러자 오히려 오기 같은 게 가슴 밑바닥에서 솟구쳤다. 여자는 다시 남자를 깨울까 하다가 괜한 핀잔이나 들을까 싶어 손전등을 손수 집어들며 자리를 박차고 일어났다. 그녀의 얼굴은 결연한 의지로 빛나고 있었다.

그녀는 용기를 내어 살금살금 방을 나왔다. 콩알만해진 간을 가까스로 다스리며 건너방으로 조심스레 걸어갔다.

대청마루의 중간쯤 왔을 때 그녀는 아주 조금 열려진 문틈으로 웃음 소리와 함께 빛이 새어나온다는 사실에 깜짝 놀랐다.

그것은 믿을 수 없는 일이었다. 그런데도 두 눈은 틀림없이 불빛을 보고 있었다.

그녀는 무의식적으로 발밑을 비추던 손전등을 껐다. 따라서 손전등빛이 벽에 반사해 보이는 것은 절대 아니었다. 그것은 촛불이나 호롱불 같은 것이 옅은 바람에 흔들리며 새어나오는 게 분명했다.

(이번엔 환시인가?)

그런 의문을 떠올리기에는 상황이 너무나 긴박했다.

그녀는 자신도 모르게 열린 문으로 조금씩 다가서고 있었다. 쥐죽은 듯 몇 발짝 떼었을 때 느닷없이 웃음 소리가 뚝 그쳤지만, 이번에는 이런 얘기가 똑똑히 들려왔다.

"그러니까 옆집 돌쇠가 호박골 감나무집 홍시를 따먹다가 딱부리 영감에게 덜미를 잡혀 혼줄이 났다는 거니?"

"글쎄, 언니 그렇다니까. 돌쇠를 나무판자에 납작 엎드리게 묶어 엉덩이를 까발려놓고 쑥뜸을 하자 돌쇠가 뜨거워서 발광을 하는데 어찌나 웃습던지……. 참을 수가 있어야지."

"좀 잔인한데."

"잔인하긴? 지난 여름에 수박밭을 망쳐 놓은 것도 돌쇠라며 곤장을 안 친 것만도 다행이라던걸."

"하지만 아무리 그렇기로서니 생살에 불침을 놓다니! 너도 그걸 보고 히히덕거렸단 말이야?"

"아, 아야 언니! 난 사람들 틈에 끼어서 그냥……."

둘의 관계는 자매인 것 같았다.

여자는 그 대화를 가만히 듣고 있다가 손을 뻗어 문을 살그머니 열었다. 먼저 눈에 띈 것은 색동저고리를 입은 앳된 소녀의 뒷모습이었다. 길게 땋은 윤기나는 머리카락이 허리까지 내려왔다.

그 소녀의 앞에 언니인 듯한 처녀 또한 같은 모습이었다. 참빗으로 정수리 한가운데 가리마를 타고 두 갈래로 땋은 머리 모양새가 영락없는 이조시대의 처녀가 하고 다니던 풍속 그대로였다.

웬지 간담이 서늘해지는 순간 개다리소반 위에서 책장을 건성으로 넘기던 언니의 시선과 정면으로 마주쳤다. 불똥이 번쩍 튀었다. 한동안 여자와 언니는 그 자리에서 얼어붙은 채 놀란 눈으로 서로를 바라보고 있었다.

여자는 숨을 헉하고 들이켰다.

"언니, 왜 그래?"

돌아앉아 있어 문 밖을 볼 수 없는 동생이 심상치 않은 언니의 표정을 보고 물었다. 언니는 턱을 덜덜 떨며 말했다.

"뒤, 뒤를……."

"뒤에 뭐가?"

여동생이 홱 돌아다보았다. 눈이 쭉 째진 아주 못생긴 얼굴이었다.

여자는 이번에는 동생과 눈길을 교환했다.

"으악!"

하는 비명이 터진 것은 거의 동시였다.

방안에서도 그리고 뒤를 돌아서서 남자가 있는 방으로 돌아온 여자의 입에서도 찢어질 듯한 비명이 끊임없이 터져나왔다. 비명은 거의 발악에 가까웠다.

여자가 미쳐 날뛰는 소리에 놀라 깨어난 남자는 자신을 잡아끌며 빨리 도망치자고 졸라대는 여자의 몸부림을 졸린 눈으로 쳐다보고 있었다.

여자는 더 이상 느려터진 남자의 행동을 참지 못하고 혼자 집을 뛰쳐나갔다. 그제서야 사태의 심각성을 알아차린 남자도 버려진 손전등을 집어들고 여자의 뒤를 쫓았다.

여자는 부리나케 달려갔다. 어디서 그런 엄청난 힘이 솟아나는지 3백m 이상을 뛰어가서야 겨우 따라잡을 수 있었다.

남자가 숨을 헐떡이며 말했다.

"대체 왜 이래? 무슨 일이야? 무슨 일인데 이 난리야?"

"귀신을 봤어요! 귀신을……."

"당신, 정말 단단히 미쳤군! 요즘 세상에 귀신이 어디 있다고 그래?"

"아까 그 방에 분명히 귀신이 있었다구요. 색동저고리를 입은 자매였는데 다정히 얘기를 나누고 있었어요. 얘기를 하는 여동생

앞에서 언니가 책장을 넘기며 듣고 있었다구요."

"이봐, 자꾸 왜 이러는 거야? 나까지 정신이 사나워지잖아. 정신 차려! 정신을 차리라구!"

남자는 여자의 어깨를 거칠게 잡아 흔들었다.

여자는 완강하게 도리질을 하며 소리쳤다.

"이러지 말아요! 난 지금 제정신이에요! 멀쩡해요! 정신이 나간 게 아니라구요. 뭐든지 물어봐요. 하나도 틀리지 않고 대답을 할 수 있으니까요. 귀신은 내가 엉뚱한 상상력으로 만들어낸 환상이 아니란 말예요. 당신이 웃음 소리를 들었는지 안 들었는지는 중요하지 않아요. 나는 분명히 그 소리를 들었고 두 눈으로 직접 확인도 했어요. 당신에게 들리지도 보이지도 않았다면 그 또한 사실이겠죠. 하지만 내가 듣고 본 것도 틀림없는 사실이에요."

남자는 한참을 망설이다가 말했다.

"소리친 건 미안해. 하지만 당신은…… 당신은 신경이 날카로워져 있어."

"내가 본 건 현실이에요. 망상이 아니라구요. 그런 말로 적당히 얼버무리려 들지 말아요."

"그래, 알았어. 믿겠어. 당신은 귀신을 본 거야. 하지만 그 얘긴 그만두자구. 이러다가 싸우고 말겠어."

그러자 흥분한 나머지 어깨숨을 몰아쉬던 여자도 잠잠해졌다.

그들은 말없이 길을 따라 내려갔다.

얼마간 가자 동녘의 산자락 끝에서 여명이 희끄무레하게 밝아오기 시작했다. 남자는 건전지의 생명이 다한 손전등을 휙 풀숲으로 집어던졌다.

그들은 계속 걸어 내려갔다. 저만치 듬성듬성 무리 지어져 있는 부락이 보였다. 그들은 비로소 안도의 한숨을 내쉬었다. 길고 위험한 여정을 힘겹게 마친 사람들처럼 허탈과 함께 기쁨이 솟구쳤다.

마을 입구에 구부정한 천하대장군과 지하대장군이 서 있는 것이 보였다.

동네에 악귀가 들어오지 못하도록 세워놓은 장승 주위에 스무명 남짓한 주민들이 떼지어 모여 뭔가를 에워싸고 있었다.

남자는 자신의 기억이 어제 그 장승을 본 것에서부터 끊어졌다는 것을 알아차렸다. 신기하게도 여자도 같은 생각을 했다. 서로 텔레파시가 교감된 듯 그들은 서로를 바라보았다. 그러나 그뿐, 아무 말도 하지 않았다.

주민들 중 그 어느 누구도 몰골이 말이 아닌 그들의 출현에 신경을 쓰지 않았다. 하긴 뭔가에 열중하느라 그럴 겨를도 없을 터였다.

남자와 여자는 주민 사이를 파고들며 안을 들여다보았다. 낡은 가마니 두 장이 뭔가 묵직한 것을 덮고 있었다.

네 개의 발이 가마니 밖으로 빠져나와 있었다. 안 보아도 그것이 두 구의 시체라는 것을 알 수 있었다.

"쯧쯧, 정말 안됐어!"

"어쩌다 재수없게 이 지경이 되었을까!"

"불쌍한 사람들, 주어진 목숨 다 살아보지도 않고 벼락에 맞아 죽다니!"

주민들이 혀를 차는 소리를 뚫고 건장한 경찰관이 말했다.

"정말 알 수 없는 조화로군요! 이들은 여기 죽으러 왔었어요. 벼락을 맞지 않았더라도 자살을 했을 겁니다."

그 말에 주민들은 하나같이 믿을 수 없다는 표정으로 경찰관을 바라보았다.

"이게 바로 문제의 약병입니다. 뭔지는 모르지만 독극물이 틀림없어요. 게다가 여기 유서도 있구요. 벼락을 맞을 때 조금 타긴 했지만 글씨는 온전해요."

경찰관은 파란 약병을 주머니에 집어넣으며 주민들의 궁금증을 풀어주기라도 하듯 꼬깃꼬깃해진 유서를 펼쳐들고 읽어내려갔다.

우리는 내일이면 시체로 발견될 것이다. 참담한 심정이다. 우리의 사랑은 불륜으로 낙인찍히겠지만, 세평처럼 그리 불순한 것만은 아니다. 우리의 순수한 죽음이 그것을 증명할 것이다. 내 개인적으로는 아내와 두 딸들에게 미안하다. 그들에게 영원히 씻지 못할 상처를 안겨주게 될지도 모른다. 하지만 경옥이의 애틋한 마음을 이제 와서 저버릴 수는 없다. 이 글을 쓰는 동안 그녀의 눈물은 걷잡을 수 없이 흘러내리고 있다. 나도 콧마루가 시큰해지며 눈물이 핑 돈다. 아아, 하지만 어쩔 것인가! 저승으로 가는 마당에 한 가지 소원이 있다면——결국 정사(情死)라는 딱지로 인해 불가능하겠지만——우리를 합장해 양지 바른 곳에 묻어주길 바랄 뿐이다…….

남자와 여자는 경찰관의 낭독을 들으며 무릎을 굽혔다. 그리고 사정없이 가마니를 들추었다. 그러자 놀랍게도, 거기엔 시꺼멓게 타긴 했지만 충분히 식별이 가능한, 눈을 감은 자신들의 얼굴이 평화스런 표정으로 하늘을 향한 채 누워 있는 것이었다.

아름다운 용의자

노원

• 노원
함남 풍산 출생.
75년 단편추리소설 「죽음의 멜로디」 발표.
88년 제4회 한국추리문학 대상 수상.
한국추리작가협회 부회장, 국제펜클럽 회원.
「배신의 계절」, 「금지된 밀월」, 「야간 항로」,
「위험한 외출」 (이상 장편추리소설),
「블랙 레이디」 (단편추리소설) 외 작품 다수.

아름다운 용의자

맹랑하고 덜렁대기로 소문난, 그래서 핀잔받기 일쑤인 맹형사가 허둥대며 수사반에 뛰쳐들어오고 있었는데, 그런 그를 하경감은 지긋이 바라보고 있었다.

"반장님, 살인사건입니다."

맹형사는 숨이 턱에 차서 말했다.

"살인사건이라구?"

하경감이 되묻는 모습에선 귀찮아하는 기색은커녕 오히려 구원이라도 받은 사람의 표정이 떠올랐다. 그는 할일없이 석간신문이나 뒤적이고 있던 참이었다.

"네에, 살인사건이라니까요."

맹형사는 공연히 신명이 나서 말했다.

"허허, 그래애……."

하경감이 덩달아 기뻐하는 것은 이번 기회에 누군가를 교수대에 세움으로써 표창장이라도 한 장쯤 받아 승진에 도움을 받을 수 있을 것 같아서이리라. 그런 점에서는 맹형사도 다를 것이 없을 것이다.

얼마 전에 시경 수사반에 새로 배치된 여형사 오하영은 남자들의 세계가 얼마나 고달픈지 조금은 이해가 되고 싶었다. 그래서 밑져야 본전이라는 심정으로 경찰관이 되었지만 눈앞의 사내들은 어떤 점에서 필사적이라고 할 수 있었다.

"반장님, 영화배우 김지선을 아시죠?"

"김지선?"

하경감이 그 실눈을 깜빡이는 것으로 봐서는 김지선을 알지 못하는 듯했다. 혜성처럼 나타났다가 사라진 김지선을 하경감이 모를 수도 있었다.

"아니, 김지선도 모르십니까?"

"글쎄, 누구더라……?"

아름다운 영화배우라면 사족을 못쓰는 부하 직원을 핀잔이나 줄 것이지 고분고분 되묻는 하경감도 우스웠다.

"왜, 있잖습니까. 종로의 숨은 알부자와 결혼했다는……. 그 영감의 이름이 곽회림이라고 했던가요……. 큰 보석상을 운영한다는……. 몇 해 전에 큰 화제가 되었지요."

"오라!"

하경감이 수긍하는 빛을 보였으나 그가 아직도 깨우치지 못하고 있다는 것은 오하영의 눈에도 분명했다.

"아무튼 좋습니다. 방금 종로서의 보고로는, 김지선이 남편을 독살했을 거라는 겁니다."

"그럼 뭐야, 범인도 밝혀지고 범행 수단도 알아냈다는 얘기야?"

"그건 아니구요……."

"그게 아니라면?"

"곽회림인가 하는 영감이 평창동집에서 저녁을 들다가 갑자기 의문의 죽음을 맞는데, 아무래도 아름다운 아내의 손길이 뻗쳤을 거라는 그런 보곱니다."

"그걸 자네가 조금은 각색을 했다는 얘기인가? 의문사를 독살사로…… . 자네 상상력을 동원해서…… ."

"그야 뻔한 이야기가 아닙니까? 김지선인가 하는 여자가 영감이 너무 오래 산다고 믿고 그 목숨을 단축시킨 거죠."

"어렵쇼…… 이것 봐라…… ."

오하영은 두 남자의 부질없는 논쟁에 그녀가 개입해야 한다고 생각했다. 그래서 그녀는 두 사내 앞에 나섰다.

"어쨌거나 현장에 가보셔야 하는 거 아녜요? 그래야 진상도 알 테고…… . 여기서 논쟁해 봤자구요."

"아암, 가봐야지."

현장으로 달려가야 한다는 점에서는 두 남자의 의견이 쉽사리 일치를 보았다. 그렇지 않고서는 주울 이삭도 없을 것이고 공적을 세울 수도 없을 것이다.

"자, 우리 어서 떠나자구."

하경감의 채근이 아니어도 그들은 금세 움직이기 시작했다. 알지 못할 기대감에 눈을 빛내면서 말이다. 특히 하경감이 그 둔중하기 이를 데 없는 하마 같은 몸을 가뿐하게 움직였다. 오하영이 따라 나설 채비를 하자, 맹형사가 공연히 눈살을 찌푸렸다. 남자가 가는 자리에 여자가 끼어든다는 그런 모습이었다. 그는 오하영이 늘 총신이 짧은 권총을 휴대하자 브라운관의 멋진 여형사로 착각하고 있다며 비웃었다.

"골은 비어 갖고는…… ."

맹형사는 은연중 오하영을 비방했으나 어쩌랴, 오하영의 팔등신으로 해서 신음을 토하는 처지인 것을!

그들이 시경 수사반을 떠난 것은 이래저래 저녁 8시 반께였다.

얼마 후 그들은 평창동의 호사스럽기 그지없는 김지선의 저택에 도착했다. 어떤 사람들이 저토록 큰 집에 울타리를 단단히 치고 살고 있을까, 그리고 밤마다 어떤 역사가 펼쳐지고 있을까 하는 궁금 증을 지녔었다. 그런데 오늘 밤만큼은 분명했다. 저 저택 안에서 엽기적인 살인사건이 발생한 것이다. 아마도 아름다운 아내가 남편의 술잔에 소리 없이 흰 가루라도 뿌렸을 것이다. 비소라는 이름의 하얀 가루를 말이다.

그들 일행을 맞은 사람은 저택의 아름다운 여주인이 아닌 종로서의 강력반장과 그의 형사진이었다. 말하자면 종로서의 초동수사가 이미 시작된 것이었다. 그런데 그들을 맞은 범경위가 대뜸 미간을 모았다. 그가 초대하지 않은 손님들이 나타난 것이다. 그러나 그런 범경위의 미묘한 감정 변화에 구애받을 하경감이 아니었다.

"어떻게 된 건가?"

하경감이 범경위에게 물었다.

"모두가 저녁을 들고 있었는데, 초대를 받은 두 사람의 손님과 함께…… 유독 곽회장만이 먹던 음식을——그게 버섯 요리라고 듣고 있습니다만——토하면서 괴로워하더니 얼마 안 가서 숨을 거두었다는 것입니다. 말인즉 식중독일 거라고 합니다만……."

범경위는 그의 공로를 가로챌지도 모를 그의 상급자에게 김지선 일가에서 발생한 죽음의 상황을 곧이곧대로 설명하는 것이었다.

"식중독이라구?"

"네, 식중독요."

"그래, 이 집 여주인께서 어떤 조치를 취하셨나? 식중독에 신음하는 남편을 눈앞에 두고 말야."

"마침 그때 이 집엔 곽회장의 주치의도 초대받아 함께 저녁을 들고 있었다는군요. 그 의사가 먹은 음식을 토하게 하고 여러 모로 응급조치를 취했다고 합니다. 하지만……."

"곽회장은 끝내 숨을 거두었다는 얘긴가?"

"그렇습니다."

"그렇다면 한갓 식중독 사고인데, 왜 살인사건이 발생했다며 이 난리인 게지?"

"이 집 식구의 일부가 살인사건이라고 주장하고 있기 때문입니다. 곽회장은 독살되었다고 말입니다."

"아름다운 아내의 손에 의해서?"

"네, 그렇습니다."

"좋아, 우리 한 번 제대로 조사해 보자구. 그런데 시신은?"

"2층 침대에 모셔놓고 있습니다. 보시겠습니까?"

"봐야지. 내가 무엇 때문에 여길 왔겠나?"

"그럼 절 따라 오시죠."

범경위가 성큼 앞장서고 하경감과 맹형사가 늦을세라 뒤따랐다. 오하영도 뒤따랐는데, 그런 그녀를 맹형사가 흘겼다. 여자가 시신을 봐서 어쩌겠느냐는 그런 눈치였다. 이윽고 그들은 흰 시트에 덮인 곽회장과 마주하게 되었다. 그 시트자락을 걷자 하얗게 눈을 치켜뜬 노인의 앙상한 모습이 클로즈업되어 다가왔다. 오하영은 일별하고는 고개를 돌렸는데, 사나이들은 마치 고가의 미술품이라도 감정하는 눈길로 살펴보는 것이었다.

"여보게 범경위, 이 얼굴을 자세히 살펴보게. 장미빛 고운 색깔이 감돌고 있지 않나?"

하경감이 입을 뗐다.

"그렇다면, 그건 청산중독이라는 얘기가 아닙니까?"

범경위가 의심스러워하는 목소리로 대꾸하고 있었다.

"정식으로 부검해 보면 정확한 걸 알 테지만 일단은 청산중독으로 봐야겠네."

하경감이 힘주어 말했다. 이 분야에서 오랜 경험을 쌓은 하경감인지라 그의 감정 결과는 틀림없이 싶었다. 늘 시체 전문가로 자처하지 않던가. 어쨌거나 곽회장은 식중독으로 죽은 것이 아니라 청산가리로 독살된 것이다. 일행은 지체없이 아래층 거실로 걸음을 옮겼다.

"이제부터 이 집 여주인을 다그치자구."

하경감이 상좌에 자리잡으며 말했다. 남편의 죽음엔 으레 아내의 손길이 미쳤다고 확신하는 하경감임을 아는 오하영은 오늘의 속죄양으로 김지선이 어김없이 선택되었다고 생각했다. 그나저나 하경감이 아름다운 김지선을 어떻게 다루는지 보고 싶었다.

"여주인부터 부를까요?"

맹형사가 잽싸게 나서며 말했다.

"아냐, 그 여잔 맨나중에 초대하자구. 우선 이 댁 주치의라는 사람부터 부르지."

"알겠습니다."

이윽고 거실에 모습을 드러낸 곽회장댁 주치의는 매우 지적인 느낌의 40대 초반의 사나이였다.

"그 식탁에서 함께 저녁을 들었다지요?"

하경감이 그 실눈을 깜빡이며 물었다.

"네, 별로 즐거운 식탁은 아니었지만요."

민요섭이라는 이름의 주치의는일순 미소지으며 대꾸했다. 인간의 죽음에 익숙한 직업 탓인지는 몰라도 여유가 있어 보였고, 유머감각도 있어 보였다.

"죽은 사람과 최후의 만찬을 함께 한 사람들은 누구누구지요?"

"곽회장 내외와 여동생, 그리고 두 사람의 초대받은 사람하고,

마지막으로 김지선씨가 시집오며 데리고 들어온 일곱 살짜리 아들하고요. 그러니 모두 여섯 사람이군요. 하지만⋯⋯."

"하지만?"

"그 모두를 용의자의 대열에서 제외해도 좋을 것입니다."

"흥미있는 의견을 제시하셨습니다. 그건 왜죠?"

"그 요리에 말입니다, 곽회장의 죽음을 부른 버섯 요리에 누구의 손길도 뻗칠 기회라곤 없었으니까요. 부인조차두요."

"부인조차두?"

"외출에서 돌아오자마자 식탁에 마주 앉았으니까요. 다른 사람들도 비슷합니다. 저만 해도 거실에 들어서자 주인과 함께 식탁으로 걸음을 옮겼어요."

"흐음, 그래요오⋯⋯."

"버섯 요리도 우리 모두가 함께 들었구요. 물론 김지선씨두요."

"그런데도 곽회장만이 유독 목숨을 잃은 사실을 어떻게 설명해야 하지요?"

하경감이 한결 그 실눈을 깜빡이며 물었다.

"반장님께서는 살인 전문가시니까, 보통 사람들에겐 아무렇지도 않은 어떤 음식이 과민성 알레르기 증세의 사람의 목숨을 빼앗을 수도 있다는 사실은 아실 테지요?"

주치의는 다분히 계산된 듯한 미소를 띠며 수수께끼라도 던지듯이 말했다.

"예컨대 땅콩 한 알을 먹고도 숨지는 유별난 알레르기 체질의 사람들이 있습니다. 땅콩이 든 중국 음식을 들다가 삼키지도 않았는데 한 시간만에 죽은 사례도 있구요. 심지어 땅콩을 먹은 사람과 키스만 해도 가사 상태에 빠진 사례가 있었어요."

민박사의 연이은 해설에 하경감을 비롯한 형사진은 못 미더워하는 모습이었으나, 오하영은 어느 해외 토픽에선가 비슷한 기사를 본 일이 있었다. 아무려나 사람들이 그토록 즐겨 먹는 땅콩이 사람의 목숨을 빼앗을 수가 있다니!

"그럼 뭡니까, 민박사의 생각으로는 곽회장은 땅콩 알레르기가 있는 사람이고, 그래서 땅콩이 든 버섯 요리를 먹고는 숨졌다는 이야깁니까?"

하경감이 빈틈없는 어조로 물었다. 그의 입가엔 누군가를 업신여기는 듯한 미소가 서서히 번지고 있었다.

"네, 제 생각은 그렇습니다."

민박사는 지금은 빙글거리지 않았고, 사뭇 진지하고 신중했다. 그는 당시의 상황에 대해서 소상히 설명하기도 했다. 저녁 식탁엔 몇 가지 요리가 차례로 들어왔는데, 버섯 요리가 들어왔을 때도 접시를 돌려가며 들었다고 한다. 그런데 곽회장만이 구토 증세를 보였다는 것이다. 십중팔구 식중독이려니 하고 민박사가 손수 토하게 했다는 것이다. 곽회장의 목에 깃털을 집어넣어서 말이다. 옛날부터 그것이 가장 효과적인 방법이었다. 그러나 끝내는 숨을 거두었다는 것이었다.

"그렇다면 민박사, 버섯 요리에 땅콩을 배합해서 요리한 요리사를 다그치면 되겠군요. 누구한테 매수됐는지를 알자면요……."

"반장님, 그 요리사가 오늘 새로 왔다면 어떻게 하시겠습니까? 그것도 곽회장 스스로가 고용한 요라사라면요……."

"호오, 그래요오……."

"이건 하나의 사굡니다. 곽회장의 알레르기 체질을 알지 못하는 새로운 요리사의 실수로 인한……."

"하나의 사고라!"

하경감은 하나의 사고로 몰고 가려 하는 댄디한 모습의 주치의를 잠시 그 뱁새와도 같은 눈으로 지긋이 바라보고 있었다. 그럴 때의 그는 마치 먹이를 나꿔채기 직전의 짐승 같은 모습이었다.

"근데 민박사, 내가 보기에 곽회장은 아무래도 청산중독으로 죽은 것 같아요."

하경감의 목소리가 한결 나긋했다.

"청산중독이라구요?"

민박사가 어이없어했다. 아니, 질겁했다는 것이 옳을 것이다. 그러나 금세 설마 하는 회의의 숲을 헤매는 것 같은 모습을 짓는 것이었다.

"왜 내 말이 믿기지 않습니까? 그렇다면 시신을 다시 한 번 살펴보세요. 장미빛이 감도는 얼굴을 보신다면……."

"그럼 그건 차원이 다른 이야기군요."

"아암, 차원이 다른 이야기구말구요."

"그것 참……."

"좋습니다. 일단 나가서 기다리시죠."

"알겠습니다."

주치의가 물러나자 하경감에 의해 두 번째로 초대된 사람은 곽회장의 고문 변호사였다. 50대 후반의 머리결이 희끗한, 빈틈없어 보이는 인물이었다.

"단도직입적으로 묻겠는데요, 이 집 유산 상속에 무슨 문제는 없었습니까?"

하경감은 허웅이라는 이름의 고문 변호사를 맞으며 물었다.

"무슨 문제요? 예컨대 어떤 문제 말입니까?"

허변호사는 노장 변호사답게 매우 신중했다.

"유언장을 바꾸어 아름답고 젊은 부인을 유산 상속에서 배제하려 했다든가……."

하경감의 말투는 속삭이듯 했다.

"그런 일은 없었습니다."

고문 변호사는 하경감의 유혹의 손길에 말려들려 하지 않았다.

"그럼?"

"곽회장은 법의 정신에 따라 유가족에게 재산을 고루 나누어주려 했습니다. 그 어른께선 자기 가족을 남달리 사랑하셨어요."

"젊은 아내두요?"

"네."

"젊은 아내가 데리고 온 자식두요?"

"네에……."

"현 시점에선 부인께서 남편을 독살할 이유라곤 없다는 말씀이시군요?"

"부인께서 어리석지만 않다면요. 그리고 전 부인을 어리석다고는 한 번도 생각한 적이 없습니다."

"고이 기다리기만 한다면……."

"유산이 굴러오게 되어 있습니다."

"알았어요."

고문 변호사도 하경감 앞에서 물러났다. 오하영의 느낌으로는 주치의도 고문 변호사도 아름다운 여주인을 위해 변론하고 있다는 사실이었다. 아무래도 두 사내는 아름다운 부인의 숭배자이지 싶었다.

세 번째로 소환된 사람은 곽회장의 유일한 혈육이라고 할 곽회장의 여동생이었다. 30대 중반은 되어 보였는데 서늘한 눈매와 늘씬한 체구의 여자였다. 제법 이름이 나 있는 여류 화가라고 했다. 곽동희라는 이름의 그녀는 아마도 이 집안에서 유일하게 김지선과 적대 관계에 놓여 있지 싶었다.

"어떻게 해서 대뜸 살인사건이라고 신고하셨지요?"

하경감은 성깔깨나 있어 보이는 곽동희를 찬찬히 훑으며 물었다.

"우린 살인사건이 발생했다고는 신고하지 않았습니다. 더구나 제가 신고한 것도 아니구요."

곽동희는 마치 하경감의 기대를 배반하듯 했다. 그녀는 길길이 날뛰리라고 생각했다. 오빠댁을 중상하리라고 생각했다. 그런데 그녀는 조용히 고개를 내젓기까지 했다.

"하지만 우린 살인사건이 발생했다고 신고를 받았는걸요. 그래서 이렇게 출동했는데요."

"저로서는 모르는 일입니다. 우린 다만 의문사를 했다고 신고한 걸로 아는데요."

"좋습니다. 아름다운 부인께서 곽회장을 독살했을 가능성은 어떻게 보시죠?"

"그럴 이유가 있을까요? 죽치고 기다리고 있으면 유산이 고스란히 돌아올 텐데……."

"흐음, 그래요오……."

"죄송하군요."

"뭐가 죄송하죠?"

"반장님의 상상력을 만족시킬 만한 답변을 해드리지 못해서요."

"흐음……."

하경감은 일순 신음한 채 아무 말도 하지 못했다. 그는 믿었던 사람에게서 배반당한 것 같은 표정을 지었다. 곽동희마저 김지선을 변호하고 있는 것이다. 오하영은 일순 매우 치밀하게 계획된 범죄가 눈앞에 펼쳐지고 있다는 느낌을 지우지 못했다.

곽동희가 물러나고 마지막으로 초대된 사람은 저택의 여주인이

었다. 바로 김지선이었다. 검은 드레스 차림에 검은 머리를 길게 늘
어뜨린 김지선의 모습은 은막의 세계에 있었을 때처럼 아름다웠고
또한 환상적이었다. 그녀는 하경감 앞에서 그녀가 겪은 모든 사실
을 순순히 털어놓는 것이었다. 그녀는 저녁 식사 직전에 외출에서
돌아왔으며 옷을 바꾸어 입기가 바쁘게 식탁에 내려왔다고 했다.
오늘 새로 고용된 요리사는 일면식도 없을뿐더러 저녁 메뉴 선정
에도 관여하지 않았다고 밝혔다. 고이 기다리기만 하면 막대한 유
산은 물려받게 되어 있다고도 말했다. 말하자면 남편을 죽일 수단
도 이유도 없다는 것이었다.

　오하영은 하경감조차 김지선을 어떻게 할 수 없다고 생각했다.

　"근데 고이 기다리는 데 지쳤다면 어떻게 하죠?"

　심술궂기로 이름난 하경감이 만만히 물러날 리가 없었다. 헐뜯
지도 꼬집지도 않고 말이다.

　"기다리는 데 지쳐요?"

　김지선은 어이없어했다.

　"네에? 누군가가 조바심을 일으킨 거죠?"

　"뭐, 그럴 수도 있겠지요."

　김지선의 입가에 일순 누군가를 조롱하는 듯한 웃음이 번졌다.
그러나 그것도 잠시였다.

　"부인께선 어땠습니까?"

　"글쎄요, 하지만 위험한 모험 아닐까요?"

　"물론 위험한 도박이지요."

　"전 아니에요. 왜냐하면 전 간이 약하거든요. 그리고 바보도 아
니구요."

　"하하, 그렇습니까?"

　오하영이 본 바로는 부질없는 입씨름이었다. 그 사실을 하경감

도 깨달은 듯 금세 김지선을 해방시켜주는 것이었다. 오하영은 어쩐지 수사가 암초에 부딪히는 느낌에서 헤어나지 못했다. 가장 유력한 용의자는 머리카락 하나 건드리지 못하고 풀어준 것이다. 그런 느낌에 사로잡히는 것은 그녀뿐만이 아니었다. 하경감도 범경위도 잔뜩 미간을 모으고 있었다.

그때 침전된 분위기를 감지한 듯싶은 맹형사가 애써 명랑한 모습을 지으며 나섰다.

"반장님, 이걸 아셔야 해요. 누가 뭐래도 곽회장은 버섯 요리에 뿌려진 독약을 들이키고 죽었다는 사실 말입니다. 그러니 요리한 사람을 닦달하면 되는 겁니다. 아니면 요리를 운반한 사람을요."

맹형사는 누구나 다 아는 사실을 제딴엔 큰 아이디어라도 제시하듯 했다.

그러나 그의 시기 적절한 제의는 모두를 고무하는 역할을 했다.

"좋았어. 우리 한 번 요리사들을 조직적으로 다루자구."

하경감의 지시에 따라 세 명의 여인이 본격적인 신문을 받았다. 새로 고용된 요리하는 아주머니에, 오래된 곽회장댁 가정부에, 그리고 잔심부름을 하는 어린 여자아이였다. 그러나 경찰이 알아낸 거라고는 요리 과정에 땅콩을 배합시킨 것 말고는 아무것도 없었다. 물론 곽회장이 알레르기 체질이라는 사실도 알지를 못했다는 것이다. 더구나 식탁에 둘러앉은 모든 사람이, 아름다운 부인을 포함해서, 그리고 그녀의 어린 아들마저 버섯 요리를 즐겼다는 사실에 비추어, 그녀들이 버섯 요리에 독약을 뿌리지 않았다는 것은 분명했다. 그녀들뿐만이 아니었다. 아무도 식탁의 요리에 독약을 뿌리지 않은 것이다.

누구도 독약을 뿌리지 않았다면, 혹시 곽회장 스스로가 독배를 든 건 아닐까? 누구나 한 번쯤 지녀보는 의혹이었다.

"반장님, 곽회장 스스로가 청산가리 캡슐을 삼킨 건 아닐까요? 곽회장의 일종의 드라마틱한 자살극이 아니냐구요?"

이렇듯 말문을 연 사람은 여전히 나서길 좋아하는 맹형사였다. 그는 벽에 부딪힌 사건의 유일한 열쇠라도 된다는 듯이 말하는 것이었다.

"어리석긴! 그걸 말이라고 해요?"

그 순간 오하영이 이죽거리듯 말했다.

"뭐라구? 나더러 어리석다구?"

맹형사가 대뜸 핏대를 올렸다.

"아니던가요?

"이 여자가⋯⋯."

"뻔한 사건에 허둥대긴 왜 허둥대요? 엉뚱한 소린 왜 하구요?"

"좋아. 뻔한 사건이라고 치자구. 그래, 이 뻔한 사건의 범인은 누구며, 어떻게 했다는 게지? 마치 진상을 깨달은 사람처럼 나서는데⋯⋯."

"적어도 내가 나설 땐 그만한 자격이 있다고 생각할 때예요. 맹형과는 달라요."

"어렵쇼, 이 여자 봐라⋯⋯."

사람들은 잠시 맹형사와 오하영의 입씨름을 흥미 있는 시선으로 바라보고 있었다. 그 시선들을 의식하는 탓인지 그들의 실갱이는 에스컬레이트하기 마련이었다.

"아시겠어요? 범인은 아름다운 여주인이에요. 김지선이란 말예요. 그 여자가 너무 오래 산다고 생각한 늙은 남편의 목숨을 단축시킨 거였죠. 가다리는 데 지쳤던 거라구요. 뻔한 이야기에 뻔한 스토리 아니냐구요. 근데 무엇 때문에 현혹되지요?"

김지선이 아름다워서 오하영은 여전히 비아냥거렸고 맹형사는 씨근덕거렸다.

"좋아. 아름다운 여주인을 독살범으로 몰고 가고 싶은 심정은 나도 이해해. 하지만 그 여자가 남편이 즐겨 먹는 음식에 독약을 뿌릴 기회가 없었다는 점은 어떻게 하지? 이 엄연한 사실도 부인할 텐가?"

"네에, 부인에게 그럴 기회가 전혀 없었다는 건 나도 알아요. 하지만……."

"그런데도 부인을 범인으로 단정해야 하느냐구?"

"아름다운 부인에게 그 여자를 찬미하는 공모자가 있었다면 어떻게 하시겠어요? 공모자가 말예요……."

"부인에게 공모자가 있었다고 해도 누구도 독약을 뿌릴 기회가 없었다구. 설사 열렬한 숭배자가 있었다고 해도……."

"맹형, 왜 상상력이 그렇게 부족해요?"

"뭐라구? 나더러 상상력이 부족하다구?"

"내 말을 좀 들어봐요."

오하영은 어느새 맹형사를 무시하고 그녀를 둘러싼 청중을 향해 돌아서는 것이었다. 하경감도 범경위도 그녀의 말에 귀를 기울이려 했는데, 그녀가 수수께끼의 해답을 찾아냈다고 본 것이다.

"혹시 아그리피나라는 여자를 아시는지 모르겠네. 황후 아그리피나를요. 바로 네로 황제의 어머니예요."

오하영의 말에 그녀의 청중은 다만 침묵했다. 자식을 왕좌에 앉히기 위해 남편인 황제를 독살하는 데 한순간도 망설이지 않은 아그리피나를 알지 못하고 있는 것이다.

"아그리피나는 자기가 데리고 온 자식을 황태자로 앉히고 싶었는데, 황제가 망설이자 가차없이 황제를 독살했어요. 그 여잔 황제가 유달리 좋아하는 버섯 요리에 독약을 뿌렸다고 해요. 그런데도 황제가 신음만 할 뿐 죽지를 않았다는 거예요. 그러자 그 여자의 공모자인 궁정의 시의(侍醫)가 달려와서는 토하셔야 한다면서 황제의 목 속에 깃털을 집어넣었다는군요. 그런데 그 깃털에 강려간 독약이 칠해져 있어 마침내 죽게 되었다는 얘기예요. 완벽하게 걸려든 거죠 뭐."

오하영은 마치 음모의 일원처럼 씽긋 미소지으며 말했다.

"어때요? 오늘 저녁 상황과 너무나도 비슷하잖아요. 민박사도 곽회장더러 토하셔야 한다면서 깃털을 사용했다고 했어요. 그 깃털에 청산가리가 뿌려져 있지는 않았을까요?"

오하영은 지금은 하경감을 향해 말하고 있었는데, 그는 아직도 의심스러워하는 시선으로 오하영을 바라보고 있었다.

"그렇다면 오형사의 말은 주범은 아름다운 여주인이고 공범은 잘생긴 주치의라는 얘긴가?"

하경감이 무리를 대표해서 물었다.

"네, 반장님. 곽회장이 우연히 식중독을 일으키자 절호의 기회라고 생각하고는 토하셔야 한다면서 민박사가 청산가리를 들이키게 한 거죠."

오하영은 확신에 차서 말했다.

"그 식중독도 우연이 아닐 수가 있지. 미리 잘 짜여진 시나리오일 수도⋯⋯. 내 말은 모든 사람이 공모자일 수도 있다는 얘기지. 요리사에, 고문 변호사에, 심지어 곽회장의 영악한 여동생을 포함해서⋯⋯ 필경 곽회장은 유언장을 새로 작성하려 했을걸. 젊은 아내에겐 유산을 남겨줄 수 없다는⋯⋯. 동생에게도⋯⋯. 그래서 이해가 일치되었던 게야."

하경감은 욕심 사납게도 모든 사람을 김지선의 공범으로 제사지 내려 했다.

"네, 그럴지도 모르죠. 하지만……."

"좋았어. 우리 이 사람들을 다시 한 번 다그치자구. 이번엔 사정을 두지 않고 말야. 뭘 해, 움직이지 않구……?"

하경감이 질타했다. 그래서 형사진은 다시금 움직이기 시작했다. 범경위는 찬탄하는 시선으로 오하영을 바라보고 있었고, 맹형사는 고개를 돌린 채 씨근덕거리기만 했다. 그런 맹형사를 향해 오하영은 야슬거렸다.

목격자의 증언은

정현웅

• 정현웅

충북 청주 출생.
76년 장편소설 「외디푸스의 肖像」으로
제6회 도의문화저작상 수상.
80년 〈현대문학〉에 단편 「死者의 목소리」,
「잃어버린 世代」로 추천완료.
「破女」, 「외로운 사냥꾼」, 「소부리 夜花」,
「축제의 제목은 욕망」, 「156시간 30분」,
「사랑과 예술」, 「마루타」, 「너와 나의 시대」
「바늘꽃」, 「황제 살인」, (이상 장편소설)
「사표 쓰기 연습」, 「신들린 악동」, (이상 단편집) 외
저서 및 작품 다수.

목격자의 증언은

목격자의 증언은 과연 진실한가——하는 자문을 하도록 했던 이번 사건을 다시 돌이켜보면서 나는 생각합니다. 수사관 생활 25년이 지나면서 그 어느 때보다도 직업적인 예감이 작용을 했고, 그 직감은 모든 정황을 뛰어넘어 수사를 1백80도로 바꾸어 접근하는 계기를 마련했던 것입니다. 그렇지 않았다면 이번 살인사건은 영원한 미궁으로 빠져서 그 동안 내가 맡았던 미제 사건 중에 가장 마지막 사건으로 남겨둔 채 나는 은퇴를 했을 것입니다. 나이가 들어 일생 동안 종사해 온 일에서 떠난다는 것은 어떤 의미로 일차적인 죽음과도 같은 것이지만 나는 결코 슬퍼하지 않습니다. 무엇보다 이번 사건을 풀어낸 그 마지막 수사의 성과에 만족을 하고 있습니다.

내가 그 현장에 도착했을 때는 다른 살인 현장과 크게 다를 바 없이 피비린내와 깨어진 기물들, 그리고 낙심하고 당혹스런 표정으로 쭈그리고 앉아 있는 가족(여기서는 남편 한 사람입니다)이 있었고, 무엇보다 쓰러져 있는 여자 시체가 눈에 띄었습니다. 이미 지문 수색반원들과 나의 부하 형사들이 도착해서 현장을 점검하고 있었습니다. 거실에는 피가 낭자하게 흘러나와서 고급 샹들리에 불빛에 검고 칙칙한 빛을 발산했습니다. 과일 칼로 여자의 목동맥을 잘랐기 때문에 피는 많이 쏟아졌고 아직도 약간씩 나왔습니다. 여자의 몸에서 피가 빠져서 그런지 그녀의 얼굴은 백인처럼 창백했습니다. 죽은 사람을 놓고 이런 말을 하면 결례일지 모르지만 무척 아름다워 보였습니다. 여자의 나이는 서른한 살이었고, 이들 부부는 두 해 전에 결혼을 한 동갑내기였습니다.

여자를 살해하기 전에, 또는 그 후가 될지도 모르지만 범인은 거실에 있는 텔레비전과 거울, 전축, 도자기 일부를 부숴놓은 흔적이 있었습니다. 죽은 여자의 가슴과 어깨 한쪽에 강하게 맞은 타박상이 있었는데, 어깨는 도자기를 비롯한 단단한 물건으로 맞았고 가슴은 주먹으로 구타되지 않았는가 합니다. 여자는 처음에 상대방에게 저항하면서 몸싸움을 한 흔적이 있었습니다. 그 집에는 값진 보석과 고가의 도자기가 꽤 많았는데, 없어진 물건이 하나도 없고 거실의 기물이 부서져 있다는 것이 아마도 원한 관계라든지 어떤 이해 관계로 다투다가 불시에 죽였을 것으로 추측케 했습니다. 먼저 예측할 수 있는 것은 남편이 아내와 싸우다가 그녀를 죽였을 가능성을 생각했지요. 그러나 그렇지 않습니다. 그 시간에 그녀의 남편은 십여 리 떨어진 술집에서 술을 마시고 있었고, 자정이 넘어 집에 돌아와서 죽은 아내를 보고 경찰에 신고했습니다.

목격자의 증언은 과연 진실한가라고 앞에서 문제를 제기한 바 있지만, 여기서 목격자들의 진술을 들어볼 필요가 있을 것입니다. 목격자의 진술이 왜 중요하냐면 대부분의 범죄는 은폐된 곳에서 이루어지는 경우가 많습니다. 공개 처형을 하듯이 시청 앞 광장에서 십자가를 달아놓고 사람을 죽이지는 않습니다.

어느 경우는 완전 범죄에 가깝게 은폐 속의 은폐를 거듭한 공간에서 이루어지기 때문에 그 현장을 목격한다든지 현장의 주변 상황을 목격하는 일은 절대적인 단서가 됩니다.

때문에 목격자의 증언이 사건 해결의 결정적인 열쇠를 제공해서 수사관들에게는 목격자는 곧 하나님입니다.

이 사건에는 두 하나님이 있었습니다. 그런데 목격자의 말을 듣기 전에 먼저 살인사건이 일어난 현장을 소개해야 할 듯하군요. 그곳은 서울 북한산이 바라다보이는 산기슭에 있는 전원 주택촌이었습니다.

단독 주택이 많지만 그중에는 빌라들이 골짜기 사이사이에 있었는데, 이 여자가 살던 집도 열 세대가 모여 사는 백악 빌라였습니다. 아래층에 다섯 세대가 살고 2층에 다섯 세대가 살았는데 2층의 경우는 다락방의 복층이 있었습니다.

죽은 여자의 집은 2층 가운데에 있는 8호실이었는데, 현관으로 올라가는 계단이 밖으로 돌출되어 마당 옆의 수위실에서 보면 그 집을 출입하는 사람이 한눈에 보였습니다.

목격자는 두 명의 경비원입니다. 목격자가 복수일수록 더욱 확실한 단서가 되고 있듯이 이번에도 두 명의 목격자가 보았던 것입니다. 그 두 명의 경비원은 50대 중반으로 가스총으로 무장을 하고 밤낮을 가리지 않고 번갈아 불침번을 서고 있었습니다.

백악 빌라에는 돈 많은 미혼 여자가 다섯 가구 있고, 두 가구는 젊은 부부가 살았고, 다른 세 가구는 중년의 부부와 자녀가 있는 세대였습니다.

얼마 전에 한 세대는 그 빌라에 퇴폐한 여자가 살고 있다는 이유로 (아마 미혼 여자 가운데 술집 여자가 있었다는 말 같습니다) 다른 곳으로 이사를 간 일이 있다고 하는데 이 사건과는 무관합니다.

경비원인 두 목격자는 사건 당시 함께 경비실에서 텔레비전을 보고 있었습니다. 두 사람을 분리해서 집중적으로 들은 결과는 다음과 같습니다.

TV앞에 앉아서 두 사람은 밤 9시 뉴스를 보고 있었습니다. 그러니까 9시 5분 정도가 되었을 때 죽은 여자의 남편이 그랜저 승용차를 마당에 대고 차에서 내렸습니다. 그는 아내와 함께 골동품 중개업을 하는 사람으로 아내와 같이 다니는 편이지만, 그날은 아내가 먼저 귀가하고 그때 남편이 들어왔습니다.

그 남자는 보통 키에 보통 체격이었고, 골동품 중개업으로 사람들을 만나서 그런지 항상 신사복 정장을 하고 다녔습니다. 그날도 갈색 신사복에 다이아몬드 무늬가 있는 넥타이를 매고 하얀 와이셔츠를 받쳐 입고 있었습니다. 그는 수위실을 향해 가벼운 눈인사를 주면서 그 앞을 지나쳐 가운데 계단으로 갔습니다. 그가 계단을 올라가 8호실 문을 열고 들어갔습니다. 수위실에서 문은 잘 보이지 않았지만, 그 계단에는 그 집 말고는 들어갈 데가 없었습니다.

경비원들은 TV화면에 나오는 영동 지방의 폭설 장면을 보면서 담배를 피워물었습니다. 남편이 들어간 지 5분 정도 지났을 무렵에 8호실에서 언쟁을 하는 소리가 들렸습니다. 그러나 그 말이 정확히 들리지 않았기 때문에 다만 싸운다는 느낌을 받았을 뿐입니다. 곧 이어 문이 소리를 내며 닫히더니 남편이 화가 나서 내려왔습니다. 그는 세워둔 차를 타고 마당을 떠났습니다. 남편의 차가 빌라의 마당을 떠날 때 아내가 거실 창을 열고 테라스 쪽으로 몸을 내밀어 내려다보면서 담배를 피우는 것이 경비원의 눈에 띄었습니다. 젊은 부부의 싸움에 경비원들은 웃으면서 다시 TV수상기로 시선을 돌렸습니다.

그 뉴스가 끝나고 연속극이 시작될 무렵이니까 남편이 나간 후 30분이 되었을 때입니다. 그러니까 정확하게 시간은 9시 45분경이

지요. 검은 가죽 코트를 입은 한 여자가 빌라의 마당을 지나 수위
실 앞을 걸어갔습니다. 그 빌라의 경비원들에게는 합의된 몇 가지
규칙이 있다고 하는데, 낯선 사람의 출입에 대해서 가급적 확인을
하지 않기로 하고 있으며, 특히 여자의 경우는 신분 확인을 하지
않고 있었습니다. 그 이유는 미혼 여자가 사는 다섯 가구 중 두 곳
이 비밀 요정이었고, 다른 세 가구도 유흥업소에 출입하는 여자들
이었기 때문이었습니다. 그래서 낯선 여자가 들어섰지만 붙들고
묻지 않고 지켜보았던 것입니다.

그 여자의 체격은 비교적 큰 편이고, 몸매는 날씬했으며, 무릎까
지 올라오는 검은 부츠를 신었고, 어두워서 잘 보이지는 않았지만
짙은 색깔의 스커트 차림이었습니다. 투피스 위에다 가죽 반코트
를 걸친 것입니다. 눈에 띌 만큼 가슴은 불룩하였고, 생머리가 어깨
까지 길게 내려와 있었고, 얼굴 화장이 짙었으며, 어쨌든 미인이었
다고 경비원들은 입을 모아 결론을 내렸습니다. 밤인데도 약간의
색깔이 들어 있는 커다란 뿔테 안경을 쓰고 있는데다, 입술을 움직
이는 것이 껌을 씹고 있었던 것으로 보였습니다. 한눈에 비밀 요정
에 불려가는 호스테스로 보았지요. 눈에 익은 얼굴형이지만, 처음
보는 여자였던 것입니다.

낯선 여자였기 때문에 두 경비원들은 TV에서 시선을 떼고 줄곧
그 여자의 뒷모습을 지켜보았습니다. 그녀가 비밀 요정으로 사용
되고 있는 집으로 들어가지 않고 뜻밖에도 8호실 계단을 올라가 그
집으로 들어갔습니다. 8호실을 방문한 손님으로 생각하고 경비원
들이 다시 TV로 시선을 돌렸을 때였습니다. 여자가 그 집으로 들
어간 지 1분 정도 경과되면서 다투는 소리가 들렸습니다. 다투는
소리는 주로 그 집의 안주인 여자가 소리치는 목소리였는데, 역시
소리는 잘 들리지 않았습니다. 뒤이어 무엇이 깨어지는 소리가 뒤

따랐습니다. 이때 기물을 부수기 시작했던 것으로 보입니다. 도자기가 거실 창으로 날아가 유리가 깨어지고, 여자가 악을 쓰면서, 그래 날 죽여라, 죽여, 이놈아——(이 소리는 같은 빌라에 살던 다른 세대에서도 들었다는 증언이었습니다.) 하고 외쳤습니다. 그때 경비원들은 싸움을 말릴까 하는 생각으로 자리에서 일어났지만 더 이상 다투지 않고 조용했기 때문에 가지 않았다고 합니다. 서로 화해를 하는지 3분여 정도 조용해졌고, 뒤이어 문이 열리면서 긴 생머리의 여자가 나왔습니다. 그 생머리 여자는 계단을 내려오면서 안경을 벗고 손수건으로 눈물을 훔치고 있었습니다. 여자는 빠른 걸음으로 수위실 앞을 지나갔는데 계속 훌쩍거리면서 손수건으로 눈물을 훔쳤습니다.

무슨 사연인지 남의 사생활이니 알 수 없지만, 심상치 않은 일이 있구나 하는 정도로 경비원들은 생각할 뿐이었지 바로 그 순간 8호실에서 살인사건이 발생했으리라고는 꿈에도 생각지 못했던 것입니다. 사체의 부검 결과 8호실 여자는 생머리의 미녀가 다녀간 바로 그 시간인 9시 45분에서 10시 사이에 피살된 것으로 밝혀졌습니다. 바로 그때 죽은 여자의 남편은 청진동 단골 술집에서 술을 마시고 있었다는 것이 확인되었습니다. 남편은 두 시간 이상 술을 마시며 자정 무렵이 되어 술집에서 문을 닫는다고 종업원이 억지로 끌어낼 때까지 있었습니다. 취중이라 승용차를 직접 운전하지 못하고 술집 마담의 알선으로 대리 운전자를 불러 빌라로 돌아왔습니다. 경비원들의 목격으로 자정이 넘은 0시 10분경에 8호실 남자가 돌아온 것이 확인되었습니다. 차에서 내린 남편은 대리 운전자에게 돈을 주어 보내고 비틀거리는 걸음으로 계단을 올라갔습니다. 거실로 들어간 남편은 아내가 피투성이가 되어 쓰러져 있는 것을 보고 술이 확 깨었던 것입니다. 그는 곧 경찰에 신고하였고, 인터폰으로 경비원들을 불렀습니다.

이 상황으로 볼 때 20대의 그 생머리 미녀가 범인이라는 심중을 할 수밖에 없고 두 경비원들의 진술을 통해 몽타주를 만들어 수배하지 않을 수 없었습니다.

긴 생머리라고 했지만 경우에 따라서는 머리를 자를 수도 있고 가발일 수도 있지만 상황을 볼 때 우발적인 살인으로 보여서 경비원들이 목격한 인상 착의가 진실일 것으로 믿었습니다. 우리 수사팀은 생머리 미녀를 잡아라 라는 구호를 내걸었습니다.

체격이 좋고 날씬하면서 가슴이 큰 여자, 얼굴의 윤곽이 뚜렷하고 화장을 짙게 하는 습관이 있는 여자, 흐린 색깔의 안경을 즐겨 쓰는 여자. 그 여자는 범행 후에 자신의 인상 착의를 감추기 위해 머리를 짧게 깎을 수 있고, 안경을 벗을 수 있으며, 의상 스타일을 바꿀 수도 있기 때문에 그 점도 고려했지요.

그러나 과거 그런 스타일로 다니던 여자를 검문하기 시작했습니다. 물론 죽은 여자와 그녀의 남편 주변 인물을 중점적으로 조사했지요. 그들이 골동품 중개상이라는 점을 고려해서 그 동안 골동품을 거래했던 여자도 찾았습니다.

고가의 가짜 골동품을 팔았던 것이 화근이 되어 다투다가 살해를 한 것으로 생각되기도 했던 것입니다.

범인으로 추측되는 그 생머리 여자는 죽은 8호실 여자가 잘 알고 있는 여자임에 틀림없었습니다. 그렇다면 남편도 알고 있는 여자일 가능성이 있기 때문에 그에게 몽타주를 보이며 잘 생각해 보라고 했지만 비슷한 사람이 떠오르지 않는다고 했습니다.

더구나 골동품을 즐겨 찾아 거래하는 여자는 대부분 나이가 들은 중년이 많다고 하면서 그들 가운데는 고관 부인도 있고 재벌의 부인도 있는데 그 신분을 밝혀야 하느냐고 했습니다. 신분을 노출

시키지 않을 테니 밝혀달라고 해서 그녀들도 만났습니다. 그러다가 상부로부터 혼쭐이 나는 핀잔을 듣기까지 했습니다. 아마 고관의 부인이 남편에게 자기를 심문하더라고 푸념을 했던가 봅니다. 물론 집을 방문해서 조용히 물었지만 심문받는다는 자체가 불쾌했던 모양입니다.

두어 달이 지나도 그 생머리 여자에게 접근이 안 되자 수사의 방향을 약간 돌려보기로 했습니다. 이를테면 추리소설이나 영화에서나 나옴직한 여자 킬러를 연상했습니다.

그 동안 수사 생활 25년 경력으로 평가해 볼 때 우리나라에서는 남자 폭력 조직이 돈을 받고 폭력을 한다든가 돈을 받아낸다든지, 아니면 어떤 이권에 개입하거나 실제 살인을 목적으로 청부살인을 하는 경우는 있어도 그 킬러가 여자였던 경우는 단 한 번도 없었습니다. 엉뚱한 생각이지만 여자 킬러가 한 짓이라면 폭력 조직을 점검해야 한다는 생각도 들었습니다.

전문 여자 킬러라는 생각은 엉뚱한 발상이지만, 그것은 범인이 8호실 여자의 목동맥을 단 한 번에 잘랐다는 사실과 그 어느 곳에도 지문이 남아 있지 않았다는 사실이 전문가라는 생각을 갖게 하였습니다. 도자기를 집어던진 것이 죽은 여자라면 모르지만, 살인범이라면 그녀의 지문이 남아 있어야 하는데 전혀 없었습니다. 우발적인 범행이라는 처음의 생각을 바꾸어서 계획된 살이이라는 생각을 하게 된 것도 바로 그 점에서였습니다. 생머리 여자는 빌라 마당에 차를 세우지 않았습니다. 그냥 방문하는 여자였다면 택시를 타든 자가용이든 빌라까지 차가 들어왔어야 합니다. 그런데 그녀는 그 골짜기를 걸어서 들어왔던 것입니다. 큰길에서 골짜기로 걸어 들어오면 5분 정도 소요됩니다.

그것이 반드시 계획 범죄와 연관되는 것은 아니지만, 택시라면 운전기사에게 인상 착의를 드러내지 않으려고 피할 수도 있고, 자가용이라면 차량으로 신분 노출을 피하려고 했던 것으로 보기 때문입니다. 여기서 여자가 나오면서 손수건으로 눈물을 훔쳤다고 했는데, 그것 역시 울어서라기보다 경비원들의 시선을 의식해서 손수건으로 얼굴을 가렸던 것으로 판단되었던 것입니다. 그리고 만약 계획된 범행이라면 여자의 남편이 자리를 비운 다음에 벌어졌다는 점이 주목을 끌었습니다.

그러니까 남편이 자리를 비워주면서 알리바이를 만들고, 그 생머리 여자가 그 틈을 이용해서 범행을 한 것이지요. 거기까지 생각이 미치자 혐의자 리스트에서 제외시킨 남편을 다시 올려놓았습니다. 그리고 남편이 아내를 죽일 수도 있다는 동기와 그 하수인이었던 생머리 여자가 혹시 내연의 관계에 있는 다른 여자인지 알아보았습니다. 그래서 알리바이가 성립되고 있는 청진동 술집에서 남편이 보낸 약 두 시간 반 동안의 일거수와 주변 여자를 다시 조사했습니다.

여기서 나는 새로운 사실을 찾아낼 수 있었습니다. 그중에 하나는 8호실 남자에게 애인이 있다는 사실이었습니다. 그 애인은 나희라는 이름을 가진 여자로 대구 수성동에서 조그만 의상실을 경영하고 있었습니다. 그녀는 남자가 결혼하기 전부터 알고 지냈던 사이로, 남자는 두 여자 틈에서 재산이 많은 지금의 여자에게 장가를 갔던 것입니다. 결혼 후에도 나희와는 계속 만나고 있었고, 수성동의 의상실도 한 해 전에 남자가 차려준 것이었습니다. 그런데 사건 당일 밤 나희는 대구 수성동 의상실에 있었습니다. 더구나 그날 밤 10시 반경에 8호실 남자가 청진동 술집에서 나희의 의상실에 전화를 해서 10여 분 통화를 했던 사실이 있었습니다.

적어도 8호실 남자에게 아내를 죽일 수 있는 동기는 있다고 할지라도 나회가 범인은 아니라고 보아야 할 것입니다. 알리바이라는 것은 참으로 중요한 것이어서 그것이 명백할 경우에는 다른 혐의점이 아무리 많아도 범행을 인정할 수 없는 것입니다. 그것이 조작된 것이라고 하더라도 알리바이가 명백하면 재판 과정에서 무죄로 풀려나오지요. 그런 점에서 8호실 남자와 그의 애인 나회는 명백한 알리바이를 가지고 있었습니다.

수사가 답보 상태가 되면서 시간이 흘렀습니다. 나는 수사관 생활 은퇴를 몇 개월 앞에 남겨놓고 가장 강력한 사건이었던 그 빌라 주부 살인사건을 해결하지 못해 께름칙했습니다. 수사본부는 해체되고 미제로 넘어가버렸지만 나는 미련을 버릴 수 없어, 어느 날 밤에 8호실 남자에게 한 통의 전화를 하고 그 집으로 찾아갔습니다. 그것도 범인이 그랬듯이 밤 9시 45분에 말입니다.

나는 의식적으로 경찰차를 빌라 마당에 세우지 않고 골짜기 한 옆의 길가에 세워둔 채 걸어갔습니다. 부츠를 신은 긴 생머리 여자도 그렇게 했을 것 같은 생각이 들어서였습니다. 차를 세워놓는 마당을 지나 계단이 있는 경비실 앞으로 걸어갔습니다. 경비실에 있는 사람들은 심심하기 때문에 항상 TV수상기 앞에서 화면을 보는 것으로 소일하게 마련입니다. 그래서 시계는 따로 보지 않았지만 TV프로그램 때문에 그 시각을 알 수 있었던 것입니다. 내가 경비실 앞으로 걸어가자 TV를 보고 있던 한 명의 경비원이 (이때 다른 한 명의 모습은 보이지 않았습니다) 유리창문을 열고 어디로 가느냐고 물었습니다. 전 같으면 그냥 지켜보았을 터인데 살인사건이 난 이후로 출입자의 신분을 확인하고 있었습니다. 나는 8호실에 간다고 했습니다. 그러자 그는 그러냐고 대답하고 8호실로 인터폰을 하는 것이었습니다. 그때 방안에 있는 TV화면을 보자 뉴스가 끝나고 연속극이 시작되고 있었습니다.

8호실 문앞에서 초인종을 누르자 안에서 문을 열어주었습니다. 밤에 웬일이십니까 하고 그는 나에게 자리를 권했습니다. 범인에 대한 단서라도 잡았습니까 하고 그는 다시 물었습니다. 나는 그냥 지나가는 길에 들렀다고 하고는 전혀 단서를 잡지 못했다고 했습니다. 그리고 나는 전에 본 일이 있는 그 거실 안을 다시 둘러보았지요. 깨어진 유리창은 다시 끼워넣었고, 어수선하던 기물은 정리되어 있었으며, 부서졌던 TV는 다른 것으로 바뀌어 놓여 있었습니다. 거실 붙박이 찬장에는 고려청자를 비롯한 고가의 도자기가 진열되어 있었습니다. 그것은 사건 당일에도 깨어지지 않고 남아 있던 것이었습니다.

나는 도자기들을 돌아보면서 그에게 물었습니다. 이 도자기들은 값이 비싼 것이냐고. 그러자 그는 자랑하는 어투로 굉장히 비싸다고 했습니다. 내가 도자기 하나를 집어들어 들여다보자 그가 싱글싱글 웃으면서, 그것 깨뜨리면 반장님 25년 일했던 퇴직금 다 가져와도 모자란다고 했습니다. 나는 겁이 나서 얼른 그 도자기를 선반에 놓았습니다. 바로 그때 나는 소름이 오싹 끼치면서 어떤 예감에 몸을 떨었습니다. 그것이 바로 수사관 생활로 일생을 보낸 나의 직업적인 예감이라고 할 수 있을 것입니다. 사건 당일 여러 개의 도자기가 깨어졌는데 그때 알려진 바로는 별로 비싸지 않은 것들이었습니다. 골동품보다는 근래에 만든 값싼 것들이었습니다. 나는 흥분되는 기분이었지만 침착을 찾으면서 지나치는 말로 거기 진열되어 있는 열두 개의 도자기들이 모두 비싼 것이냐고 물었습니다. 그 남자는 어깨를 으쓱거리면서 그렇다고 말했습니다. 그래서 나는 다시 물었습니다. 이 도자기들이 살인사건이 일어나던 당시에도 여기에 있었느냐고 말입니다.

두 개는 새로 갖다 놓은 것이고 열 개는 그때도 진열되어 있었던 것이라고 했습니다. 살인사건 당시 깨어진 도자기는 모두 다섯 개였는데 고가품들은 아니었습니다. 그런데 지금 진열되어 있는 것들은 모두 고가품이었던 것입니다.

그러니까 범인은 도자기를 골라서 집어던진 것입니다. 비싼 것은 차마 깨지 못했다는 말도 됩니다. 그 범인은 도자기를 볼 줄 아는 사람이라는 단서가 드러난 것이지요. 적어도 억대가 넘어가는 고려청자 같은 도자기는 집어들지 않고 그 옆에 있는 값싼 것을 던졌다는 말이 됩니다. 왜 그랬을까요? 그런 의혹에 싸여 있자 나를 쳐다보던 8호실 남자가 약간 화난 음성으로 말했습니다.

왜 범인을 잡아내지 못하느냐고요. 범인을 잡는 일이 아내의 명복을 비는 일이라고 하는 것이었습니다. 그의 과장된 말과 비싼 도자기가 손상되지 않았다는 사실이 그를 의심하는 절대적 단서가 되었습니다. 그에게 내연의 여자가 있다는 사실을 알고 그를 의심한 일은 있었지만 직접적이든 간접적이든 이번 범행에 가담했다는 확신은 하지 못했습니다. 그러나 나는 그날 저녁 그 확신을 하게 되었던 것입니다.

그래서 나는 다시 시작하기로 했습니다. 그 두 명의 목격자에게 아주 묘한 실험을 하기로 했던 것입니다.

목격자의 증언은 과연 진실한가라고 문제를 제기했습니다만, 내 결론은 그렇습니다. 목격자의 증언은 사실임에는 틀림없지만 진실하지 않을 수도 있다는 점입니다. 사실과 진실은 차이가 있지요. 그래서 목격자의 진술이 수사에 절대적인 단서가 되기도 하지만 그것이 수사를 미궁에 빠뜨리고 방해합니다.

밤 9시 45분에 나는 두 명의 그 목격자들과 함께 빌라 경비실에 앉아 있었습니다. 9시 뉴스가 끝나고 연속극이 시작될 무렵에 빌라 마당으로 한 여자가 걸어왔습니다. 그녀는 무릎까지 올라오는 검은 부츠에 짙은 색깔의 스커트를 입었고 그 위에 검은 가죽 코트를 걸쳤습니다. 긴 생머리에 약간의 색깔이 있는 뿔테 안경을 썼으며, 짙은 화장을 하고, 껌을 씹고 있었습니다. 가슴이 불룩하고 날씬하면서 무엇보다 미인이었습니다. 그녀가 경비실 앞을 지나가자 두 경비원은 놀라서 입을 벌리고 오므릴 줄 몰랐습니다. 한 사람은 아니 이럴 수가 하고 혀를 찼고, 다른 한 사람은 벌떡 일어서면서 반장님 바로 저 여잡니다 하고 나직한 소리로 외쳤습니다.

나는 그들을 제지하고 계속 지켜보라고 했습니다. 경비원들이 영문을 몰라하고 있는 동안 생머리의 여자는 8호실 계단을 올라갔다가 5분 정도 문앞에 서 있었습니다. 그리고 다시 내려오면서 범인이 그랬던 것처럼 안경을 벗고 손수건으로 눈물을 훔치며 흐느꼈습니다. 여자가 경비실 앞을 지날 때는 흐르는 눈물을 닦기 위해 손수건으로 얼굴을 거의 가리다시피 하고 지나쳤습니다.

흐느끼면서 걸어가는 여자의 모습이 사라지자 경비원들은 나를 돌아보면서 바로 저 여잡니다 하고 다시 소리쳤습니다.

바로 그랬습니다. 재연을 해보인 것은 여장 남자였습니다. 보통의 체격을 가진 남자가 여장을 하면 체격이 크게 보일 것입니다. 그리고 잘생긴 남자가 긴 생머리 가발을 쓰고 짙은 화장을 하면 미녀로 보이기 마련입니다. 얼굴의 윤곽을 감추기 위해 색안경을 쓴 데가가 밤이어서 흐릿한 조명으로 보면 알 도리가 없을 것입니다. 두 경비원들의 눈을 속여 범인이 여자라는 사실을 박아주기 위해 쓰여졌던 트릭이었지요. 그러니까 실제 범인은 남자였는데, 그 동안 수사는 계속 여자만 찾아 헤맸던 것입니다.

그렇다면 그 남자는 누구였을까요? 그 자는 분명히 8호실 거실 진열대에 있는 도자기에서 고가품과 싼 물건을 구분할 줄 아는 골동품 전문가일 것입니다. 아니면, 고가품 도자기를 깨면 자신의 재산이 날아가서 참아 그러지 못했던 사람이지요.

그 자는 8호실 남자였습니다. 그는 아내를 죽였던 것입니다. 그런데 그가 청진동 술집에서의 알리바이는 어떻게 만들었는지 확인해 볼 필요가 있을 것입니다. 그 술집은 매우 넓고 복잡했으며, 10시 무렵에는 손님이 가장 많이 들어오는 곳이었습니다. 그는 9시 10여분에 빌라에서 나와 승용차를 타고 청진동으로 갔습니다. 소요 시간은 10분이 걸렸습니다. 그곳에서 술을 주문하고 떠들썩하게 지껄이면서 마담이나 종업원에게 자신의 존재를 드러냅니다. 그리고 남자 종업원의 진술에 의하면 들어온 지 10여분 후에 화장실에 가게 휴지를 달라고 했던 것입니다. 휴지는 안에 있다고 하자, 들어가 보니까 휴지가 조금인데 자신은 변비에다 치질이라서 휴지가 많이 필요하다고 했습니다. 그러자 마담이 휴지 뭉치를 주면서 변비 치질에는 무슨 약이 좋다는 말도 곁들였다고 합니다. 화장실에서 3, 40분간 앉아 있었다고 하기 위해서 했던 말이지만 조사해 본 결과 변비와 치질 현상은 실제 있었던 것입니다. 그곳 술집 현관을 나가 빌딩의 계단을 올라가야 했는데 그는 화장실로 가지 않고 승용차 세워둔 곳으로 가서 옷을 갈아입고 얼굴에 화장을 한 후 구기동 빌라로 갔던 것입니다.

결국 그가 집을 나간 지 30여분 만에 빌라 마당에 나타난 것입니다. 그는 집으로 들어가 아내와 싸우면서 도자기로 기물을 부수다가 미리 놓아둔 과일 칼로 죽였던 것입니다. 그는 골목에 세워둔 승용차로 가서 옷을 갈아입고 준비한 물수건으로 얼굴 화장을 지웠습니다. 그러나 화장의 일부가 남아 있어서 청진동 술집 빌딩의 화장실로 가서 세수를 했다고 합니다.

범인이 여장 남자라고 생각하게 한 또 하나의 단서는 죽은 아내가 마지막에 소리친 말 때문이었습니다. 두 경비원과 이웃집에서

들은 증언에 의하면, 여자는 그래 날 죽여라 죽여, 이놈아——라고
했다고 합니다. 상대방이 여자라면 이년아 할 텐데 왜 이놈아 라고
했을까 생각해 보았습니다. 물론 여자에게 욕할 때도 놈이라는 말
을 쓸 수 있지만 드문 경우지요.

　8호실 남자가 아내를 죽였다는 확신을 가지고 수사를 해본 결과
그가 구입한 부츠는 발이 커서 잘 맞지 않아 기성품을 살 수 없어
대구의 수성동에 있는 양화점에서 맞추었다는 것이 밝혀졌습니다.
여장을 했던 옷은 불태워 없앴지만 화장품 같은 사소한 흔적들이
차 안에 남아 있었고 그의 자백으로 사건 전모가 드러났던 것입니
다. 자백을 받기 위해 가혹 행위를 하거나 고문한 일이 없다는 것
을 마지막으로 밝혀둡니다.

피의 반란

유우제

• 유우제
서울 출생.
〈소설문학〉제1회 장편추리소설 공모에
「죽음의 세레나데」당선.
87년 제3회 한국추리문학 신인상 수상.
91년 제12회 청룡영화제에
「수잔 브링크의 아리랑」으로 각본상 수상.
93년 제9회 한국추리문학 대상 수상.
「불새의 미로」,「밤」(이상 장편추리소설)
외 작품 다수.

피의 반란

"오십이 초."

정지 표시등이 켜졌다. 스물네 개의 문이 동시에 열리며 승객들
이 쏟아져나왔다. 사람들은 소떼처럼 출구 쪽을 향해 부산스럽게
걸어가기 시작했다. 그 사이 문앞에서 기다리고 있던 다른 사람들
이 차량 안으로 들어갔다.

"이십삼 초."

정지 표시등이 꺼졌다. 스물네 개의 문이 동시에 닫힌다. 밖을
살피던 운전 조수의 몸이 안으로 사라지고, 전동차는 일정한 차륜
소리를 울리며 레일 위를 구르기 시작한다. 차창마다 승객들의 얼
굴이 스치며 지나쳐 간다. 그리고 이어 전동차가 정지 구역을 완전
히 빠져나가고 난 다음, 건너편 승강장 사람들이 모습을 드러냈다.

"이번엔 좀 느렸어."

스톱워치를 누르며 형이 중얼거렸다.

"잘 기억해. 전동차가 진입하고 나서 이삼 초 사이라고. 그게 가
장 적당해."

형은 시계를 넣고 담배를 꺼냈다. 피우겠냐고 손짓을 했을 때,

나는 고개를 저으며 시선을 돌렸다.

해가 지고 있는 서편 하늘이 커다란 화염 속에 휩싸인 듯 활활 타오르고 있었다. 움직임을 멈춘 불자락처럼, 사방에 흩어져 있는 구름의 틈으로 태양은 서서히 잠기는 중이었다. 나무도 집도 온통 분홍빛으로 물들어 있었다. 끝없이 뻗어나간 레일 위로는 석양의 잔광이 핏물처럼 붉게 묻어져 있어 한결 시야가 선연했다.

"한 번 더 해보자."

가쁘게 기침을 쿨럭이며 형이 말했다.

"그만해."

"아냐, 한 번만 더 해."

"그만 하래두. 그쯤 했으면 됐잖아."

"이 자식이 근데……."

형이 으르렁거렸다.

"임마, 한 번 더 하겠다는데 웬 말이 많아!"

그는 불쾌하게 내뱉으며 꽁초를 휴지통 쪽으로 던졌다. 벤치 옆 철제 휴지통 주위엔 구둣발에 짓밟힌 꽁초들이 널려 있어 너저분했다.

"뭐든 확실히 해두는 게 좋은 거야. 이게 유일한 선택이란 거 너도 알지? 우리한테 달리 방법이 없는 거야."

"알았어, 맘대로 해."

"근데 이 새끼가 말끝마다…… 너 이 새끼, 입 닥치고 가만 있지 못하겠어? 임마, 알긴 뭘 알았다는 거야!"

나는 대꾸하지 않았다. 지금의 혼란스런 심정을 어떤 말로 설명할 수 있을까? 나는 입술을 깨물며 시선을 들었다.

우리가 앉아 있는 주변은 온통 광고판투성이였다. 철제 구조물과 슬레이트를 잇대어 만든 차양막, 그리고 쌍철 국도와 승강장 사

이를 가로지르고 있는 철책마다 크고 작은 온갖 종류의 광고판이
며 안내판들이 무질서하게 덕지덕지 매달려 있었다.

"별수 없잖아. 난들 이러고 싶어 이러는 게 아니라구. 뾰족한 수
가 없는데, 낸들 어쩌란 말야, 안 그래?"

그렇다. 형의 말마따나 아무것도 달라진 것은 없었다. 언제나 어
제와 같은 오늘, 오늘과 같은 내일이 흐른다. 그렇게 하루하루 무엇
이 달라질 것인가? 아무것도 달라지지 않는다. 시꺼면 구름에 뒤덮
인 하늘처럼 암담한 미래가 기다릴 뿐이다.

무언가 변화가 필요하다. 그래서 기회를 갈망하지 않았던가. 그
것이 설혹 폭탄을 지고 불길 속으로 뛰어드는 무모함, 그런 치명적
인 파멸이 예견되는 경우라도, 어떤 계기가, 무언가 강렬한 변화가
필요했던 것이다. 살아 있다는 의식, 무언가를 쟁취하기 위해 생명
이 꿈틀거리고 있다는 조그만 당위성만이라도 주어질 수 있다면!

"이미 결론을 내렸잖아. 지금 와서 포기하고 싶은 거야? 절대 마
음이 흔들려선 안 된다고!"

"포기한단 말은 안 했어!"

"그래, 해야만 해!"

밭은 기침이 다시 형의 입에서 튀어나왔다. 그는 피섞인 가래를
바닥에 뱉었다. 그걸 구둣발로 쓱쓱 문지르며 형이 말했다.

"마음을 굳게 가져! 몇 번씩 반복해서 말하지만, 우리한텐 달리
선택의 여지가 없는 거라고!"

형은 자리에서 일어나더니, 꽁초를 휴지통 속에 던져 넣고 다리
를 절며 돌아와 벤치에 앉았다.

그때, 멀리서 차륜 소리가 들리며 부산행 새마을호 열차 한 대가
나타났다. 열차는 붉게 물든 주변의 공기를 뒤흔들며 이쪽을 향해
다가오는 중이었다. 마치 불길 속을 헤치고 달려오는 듯했다. 지축

을 흔드는 요란한 굉음이 이어지며 열차는 한동안 우리 앞을 지나 갔다. 그리고 일정하게 반복되던 차륜 소리가 조금씩 잦아들더니, 잠시 후엔 정적이 감돌았다. 역 구내에 걸린 전자시계는 다섯시 오 십분을 지나고 있었고, 주위는 차츰 어슴푸레 어두워오고 있었다.

부천역 방향에서 전동차가 나타난 것은 그로부터 일 분 가량이 흐른 뒤였다.

형은 주머니 속에서 스톱워치를 꺼내들었다. 차륜 소리가 점점 더 커져갔다. 승차 표시선 가까이 서 있던 사람들이 한 걸음씩 물 러서면서, 전동차는 승강구역 안으로 완전히 들어온다. 언제나 똑 같았다. 전동차가 멈춰서고 스물네 개의 문이 열린다. 정지등 불이 켜진다. 객실에서 나온 사람들이 소떼처럼 출구 쪽으로 밀려나가 고, 새로운 승객을 태운 다음 전동차는 서서히 움직이며 빠른 속도 로 멀어져 간다.

"사십팔 초."

시간을 살핀 후, 형은 고개를 들었다. 사람들이 대부분 공중 통 로를 지나면서 소란스러움이 가시고 구내는 다시 또 조용해졌다.

"꼭 사초 차이야."

형은 시계를 내밀어 보였다. 꽉 움켜진 스톱워치의 초침이 두 번 째 표지선 위에 멈춰져 있었다.

몇 번 확인해 본 결과는 비슷했다. 전동차가 승강구 역내에 정지 하고 있는 시각은 일정치가 않았다. 정차선에서 멈추며 문이 열리 고, 문이 닫힌 이삼 초 후에는 움직인다. 그 시간은 삼십 초 이내다. 내리고 타는 사람이 많아 혼잡할 때는 일 분이 훨씬 넘는 경우도 있다. 그러나 차량이 보이면서부터 승강구역에 이르기까지의 시간 은 일정해서, 십팔 초에서 이십 초 사이. 기껏해야 일이 초 정도의 차이밖에 없었다. 승강구 역안으로 진입해 온 전동차가 정차선에 멈춰설 때까지는 팔 초 정도가 소요됐다.

"기회는 삼사 초 사이라구. 전동차가 승강장 안으로 들어서고 나서부터 삼사 초 사이…… 알았지?"

어느 새 하늘은 검붉은 색조로 탁하게 변해 있었다. 주위엔 어슴 푸레 어둠이 내렸다. 구내의 보안등마다 불빛이 들어왔고, 바닥이 밝아지며 사람들의 그림자가 그 위로 드리워졌다. 그러면서 플랫폼은 한결 고즈넉한 분위기로 가라앉아 갔다.

"그만 가자."

내 어깨를 가볍게 건드리며 형은 벤치에서 일어섰다. 우린 몇 걸음 사이를 두고 앞뒤로 걸었다. 계단을 올라가 공중 통로를 지나다 돌아보니, 형은 나보다 훨씬 뒤처진 곳에서 절름거리며 힘겹게 계단을 올라오고 있었다. 나는 형을 기다리기 위해 잠시 멈춰섰다.

역사는 곧장 육교와 연결되어 있었고, 육교 양편엔 노점상들이 즐비하게 진을 치고 있었다. 하늘은 완연히 어두워졌고, 높다란 빌딩엔 드문드문 불빛이 켜졌다.

"어디로 가는 거야?"

"영감한테 가보자."

"미쳤어? 거긴 왜 가?"

"잔말 말고 따라와!"

형은 난간을 붙잡고 기우뚱거리며 육교 계단을 내려갔다.

그다지 오래 걷지 않았다. 골목길은 상점과 음식점이 즐비하게 들어서 있었고, 보행자들로 복잡했다. 우리는 거기서 더 작은 샛길로 들어갔다.

"넌 갈 필요 없으니까, 여기서 기다리고 있어."

모퉁이를 돌아서기 전에, 형이 불쑥 내 팔을 붙들며 말했다.

그리고 형은 혼자서 느릿느릿 골목길을 가로질렀다. 나는 건물

모퉁이 뒤에 몸을 숨긴 채, 체구가 왜소한 형의 뒷 모습을 지켜보았다.

형은 빌딩 담벼락과 콘크리트 전신주 사이의 조그만 공터에 자리잡고 있는 허술한 구두 수선소 앞에서 멈춰섰다. 아버지의 일터였다. 헌 캐비닛과 빛 바랜 비치 파라솔 하나, 구두끈과 깔창과 뒷굽이 진열된 나무 상자, 몇 켤레의 헌 구두, 그리고 신발을 수선하는 데 소용되는 쇠 구두걸이며, 작은 망치, 본드통 같은 너절하고 잡다한 물건들로 이루어진 우리 가족 생활의 터전이다.

아버지는 파라솔 대에 매달린 알 전구 불빛 아래서 신발을 깁고 있었다. 형이 옆에 와 있어도, 돋보기 너머로 흘깃 보았을 뿐 구두를 손질하는 손길을 멈추지 않았다. 형 역시 그런 노인의 앞에 멀거니 선 채 내려다보고만 있을 뿐, 두 사람은 서로 아는 기색조차 않았다. 잠시 후 형은 슬그머니 그 자리에 쭈그려 앉더니, 호기심이 가득한 어린아이처럼 주변의 연장이며 재료를 만지작거리기 시작했다. 그래도 노인은 네모진 구두칼로 뒷굽을 깎아낼 뿐 아는 척을 않았다. 그러다 손님이 구두를 찾으로 왔을 때에야 바쁜 손길을 멈추었을 뿐이다. 노인은 구두를 집어서 건네주고 무표정한 얼굴로 수선료를 받았다. 그리고 손님이 가고 나서 하던 일을 계속했다.

형은 조금 전 자세 그대로 쭈그려 앉은 모습으로, 노인의 두툼하고 주름진 손등이 느리게 움직이는 것을 빤히 지켜보고 있었다.

길고 지루한 대치 상태였다. 그 모습을 숨어서 지켜보는 동안, 나는 가슴이 답답하고 숨이 막혀왔다. 그러다 노인이 시선을 돌리지 않은 채 형에게 묻는 것을 보았다. 형이 우물쭈물 대꾸했다. 노인이 날카로운 눈길로 잠깐 형을 쳐다보았고, 가래를 돋구어 바닥에 침을 뱉고 나서 이내 하던 일을 계속했다. 형은 뚱한 태도로 말을 시작했다. 구두칼 끝으로 나무 상자를 천천히 긁어대며 무엇인

가를 조르고 있는 듯싶었다. 다시 한 번 노인이 그런 형을 쏘아보
았다. 그러더니 갑자기 수선하고 있던 구두짝을 집어 그것으로 형
의 머리를 때렸다. 형은 뒤로 주춤거리며 물러앉았고, 노인은 형의
손에서 떨어져내린 구두칼을 집어 연장통 속에 던져넣었다.

노인은 콧잔등 아래로 흘러내린 돋보기를 추스르며 분을 삭이는
기색이었다. 손이 부들부들 떨렸다. 파라솔에 매달린 백열전구에서
뿜어지는 빛이 두 사람의 그림자를 구겨진 모포처럼 바닥에 펼쳐
놓고 있었다. 노인의 안경알이 불빛을 받아 하얗게 반짝거렸다. 형
은 노인에게서 두어 걸음 떨어진 곳에 엉거주춤 주저않은 채, 무서
운 눈길로 노인을 노려보고 있었다. 형은 그런 자세로 한동안 움직
이지 않았다. 노인이 가끔 손길을 멈추지 않은 채 형을 쏘아봤다.

잠시 후 형이 슬그머니 몸을 일으켰다. 그리고는 주머니에 손을
찌른 채 우뚝 서서 노인을 내려다보고 있었다. 노인은 모르는 척
외면한 자세로 꼼짝 않고 자기 일만 계속했다.

구두를 바닥에 내려놓은 것은 얼마쯤 지나고 나서였다. 노인은
무릎을 덮고 있던 널따란 헝겊을 들추고 바지 주머니에 손을 넣어
구깃구깃한 천원권 지폐 한 움큼을 끄집어냈다. 그리고 번갈아 손
가락 끝에 침을 묻히며 책장을 넘기듯 천천히 돈을 헤아렸다. 그러
더니 일부는 주머니에 넣은 다음, 나머지를 외면하는 자세로 불쑥
형에게 내밀었다. 액수가 불만스러워였을까. 형은 받지 않았다. 노
인이 고개를 들고 형을 올려다보았다. 지폐를 흔들며 화를 냈다. 그
래도 반응이 없자, 손이 부르르 떨리며 지폐가 뿌려졌다. 구겨진 천
원짜리 종이돈들이 낙엽처럼 우수수 날리며 땅바닥 위로 떨어져
내렸다.

지폐가 바람에 날려갔지만, 형은 고목처럼 움직이지 않았다. 노
인이 엉거주춤 일어섰다. 노인은 흩어진 지폐를 일일이 줍고 바람

에 날려간 마지막 지폐마저 쫓아가 집어든 뒤 형에게로 다가갔다. 그리고 주워 온 지폐를 형의 바지 주머니 속에 아무렇게나 쑤셔넣어주었다.

노인은 다시 자기의 자리로 돌아가 힘없이 주저앉았다. 그리고 버릇처럼 널따란 천을 무릎 위에 얹고, 헌 구두를 그 위에 올려놓은 다음 구두칼을 집어들었다. 그 후로는 고개 한 번 드는 일 없이 밑창을 깎아내는 일에만 열중하고 있었다.

형이 내 쪽으로 온 것은 잠시 뒤였다. 형은 야릇한 비웃음을 입가에 물고 있었다. 그는 절룩거리는 걸음으로 느릿느릿 내 옆을 지나쳐 갔다. 나도 천천히 걸음을 뗐다. 형에게서 몇 걸음 떨어져 걸으면서 뒤돌아보니, 손길을 멈춘 노인이 우리 두 형제의 뒷 모습을 바라보고 있는 것이 보였다. 골목길은 퇴근해서 집으로 돌아가는 사람들과 가방을 든 학생들로 북적거렸다. 형의 걸음은 자꾸만 지체됐고, 그에 따라 나 역시 보폭과 속도를 늦추며 걸어야 했다.

그러면서 두 사람은 골목길을 빠져나왔다.

"우라질, 당구나 한 게임 치자!"

형은 내 대답을 듣지도 않고 당구장 건물 안으로 들어섰다.

지린내가 풍기는 계단을 올라가서 문을 밀치자 공 부딪히는 소리가 들려왔다. 실내는 담배연기가 가득했고, 당구대 주위에서 사람들이 움직이고 있었다.

"얼마나 치냐?"

공을 정돈하며 형이 물었다.

"난 못 쳐."

"가르쳐 줄게. 큐대나 빼와."

"구경이나 하겠어."

"맘대로 해라, 자식아."

형은 각도도 궁리하지 않고 혼자 당구대를 돌며 공을 거칠게 때려나갔다. 마치 분풀이라도 하는 기세였다. 공을 치기 위해 다시 당구대 위로 몸을 낮추었을 때 내가 물었다.

"형."

"왜?"

"성공할까?"

형은 대꾸 없이 공을 때렸다.

흰 공이 쿠션에 부딪히며 당구대를 한 바퀴 돌아 엇비슷하게 서 있는 두 개의 빨간 공에 부딪힌 뒤 구석으로 굴러갔다. 형은 큐대를 세워 바닥에 짚었다. 그리고 나직한 음성으로 기분 나쁘게 속삭였다.

"걱정 말아. 넌 해낼 수 있어. 해낼 수 있다는 자신감을 가져야 해. 그게 너를 위해 좋은 거야. 게다가 나도 도와주는 셈이 되고 말야."

큐대를 당구대 위에 놓고 형은 담배를 꺼냈다. 나는 형이 내민 담배를 잠자코 받아들었다. 우린 당구대에 기대선 채 불을 붙였다. 담배를 피우는 동안 침묵이 흘렀다.

"기상대 예보로는 내일 오후부터 비가 온다고 했어."

형이 내게로 얼굴을 돌렸다.

"바로 내일이야. 내일이 적당한 날이라구."

"그렇게 빨리?"

내가 놀라서 묻자, 연기를 뱉으며 형이 말했다.

"그럼 질질 끌 셈이었냐? 빠를수록 좋은 거야. 비오는 날 플랫폼에서 노인이 실족사했다. 이건 이상한 일도 아니잖아."

주의 깊은 눈길로 주위를 살피고 나서 형은 조용히 속삭였다.

"살해됐다는 확증만 없으면 돼. 그럼 보험금은 반드시 나오게 돼 있어."

"자살했다고 의심하지 않을까?"

"설혹 그런 의심이 들어도 괜찮아."

"그건 어째서지?"

"이미 계약 후 2년이 지났기 때문이야. 계약자가 고의로 피보험
자를 사망하게 한 경우만 제외하면 틀림없이 나온다고."

형은 계속해서 말을 이었다.

"준영이, 넌 네 일만 틀림없이 해치우라고. 그 다음은 내가 알아
서 할게. 그럼 오늘부터 닷새 후, 늦어도 보름 후에 넌 네 몫을
받을 수 있을 거야. 무슨 말인지 알겠지? 성공 여부는 네 손에 달
려 있단 말이야."

형은 내 어깨에 슬며시 손을 얹었다. 그리고 날카롭게 쏘아보며
한마디 덧붙였다.

"너 자식아, 과자 회사에 협박 편지 보내려던 걸 다 알아. 그것보
다는 낫지 않아?"

당구장을 나와서 내가 어디로 가느냐고 물었을 때, 형은 잠자코
따라오라는 시늉을 해보이며 묵묵히 앞서 걸었다.

시장 입구였다. 리어카 행상들 사이를 자나자 길 양편에 여러 종
류의 상점들이 있었다. 형은 두리번거리며 걷더니, 가방 가게 안으
로 들어갔다. 판매대 한쪽에 여러 종류의 우산들이 걸려 있었다.

형은 손에 잡히는 대로 우산 하나를 꺼내 들고 그것을 활짝 펼쳐
보더니 주인에게 물었다.

"이것보다 더 큰 것 없습니까?"

"그게 제일 큰 거요."

"그럼 이걸로 주쇼. 얼마요?"

형은 우산을 접고 값을 치렀다. 손에 들린 것은 검은색 천으로 만들어진 신사용 우산이었다. 입구를 나서며 손잡이에 달린 버튼을 누르자 우산이 자동적으로 활짝 펼쳐졌다.

"멋진 보호막이 될 거야. 너한테 아주 잘 어울릴 것 같은데? 자, 가져라."

나는 형이 내미는 우산을 받았다. 그것을 접어 옆구리에 끼고 형을 따라 복잡한 시장통을 지났다. 얼마쯤 걷자, 매콤한 냄새가 풍기며 곱창볶음을 파는 노점 리어카가 보였다. 형은 나를 이끌고 리어카 쪽으로 다가갔다.

"냄새 한 번 기막히군."

"어서 와요."

"그거 빨리 돼요?"

"빨리 되지요."

"그럼 이 인분만 후딱 해주슈."

"아따, 급하기두. 우물서 숭늉 찾겠네."

중년 여자는 믿지 않게 흘겨보며 희멀건 곱창 한 줌을 집어들었다. 그 사이 그녀의 다른 손은 시꺼먼 팬 위에 날렵하게 기름을 둘렀다. 그리고는 연녹색 쑥갓과 커다란 고추 몇 개, 대파와 양파 몇 쪽을 빠른 칼질로 순식간에 토막내고는, 익숙한 솜씨로 그것들을 뭉텅 들어올려 프라이팬 위에 골고루 뿌렸다.

기름이 끓기 시작하며 연기가 피어올랐다. 구수한 냄새가 풍긴다. 여자는 넓적한 뒤집개를 집어들었다. 그걸로 주욱 훑어가자, 곱창 토막들이 다시 가지런히 뒤집혔다. 김이 모락모락 오르는 곱창 접시를 내주며 여자가 물었다.

"술은 안 하려우?"

"있으면 한 병 줘봐요."

"곱창 파는 집에 술 없을까?"

여자가 소주 한 병에 잔 두개를 건네주었다. 형은 그것을 받아 뚜껑을 이빨로 따고 빈 잔에 술을 따랐다.

"맛이 괜찮은데."

"괜찮다뿐이우? 둘이 먹다 하나 죽어도 모를 거구만."

"아따, 아줌마 장사 잘하는 거 보니 머잖아 부자 되겠수."

형이 농담처럼 한마디 했다.

"시방은 부자가 아닌가?"

"지금도 부자란 말이우?"

"부자지 않구. 이만하믄 됐지, 뭘 더 바래?"

"이거 무턱대구 반말이군."

형은 웃으며 술잔을 놓았다.

"욕심 안 부리고 사는 게 좋은 거여."

여자는 바쁜 손길을 쉬지 않으며 지나온 인생을 얘기했다. 고생이라면 누구 못지 않게 해왔지만, 이젠 자식들도 다 크고 수입도 괜찮은 편이라는 얘기였다.

"고진감래라고 옛말도 있듯이 지금은 그럭저럭 살 만해졌어. 그 림 됐지 뭘 더 바래. 사람이 그저 제 분수껏 살아야지. 다 타고난 팔자가 있는데 큰 걸 바랜다고 되는 것도 아닌 거여."

"아따, 사좀 고만 푸시오. 곱창 먹으러 왔지, 아줌마 잔소리 들으러 왔소?"

"잔소리가 아니여."

여자가 말했다. 생활에 찌든 그녀의 얼굴 위에서 전등 불빛이 어른거렸다. 주름지고 수더분한 그녀의 얼굴에는 어떤 편안한 안도감이 깃들어 있었다.

"욕심이란 게 어디 끝이 있어? 그저 너나 없이 욕심만 크다 보니

짐승보다 못한 짓도 예사로 해대는 게 요즘 시상이지만, 그저 이
만하길 다행이다 생각하구 맘 편히 사는 게 제일인겨."

형과 나는 묵묵히 술잔을 비웠고, 여자는 다른 손님이 오자 밝은
얼굴로 응대했다. 나는 형의 어두운 표정 위로 야릇한 비웃음이 스
치는 것을 보았다.

따지고 보면, 형이 아버지를 증오하는 데는 그럴 만한 까닭이 있
었다. 형이 절름발이가 된 것은 아버지의 과음 탓이었다. 그것은 형
이 태어난 지 갓 두 달이 지났을 때의 일이었다. 대낮부터 인사불
성이 되도록 취해서 들어온 아버지가 문지방에 걸려 넘어지며 갓
난아기를 무자비하게 밟아버렸던 것이다. 형은 그때의 사고로 평
생 한쪽 팔과 다리를 쓸 수 없는 불구자가 되었고, 장성해서도 온
전한 한 명의 남성으로 생활해 나갈 수가 없었다. 게다가 그런 불
운을 증폭시킨 것은 그 자신의 비상한 머리 탓이었다. 형은 타고난
음모가였다. 만일 육체적 불구와 거기서 연유된 자학증세만 아니
었다면, 그는 자신이 원하는 것은 무엇이라도 이룰 수 있었을 인물
임에 틀림없다.

유년 시절부터 형은 다섯 살 터울인 나를 교묘하게 조종했고, 나
는 형의 지시에 따르는 꼭두각시 인형에 지나지 않았으니 말이다.
아버지와 형의 끈질긴 투쟁을 견디지 못해 가출했던 내가 7년만에
집으로 돌아왔을 때, 형은 모든 사정을 단박에 눈치챘다.

나는 처음 중이 될 작정이었으나, 견디다 못하고 중도에 포기하
고 말았다. 그 다음엔 어느 전자제품 공장에서 일자리를 구했다. 거
기서 한 여자를 만났다. 나와는 결혼을 약속한 사이로 발전했고, 내
아이까지 임신했다. 우리는 조그만 벌집통 같은 월세방에서 행복
하게 생활했다. 적어도 내가 감원 대상에 올라 실직을 당하고, 출산
을 앞둔 그녀가 자궁외 임신으로 당장 생사를 건 수술을 받아야 한

다는 사실을 알기 전까지는 말이다. 어디서 그 막대한 수술 비용을 마련해야 할지 막막했다. 7년만에 집으로 찾아온 것은, 자포자기의 심정에서 매달릴 곳이 아무데도 없었던 까닭이다. 혹시나 아버지의 도움을 받을 수 있을지 모른다는 희박한 기대감 따위는 없었다. 애초부터 그런 능력은 없는 사람이었기 때문이다.

내가 돌아왔을 때도, 형과 아버지 사이의 악연은 7년 전과 달라진 점이 없었다. 어떤 면에서 두 사람은 공생하는 관계였다. 다른 일거리를 가질 수 없었던 형이 취사와 빨래를 도맡았고, 아버지는 그런 점에서 평안할 수가 있었다. 그러면서도 형은 여전히 아버지를 무섭게 증오하고 있었고, 아버지 역시 그런 형을 개 돼지처럼 취급하며 구박했다.

그런 가운데 끊임없이 기회를 엿보고 있던 형이 나의 방문을 반겼다. 형은 내가 절실히 필요로 하는 것을 당장 눈치채고 하나의 방안을 제시했다. 우리 두 사람의 유일한 희망, 그것은 아버지가 가입해 두었다는 생명보험이었다. 아버지는 몇 년 전부터 자신의 노후를 위해 우리 몰래 보험금을 적립해 오고 있었다. 형의 의도는 분명했다. 아버지를 살해하자는 것이다. 형은 아버지를 쓸모없는 인간이라고 비난했다. 그러면서 아버지의 죽음을 댓가로 우리의 삶을 도모하자고 나를 끈질기게 설득했다.

이튿날.

오후부터 비가 내리기 시작했다. 형과 헤어지고 나서 나는 여관에서 하룻밤을 지냈다. 시간이 늦도록 잠을 못 이루고 뒤척거리다가 새벽빛이 어슴푸레 창문을 밝힌 뒤에야 눈을 붙였다. 그러나 어설픈 잠이었다. 나는 몇 시간 동안 뒤숭숭한 악몽에 시달렸다. 그러다 견디기 힘든 충동에 소스라칠 듯이 놀라며 눈을 떠보니, 온 몸

이 땀으로 축축했다. 잠이 깨고 나서도 한동안 목을 죄는 듯한 숨
막힘이 계속됐다. 나는 누운 채 담배를 찾아 물었다. 시간은 이미
10시가 지나 있었다.

담배를 피우며 마음이 착잡하고 불안했다. 내가 치러야 할 일에
생각이 미쳤던 것이다. 난 담담한 마음으로 아버지를 밀어뜨리는
장면을 상상해 보았다. 그 생각만을 반복했다. 나의 죄의식은 무뎌
져 갔다. 그렇다. 한 커트의 장면을 찍기 위해 고용된 단역 배우 같
은 기분이 들 뿐이다. 내게 주어진 역할을 충실히 연기해내지 않으
면 안 된다. 되도록 이런 기분에 몰입하려고 애썼다. 그래서 마치
오디션을 앞둔 신인 배우처럼, 나는 몇 시간 후 내가 연기해야 할
세부적인 동작들을 다시 검토하기 시작했다.

머리 속으로 어제 가 보았던 플랫폼이 떠올랐다. 어둡고 비가 내
리고 있다. 내게서 몇 걸음 떨어진 곳에 노인이 구부정하게 서 있
고 멀리서 전동차의 불빛이 다가오고 있다. 나는 마음 속으로 조용
히 숫자를 헤아리며 천천히 노인을 향해 걸어간다. 맹수의 눈빛처
럼 서서히 다가오고 있는 전동차의 불빛을 확인하며, 나는 노인의
등뒤로 바짝 붙어선다. 그리고 전동차가 승강구역 안으로 들어서
는 순간, 힘껏 손을 뻗어 노인을 플랫폼 아래로 밀어뜨리는 것이다.
등을 건드리는 정도가 아니라, 쌀가마를 내던지는 것처럼 단숨에
말이다. 이렇게 생각하자 모든 것이 역회전되는 필름처럼 빠르게
되돌아갔다.

노인은 자동 인형처럼 다시 한 번 내 앞에 서 주었다. 나는 숨결
을 고르게 가눈다. 편안한 마음으로 긴장을 풀고 손마디 뼈를 간추
린다. 그리고 먼저보다 세찬 기세로 팔을 뻗어 단숨에 노인의 등을
밀어버린다. 노인은 승강대 아래로 떨어져 내리고, 나는 서서히 뒷
걸음질치며 내려다본다. 기다렸다는 듯 전동차가 달려온다. 그리고

철길 위에서 벌레처럼 꿈틀거리고 있는 노인을 뭉개고 지나쳐 간
다. 나는 그 장면을 반복했다.

그러다 나도 모르게 스스르 잠들고 말았는데, 이번엔 제법 깊은
잠이었다. 두 시간쯤 잤을까. 꿈 한 번 꾸지 않고 깨어났을 때, 나는
내가 누워 있는 낯선 여관방이 생소하게 느껴졌지만, 그래도 기분
은 상쾌했다.

시간은 정오가 지나 있었다. 창 밖에서는 부드럽게 속삭이듯 비
내리는 소리가 들려왔다. 나는 이불 속의 따스한 온기에 몸을 맡긴
채 담배를 꺼내 물었다. 봄날의 빗소리를 들으며 뽀얗게 피어오르
는 연기를 올려다보니 마음이 편안했다.

이따금 방문 앞을 지나가는 발소리가 가깝게 다가왔다가는 멀어
지는 기척을 들으며, 나는 이불 속에 누운 채 마음 속으로 벌써 수
백 번이나 되풀이했던 장면을 소처럼 되새김질하다가 자리에서 일
어났다. 바람이 불고 있는지 창문이 흔들렸다. 나는 창문 옆 옷걸이
에 걸린 우산을 집었다. 고리를 풀고 손잡이 버튼을 누르자, 팽팽한
힘이 느껴지며 우산이 펼쳐졌다. 나는 우산을 쓴 채 방안을 서성거
렸다. 그러다 펼쳐진 우산을 거꾸로 옷걸이에 걸고 쓸쓸한 마음으
로 창문이 마주 보이는 벽에 등을 기대고 서서 비 내리는 창 밖을
오래도록 바라보고 있었다.

내가 여관에서 나온 시각은 두시 반이었다. 가까운 식당에서 식
사를 하고 신문을 뒤적거리며 한 시간 가량을 보냈다. 그리고 식당
을 나왔을 때 빗줄기는 한결 거세어져 있었다. 나는 우산을 쓰고
평소보다 느린 걸음으로 어제의 장소에 가보았다.

노인은 어제와 똑같은 모습으로 그곳에 있었다. 비 내리는 골목
길의 조그만 공터, 낡은 비치 파라솔 아래에 돋보기를 쓰고 웅크린

자세로 앉아 있는 것이다. 들이치는 빗물을 막기 위해서인지, 모자의 귀가리개처럼 널따란 비닐 차양이 파라솔 양쪽에 내려져 있었다. 무수한 빗방울이 그 위에 묻어 있어, 노인의 모습이 마치 양수 속에 담긴 태아처럼 우울하게 보였다.

나는 얼마 동안이나 그 모습을 물끄러미 지켜보았다.

노인은 늦은 점심 중이었다. 무릎 위엔 구두 대신 낡은 알미늄 도시락이, 그리고 구두칼 대신 납작한 군용 수저를 쥐고 있는 점이 달랐다. 노란 무우 조각이 반찬의 전부였고, 구두 뒷굽과 깔창이 진열된 나무 상자 위에는 마개를 딴 소주병 하나가 보였다.

노인은 소주병의 높이를 가늠해 보며 빈 도시락 뚜껑에 술을 따랐다. 그리고 두 손으로 뚜껑을 받쳐들고 음미하듯 천천히 술을 마시더니, 손끝으로 젖은 입술을 닦아내며 망연한 시선으로 빗줄기를 바라보는 것이었다.

나는 그 모습을 보고 그 자리를 떠났다.

비 오는 거리를 두어 시간 가량 무작정 거닐다 다시 돌아왔을 때 건너편 약국 진열창을 통해 보이는 시계는 6시 30분을 지나고 있었다. 그때까지도 노인은 여전히 그 모습 그대로였다. 날씨 탓인지 표정이 심란해 보였다. 도시락이 치워진 무릎 위엔 다시금 낡은 구두가 놓여 있고, 빛 바랜 파라솔 아래 동상처럼 앉아 움직이는 것은 주름진 두 손뿐이었다.

나는 가까운 다방의 썰렁한 계단을 올라갔다. 실내로 들어서면서부터 더 이상 빗소리는 들리지 않았다. 나는 창가의 자리로 걸어갔다. 거기서라면 노인이 언제 일을 끝내게 될지 확인하기에 족했다.

나는 우산을 의자 옆에 기대 놓고 차를 주문한 뒤, 주머니에서 꺼낸 신문을 펼쳐들었다. 차를 마시고 신문을 보는 동안, 나의 모든 신경과 관심은 온통 노인에게 집중되어 있었다.

그렇게 반 시간쯤 기다리자, 이윽고 노인이 일을 마치는 것이 보였다. 그때가 정각 7시였다. 노인은 돋보기를 벗고 주섬주섬 물건을 챙기더니, 허름한 양복 안주머니에서 조그만 손거울과 머리빗을 꺼냈다.

손거울을 들여다보며, 노인은 푸석푸석한 머리칼을 오랫동안 천천히 빗질했다. 이윽고 빗질을 끝낸 맨머리를 손으로 쓰다듬더니, 빗살 사이에 끼어 있던 머리칼을 뽑아내고 나서 빗을 안주머니에 넣었다.

그런 뒤에도 얼마 동안 얼굴을 거울에 비춰보고 있었다. 마치 사라져버린 젊는 날의 추억을 되새기듯, 거울을 보면서 꺼칠꺼칠한 손바닥으로 턱이며 뺨을 조심스레 어루만지는 것이었다. 그 순간, 늙고 주름진 얼굴엔 잠시나마 회환의 빛이 감돌고, 늘어진 눈두덩이엔 세월의 허망함이 무서운 무게로 실려 있는 듯이 보였다.

나는 기다리기에 따분한 기분이 들어 하늘을 올려다보았다. 하늘은 어두웠다. 거기서 떨어져내리는 빗줄기가 바람에 날린 버들가지처럼 흔들린다. 그것은 마치 뿌연 전등 불빛 앞으로 바쁘게 지나가는 사람들의 시꺼먼 그림자에 무수한 빗금을 그어대는 것처럼 어지럽게 떨어져내리고 있었다.

노인이 세심한 손길로 바지 가랑이를 접은 다음, 끌어올린 양말 속에 밀어넣고 구부정히 자리에서 일어선 것은 그로부터 5분 가량이 지난 뒤였다. 노인은 녹슨 캐비닛 문을 열고, 물건이 담긴 상자와 자신이 앉아 있던 의자, 몇 켤레의 헌 구두를 차례로 넣었다. 그리고 비닐 우산을 펼쳐 바닥에 놓았다.

그것은 노인이 지난 26년간 하루도 빠짐없이 반복해 온 일이었다. 헝겊으로 감싼 전구를 소켓에서 뽑아내 캐비닛 안에 넣는다.

캐비닛 문을 닫은 다음, 파라솔을 접는다. 굵은 쇠사슬로 캐비닛
문고리와 파라솔을 함께 묶은 뒤엔 커다란 자물통을 채운다.

내가 다방을 나왔을 때, 노인은 바닥에 떨어져 있는 쓰레기를 치
우는 중이었다. 한쪽 손에 우산을 들고, 다른 손엔 빈 도시락이 담
긴 비닐 봉지를 들고서 노인은 마지막 쓰레기를 발로 밀어 구석에
모으고 나서 걸음을 옮겨가기 시작했다.

나는 노인에게서 열댓 걸음쯤 떨어져 걸었다. 노인은 유난히 한
쪽 다리를 절룩거리고 있었다. 이십대 초반에 참전했던 전투에서
총상을 입은 탓이다. 노인은 그때의 공로로 국가가 수여하는 훈장
을 받았다. 나는 어린 시절 그 훈장을 무척 자랑스럽게 여겼다. 아
마도 노인이 입고 있는 겨울 내복 가슴팍엔 지금도 그 훈장이 달려
있을 것이다. 비록 영락한 세월의 뒤안길에서 그 가치는 녹슬어버
렸을지라도 말이다.

가끔씩 우산과 도시락 주머니를 바꿔드는 것 외에 노인의 걸음
새엔 변화가 없었다. 간간이 행인들의 모습에 가려 보이지 않는 노
인의 뒤를 따르며 내가 골목길을 빠져나오자, 차도에서 불빛을 밝
힌 차량들이 빗물을 튀기며 질주하고 있었다. 노인은 절룩이며 느
릿느릿 보도 위를 걸어갔다. 버스 정거장 앞에 이르자, 지하철 역명
이 푸른색 네온사인으로 어둠 속에서 빛을 발하고 있는 것이 보였
다.

노인은 역으로 통하는 육교 계단을 올라섰다. 그때부터 걸음이
유난히 느려졌다. 노인은 육교 난간을 잡으며 한 칸씩 힘들여서 계
단을 올라가고 있었다. 나는 노인이 육교를 거의 다 올라갔을 무렵
에야 비로소 첫 계단에 발을 디뎠다. 내가 육교 위 통로에 올라섰
을 때, 노인은 막 역구내로 들어가고 있는 중이었다.

매표소 앞에서 나는 초조한 눈길로 돌아보았다. 잠깐 사이에 노

인의 모습이 시야에서 사라져버려 불안했던 것이다. 서둘러 표를 끊고, 개찰구를 통과한 다음, 나는 공중 통로를 뛰듯이 걸어갔다. 그러다 승강장으로 통하는 계단을 내려가고 있는 노인의 구부정한 뒷 모습을 발견하고서야 안도감을 느끼며 다시 침착하게 계단을 내려갔다.

승강대엔 우산을 쓴 승객들이 서성이고 있었다. 벤치는 빗물에 젖어 앉을 수가 없었다. 철제 구조물 위 차양막은 승강장보다 좁은 부분의 하늘만을 가리고 있어서 빗물이 승차 표시선 훨씬 안쪽까지 떨어져내리고 있었다.

전철역을 가로막고 있는 높다란 담장 너머로 어둠에 잠긴 도시의 불빛이 보인다. 철로 위로는 여러 가닥의 케이블 선이 지나고, 차양막 아래 희부연한 빛무리를 던지고 있는 전등 불빛 주위에서는 날벌레들이 새까만 점처럼 날아다니고 있었다.

나는 기회를 기다리며 줄곧 지켜보았다. 노인은 상체를 뒤로 제낀 당당한 모습으로 어두운 레일 저쪽을 바라보고 있었다.

차양막 위로 떨어져내리는 빗소리는 일정하게 두들겨대는 타악기 소리처럼 들려왔고, 가끔씩 거리를 질주하는 차량의 소음이 거기에 뒤섞였다. 비 내리는 밤의 플랫폼엔 무거운 정적이 감돌았다.

나는 초조한 눈길로 전동차가 나타날 저편 어둠을 바라보았다. 습하고 냉랭한 기운이 목덜미를 적셨다. 빗줄기 사이로는 뽀얀 물안개가 피어올랐다. 사람들의 두런거리는 말소리가 음울하게 들려온다. 승강장 위로는 유령처럼 사람들의 수가 늘어갔다. 구내 매점은 수중 누각처럼 검은 물웅덩이 위에 거꾸로 비춰져 있고, 군데군데 빗물에 젖은 신문지가 발길에 뭉겨진 채 달라붙어 있었다.

얼마나 지났을까?

어두운 하늘을 잘게 균열시키며 빠르게 빛줄기가 스쳐갔다. 나는 점퍼 깃을 세워 얼굴을 가렸다. 시그널이 다급히 떨어댔다. 갑자기 빗줄기가 거세지기 시작했다. 곧 이어 함석판을 흔들어대는 듯한 천둥소리가 들리면서, 바람에 감긴 케이블이 음울한 소리로 울어댔다.

그때 나는 어둠 저편에서 다가오는 불빛을 보았다. 그때부터 나는 바짝 긴장하기 시작했다. 불빛은 야수의 눈동자처럼 번쩍거리며 다가오고 있었다. 차륜 소리도 점점 가깝게 들려온다. 나는 고개를 돌렸다. 노인을 향해 다가갔다. 노인은 전동차 불빛을 바라보며 꼿꼿한 자세로 서 있었다. 다리가 떨렸다. 등줄기가 뻣뻣하게 당겨온다. 누가 주시하고 있는 것 같은 기분이 들어 자꾸만 주위를 힐끔거리며 둘러보았다. 그러면서 나는 걸음을 재촉하며 노인의 등 뒤에서 우뚝 멈춰섰다.

손을 뻗으면 닿을 거리였다.

숨을 삼킨다.

전동차는 철길을 빨아들이면서 빠른 속도로 이쪽을 향해 다가오고 있었다. 나는 거칠게 뺨을 문질렀다.

'빗물. 땀. 마음을 가라앉혀야 해…….'

자신에게 속삭였다.

'침착해. 침착해야만 해. 침착하란 말야.'

나는 끊임없이 이 말을 중얼거렸다.

'침착해야지. 침착하라구. 침착, 침착, 침착…….'

피치를 죽이며 전동차가 승강구역 안으로 들어서면서, 케이블선이 팽팽하게 당겨지고, 떨고, 이어 날카롭게 경직했다. 가느다란 빗줄기가 도화선을 타고 빠르게 타들어오는 불꽃처럼 레일 위를 달려온다. 통로를 내려다본다. 레일이 보였다. 둥근 빛무리가 스친다. 갑자기 용기가 솟구치는 듯, 플로어가 치솟는다.

머뭇거려선 안 돼!

단숨에!

단숨에 해치워야지…….

그러나 갑자기 손이 떨렸다. 팔이 저린다. 심장이 딱 움직임을 멈춘다. 얼굴 근육이 굳어지고 온 몸이 돌덩이처럼 딱딱하게 굳는 기분이 들었다. 그때 노인이 절룩거리며 저편으로 걸어가기 시작 했지만, 갑자기 발이 바닥에 들러붙은 것 같아 따라갈 수가 없었다.

'어서 따라가야 해…….'

나는 중얼거렸다. 탄식을 뱉는다. 피를 말리는 순간이 흐르고, 시시각각 초조함은 엄청난 무게로 나를 짓눌렀다.

차륜 소리는 무겁게 질타해대는 종소리처럼 귓바퀴 가득 들려왔다.

순간 나는 걸음을 떼었다. 성큼성큼 노인을 향해 걸어가며, 숨이 막히고, 심장의 동계가 급속히 빨라지면서, 손끝이 가늘게 떨렸다.

팔을 뻗자, 노인이 힐끗 뒤돌아보았다. 시선이 마주치는 순간, 불길한 의아심을 품고 쏘아보는 노인의 얼굴 위로 전동차 불빛이 비춰졌고, 어두운 음영이 왼쪽 뺨에서 빠르게 콧마루를 넘어 오른쪽 뺨을 훑으면서 사라졌다. 그 사이 노인은 절룩이며 밀려났고, 나는 무작정 따라붙었다. 그러면서 혼신의 힘을 다해 노인을 떠밀었다.

한 발이 허공을 내딛는 순간, 노인은 다급히 내 팔을 움켜쥐었다. 곧 떨어질 것처럼 아슬아슬한 자세였다. 떨어지지 않기 위해 버둥거리는 완강한 힘에 이끌리며 내 몸도 휘청 아래쪽으로 쏠렸다. 덜컹거리며 가까워지는 굉음. 귀가 멍멍하다. 시야 가득 불빛에 젖은 레일이 덮쳐든다. 나는 고개를 들었다. 다가오는 전동차. 눈살을 찌푸린다. 기적이 운다. 전조등이 깜박거린다. 나는 우산을 던졌다.

나는 자유로와진 손으로 노인의 얼굴을 덮치듯 때렸다.

그러자 손이 풀리며 노인의 몸이 기울었다. 내가 가까스로 물러서는 순간, 노인이 헌 옷가지처럼 승강장 아래로 떨어져내리면서 손아귀를 빠져나간 비닐 우산이 어두운 공중에서 빠르게 회전했다.

나는 숨을 헐떡이며 내려다보았다. 바닥에 떨어진 노인이 있는 힘을 다해 일어서는 것이 보였다. 그에 따라 절망과도 같은 거대한 그림자가 밝은 레일 저 멀리로 뻗어가고 있었다.

노인은 수렁 속을 걷듯이 비틀거리며 발을 내딛었다. 그 뒤에서 강렬한 불빛이 밀물처럼 밀려들면서 거대한 쇳덩이가 폭발할 듯한 힘으로 덮쳐오는 중이었다. 두 줄기 불빛 기둥 사이에서 떨어져내리는 빗방울이 마치 무수히 쏟아져내리는 진주알처럼 보였다. 전동차는 진주알처럼 투명한 빗방울을 낱낱이 깨뜨리면서 점점 가까이 접근해 오고 있었다.

기적 소리가 울리고, 소름끼치는 급브레이크가 정적을 찢는다.

둔중한 차륜들이 시끄러운 소리를 내며 절걱이고, 미세한 회전을 멈춘 채 레일 위를 미끄러지며 앞으로 나아갔다. 케이블 위에서 파란 불꽃이 튀고, 레일 위에서는 빨간 불꽃이 작열했다. 레일에 묻은 물기가 마치 열에 증발되면서 습기찬 공기 속에서 쇳조각을 태우는 매캐한 냄새가 코를 찔렀다.

내가 바닥에 떨어진 우산을 주워 들고 몇 발짝 뒤로 물러서는 순간, 전동차가 세찬 바람을 일으키며 내 옆을 지나쳤다. 그 엄청난 힘에 우산이 뒤집혔다.

"사람이 떨어졌다……!"

누군가의 외침이 들린 것은, 내가 우산을 던져버리고 막 도주하려는 찰나였다.

"사람이 떨어졌다고……!"

"사람이 떨어졌어⋯⋯!"

승강대에 서 있던 사람들이 일제히 돌아보는 쪽에서 한 남자가 외쳐대고 있었다.

잠시 후, 사고를 알리는 비상 신호 부저 소리가 시끄럽게 울려댔다. 스물네 개의 문이 열리고 사람들이 우르르 쏟아져나왔다. 사고를 직감하고 제각기 흥분한 얼굴들이었다. 우왕좌왕 웅성대는 말소리가 여기저기서 들려왔다.

"무슨 일이 났어? 대체 왜 그러는 거야?"

"사고가 났대! 누가 아래로 떨어졌다나봐!"

나는 밀려나오는 사람들을 헤치고 전동차 안으로 들어갔다. 객차 안에서도 승객들이 술렁거리고 있었다.

"왜 안 가고 있는 거야?

"사고가 났다나봐요. 사람이 떨어졌대요!"

흥분과 동요가 물거품처럼 사람들 사이로 퍼져나갔다.

"누가 죽었대요?"

"모르겠어요. 아마, 죽었겠죠."

"자살했대요. 투신자살인가 봐요!"

공포의 기색이 사람들 얼굴에 스쳤다. 모두들 갑자기 들뜬 모습들이었다. 몇 사람이 호기심을 참지 못하고 밖으로 뛰쳐나갔다. 나는 그 사이를 휘청이며 걷다가 차량 연결 칸에 등을 기대며 눈을 감고 거친 호흡을 가누었다.

눈을 뜨는 순간, 어린 사내아이 하나와 눈길이 마주쳤다. 사내아이는 텅 빈 좌석 깊숙이 기대 앉아 날카롭게 나를 흘겨보고 있었다. 시선을 피하지 않고 흘겨보는 그 아이의 시선이 무서웠다. 그 조그만 아이가 두려웠다. 나는 시선을 피하면서 손을 더듬거리며 뒷걸음질치기 시작했다.

그러다 다시 낯선 중년 남자와 눈길이 마주쳤다. 남자는 짐짓 태연한 표정으로 팔짱을 낀 채 나를 바라보고 있었다. 마치 무언가를 알고 있다는 듯한 눈빛. 멸시하는 듯한 비웃음이 입가에 묻어 있었다.

나는 급박한 동요를 느끼며 주변을 둘러보았다. 모두 나를 지켜보며 동상처럼 서 있었다. 바늘 끝처럼 와 닿는 무수한 시선, 설명할 수 없는 적요감 가운데 어디선가 웅얼거리는 말소리가 음울하게 들리고, 나직이 칭얼대는 울음 소리, 기침처럼 이어지는 음침한 웃음 소리가 들려왔다.

공포 속에서 몸을 떨며, 나는 미친 듯 통로를 지났다. 가까이서 호루라기 소리가 들렸다. 역무원들이 달려가는 모습이 차창 너머로 보였다. 승객들은 창가에 바짝 붙어 고개를 디민 채 그 모습을 지켜보고 있었다.

그런데 갑자기 이상한 충동이 일었다. 살인자의 심리란 묘한 것이었다. 나는 방금 내가 살해한 아버지의 모습을 보고 싶다는 강렬한 기분에 사로잡히고 말았다. 그것은 이미 나의 이성으로 감당할 수 없는 호기심, 설명할 수 없는 유혹이 되어 거세게 충동질해대고 있었다. 나는 그 힘을 견뎌낼 수가 없었다.

내가 사람들을 헤치고 차량을 빠져나갔을 때, 현장엔 사람들이 구름처럼 몰려들어 있었다. 모두들 승강장 양쪽에 빽빽이 다가서서 아래를 내려다보고 있었다. 나는 그 사람들 틈을 비집고 앞으로 나아간 다음, 맨 앞까지 가서 사람들 사이에 끼어 승강대 아래를 내려다보았다.

모든 것이 한눈에 들어왔다.

주변을 대낮처럼 밝히고 있는 전조등 불빛 속에 일직선으로 뻗어 있는 레일과 빗물에 젖은 검은 자갈돌, 거기서 역무원 한 사람이 전조등 불빛을 피해 엉거주춤 주저앉은 자세로 바퀴 사이를 살피고 있는 중이었다.

"어이, 보여 안 보여!"

위에서 다른 역무원이 소리치듯 물었다.

"어두워서 아무것도 안 보여!"

아래에서 살피던 역무원이 대꾸하더니 몸을 일으켰다. 그리고 그는 성큼성큼 걸어와서는 동료의 도움을 받으며 승강대 위로 올라섰다.

부근엔 전동차 운전사와 청원경찰, 검차원 들이 와 있었다. 그들은 사태를 수습하기 위해 귀엣말을 나누었다. 몇 사람이 쉴새없이 떨어져내리는 빗줄기에도 아랑곳 않고 호기심어린 얼굴로 옆에서 엿듣고 있는 가운데, 역 구내에서는 다음 전동차의 도착을 알리는 시그널이 시끄럽게 울렸다. 역무원 한 사람이 붉은 깃발을 펄럭이며 진입대 쪽으로 뛰어갔고, 다른 역무원들이 소떼를 몰 듯 사람들을 밀어대며 호각을 불었다. 시끄러운 소리가 주변의 공기를 흔들었다. 사람들은 웅성거리며 뿔뿔이 흩어지기 시작했다. 일부는 차량 안으로 들어가고 일부는 출구 쪽으로 움직였다.

"이제 곧 출발합니다!"

사람들을 거칠게 밀치며 역무원이 외쳐댔다. 멀리서 불빛이 보이며 차륜 소리가 들려오고 있었다.

"어서 안으로 들어가세요! 어서요!"

일이 분쯤 소란이 계속되고 나서, 전동차의 문이 세차게 닫혔다. 아직도 승강대에서 서성이고 있는 사람들의 숫자는 꽤 되었다. 발차 직전 전동차의 문이 다시 한 번 열렸다가 닫히면서, 이윽고 전동차가 움직였다. 깊숙이 한숨을 내쉬듯 엔진이 작동하며, 느리고 둔하게 차륜이 회전했다. 그러면서도 거대한 동체는 서서히 앞으로 나아가기 시작했고, 차창가에 서 있는 승객들의 창백한 얼굴들이 느릿느릿 지나갔다.

승강장에 남아 있는 사람들은 전동차가 앞으로 나아가는 모습을 지켜보고 있었다. 그들의 시야를 가로막고 있던 전동차가 승강장 에어리어에서 완전히 빠져나가면서 철길이 뒤쪽에서부터 드러났다.

철길은 컨베이어벨트처럼 움직였다. 어두운 차륜 사이에서 기다란 혓바닥처럼 끊임없이 빠져나오는 중이었다. 그리고 오래지 않아 사고를 당한 참혹한 시신이 모습을 드러냈다. 시신은 마치 철길에 실린 채 느릿느릿 다가오는 것만 같았다.

아버지의 시신은 불빛에 젖은 두 줄기 레일과 묵직한 회백색 콘크리트 침목 위에 반듯하게 누워 있었다. 마치 잠들어 있는 듯 평안해 보였다. 주위엔 붉은 융단처럼 핏물이 넓게 펼쳐져 있었고, 납작하게 으깨진 두개골에서 회멀건 뇌수가 고름처럼 쏟아져나와 있는 것이 보였다.

그 모습을 보고 두려움과 절망감이 엄습했다. 나는 휘청이며 걷기 시작했다. 계단을 뒷걸음질치며 올라가다 들것을 든 역무원과 몸을 부딪쳤다. 사람들을 헤치고 나머지 계단을 비틀거리며 올라가서 공중 통로를 지나 개찰구를 빠져나가면서, 그제야 나는 물에서 방금 빠져나온 것처럼 온 몸이 물기로 흠뻑 젖어 있다는 사실을 알았다.

구내로 이어지는 육교를 허우적거리며 걷는 동안엔, 내닫는 발걸음마다 커다란 콘크리트 다리가 커다란 각도로 철렁이며 빗물에 젖은 도시의 불빛들이 어지럽게 흔들렸다.

나는 육교 계단을 달음박질치듯 내려가 보도 위로 내려섰다. 거리로 나왔을 때, 사람들의 어수선한 그림자가 유령처럼 흐물흐물 움직이고 있었다. 빗물에 젖은 보도 위에서는 상점의 불빛이 흔들리고 있었다. 거리는 어두웠다. 차량이 물보라를 뿌리며 지나가고, 앰뷸런스의 사이렌이 가깝게 다가오고, 한 걸음 내딛을 때마다 철 퍽거리며 빗물이 튀었지만, 나는 흠뻑 젖은 몸으로 무작정 나아갔다.

어디로 가야 하는지, 어디로 가고 있는지도 의식하지 못한 상태였다.

거대한 천막처럼 내 머리 위로 펼쳐져 있는 검은 하늘에서는 온통 날카로운 빛줄기가 번쩍거리며 빠르게 질주하면서, 피륙을 찢어대는 듯 요란스런 천둥소리가 울렸다.

그리고 갑자기 빗줄기가 한결 더 굵어졌다. 굵직한 빗방울이 쉬임없이 떨어져내렸다. 나는 빗물이 그렇듯 뜨거운 줄은 몰랐다.

마치 보이지 않는 무수한 입들이 거침없이 뱉어대는 침처럼, 굵직한 빗방울은 쉴새없이 내 얼굴과 목덜미 위로 떨어져내리고 있었다.

모스크바에서 온 사나이

강형원

•강형원
〈소설문학〉 제3회 추리소설 공모에
「증권살인 사건」 당선.
제5회 한국추리문학 신인상 수상.
현재 강형구 변호사 사무소 성업중.
「서울 에펠탑」, 「식인종」,
「보이지 않는 손」, (이상 장편추리소설),
「태양은 가득히」, 「여름 추리학교에서의 살인」
(이상 단편추리소설) 외 작품 다수.

모스크바에서 온 사나이

함박눈이 내리기 시작했다.

차는 막 광화문을 지났다. 카세트에서 흘러나오는 톱뉴스는 소련 소식이었다. 소련은 곧 붕괴되고 러시아를 비롯한 10여 개 공화국으로 분할된다는 것이다. 코리아나 호텔 앞에서 사내는 차를 내렸다. 얼음처럼 차고 매서운 바람이 코끝을 싸하니 스치고 지나갔다.

호텔 커피숍은 훈훈했다. 시계를 보니 아직 5분쯤 시간이 남아 있었다. 그는 일부러 사람들 왕래가 많은 곳에 자리를 잡고 앉았다. 약속 시간이 되면 정확히 호텔 문을 열고 상대방이 나타나리라. 시간 하나는 귀신처럼 지키는 자들이니까.

초침은 빠르게 움직여 가고 있었다. 혼자 생각할 시간이 생기자 이곳에 나타난 것이 다시 후회되기 시작했다.

'공연한 짓이야. 돌아갈까?'

짧은 시간이었지만 머리 속은 빠르게 회전하기 시작했다.

'그러나 늦었어.'

이미 자신은 상대의 가시권 내에 들어와 있었다. 이미 어디에선가 숨어서 상대방은 뱀처럼 예리한 눈으로 자신의 일거수 일투족을 감시하고 있으리라. 약속 시간이 됐다. 예상대로 시간에 꼭 맞게 호텔 유리문이 열리면서 상대방이 나타났다. 하나가 아니었다. 그들은 모두 셋이었다. 그러나 그보다 훨씬 많은 자들이 어딘가 숨어서 자신을 주시하고 있을 것이다.

맨 앞장선 녀석이 보스였다. 그 뒤를 두 명이 더 따르고 있었다. 보스는 그를 보자 희미한 미소를 띠고 다가와서는 앞쪽 빈 의자에 앉았다. 뒤따르던 사내는 옆 탁자에 앉았다.

"오래 기다렸나, 최?"

보스가 속삭이듯 물었다. 가늘고 길게 찢어진 눈이 매서웠다.

"아니오, 나도 막 도착했어요."

그가 작은 목소리로 대답했다.

"어떻게 하기로 했나, 최?"

"뭘 말씀하시는 거죠?"

최는 그가 무엇을 묻는지 훤히 알고 있었다. 그러나 시치미를 뚝 떼고 물었다.

"최, 정말 이럴 건가? 설마 우리의 기대를 저버리지는 않겠지?"

최는 잠시 머뭇거렸다. 그리고는 단호한 어조로 말했다.

"날 놓아주십시오."

"그렇다면, 당신은…… 조국을 배신하겠다는 거야?"

보스의 얼굴이 금방 붉으락푸르락 변하기 시작했다. 최는 바바리 오른쪽 주머니에 찔러놓은 보스의 손을 살펴보았다. 그는 언제나 그 속에 소형 권총을 넣고 다녔다. 자칫 자기 성질에 못 이겨 권총을 발사할지도 모른다. 호텔 안에 사람이 많이 있기는 하지만 그의 성질로 볼 때 그렇게 하고도 남을 위인이었다.

최의 형식적인 직책은 소련 무역상사 알렉산드로 한국지사의 영업부장이었다.

알렉산드로는 주로 석유, 석탄 같은 원자재를 소련에서 해외로 수출하고 식량, 섬유, 전자제품을 수입하고 있었다. 한국에는 수교하기 1년 전부터 들어와 활동하고 있었다. 지사장은 따로 있었지만 최가 실질적인 한국지사의 책임자였다. 그는 KGB였던 것이다.

최는 타시켄트에서 태어났다.

부모 모두 조선족이었다. 고등학교 졸업 무렵 KGB요원으로 뽑혔고, 교육을 마친 뒤 북한과 일본에서 10여 년을 활동해 왔다. KGB내에서도 손꼽히는 극동 아시아 전문가였다.

1990년 들어와 주변 상황은 급변하고 있었다.

공산주의가 붕괴되고 있었던 것이다.

고르바초프가 정권을 잡고 개혁을 시도하면서 공산주의는 밑동부터 흔들리고 있었다. 한국에서의 최는 겉으로야 무역회사 영업부장이었지만 실제로 그의 임무는 첩보 수집이었다. 이미 도쿄에서 활동할 때 한국에도 적지 않은 인맥을 구축해 놓고 있었다. 더구나 그는 조선족 출신이었기 때문에 한국에서의 활동이 수월했다. 여권을 특별히 내보이지 않는 한 그의 외모를 보고 소련인으로 볼 사람은 아무도 없었다.

소련이 붕괴되기 시작하면서 그는 첩보 수집보다 무역 쪽에 더 열심이었다.

한국과 소련이 수교되면서 두 나라의 무역량이 급속히 늘고 있었다. 알렉산드로 한국지사의 외형도 크게 늘어났다. 한국에서 활동하는 KGB공작금 조달은 최의 또 다른 임무였다. 수출입 대금 중 일정액을 떼어놓았다가 한 달에 한 번씩 보스에게 전달했다. 그런데 얼마 전부터 그는 그런 돈에서 일정액을 남몰래 떼어서 은행에 개설된 자기 개인 구좌에 입금시키고 있었다. 최근에는 떼어놓은 돈 액수가 점점 커져 자기 구좌에 입금된 돈이 자그마치 50만 달러에 이르렀다. 그러나 꼬리가 길면 밟히는 법이다. 그만 보스에게 발각되고 말았다. 보스는 세르게이라는 이름으로 주한 소련 대사관에 근무하는 무관이었다.

최는 잠시 몸을 숨겼었다. 그러다가 그는 보스를 만나 자신의 신변을 정리하리라 마음먹었다. 물론 보스와의 만남은 위험이 컸다. 그러나 그도 그 나름대로 생각해 둔 게 있었다.

"이것 받으시죠."

최가 플라스틱 꼬리표가 달린 열쇠 하나를 보스에게 내밀었다.

"내가 갖고 있는 공화국 재산은 모두 그 안에 있어요."

KGB 요원으로서 소련 정부로부터 무상으로 지급받았던 개인 물건 전부를 최는 소련 정부에 돌려줄 참이었다. 거기에는 KGB 기밀에 관련된 문건도 적지 않았다. 그러나 그런 것들은 너저분하기 짝이 없어서 앞으로 그의 생활에 도움이 될 만한 것이 하나도 없었다.

"서울역 사물함 속에 모든 것이 보관돼 있어요. 남의 눈도 있고 해서 이렇게 사물함 열쇠로 드리니 인수해 주십시오."

"당신…… 정말……."

"공화국 재산은 털끝 하나 욕심이 없어요. 다 돌려드립니다."

"뭐, 욕심이 없다고?"

"그래요."

"그럼 50만 달러도 내놓아야지. 그것은 공화국 재산이 아니고 무어야? 지금 공화국은 외화가 부족해서 국가가 부도가 날 지경이란 말이야."

"보스, 그것만은 안 되겠어요."

"뭐라고?"

"그건 내 퇴직금이라 생각해 주세요. 난 거의 20년 동안 KGB 요원으로서 목숨조차 아끼지 않고 국가와 KGB를 위하여 충성을 다해 왔어요."

"퇴직금이라구……? 언제 우리에게 그런 사치스런 제도가 있었나, 최?"

"보스! 어차피 공화국이나 KGB 모두 머잖아 와해될 거구…… 난 단지 와해될 조직으로부터 먼저 그만두었을 뿐이에요."

"닥쳐, 와해라니…… 그런 반동적인 언사는 삼가해."

"보스, 내 한 가지는 굳게 약속하지요. 절대로 소련을 배신하지는 않겠어요."

"당신은 벌써 배신했어."

"아니오, 보스. 내가 지금까지 한국 내에서 수집해 왔던 첩보나 KGB 요원으로 취득한 기밀 사항들…… 내가 목숨이 남아 있는 한 입을 열지 않을 겁니다."

"당신…… 지금 나한테 협박하는 거야?"

"천만에요. 여하튼 내가 입을 뻥긋하면 한국 내에서 활동하고 있는 우리 조직원들이 다 드러나요. 아마 그 엄청난 숫자에 대한민국 정부도 깜짝 놀랄 겁니다. 거기다 우리와 선을 대고 있는 한국의 국방부 등 국가기관의 고위 당국자들이 내가 입만 벌리면 어떻게 되는지 알아요? 이런 것들에 대해서 나는 입을 다물고 있겠습니다. 약속하죠."

"아니, 이 자가 점점……."

보스의 얼굴이 사색이 다 돼버렸다. 그가 당황하고 있는 모습을 잠시 살펴보던 최가 재빨리 자리에서 일어났다. 그리고는 빠른 걸음으로 커피숍을 나와 호텔 출입문 쪽으로 걸어갔다.

"찻값은 계산하고 가야지."

혹시나 총알이라도 날아올 것 같아 뒤통수가 간질간질했다. 그런데 날아온 것은 뜻밖에도 찻값을 내달라는 보스의 청탁이었다.

찻값조차 상대에게 떠넘길 정도로 이들의 경제 상태는 엉망이었다. 그러나 최는 못 들은 척 유리문을 밀치고 밖으로 나왔다. 쏴하니 차가운 공기가 최에게 달려들었다. 그가 밖으로 나타나자 호텔 건물 뒤쪽에서 콜택시 한 대가 미끄러져 나오더니 그 앞에 섰다.

최가 차에 올라타자 바로 출발했다.

콜택시는 아까 그가 호텔에서 내릴 때 3만원을 운전기사에게 주면서 대기해 달라고 부탁했었다. 호텔 쪽을 바라보니 보스를 비롯해서 건장한 사내들이 허겁지겁 튀어나왔다. 숫자가 열 명도 넘었다. 서울에 있는 KGB 요원은 전부 코리아나 호텔에 집결한 모양이다. 그들도 두세 대의 차에 나누어 타고는 뒤쫓아오기 시작했다.

함박눈이 사선을 그리며 차창을 마구 때렸다.

"기사 양반, 깡패들한테 쫓기고 있으니 속도를 좀 내주시오. 속도 위반으로 걸리면 내가 책임을 지겠소."

최가 지갑에서 만원짜리 지폐 10장을 꺼내 운전기사 주머니에 찔러넣어 주었다. 차는 쌩하니 달려 시청과 덕수궁 사이를 지났다. 금방 남대문 옆을 지나 서울역 쪽으로 빠르게 달려 내려갔다.

뒤를 돌아다보니 눈보라를 뚫고 보스의 차도 꽁무니를 바짝 쫓아왔다.

갑자기 차 속도가 떨어졌다. 서울역 앞쪽 신호등이 빨간 불로 바뀌자 차들이 줄줄이 늘어서서 다음 신호를 기다리고 있었다.

"반대 차선으로."

최가 운전기사에게 소리쳤다.

"뭐요?"

운전기사가 무슨 미친 소리를 하느냐는 듯 최를 돌아다보았다.
"반대 차선으로 들어갑시다, 기사 양반. 나를 뒤쫓는 놈들은 칼
잡이들이오. 그렇게 하지 않으면 난 죽소. 은혜를 잊지 않으리
다."

운전기사가 잠시 머뭇거리자, 최가 만원짜리 지폐 뭉치 두 개를
꺼내 기사에게 던져주었다. 반응은 금방 왔다. 기사가 핸들을 좌로
꺾었다. 그리고는 반대 차선으로 들어갔다. 그건 분명 자살 행위였
다. 이래서 자본주의가 좋은 것 아닌가. 최는 중얼거렸다. 돈이면
목숨조차 버릴 인간들이 수두룩한 것이다. 다행히 반대 차선을 달
려오는 차량은 없었다. 뒤를 돌아다보니 보스의 차도 주춤주춤하
더니 반대 차선으로 들어서서는 다시 빠른 속도로 쫓아왔다.

세브란스 빌딩 왼쪽으로 콜택시가 빠른 속도로 좌회전하였다.
"으앗!"

막 좌회전하고 나자 기사와 최의 입에서 동시에 비명 소리가 터
졌다. 수십 대의 차량이 그쪽 차선에서 푸른 신호등을 받고는 빠른
속도로 달려오고 있었던 것이다. 그러나 이미 때는 늦었다. 갑자기
나타난 무법 차량 콜택시로 반대 차선은 혼란 속으로 빨려들어갔
다. 갑자기 급브레이크로 타이어 마찰음이 귀를 찢었다. 어디 마찰
음뿐인가, 콜택시를 피하기 위하여 마구 핸들을 꺾다기 서로 부딪
혔다. 눈 깜짝할 사이에 차들이 서로 부딪히고, 깨지고, 터지고, 거
기다 자지러지는 비명 소리…… 아비규환 속이었다.

콜택시는 용케 차에 생채기 하나 나지 않고 차와 차 사이를 곡예
하듯 헤치고 나와 퇴계로로 꺾어들었다. 운전 실력이 참으로 빼어
난 운전기사였다. 최의 손에는 땀이 흥건히 배어났다.

뒤를 돌아보니 보스의 차량은 이 차에 부딪히고, 저 차에 부딪히
면서, 부서지고, 깨지고…… 그러나 용케 차량숲을 헤치고 빠져나

오더니 다시 뒤쫓기 시작했다.

그쪽도 보통 놈들이 아니었다.

콜택시는 남대문 시장을 지나 퇴계로를 빠른 속도로 내빼고 있었다. 중간중간에 서 있는 신호등은 모두 다 무시하면서 달렸다. 때로는 반대 차선으로 들어가 달려오는 차량을 서로 부딪히게 하면서 내빼던 것이다. 보스의 차도 똑같이 뒤쫓아왔다.

명동 전철역 입구에서 차가 멈췄다. 동시에 문이 열리면서 최가 튀어나왔다.

그리고는 지하 계단으로 날 듯이 뛰어내렸다. 보스의 차에서도 한 떼거리의 건장한 사내들이 내리더니 뒤쫓아왔다. 전철표도 사지 않은 채 개찰구를 점프로 뛰어넘고는 에스컬레이터에 올라서서 그곳에 탄 손님을 손으로 당기고 팔꿈으로 밀치면서 아래로아래로 뛰어내려갔다. 그가 지하에 내려섰을 때는 마침 전철이 손님을 태우고는 문을 막 닫으려 하고 있었다. 최는 슬라이딩하면서 머리를 전철 안으로 들이박았다. 그가 타자 전철 문이 닫혔다.

밖을 내다보니 두 사람이 전철을 못 타서 발을 동동 굴렀다.

그러나 보스와 그 일당은 역시 동작이 빨랐다. 언뜻 보니 대여섯 명은 전철에 올라탄 것 같았다. 전철 안은 만원이었다. 최는 땀을 비오듯이 흘리면서 사람을 헤치고는 앞으로앞으로 걸어갔다. 뒤쪽을 보니 보스와 그 일당이 사람숲을 헤치면서 이쪽으로 다가오고 있었다.

전철 두 칸쯤 앞으로 전진했을까.

전철이 멈춰 섰다.

충무로역이었던 것이다. 최는 슬쩍 전철 밖으로 나왔다. 뒤쪽 문에서 보스와 그 일당이 밖으로 튀어나왔다. 밖에 있던 사람이 다 타고 전철이 문을 닫으려고 할 때 갑자기 최가 다시 전철 안으로 뛰어들었다. 이 급작스런 최의 작전에 말려들어 보스 쪽에선 한 사람이 미처 타지 못하고 탈락했다. 탈락한 그쪽 친구가 최 있는 쪽에다 주먹으로 감자먹을 수없이 먹이면서 소련말로 욕설을 내뱉었다.

다음 정거장에서 그런 식으로 또 두 명을 떨어뜨렸다.

이제 그를 뒤쫓고 있는 것은 보스와 다른 한 명의 부하가 전부였다.

동대문역에서는 거꾸로 전철 문이 닫히려고 할 때 튀어나왔다. 그리고는 뛰기 시작했다. 1호선으로 갈아타는 기다란 통로를 젖 먹던 힘을 다하여 달렸다. 그리고는 막 출발하려는 1호선 전철에 가까스로 올라탔다. 그리고는 가쁜 숨을 내뱉었다. 주위 사람들이 모두 그를 쳐다보았다. 그러나 그는 그런 시선을 모른 척하고 뒤쪽을 바라보았다. 용케 보스만이 1호선 전철에 옮겨타서는 그를 쫓고 있었다.

그렇게 두세 정거장을 더 갔다.

종각역에서 최는 점잖게 전철에서 내렸다. 그리고는 있는 힘을 다해 계단 위로 뛰기 시작했다. 보스도 뒤쫓아 뛰어왔다. 끈질긴 놈이었다. 그러나 너의 추적도 이제 끝이다. 최는 생각했다.

개찰구를 점프로 뛰어넘었다.

그리고 다시 계단을 뛰어올라서서는 전철역 밖으로 나왔다.

밖은 함박눈이 한치 앞을 내다볼 수 없을 정도로 휘날리고 있었다. 전철역 출구 바로 옆에 아까 그 콜택시가 서 있었다. 최가 올라타자 택시는 바로 출발했다. 아까 명동역에서 택시를 내릴 때 최가 기사에게 종각역 출구에서 기다려 달라고 부탁했었던 것이다. 물론 돈을 적잖게 기사에게 집어주었다. 자본주의는 돈으로 안 되는 게 없었다. 뒤늦게 밖으로 튀어나온 보스가 발을 동동 구르고 있었다. 서울에서 택시 잡기가 어디 쉬운 일인가. 서서히 멀어져가는 보스에게 최는 손을 흔들어 보였다.

수유리 파크 호텔에서 최는 택시를 내렸다.

보스와 그 일당을 떼어놓았더니 저절로 흥이 났다. 최는 콧노래를 흥얼거리며 호텔 안으로 들어갔다. 미리 예약해 놓았던 315호실로 올라갔다. 하루 종일 뛰고 숨고 난리법석을 떨었더니 온 몸이 땀으로 목욕을 한 것 같았다. 방에 들어서자 옷을 훌훌 벗고 욕실로 들어갔다. 욕조 속에 더운 물을 가득 채우고 그 속에 들어가 누웠다.

이제 상황은 종료됐다.

50만 달러. 우리 돈으로 4억원이나 되는 거금을 손에 쥐었다. 한치 앞을 내다볼 수 없는 것이 현재의 소련이고 KGB였다. 전에는 해외에서 공작을 성공리 끝내고 귀국하면 장래가 보장됐었다. 커다란 저택에서 맛있는 음식을 먹으며 가족과 함께 레저를 즐기면서 일생을 편하게 살 수 있었다. 그러나 자유화 바람이 불어닥치면서 소련은 암흑의 길을 걷고 있었다. 요즘 세상에는 KGB요원이었다는 것이 자랑은커녕 누군가에게 총맞아 죽기 딱 알맞는 짐이었다.

눈을 감았다.

서울에서 멀리 떨어진 지방 소도시에 정착할 예정이다. KGB 요원 시절 익혀 두었던 사진 기술을 이용하여 사진관을 하나 차려서는 밥벌이를 하고 노후를 보낼 셈이었다. 마누라와 아이들을 먼저 시골에 내려보냈다. 그도 오늘 밤만 호텔에 묵은 뒤 내일 아내와 아이들이 있는 시골로 내려갈 생각이다.

잠시 꾸벅꾸벅 졸았다.

눈을 떠보니 뜨겁던 욕조물이 차가워져 있었다. 그는 온 몸에 비누칠을 한 뒤 샤워를 하고는 욕조문을 열고 방으로 나왔다.

그때였다.

갑자기 뒤에서 억센 팔이 그의 목을 휘감았다. 힘이 엄청났다. 최가 있는 힘을 다해 버텨 봤으나 상대는 꿈쩍도 않았다. 앞에 서너 명의 사내가 나타났다. 그중에 보스도 끼어 있었다. 뱀처럼 가늘고 길게 찢어진 눈을 가진 그가 빙긋이 미소지으며 최를 쳐다보고 있었다.

"최, 당신도 별수 없군."

보스가 낄낄거리면서 중얼거렸다. 그리고는 눈으로 신호를 보내자 옆에 있던 사내가 쇠파이프를 꺼내더니 최의 오른팔을 인정사정 보질 않고 내려쳤다. 단 한 방에 최의 팔이 우두둑 소리를 내며 부러졌다.

"으아악."

최가 비명을 내질렀다.

그러나 보스는 눈썹 하나 까닥하지 않았다. 사내가 다시 쇠파이프를 휘둘렀다. 이번에는 오른쪽 정강이였다. 그것은 단 한 방에 부러지더니 속에서 흰 뼈가 보였다. 최가 방바닥에 나둥그라졌다.

세 번째 공격은 최의 왼쪽 정강이 쪽이었다.

"으아악!"

지옥에서나 들릴 법한 비명이 방안을 가득 메웠다.

"보스, 살려주시오."

최가 비명을 지르면서 보스에게 애원조로 소리쳤다.

"살고 싶은가?"

"그래요, 보스."

"50만 달러 어디 있나?"

"보스…… 제발 그것만은……."

"이놈이 아직 정신이 덜 들었군."

다시 쇠파이프가 휙 소리를 내며 최의 어깻죽지에 떨어졌다.

"보스, 이야기하겠어요."

"그래, 그것은 어디 있나?"

"은행에 예금해 두었어요."

"통장과 도장은?"

"내 저고리 속에."

"비밀번호는?"

"1950."

50만 달러가 든 통장과 도장은 의외로 싱겁게 최로부터 보스에게 넘어갔다.

"이봐, 최. 내가 어떻게 여기까지 쫓아왔는지 궁금하지?"

통장을 손에 쥔 보스가 이제는 여유가 있는지 농담조로 말했다.

"……."

"간단해. 당신이 코리아나 호텔 앞에 차에서 내릴 때 당신을 지켜보고 있었지. 당신이 호텔에 들어갔는데도 택시는 돌아가질 않고 주차장에 서 있더군. 그게 이상했지. 그래서 나는 당신과 택시기사와의 사이에 무엇인가 거래가 있다는 것을 간파했지. 이번에는 내가 택시기사에게 기름칠 좀 하고는 약속을 받아놓았어. 뒤에 당신이 어디서 내리는지 나에게 알려주면 후사하겠다고."

"아…… 택시기사 녀석이 이중 첩자 노릇을 했었군. 죽일 놈."

최가 중얼거렸다. 그러건 말건 보스는 최를 내려다보면서 말했다.

"자, 다음은 어디를 부러뜨릴까?"

당신은 그대를 아는가

김상헌

• 김상헌

충북 충주 출생.
제5회 한국추리문학 신인상 수상.
한국추리작가협회 회원,
한국문인협회 회원,
한국소설가협회 회원.
「살인 FM」,「황홀한 게임」,
「야간 탈옥」, (이상 장편추리소설)
「비밀 사냥」(창작집)
「소년 탐정 컴도와 부시맨」(아동추리소설)
외 작품 및 역서 다수.

당신은 그대를 아는가

최시도는 과장에게 다가가면서 자신을 저주했다. 과장은 면적이 좁은 얼굴에 박힌 우스꽝스런 두 개의 눈으로 최시도를 비스듬히 건너다보았던 것이다. 그는 과장의 심리 상태를 한눈에 알 수 있었다. 쯧쯧…… 화장실 휴지만도 못한 걸 서류라고 비벼서 들고 오는 꼬락서니라니……. 그는 과장이 분명히 이렇게 비웃고 있다고 느꼈다. 아드레날린의 과도한 분비를 억제하기 위해 심호흡을 두 번 했다. 그는 어쨌든 힘없는 약자였다. 그는 공손하게 과장의 책상에 서류철을 펼쳤다. 엄지와 집게손가락만을 이용해서 서류를 넘기는 소리가 신경질적으로 났다. 과장은 매우 불만족스런 표정이었다. 최시도는 자신도 모르게 두 손을 앞으로 모아서 버릇처럼 비볐다. 직장 생활을 하면서 생긴 고질적인 버릇이었다. 과장은 서류철을 덮고 한숨을 내쉬었다. 그리고 오른쪽 손가락으로 책상을 가볍게 두드리다가는 최시도를 올려다보았다.

자신만만한 작은 눈이 최시도를 한심하다는 듯이 올려다보고 있었다. 최시도는 당장 화장실 변기통에 자신의 머리를 처박고 싶었다. 1주일을 꼬박 소모해서 만들어 올린 이번 기안도 틀려버린 것이다. 벌써 세 번째 올린 기안 서류가 쓰레기통으로 직행을 하고 있었다.

망할, 대체 뭐가 잘못된 거야? 이 자식의 턱을 날려버리고 관둬? 과장을 완력으로 작살내는 거라면 자신이 있었다. 그는 키가 185센티미터에 몸무게가 85킬로그램의 건장한 체격이어서, 빈약하기 그지없는 과장 정도는 한 주먹에 널브러지게 할 수도 있었다.

하지만 최시도는 자신이 절대 그렇게 하지 못한다는 걸 잘 알고 있었다. 그는 배짱이라고는 조금도 없는 겁장이이며 구두 뒤축을 질질 끌며 복도의 구석만을 따라 걷는 바퀴벌레에 불과했다.

물론 처음부터 바퀴벌레였던 건 아니다. 입사해서 몇 년 간은 무엇이든지 할 수 있는 패기만만한 젊은이였다. 복장은 단정했으며 얼굴에는 항상 자신감이 넘쳤다. 그는 최소한 이사 그리고 조금 더 노력한다면 사장도 될 자신이 있었다. 그 무렵, 건장한 체격에 잘생긴 그는 많은 여자들로 하여금 아아, 하고 오금을 저리게 할 정도로 돋보이는 존재였다. 그런데 승진에서 누락을 거듭하면서부터 그는 조금씩 바퀴벌레가 되어가고 있었다.

그는 한심하게도 과장보다 두 해나 먼저 회사에 입사했는데도 아직 대리였다.

"최대리, 이번 일은 다른 사람에게 넘깁시다."

과장은 단 이 한마디만 했다. 참을 수 없는 모멸감이 고통으로 변해서 최시도의 가슴을 훑어냈다. 그는 반사적으로 얼굴이 붉게 상기되어서 거칠게 숨을 몰아쉬었다. 과장이 한마디 더 했다.

"최대리, 미안합니다."

과장은 이것으로 끝이었다. 과연 악명 높은 출세지상주의자, 즉 페인레스다웠다. 과장은 출세를 위해서라면 어떠한 고통이라도 감내하는 비정한 자여서 부하 직원들을 노예처럼 사정없이 다룰 뿐

사정을 봐주거나 하지는 않았다. 과장의 입장에서 보면 최시도는 자신의 출세를 가로막는 못난 작자에 불과했던 것이다.

최시도는 문득 현기증을 느꼈다. 그러자 이상하게도 망치와 그 망치로 내려친 피투성이의 머리통이 영상처럼 머리 속을 스쳐갔다.

최시도가 국민학교 5학년 때, 학교 수업을 끝내고 집에 돌아온 그는 버릇처럼 요란한 소리를 내며 집안으로 들어섰다. 그런데 집안이 너무 조용했다. 어린 최시도는 집안에 감돌고 있는 이상할 정도로 어둡고 무거운 분위기를 감지했던 것이다. 그는 닫혀 있는 안방 문을 향해 주춤주춤 다가갔다. 평소 같았으면 엄마! 하고 큰 소리로 불렀을 테지만 그때는 알 수 없는 공포감에 젖어서 전혀 입이 떨어지지 않았다. 그리고 최시도가 안방 문을 열었을 때, 훅 끼쳐오는 지독한 피비린내와 함께 시야 가득 들어온 건 피투성이가 되어서 쓰러져 있는 엄마와 아빠였다.

엄마와 아빠의 머리는 시뻘겋게 피에 젖어 있었고 그 옆에는 역시 피투성이의 망치 하나가 던져져 있었다.

부모님들은 집안에 난데없이 쳐들어온 한 정신병자에 의해 무참하게 살해되었으며, 그 후 고아가 된 그는 작은아버지의 집에서 성장했다. 다행히도 부모님들이 물려준 재산이 제법 있는 편이어서 그가 성장하는 데는 별로 어려움이 없었다. 후일 나이가 좀 들어서 그때 엄마와 아빠의 머리가 반쯤 으깨진 상태였다는 걸 알고는 가끔 꿈속에서 시달리기는 했으나 성장하면서 점차 잊혀졌다.

그런데 이상하게도 그때의 끔찍한 광경이 갑자기 선명하게 떠오른 것이다. 최시도는 머리를 세차게 흔들고는 다시 한 번 심호흡을 했다. 과장이 의아한 얼굴로 그를 쳐다보며 무어라고 말하려 했으나, 그는 과장의 턱을 날려버리는 대신 빠른 걸음으로 사무실을 나와서 담배를 피워물었다.

그러다 곧 담배마저 던져버리고는 지하 주차장으로 내려가서 차를 몰고 거리로 나갔다.

다행히도 오늘은 토요일이고 1시간만 있으면 퇴근 시간이라는 걸 떠올린 최시도는 혀를 찼다. 이런 상황에서도 '다행'이라고 떠올린다는 게 얼마나 비극적인 것인가를 그는 생각지 않을 수 없었다. 그것은 자존심도 없고 남자다운 최소한의 배짱도 없는 그런 벌레만도 못한 삶을 살아간다는 게 아닌가?

가르렁거리는 자동차들과 사람들로 인해 거리는 언제나처럼 북적댔다. 거리 저쪽에서는 황사(黃沙) 현상으로 인해 누런 흙먼지들이 회오리를 일으키며 잡다한 쓰레기들을 말아올리고 있었다. 참을성이라고는 조금도 없는 작자들은 쉴 새 없이 클랙슨을 눌러대며 차를 밀어붙여서 그를 짜증나게 했다.

그래, 나는 어쩔 수 없는 겁장이다. 그래서 뭘 어쨌다는 거야, 이 개자식아! 나는 월요일이면 다시 아무렇지도 않은 얼굴로 출근을 할 거야. 과장이란 작자는 또 나를 짓밟겠지만, 나는 언제까지나 죽어줄 수가 있어. 개가 되라면 개가 되고 돼지가 되라면 돼지가 될 자신이 있어!

최시도는 일그러진 미소를 희미하게 떠올렸다. 그때 벤츠 한 대가 갑자기 으르렁대면서 앞으로 끼어들어왔다. 최시도는 쌍소리를 뱉으면서 주먹을 흔들어 보였다. 그쪽에서는 오히려 엿 먹어라 하는 표정을 보이고는 둔중한 차체를 번쩍이면서 강변로 쪽을 향했다. 최시도는 벤츠의 꽁무니를 사정없이 받아버리고 싶은 충동을 강하게 느꼈으나 물론 그렇게 하지는 않았다.

그는 곧장 집으로 가서 쉬고 싶었다. 그런데 그런 생각을 하자마자 아내인 오경미의 얼굴이 집에 딸린 부속물처럼 떠올라서 즉시

마음을 바꾸게 했다. 아내 역시 짖어대는 데는 일가견이 있어서 그
는 넌덜머리를 내고 있었다. 어차피 오늘은 3시까지 귀가하기로 아
내와 약속이 되어 있기 때문에 그는 가능하면 밖에서 시간을 보내
기로 결정을 했다.

　최시도는 1차선으로 진입을 한 다음 천천히 운전을 하면서 점심
을 해결할 장소를 찾아내고는 우회전을 했다. 주차장의 길쭉한 콘
크리트 구조물 옆으로 주차를 시키고 밖으로 나온 그는 '장수 족발
집'의 유리문을 열고 안으로 들어갔다. 아무래도 오늘 점심을 평범
한 식사로 해결하기에는 그의 심리 상태가 매우 불안정했다. 그는
족발 왕접시 하나와 소주 한 병을 시키고 방바닥에 굴러다니는 신
문을 펼쳤다.

　사회면에서 작은 기사 하나가 눈에 들어왔다. 술에 취해 잠든 남
편의 성기를 자른 혐의로 박(朴)모 여인을 입건 수사 중이라는 기
사였다. 남편이 잦은 외박을 하는데다가 가정을 소홀히 해서 박모
여인은 순간적으로 그런 실수를 했으며, 남편의 성기는 접합 수술
을 받았으나 성공 여부는 좀더 두고 봐야 한다는 것이었다.

　최시도는 갑자기 바지 아래춤이 거북해지는 느낌이었는데, 그것
이 자신도 성기를 잘리는 불상사를 당할까봐 염려를 해서 발생된
증상인지 궁금해졌다. 직장 동료들이나 친구들도 농담처럼 이야기
들을 하지만, 요즘은 아내가 무서워서 성기 절단을 방지하는 '남성
정조대'를 특별 제작해서 하나씩 차고 잠을 자는 게 현명하다는 것
이었다. 게다가 요즘은 남편을 정신병자로 몰아서 기도원에 넣은
다음 재산을 가로채는 끔찍한 사건도 심심치 않게 발생되고 있어
서 많은 남편들을 불안에 떨게 하는 무서운 세상이었다.

　원인이야 어쨌든 믿을 사람이라고는 아무도 없는 세상이 되어가
고 있었다. 최시도는 반사적으로 아내를 떠올리고 자신의 경우는

어떨까를 생각해 보았으나 어쩐지 마음 한구석에는 미적지근한 무엇이 남는 것만 같았다.

그는 소주 한 잔을 단숨에 마시고 족발점을 넣어 커다랗게 만든 상추쌈을 한 입에 우겨넣었다. 그리고 그 다음부터는 먹는 데에만 집중을 하기로 한 사람처럼 술을 마시고 음식물을 썹어댔다. 마치 괴롭고도 추악한 세상사를 잊는 데에는 먹는 게 최고라는 사고방식의 소유자처럼 보였다.

술 한 병을 비웠을 무렵에는 왕족발 접시도 깨끗하게 비어 있었다. 말하자면 세 사람 분량의 족발을 손쉽게 먹어치운 셈이었다. 그는 트림을 한 번 하고는 담배를 피워물었다. 밖의 날씨가 좋아서 봄날의 따뜻한 햇볕이 충분히 쏟아지고 있었다. 황사 현상도 이제는 보이지 않았다. 아내가 말하는 소위 옆집과의 '봄맞이 화해 여행'도 화창한 날씨 때문에 피할 수가 없을 것 같았다.

최시도는 계산을 끝내고 밖으로 나왔다. 어느덧 약속 시간인 3시가 다 되어가고 있었다. 정신은 말짱했다. 혈중 알코올 농도와는 상관없이 최시도의 주량으로 소주 한 병 정도는 아무것도 아니었다.

집에 도착했을 때는 3시 20분이었다. 역시 아내는 버릇처럼 잔소리를 시작했다. 아내는 하루라도 잔소리를 안 하면 입에 곰팡이가 슨다.

"퇴근 시간이 언제인데 이제 오면 어떡해요? 그렇게 약속 시간을 못 지키니까 회사에서도 그 꼬락서니지! 옆집에서는 벌써 준비를 다 하고 기다린단 말예요. 빨리 옷 갈아입고 나서요."

그 꼬락서니라니? 버르장머리 없이!

최시도는 아내를 노려보았으나 아내는 이미 작은 체구의 뒷모습을 보이고 있었다. 아내는 그와는 달리 키 160센티미터, 몸무게 48킬로그램의 아담한 여자였다. 외모는 보통 수준이고 매력은 전혀 없었다. 결혼 전에야 매력이라는 게 있었을 테지만 지금은 아니다. 아내는 점퍼와 티셔츠, 면바지, 양말 등을 내놓았다.

"어서 갈아입어요."

"알았어. 그런데 꼭 가야 하나?"

"이이가? 그걸 지금 말이라고 하고 있어요? 어렵게 만든 자리인데 그걸 거절하면 어쩌자는 거예요?"

아내는 당치도 않다는 표정이었다. 최시도도 그냥 해본 소리에 불과했다. 그는 아내의 뜻을 거절해 본 적이 별로 없다. 그것이 우선 편하기 때문이다. 회사 일을 끝낸 다음, 지친 몸을 이끌고 집까지 와서 아내와 신경전을 편다면 그것만큼 피곤한 게 없기 때문이다. 하지만 지금 와서 생각해 보면 그것이 결코 잘한 짓이라고는 생각되지 않았으나 그것을 바로잡기에는 이미 늦은 상태였다. 그는 회사에서 뿐만 아니라 아내에게도 무능력한 사람으로 인식된 지 이미 오래였다.

옷을 갈아입고 아내와 함께 나섰다. 그의 603호와는 바로 옆집인 604호의 부부는 이미 차 안에 앉아서 시동을 걸어놓고 있었다.

604호 남자인 배동식이 차에서 내려 그에게 손을 내밀었다.

"이거 바로 옆집에 살면서도 오랫동안 격조했습니다."

"죄송합니다. 진작에 제대로 인사를 드렸어야 하는데 어쩌다 보니 이렇게 됐습니다. 용서하십시오."

그는 배동식을 몹시 싫어했으나 손을 잡고 흔들었다. 그의 아내와 배동식의 아내인 지화란은 승용차 뒷좌석에 나란히 앉아서 이야기를 나누고 있었다. 지화란은 최시도와 눈이 마주치자 고개를 까딱하면서 매력적인 미소를 지어 보였다.

지화란은 그의 아내와는 달리 170센티미터 정도의 큰 키에 날씬한 듯하면서도 볼륨 있는 몸매를 지닌 여인이었다. 얼굴은 예뻤으며 굵은 웨이브를 준 긴 머리칼은 항상 어깨에서 살랑이고 있었는데, 최시도는 가끔 그녀를 볼 때마다 그녀의 머리칼 냄새를 맡아보고 싶은 강렬한 충동을 느끼곤 했다. 그리고 좀더 진전된다면 우아한 목에 키스를 하고 그 다음에는 크고도 탄력 있는 젖가슴을 만져주고 싶었다. 그 후에도 가능하다면 그녀를 번쩍 안아서 침대에 던져버리고 찢어내듯이 옷을 벗길 것이다. 그 다음의 일은 설명이 필요없다.

이런 생각이 그에게서 구체화되기 시작한 건 약 2주 전의 퇴근길에서였다. 그날 최시도는 1층에서 엘리베이터를 기다리고 있었는데, 한 손에 쇼핑 센터의 비닐 봉지를 든 지화란이 나타났다. 두 사람은 가벼운 인사를 하고 같이 엘리베이터를 탔다. 1층에서 6층까지 단둘이 올라가는 그 시간이 최시도에게는 달콤하기 그지없는 것이었다. 그녀는 짧은 핫팬츠와 몸에 착 달라붙는 티셔츠를 입고 있어서 곧게 쭉 뻗은 다리와 불쑥 솟은 젖가슴, 그리고 허리의 곡선을 그대로 드러내놓고 있었다. 지화란은 은은한 저녁 화장까지 하고 있어서 더욱 아름다워 보였다. 그녀는 엘리베이터 안에서도 세 번이나 매력적인 미소를 지어 보이고는 했다. 그래서 그때 최시도는 이 미소가 단순히 이웃집에 사는 남자에게 인사로 하는 것인가 아니면 다른 의미가 있는 것인가를 생각해 보았다. 그 결과는 단순한 인사는 아니라는 쪽이었다.

여자에 대해 알 만큼은 아는 최시도는 자신의 건장한 체격과 잘생긴 얼굴 등이 그녀에게 호감을 불러일으키고 있다는 판단을 했다. 지화란의 남편인 배동식은 그와는 반대로 마른 체구에 키도 보통인, 말하자면 남성적인 매력이라곤 별로 없는 편이기 때문에 그 반대되는 남성인 최시도에게 호감을 지닐 수도 있는 일이었다.

그렇다고 해서 그 후에 일이 진전되지는 않았다. 최시도는 지금

이 순간에도 가슴이 뜨거워지는 것만 같아서 배동식에게 어설픈
웃음을 지어 보였다.

그는 배동식과는 같이 앉기조차 싫었으나 뒷좌석은 여자들의 차
지여서 할 수 없이 앞좌석에 나란히 앉았다. 배동식은 자랑이라도
하듯이 빠른 속도로 후진을 하더니 방향을 틀어서 아파트 단지를
빠져나갔다.

그들은 청평에 있는 배동식의 별장으로 놀러 가는 중이었다. 배
동식은 그와는 동갑인 서른넷의 나이에 벌써 삼오그룹의 기획실장
이란 직책을 지니고 있는 능력 있는 사내였다. 그러니까 아직도 무
능력한 대리로 있는 그와는 차원이 다른 사내였다. 하지만 최시도
의 입장에서 볼 때 배동식이 삼오그룹의 실장이건 사장이건 그것
은 상관할 바가 아니었다.

다만 문제는 아내인 오경미가 그를 배동식과 비교한다는 데에
있었다. 옆집의 남자는 실장인데 당신은 아직도 대리가 뭐냐, 옆집
남자의 월급은 얼마가 되는데 당신은 그 반도 안 된다. 옆집의 차
는 뉴그랜저인데 우리 차는 아직도 르망이냐, 당신 때문에 동네 창
피해서 이사를 가든가 해야지 더는 여기서 못 살겠다. 옆집에는 이
태리산 가죽 소파와 3천만원짜리 미국산 고급 오디오 마크 레빈슨
을 샀는데 우리는 사는 게 이게 뭐냐는 등 수많은 비교를 해대기
때문에 최시도의 자존심은 철저히 짓밟혀지는 셈이었다.

그러나 참을성에 관해서는 최시도가 작은아버지 집에서 성장을
하면서부터 고강도로 닦여온 것이기 때문에 웬만한 것은 무시할
수가 있었다. 그런데 최근에 배동식이 최시도를 못난 사내라고 동
네에 소문내고 다닌다는 아내의 말을 듣고 나서는 이성을 상실할
지경이었다. 이 이야기를 처음 듣는 순간, 최시도는 피가 머리 끝으
로 역류하는 것을 느끼고는 배동식을 손보려고 한 일까지 있었다.

게다가 출퇴근길에 배동식과 가끔 마주치면 그가 드러내는 사람을 무시하는 듯한 태도, 이를테면 고개를 까딱하면서 안경 너머로 바라보는 차가운 눈빛과 입가에 비스듬히 걸리는 비웃음 같은 것은 최시도의 비위를 몹시 상하게 만들고는 했다. 특히 하루의 대부분을 집에서 소일하고 있는 두 여자들 간에는 큰 고통이 되었을 것이다. 그리하여 그 고통이 참기 어려울 지경에까지 이르자, 두 여자는 이번 '봄맞이 화해 여행'을 만든 것이었으며, 네 사람은 별장에서 1박을 하고 내일 오후 귀가할 예정이었다.

"날씨가 좋죠?"

배동식이 카 오디오 시스템에 테이프 하나를 밀어넣고는 지나가는 어조로 말을 꺼냈는데, 그 음성은 억지로 짜내듯이 부자연스러웠으나 최시도는 침묵이 견디기 어려운 상태였기 때문에 즉시 말을 받았다.

"그렇군요. 여행하기에는 제격입니다. 오늘은 차도 별로 밀리지 않는 게 날을 잘 잡은 것 같아요."

뒷자리의 여자들은 그들과는 상관없이 신기할 정도로 수다를 떨어댔다. 귀 기울여 듣고 보면 거의 이야깃거리도 되지 않는 것들을 화제로 삼아 웃고 떠들고는 해서 최시도는 여자들의 수다가 신기할 정도였다.

차 내에는 조지 윈스턴의 피아노곡인 감사절이 은은하게 흘러나오고 있었다. 그리고 사이드 B에 있는 카논의 변주곡이 흘러나올 즈음, 그들은 미금시를 완전히 벗어나서 평내리로 접어들고 있었다.

"그런데 최형네는 왜 아기를 안 갖습니까?"

배동식이 문득 물었다.

"글쎄요…… 우리는 아직 아기를 가질 때가 안 됐다고 여기고 있습니다. 좀더 우리끼리 살다가 아기를 갖고 싶으면 가질 생각입니다."

최시도는 이렇게 말하면서 뒷자리의 아내를 돌아다보았다. 아내는 그와 눈이 마주치자 눈을 피했다. 사실대로 말을 하자면 아기를 적극적으로 거부하는 편은 아내였다. 최시도는 아기는 하나 정도 있으면 좋다는 편인데, 아내는 그렇지가 않았다. 아내는 아기보다는 두 사람만의 인생을 즐기자는 쪽이었다.

"그럼 배형네는 왜 아기를 안 갖습니까?"

이번에는 최시도가 묻자, 배동식은 어딘가 쓸쓸해 하는 미소를 떠올렸다.

"우리야 갖고는 싶은데 소식이 전혀 없어서 그만……."

"병원에 가봤구요?"

"물론이죠. 한 20여 곳은 순례를 했을 겁니다. 그래서 얻은 결론은……."

배동식은 창문을 조금 내리고 담배를 피워문 다음 말했다.

"문제는 내 쪽에 있다는 겁니다. 무정자라는 거죠."

"그런 경우도 있습니까? 내가 듣기로는 정충이 부족한 경우는 있어도 무정자라는 건 들어보질 못한 것 같은데요."

"의사의 말로는, 아주 드문 경우지만 무정자의 경우도 있다더군요. 선천적인 것과 후천적인 것이 있는데, 후천적인 경우는 이하선염을 앓았을 경우에 무정자가 될 수도 있다더군요. 내 경우는 후천적이라는 겁니다."

"그럼 가능성이 전혀 없는 건가요?"

"그렇습니다."

배동식은 아무렇지도 않게 대답했다.

"괜한 질문을 한 것 같습니다."

사과 비슷하게 최시도가 말했다.

"별말씀을……. 이야기를 꺼낸 쪽은 내가 먼저인걸요."

최시도는 지화란을 돌아보며 위로했다. 지화란의 크고 검은 눈이 가늘게 떨리는 듯했다.

"그쪽과는 경우가 다르지요. 저는 아기를 꼭 갖고 싶은데 그럴 수가 없어서 매우 가슴이 아파요."

지화란은 남편의 기분은 아랑곳없다는 듯이 또렷하게 말하면서 최시도를 향해 쓸쓸한 미소를 보냈다. 최시도는 그녀의 미소를 피하듯이 정면으로 고개를 돌렸으나 그녀의 느낌을 그대로 전해 받은 것만 같아서 가슴이 뜨거워졌다. 지화란은 그러니까 최시도에게 나는 아기도 낳을 수 없는 남자와 살고 있어요, 나는 고독하고 외로운 여자예요, 나를 위로해 주세요, 하고 호소를 하는 것만 같았다.

차는 이윽고 청평으로 접어들어서 46번 국도를 벗어났다. 그리고 마을 입구를 통과해서 산으로 오르는 콘크리트 포장길을 올라갔다. 이윽고 언덕의 끝에 해당되는 곳을 넘어서자 한 채의 커다란 핀란드식 통나무 별장이 갑작스럽게 모습을 드러냈다.

별장 앞으로는 2백 평 정도의 푸른 잔대밭이 티 한 점 없이 펼쳐져 있고, 그 아래로는 수려한 강이 그대로 내려다보이고 있어서 전경이 그만이었다. 강을 잘 볼 수 있는 위치에는 등나무 그늘이 만들어져 있고, 그 아래에는 하얀색 나무 의자와 테이블이 놓여 있어서, 음식물의 일부분을 그쪽으로 옮겨놓고 일단 그곳에 자리를 잡았다.

"아주 좋은 별장을 갖고 계십니다."

최시도는 진심으로 배동식에게 말했다.

"별말씀을……. 최형네도 하나 만드시죠, 뭐."

"형편이 돼야죠."

"1억 정도면 되는데 뭘 그러십니까?"

"1억이 적습니까? 저야 아직 말단인데다가 능력도 없는데요."

"겸손이 지나칩니다. 우리 청우 아파트에 사는 사람치고 별장 없는 사람이 어디 있습니까? 이 정도의 별장은 아무것도 아닙니다."

최시도는 대꾸를 하려다가 관두었다. 배동식과는 형편이 달랐으나 그것을 굳이 설명할 필요는 없었다.

최시도의 재산이라면 현재의 아파트 한 채와 약간의 저축, 해서 2억5천만원 정도뿐이었다.

그 2억5천만원의 대부분도 비명횡사한 부모님이 물려준 재산이지 그가 번 것은 거의 없었다. 그의 한 달 수입으로는 생활비로만 충당하기에도 빠듯할 정도였다.

배동식은 캔맥주 하나를 쿨러에서 꺼내어 그에게 내밀고는 야외용 고기 구이판을 준비했다. 지화란은 스테이크와 소스를 늘어놓고 고기 구울 준비를 했다. 그녀는 언젠가 본 짧은 핫팬츠와 착 달라붙는 티셔츠 차림이어서 높게 솟아 있는 앞가슴 부위에는 돌기까지 희미하게 보일 정도였다.

그의 아내인 오경미가 야채를 씻으러 통나무집 뒤로 돌아가고 배동식이 집안으로 들어갔을 때, 지화란이 속삭이듯이 물었다.

"스테이크 좀 구워주시겠어요?"

"물론입니다."

최시도는 벌떡 일어서서 그녀의 곁으로 다가갔다. 그녀가 주걱을 내밀었다. 프라이팬 밑에서는 숯불이 빨갛게 불을 피워올리고 있었다.

"운동을 많이 하셨나봐요?"

그녀의 눈길이 티셔츠에 팽팽하게 감싸인 최시도의 가슴과 햇빛에 엷게 그을린 팔뚝으로 천천히 옮겨지고 있었다.

"특별히 한 건 없고 타고난 체질입니다."

최시도는 몸이 후끈 달아올랐다. 이 여자…… 지화란을 가질 수 있는 자신감이 들었다. 미사여구를 섞은 구애를 할 필요도 없이 기회를 보아서 여자를 우악스럽게 끌어안은 다음 일을 치르면 되는 것이다.

그는 프라이팬에 버터를 올려놓고 주걱으로 이러저리 굴렸다.

"이리 줘보세요. 버터를 잘 녹여야 하거든요."

지화란의 손이 주걱으로 옮겨와서 그의 손과 부딪쳤으나 그녀는 손을 피하려고 하지 않았다. 오히려 손에 힘을 주었다. 그는 그녀의 가늘고도 긴 손을 꽉 움켜쥐었다. 이어 통나무집 쪽을 살피면서 그녀의 허리에 손을 가만히 얹었다. 그리고 그 손을 핫팬츠에 싸인 엉덩이로 미끄러뜨렸다. 그녀는 부르르 떨 듯이 움찔했으나 피하지는 않았다. 그녀의 입에서 가는 한숨이 새어나왔다. 그는 재빨리 떨어졌다. 통나무집 쪽에서 배동식이 무언가를 든 채 걸어오고 있었다.

"숯이 좀 모자랄 것 같아서 안에서 찾아왔습니다."

배동식은 아무것도 모르는 듯 다가와서 숯불을 살펴보고는 말했다.

"스테이크는 어떻게 구울까요? 웰던? 미디엄?"

최시도가 갑자기 활기찬 음성으로 물었다.

"식성이 다를 수도 있으니까 둘 다 조금씩 굽는 게 안 좋겠습니까? 술은 와인과 꼬냑, 위스키, 맥주가 있으니까 취향대로 드시고."

강에서 불어오는 바람은 신선해서 달콤하게까지 느껴질 정도였다. 어느덧 석양이 서서히 지고 있는 하늘은 구름 한 점 보이지 않았다.

네 사람은 꼬냑 잔을 챙 소리가 나도록 부딪치고는 조금씩 혀끝으로 음미를 하면서 잔을 기울였다. 지화란과 오경미는 술을 사양하면서 조금씩 마셨지만 두 남자는 열심히 마시면서 떠들어댔다. 그들은 그간의 감정이 매우 고통스러웠으니 서로에게 상처를 주는 짓은 하지 말자는 이야기를 했다. 최시도는 그간의 상처가 알코올처럼 휘발성이 높은 대화로는 절대로 풀어질 수 없는 일이지만 어쨌든 표면적으로는 그러마고 했다.

꼬냑 한 병을 깨끗이 비운 다음 위스키를 마실 때쯤 이미 뜰에는 수은등이 푸른 불빛을 흘리고 있었다.

"저 손 좀 닦고 싶은데요."

최시도가 이렇게 말하자 지화란이 일어섰다.

"저를 따라오세요. 제가 안내를 할게요."

"어딘지만 알려주면 혼자 갔다 오겠습니다."

최시도는 배동식을 의식하면서 말을 했으나 지화란은 전혀 남편을 의식하지 않았다. 오히려 그녀는 남편을 무시하는 듯한 태도를 가끔 보여서 최시도를 의아하게 했다.

"혼자서는 찾기가 힘드시니까 저를 따라오세요."

더 이상 최시도는 사양하지 않았다. 오히려 바라던 것이어서 사양할 이유가 전혀 없었다. 그는 지화란을 따라서 통나무집 안으로 들어갔다. 그녀는 거실 옆에 붙어 있는 화장실의 문을 열어주었다. 바짝 뒤에 붙어선 그는 그녀의 머리칼을 손으로 쓸면서 냄새를 맡아보았다. 늘 맡고 싶어하던 냄새가 훅 끼쳐왔다. 질 좋은 샴푸의 냄새인지 아니면 니나리찌의 플러럴 부케 계열의 향수 냄새인지 알 수 없는, 그녀의 체취와도 같은 그 냄새는 고혹적이어서 참기가 어려웠다.

그는 뒤에서 지화란을 힘주어 안았다. 그녀가 멈칫하면서 아! 하는 짧은 신음 소리를 냈다. 그리고 고개를 돌려서 크고 아름다운 눈으로 그를 바라보았다. 최시도는 그녀의 눈 속으로 빨려들 듯이 키스를 했다. 숨이 막힐 듯한 뜨거운 키스였다. 호흡이 가빠지자 숨을 몰아 쉬며 한 손으로 그녀의 티셔츠를 걷어올렸다. 화장실 벽면에 붙은 대형 거울을 통해서 그녀가 욕망에 흔들리는 모습이 그대로 보였다. 그녀는 괴로운 듯이 두 눈을 내려 감고는 그에게 모든 것을 맡겨둔 모습이었다. 하얀 브래지어를 아래로 끌어내리자 크고도 탐스러운 젖가슴이 드러났다. 크면서도 조금도 처지지 않은 그 젖가슴은 참을 수 없을 정도로 아름다운 모습이어서 보는 것만으로도 하복부가 뻐근해질 정도였다. 그는 이번에는 핫팬츠 위로 손을 미끄러뜨리고 단추를 벗겨냈다. 그리고 지퍼를 조금 내리자 지화란이 갑자기 정신을 차린 듯이 그를 밀어냈다.

"안 돼요, 지금은. 나중에 기회를 봐서 다시 만나요."

그녀는 옷과 머리를 매만지고는 돌아섰다.

"난 당신이 궁금해요. 경미씨가 당신 자랑을 많이 했거든요. 이를테면 당신은 힘이 불도저 같다구요. 남편은 당신도 느꼈겠지만 그 점에 있어서는 빈약하기 그지없어요. 그래서 그런지 남편은 사실 당신을 싫어해요. 당신을 힘만 좋은 고릴라 같은 친구라고 하거든요. 하지만 난 이렇게 잘생긴 고릴라가 훨씬 좋아요."

그녀는 이렇게 말하고는 암코양이처럼 재빨리 사라졌다. 그는 5분 정도 지난 뒤에 세 사람이 기다리고 있는 곳으로 돌아왔다.

배동식은 최시도가 자리에 앉자 쏘아보는 듯한 눈길로 잠시 지켜보더니 입을 열었다. 배동식은 약간 취해 있었다.

"최형, 최형이 잠시 자리를 비웠을 때, 경미씨가 나를 유혹하던데요. 술도 한 잔 따라주고 말입니다. 자칫 잘못했으면 키스까지 할 뻔했단 말입니다.”

최시도는 아내의 술기운 때문에 붉어진 얼굴을 바라보았다. 아내는 나는 모른다는 듯이 어깨를 으쓱해 보였다. 최시도는 잠시 배동식의 말을 생각해 보았다. 혹시 오늘 하룻밤 아내를 교환하자는 것인가? 그는 지화란에게 눈을 주어 보았지만 그녀는 의미를 알 수 없는 미소만 짓고 있었다. 만약 아내를 교환하자는 거라면 최시도는 거절한 이유가 없었다. 배동식보다는 그가 훨씬 이익이 되기 때문이다. 그리고 아내를 사랑하지 않은 지가 오래된 최시도는 이보다 나쁜 조건에서도 하룻밤의 교환 정도는 할 의사가 있었다.

그들은 다시 위스키 두 병을 더 비웠는데, 어느 부분에선가 배동식이 이성을 상실한 것 같았다. 그가 갑자기 최시도를 야, 고릴라 하고 불렀던 것이다.

최시도는 술잔을 내려놓고 가만히 배동식을 노려보았다. 지화란이 남편이 술에 취해서 그런 거니 이해하라고 했으나 참기가 어려웠다. 그간의 상처가 한꺼번에 터져서 피투성이가 되는 것만 같았다. 그는 낮으나 위협적인 어조로 말했다.

“개자식, 말조심해. 목을 부러뜨려 놓기 전에.”

그러나 배동식은 멈추지 않았다.

“야, 임마. 네가 고릴라면 다야? 네가 마누라를 하루에도 두 번씩 죽여 준다고 자랑하고 다닌다며? 임마, 난 변변치 못해서 늘 마누라한테 쩔쩔맨다, 자식아!”

한꺼번에 피가 역류했다. 어릴 때 본 피투성이의 엄마와 아버지의 머리통, 짖어대는 과장의 얼굴, 역시 짖어대는 아내의 얼굴이 빠른 속도로 스쳐갔다. 그리고 이 개자식! 배동식의 멱살을 잡음과 동시에 해머 같은 주먹으로 얼굴을 후려쳤다. 배동식이 쿵 소리가 나도록 뒤로 벌렁 나자빠졌다. 배동식은 잠시 꿈쩍도 안 하더니 엉거주춤 몸을 일으키면서 옥수수 알 같은 이빨을 후두둑 뱉어냈다. 그리고 테이블 위에 있는 과도를 집어들고 달려들었다. 순식간의 일이었다. 최시도는 아랫배가 뜨끔해지는 걸 느끼면서 다시 주먹으로 배동식의 얼굴을 치고는 이단옆차기로 마무리를 지었다. 그리고 그는 쓰러졌다. 배동식 역시 꿈쩍도 하지 않았다.

그런데 두 여자는 천천히, 전혀 서두를 것이 없다는 듯이 두 남자를 살펴보았다.

"이 남자는 곧 죽을 거야."

지화란이 배동식을 들여다보며 말했다.

"이 남자는 건강하기는 하지만 너무 많은 피를 흘리고 있어서 틀렸어."

최시도를 들여다본 오경미는 안됐다는 듯이 말하고는 미소를 떠올렸다. 그녀는 최시도의 재산과 그의 이름으로 들어둔 생명보험금 등을 생각했다.

지화란은 자축하듯이 와인 잔을 들어 보였다. 10억원은 될 배동식의 재산이 한 손에 굴러들어오게 되었으니 자축을 하는 건 당연했다. 지화란은 방금 큰 일을 끝낸 것처럼 와인을 홀짝이며 어둡게 감겨 있는 강을 내려다보았다. 강에서는 여전히 상쾌하기 그지없는 바람이 불어오고 있었다.

그리운 나라의 나팔꽃

이기호

• 이기호
충남 청양 출생.
86년 스포츠서울 신춘문예 추리소설 부문에
「통신 살인」당선.
「달빛 그림자」,「살인 커넥션」,
「오대양」,「황간도 탈출」,
「청동빛 여자」,「시간의 함정」(이상 장편추리소설),
「아스팬 가는 길」,「시간의 문」(이상 단편추리소설)
외 작품 다수.

그리운 나라의 나팔꽃

일제 시대의 잔상이 후줄근하게 남아 있는 도시 K읍을 아는 사람은 그리 많지 않다.

그 흔한 관광 안내 지도에도 들어 있지 않은, 인구 2만을 갓 넘는 오지(奧地)의 소읍을 웬만한 관심이 아니면 알 턱이 없었기 때문이다. 한마디로 말해서 낙후된 고장이라 할 수 있었다.

그러나 위의 말에 대해서 K읍 주민 중엔 섭섭함을 표하는 자도 있을지 모른다. 더욱이 낙후된 고장 운운하는 자가 K읍의 토박이라면 그 향토 사랑하는 마음으로, 자유당파(?)라면 주먹으로, 정의 시대파라면 K읍에서 50km나 떨어진 지방법원지원 민사부에 동류 기피허가 가처분신청이라도 제출할 것이니까.

어쨌든 나는 이 고풍스런 소읍에서 지난 3년을 무위도식으로 소일하며 지역 사회의 다방 경기에 일조하고 있었으니 K읍 주민임엔 이견이 없을 것이다. 혹시 이 고장을 오래도록 떠나 대처 유학을 한 나의 이력을 곁눈질하는 자가 있다 해도 나의 고향은 역시 K읍인 것이다.

그러나 내가 고향을 오래도록 떠나 있었던 것만은 사실이다. 입신(入神)의 큰 뜻을 품고 아버지의 손에 이끌려 대처로 진출하던 그때부터 무려 15년의 세월이 흐른 후 K읍으로 돌아왔으니…….

그로부터 만 3년 동안을 허송세월로 보내고 있는 나에게 남은 것이라고는 남은 향나무 기반(碁盤)과 한 조의 기석(奇石)뿐이었다. 그도 그럴 것이, 전문 기사로서의 마지막 등용의 문을 놓치고 망연자실한 내 마음의 상처는 쉽게 치유되지 않았기 때문이다.

이 즈음, 나에게 가장 당황스러운 순간은 주위 사람들로부터 바둑에 대한 질문을 받을 때이지만, 내가 그 알레르기가 일어날 것 같은, 다시는 생각하고 싶지 않은 기억을 끄집어내 사설을 늘어놓는 이유는 순전히 R노인을 만났기 때문이었다.

기원 초우(棋院初雨).

다소 생경한 그 상호를 처음 내가 발견한 것은 일종의 경이였다. 그것은 나 스스로도 K읍 주민임을 의심하게 만들 정도로 놀라운 것이었다.

기원이라니……? 이 K읍에 기원이 생겼다니……!

바둑이라면 이미 전자에서 늘어놓았던 바 있는 나로서도 막상 K읍에서 기원을 발견하고 나선 강렬한 호기심을 갖게 되었다.

손바닥만한 도시.

그래서 읍민 전부가 서로를 알고 있을 정도의 내 고향에 기원이 생겼다는 것은 나를 들뜨게 하는 것이었다.

그러나 정작 놀랄 일은 또 있었다.

"아, 저 기원, 요즘 생긴 것이 아니지. 그러니까 30년, 아니 그보다 더 오래 전일 거야. 일제 시대부터 있었으니까."

"……?"

기원은 K읍 역사의 뒤편에 무질서한 구시장의 허름한 2층에 있었다. 그곳은 마치 보물찾기의 미로 같은 골목이어서 눈에 잘 띄지 않았다.

"아마 이 K읍에서 가장 오래된 상호일 거야."

아래 잡화점집 주인의 말이었다. 나는 그의 말을 듣고 한참을 그 자리에 서 있었다.

일제 시대부터 있었다는 저 기원을 왜 나는 이제껏 한 번도 보지 못했을까? 아무리 고향을 오래 떠나 있었다 해도…… 더욱이 전문 기사의 수업을 받던 내가 아니었던가.

그런 생각을 하며 다시 살펴본 기원의 간판은 일본식의 문형(文型)이었다. 1주일, 내가 기원을 발견해내고 시장 속의 음침한 2층 계단을 오른 것은 그 정도의 시간이 흐른 후였다.

"젊은이가 바둑두러 왔구먼."

다섯 평이나 될까. 기반은 여섯 조가 놓여 있고 그 한 곳에 70을 헤아리는 노인이 돗수 높은 안경 위로 기보를 응시하고 있었다.

실내는 지극히 아늑했다. 마치 산사의 법당같이 조용하고 침착했다.

그런 분위기는 순전히 노인을 싸고 있는 여덟 폭 병풍에서 풍기는 것이었다.

"이리 와 앉지! 몇 급이나 두시나?"

노인의 음성은 지극히 가라앉아 있었다. 나는 그 노인 앞에서 엉거주춤 다음 동작을 취하기가 마땅찮았다. 노인은 판 위에 늘어놓고 있던 바둑알을 거두고 나를 응시했다.

"며칠 만에 젊은이와 수담을 나누게 되는구먼."

나는 자석에 끌리듯 그의 앞에 가서 앉았다. 그리고 조금 전에 받았던 질문에 답했다.

"1급입니다."

"오! 그러면 호선일세. 자, 돌을 가르지."

노인의 손 안에서 짝지어진 백석은 홀수, 나는 흑번이었다.

나는 돌통에 손을 넣기 전 심한 현기증을 느꼈다. 그것은 단순한 어지럼증이 아니었다.

문득, 19로 반상 위에 내 지난날의 절망과 좌절이 나타나 비웃듯 나를 응시했기 때문이다.

실로 3년 만에 대하는 반상, 나는 2, 3년을 어떻게 보내 왔던가? 나태와 적당한 잡기, 그리고 쓸데없는 조소로 시간을 보내 왔지 않은가?

그러나 진정으로 내가 괴로운 것은 그 높던 이상의 기치를 어디다 버리고 이 쓸쓸한 고향에서 노인과 기반을 앞에 놓고 있는 것이었다.

어느새 바둑은 포석 단계를 끝내고 종반전으로 접어들고 있었다. 좌상귀에서 시작된 대형 정석이 전판을 덮다시피 했고, 상대의 기력을 다소 낙관하던 나로서는 한수 한수 차분히 받아가는 노인의 응수에 어쩔 수 없이 생명이 긴 바둑으로 판을 이끌 수밖에 없었다.

형세는 절대 흑이 유리했다. 피차 불만 없던 대목에서 백이 완착을 한 수 범했고, 나는 그 완착에 기대어 하변의 곤마를 수습하며 10집 정도를 그냥 얻었기 때문이었다.

목산(目算)에 의한 계가는 반면 다섯 집의 우세였다.

그러나 정작 계가는 백의 한 집 승이었다.

"이럴 수가? 그러면 다섯 집을 어디서 잃어버렸단 말인가?"

나는 다시 한 번 반상을 노려보며 잃어버린 다섯 집을 찾으려 애썼다.

"이 점에 기대어 하변에 집을 만든 것이 패착이었던 것 같네. 이

수론 백의 완착을 집중적으로 추궁할 대목 아니었나. 아마 이곳
에서 형세를 낙관하고 있었던 것 같아. 그러나 이곳이 흑의 안정
과 실리 쪽으로 완성되면 끝내기에서 다섯 집을 잃게 돼 있었다
는 생각이 안 드나. 자, 이곳과 이곳이 백의 권리고 이곳도……
하변의 부분적인 성공에서 선수를 양보한 것이 패착이었던 거
지."

"음……."

나는 얼굴이 후끈거렸다. 아마 강자의 수준을 넘어 준프로란 별
명을 듣던 내가 진 것은 그렇다 치고, 한 판의 바둑에서 자신 있게
선택했던 하변 결정이 패착으로 지적당하는 수모를 겪었기 때문이
었다.

그날 나는 그 노인에게 세 판을 연거푸 지고 말았다.

R노인은 그렇게 해서 만났다.

처음, 그와의 대결에서 세 판을 거듭 패한 후 나는 덮어두었던
기보를 다시 꺼내 지난 3년 동안 녹슬었던 기력을 손질하여 그에게
일방적인 승률을 나타낼 수 있었을 때는 그해 겨울이었다.

눈이 내렸다.

1주일 동안 끊이지 않고 내리는 눈을 R노인은 일제 시대 이후
처음 있는 일이라고 했다.

어느새 R노인을 안 지도 반 년 정도가 지났고, 그 동안 숱하게
많은 바둑을 통해 그와의 치수는 선(先)으로 앞서 있었으나, 나는
그에게서 새로운 것을 느끼기 시작했다.

그것은 하행선의 마지막 종점인 K역사에 들어와 멈추는 완행열
차를 대하는 그의 모습이었다.

허름한 기원의 창 너머로 멀리 K역사의 플렛폼이 들여다보였고,

그 안을 움직이는 사람들의 모습도 보였으나, R노인의 시력으로는 그것들이 보일 리 만무했다. 그런데도 기차가 멎는 시간이면 예외 없이 그는 창 밖을 응시하곤 했다.

처음엔 대수롭지 않게 여기고 있던 나는 R노인의 응시가 반 년 동안 계속되고 있음을 알고 궁금해하지 않을 수 없었다.

"저…… 무엇을 그렇게 바라보세요."

"……."

R노인은 나의 질문을 받고 시선을 창에서 떼었다. 그의 얼굴엔 쓸쓸함이 서려 있었다.

"자, 한 수 더 하지. 이 판을 지면 두 점인가?"

나의 질문을 그는 이런 식으로 피하고 기반 위에 흑돌을 올려놓았다. 그러나 그가 나의 질문을 피할 때마다 그에 대한 궁금증은 더했다.

내가 알기로 R노인은 가정이 없었다. 그리고 가족도……. 오직 그는 혼자였던 것이다. 기원 초우도 R노인에겐 최소한의 생활비만을 해결해 줄 뿐이었다. 기객이라고는 하루 두세 명이 고작이었으니까.

"집세는 매월 말 부쳐오지요. 일본으로부터 지난 40년 간 한 번도 거른 적이 없어요."

집주인의 말을 들으면 일본에 친척이 살고 있는 듯도 하고…… 점점 R노인은 나에게 있어 하나의 미스터리였다.

그러면서도 내가 그 노인 곁을 떠나지 못하고 지난 반 년을 맴도는 이유는 그가 갖고 있는 바둑에 대한 강력한 승부 근성 때문이었다.

그때 나는 R노인과 두 달에 한 번씩 내기 바둑을 약속하고 있었고, 나는 두 번이나 보기 좋게 패했었다. 그렇다고 뭐 별다른 큰 것

이 걸린 판도 아니었으나, 그 시간이면 칠순 노인의 어디에서 나오
는지 끝없이 분출하는 그의 투혼에 질려버렸던 것이다.

그것은 물쓰듯 쓰는 시간과 때로는 한 시간씩 계속되는 장고에
견딜 수 없었고, 자칫 노인이 쓰러지지나 않을까 걱정될 정도였으
니…… 나는 그때 R노인의 철철 끓어넘치는 안광을 보았었다.

아, 엄청난 승부 근성!

그는 돌 하나하나에 필생의 기(氣)를 불어넣고 있었다. 나는 그
의 안광에서 엄청난 의지를 느낄 수 있었다.

그것은 R노인의 70년을 쌓아온 어떤 집념 같은 것이었다. 지면
죽으리라……. 그는 그렇게 부르짖는 것 같았다.

R노인이 창 밖을 응시하는 빈도가 부쩍 잦아지던 어느 날, 나는
그와 세 번째 내기 바둑을 벌였다.

이날 나는 이번만큼은 반드시 이기겠다는 마음 가짐이었다. 선
(先) 치수로 내가 받아도 좀 여유가 있는 기력 차이로 내기 바둑으
로 진다는 것은 말이 아니었잖은가?

나의 백번, 양 삼삼 포석으로 초반부터 극렬하게 실리를 탐해 일
찌감치 60여 집의 확장가를 지어버렸다. 혹은 좌우변을 중심으로
웅대한 일방가와 그로 인한 양의 두터움 정도. 적당한 곳에 침입,
두 눈만 내고 살면 백의 승리는 결정되는 것이었다.

"끙……."

R노인의 입에선 거친 숨소리가 터져나온 것은 그때였다.

이윽고 백돌이 흑 진영 한복판에 놓이자, 노인의 손이 가늘게 흔
들거렸다.

그곳은 수십수 전에 읽어놓고 있었던 자리로, 혹이 취해 올 수
있는 수는 무조건 잡아야 한다는 것, 타협이 있을 수 없는 자리였
다. 그것은 R노인에게 엄청난 심적 압박을 가해, 완착을 가해 올

가능성을 엿볼 수였다.

노인은 그 자리에서 무려 두 시간을 장고 끝에 단호하게 몰아붙여 왔다. 나의 가일 수에 노타임으로 노인은 엄청난 시간을 쓰면서 모든 것을 읽어두었다는 듯 자신 있게 두어 왔다.

그러나 그가 쓴 시간 동안 나도 반상을 지켜보고 있었지 않은가? 거대한 흑진에서 백은 한눈을 낸 채 기사회생하는 패를 내고 말았다.

물론 흑이 따내면 그것으로 흑집 속의 백은 끝이다. 그러나 한 번 양보해야 할 백의 패를 어떻게 한다는 말인가? 그 한 수로 흑진에는 지하수가 터지듯한 곳이 몇 곳이나 있었다.

"으…… 윽!"

"아니, 할아버지……!"

노인은 바둑판 위로 쓰러졌다. 나는 생각지 않던 돌발 사태에 노인을 들쳐업고 읍내 의원으로 달렸다.

의원은 기원에서 멀리 떨어져 있었다. 시장을 벗어나 대로 변의 의원에 들어설 때까지도 R노인은 정신을 차리지 못했다.

"극심한 원기 부족이시군. 다른 치료 방법이 없네. 가족인가? 집으로 모시고 몸이나 따뜻하게 해드리게……."

"……!"

노인에게 주사 한 대를 놓고 난 의사의 말이었다. 유들유들한 그의 대머리가 마치 흰 바둑돌 같다는 생각을 하며, R노인을 다시 기원으로 옮겼을 때, 그는 정신이 돌아와 있었다.

"아니…… 이군(李君), 어찌된 거지……?"

R노인은 난로에 연탄을 갈고 있는 나를 보고 말했다.

"이제야 정신이 드셨어요? 전 얼마나 걱정했는지……."

나는 반갑게 R노인을 바라보며 말했다.

"이군! 아까 그 바둑은 어떻게 됐나? 패가 났었지, 아마……."

"……."

나는 아무 말을 하지 못했다. R노인 그는 왜 나와의 그 내기 바둑에 그토록 열을 내는 것일까? 보잘 것 없는 판돈이 목적은 아닐 것이고, 그렇다면…….

"어떻게 됐나, 내가 졌나……?"

R노인은 침통해했다. 아니, 거의 절망스런 표정이라고 해야 옳았다.

"판을 끝내지 못했으니…… 승부도 안 났다고 보아야지요. 그 판은 빅판입니다. 당연히 무효로 봐야죠."

"무효……?"

"예, 무효입니다."

"그……으……렇지."

R노인의 긴장이 풀리는 듯했다.

"빅판이면 재시합을 해야지. 자, 재대결로 하지."

그러나 이내, 그는 난로 옆에 펴놓은 야전 침대 위에서 몸을 일으키며 말했다.

"아니 할아버지, 오늘은 그만 하시고 쉬세요. 지금 할아버지는 휴식이 필요하대요. 의사 선생도 그렇게 말씀하였어요."

나는 R노인을 다시 침대 위에 뉘며 밖으로 나왔다. 그때 뒤에서 외마디 비명 소리가 들려왔다.

"안 돼, 사또!"

"……?"

순간, 내가 몸을 돌렸을 때 R노인은 나를 향해 무엇인가를 던졌다. 그것은 바둑통이었다.

"이 비겁자! 결판을 내자, 오늘 아주 결판을……."

아! 나는 그때 R노인의 그 눈빛을 보았다, 인광이 철철 끓어넘치는…… 그리고 그의 정신 상태가 정상이 아니라는 것도…….

R노인의 정신병 증세는 그날부터 더욱 심해졌다. 한 번 쓰러지고 난 노인은 산 목숨이 아닌 듯 사람을 알아보지 못했다.

특히 나를 보는 그의 눈은 심각한 것이었다.

"사또, 결판을 내야지. 이 비겁한 놈…… 사또."

R노인은 나를 사또란 일본 이름으로 호칭했다.

"할아버지, 전 사또가 아니고 이군이에요. 이군이라고요."

내가 그에게 경각심을 주려고 큰 소리로 말하면, 그는 더 흥분했다.

"사또 이놈, 술수 쓰지 마라. 너의 그 비겁한 수법에 다시는 속지 않는다. 자, 판을 가져와. 돌을 가르자고……."

R노인은 막무가내였다. 그로 인해 나는 그의 곁에 가지도 못하고(?) 먼발치에서 그를 바라보아야 했다.

다행인 것은 주위 사람들이 번갈아가며 R노인을 보살펴주어 나도 조금은 마음이 편할 수 있었다.

특히 독신으로 살아온 듯 가족 친지가 하나도 없는 R노인이 어느 날부터 나를 사또로 부르기 시작했다. 그때부터 그가 정신 이상이 되었다는 것은 결코 가볍게 보아 넘길 일이 아닌 듯했다.

내가 R노인을 좀더 알기 위해서 맨처음 만난 사람은 P라는 노인이었다.

"그 노인, 대단한 고집장이지. 내가 처음 그를 만난 것은 해방되기 두 해 전이었지. 그해 언제부터인가 R이 이 고장에 어떤 여자 하나를 데리고 나타나 투전판을 벌였던 거야. 그런데 그는 화투를 하는 것이 아니고 바둑으로 했지. 그 당시 K읍은 일본인들이 많았기에 그들의 오락인 바둑이 성했어. 바로 초우란 기원도 그 당시 일본인들이 놀던 곳이고, 어쨌든 R은 그들의 돈을 모조리 따 큰 부자가 되던 해인가, 일본에서 온 한 기사한테 한푼 없이 털린 후 이곳 K읍을 떠나지 못하고 저 초우 기원을 고집스럽게 운영해 온 거야. 그리고 그에 대해서 더 이상 아는 것이 없네. 그는 수수께끼 같은 사람이었으니까, 그의 바둑 수만큼이나."

P노인은 친절하게 말해 주었다. 그러나 별다른 것은 들을 수 없었다.

"그 가족들은 하나도 없었나요? 여자 하나를 데리고 K읍에 나타났었다면 그 여자는……?"

"아니지. 그 여자는 일본놈들이 물러가기 전 R과 헤어졌을 거야."

"그 이유가 무엇이었죠?"

"이유? 글쎄, 아마 R이 돈 떨어진 뒤웅박 신세가 되니까 못살겠다고 도망 갔을 거야."

"……."

P노인을 통해서도 R노인은 여전히 수수께끼였다. 다만 사또란 자가 그와 붙었던 마지막 내기 바둑꾼일 거라는 것밖에는……

R노인은 점점 증세가 더해 갔다. 겨울이 끝나갈 무렵 더욱 쇠약해져 금방이라도 숨이 끊어질 것 같았다.

그러나 사또에 대한 증오심은 더해 의식이 깨어 있는 시간은 사또만을 찾고 있었다.

사람을 알아보지 못하는 덕분에 나를 사또로 착각하는 병증은 없어졌지만, 그 또한 R노인의 생명이 조금 더 위태롭다는 것을 증명하는 것이라 생각될 때 눈물이 앞을 가렸다.

이때 나는 집주인에게 40여 년간을 꼬박꼬박 집세를 부쳐오는 그 문제의 일본인을 추적하고(?) 있었다.

192

일가친척이 없는 R노인에게 그토록 신경을 써주는 사람이 있다면, 이것은 필연코 중요한 인물일 것이기 때문이다.

그러나 그를 밝혀낸다는 것은 지극히 어려운 일이었다.

집주인에게 직접 부쳐오는 소액환은 발신인이 없었기 때문이다. 여러 가지로 R노인의 마지막 절규(?)를 알아보기 위해 노력했던 나는 이제 포기하지 않을 수 없는 입장이었다.

그때 나는 아주 우연히 사또 쇼오기란 이름을 옛 바둑기보에서 보게 되었다.

"......."

해방 전 기계(棋界)의 수준으로 보아 R노인의 기력은 수준급에 있었을 것이고 보면, 사또란 일본인도 대단한 기력의 소유자였음이 틀림없을 것이다. 그렇다면…….

나는 즉시 일본 위기연감과 기도연감을 구해 일본 전문 기사들의 신상 명세서를 살펴보았다. 당시는 전문 기사들도 내기 바둑을 두고 그것이 자랑이던 시절이었으니, 사또가 계속 바둑을 두었다면 혹시 그 속에 있지 않을까 하는 뜻에서였다.

예상했던 대로 사또란 이름이 몇 명 있었다. 그중에 관서기원 소속의 사또 쇼오기란 자의 나이가 R노인과 어느 정도 근접해 있었다.

나는 주저하지 않고 그에게 편지를 썼다. R노인과 나와의 관계, 그리고 R노인이 느끼는 사또상에 대한 승부욕(?)을 적고, 혹시 한국이란 나라의 남부 지방을 다녀온 기억이 있다면 R노인을 한 번 생각해 달라는 뜻의 편지였다.

물론 그런 사항에 무관하다면 대단히 송구스럽게 됐다는 인사말과 함께…….

겨울이 가고 봄이 다가오는 때쯤 R노인은 드디어 숨을 거두고 말았다. 그의 장례식은 K읍의 시장인들이 힘을 합쳐 간단히 치르고 공원묘지에 묻었다.

나는 그의 무덤 앞에서 승부사로서의 쓸쓸한 종극을 보는 것 같아 우울했다.

승부사. 오락의 차원을 떠난 바둑은 처절한 승부의 세계였다. 한 집, 한 집, 아니 어딘가에 내재해 있을지도 모를 반 집을 위해 처절한 곡예를 해야 하는 승부사로서 R노인은 생과 사의 사활에서 사석이 된 것이다.

그날 집으로 피곤하게 돌아온 나에게 한 통의 편지가 와 있었다.
(일본 구마모또현……)

아! 나는 사또를 떠올리며 그 편지를 뜯었다. 그 편지는 뜻밖에도 깨끗한 여자의 필체였다.

——이상에게

착한 이상의 편지를 받고 여러 날을 생각하다 편지합니다. 이제 R노인도 팔십이 되었을 테니 저도 그만큼 늙은 거지요. 착한 이상, 거추장스런 R노인을 그토록 보살펴 준다니 고맙기 그지없군요. 그래서 답장을 해야겠다는 결심을 했지요. 착한 이상, 사또는 저의 남편입니다. 그리고 나는 R노인의 옛 여인이었고……

생각해 보면 기구하기 그지없는 계집의 삶이었지요. 옛날 40년 전 R은 바둑에 미친 사람이었지요. 그는 조선 제일의 내기 바둑꾼으로 유명했었고, 실제로 당시 일본인들의 돈도 수없이 땄으니까요. 그런데 어느 날 그에 앙심을 품은 일본인들이 사또를 내세웠던 거였지요. 그는 당시 일본의 유망한 청년 기사였는데, 전재산을 그에게 잃고 급기야 R은 승부 근성으로 나를 판돈으로 걸기에 이르렀지요.

참으로 어처구니없는 일로, 나는 일본으로 끌려와 사또의 보살 핌 속에 살다가 그의 처가 되어 오늘에 이르는 거고……

그 동안 기원 초우를 지키고 있다는 R의 소식을 듣고 아무도 모르게 그에게 집세를 부쳐 주는 일로 조그마한 위안을 삼아 왔었는데…… 이제 R의 소식을 들이니 참으로 슬픈 일이군요…….

나는 읽고 있던 편지를 든 채 밖으로 뛰어나갔다. 밖엔 비가 내리고 있었다. 문득 R노인이 보였다. 거친 현기증이 일었다.

전문 기사 입문의 마지막 관문이었다.

그 관문을 통과하지 못하면 나이 제한으로 다시는 기회가 없으니 필사적일 수밖에 없었다.

4강전, 이제 한 판만 더 승리하면 나는 전문 기사가 되는 것이다. 그 순간, 지난 15년이 그림처럼 떠올랐었다.

상대는 열여덟의 소년, 천재라는 소리를 듣는 재원이었다.

그러나 나는 그 소년을 예선전에서 쉽게 이겼었다.

이제는 전문 기사의 한을 풀어보나보다.

나는 얼마나 흥분했던가…….

비가 제법 굵게 쏟아졌다. 산에 묻힌 R노인 묘지의 띠풀이 튼튼하게 뿌리를 내릴 것 같았다.

봄비.

어느 새 그 축축한 비는 나의 옷 속에 스며들어 한기를 느끼게 했다.

무엇하는 거야, 승부수를 걸어……. 나의 뇌리엔 거친 충동이 일어나고 있었다.

천재 소년과의 바둑은 미세한 계가 바둑, 도저히 승패를 예측할 수 없는 미미한 바둑이었다. 그러나 상대편의 중앙 집의 틈에 무엇인가 있을 것 같은 예감…….

그러나 그 예감이 적중되지 않는다면 나는 확실하게 반 집을 지고, 성공하면 다섯 집을 넘게 이기는 판이었다.

결행해서 승패를 확실히 하느냐 아니면 참아두고 피말리는 반 집 계가를 기다리느냐.

급기야 나는 참아두었고, 그 판을 반 집 지고 말았던 것이다. 벌써 4년 전의 일이다.

그때, 나의 등을 치는 사내가 있었다. 그는 R노인 장례를 도왔던 상인이었다.

"어디 있나 했더니 이곳에 있었군. 이거 청구서일세. 장례에 들어간 비용 일체지. 그의 유품을 뒤져본 결과 별것이 없더군. 아마 자네와 가까웠으니까 그 영감이 모은 돈을 물려받았을 것은 뻔하고, 그러니 이거나 해결해 주게나."

"……?"

그때 나는 R노인의 초우 기원을 떠올렸다. 특히 역사가 바라보이는 유리창, 그 밑에는 한 그루의 나팔꽃이 피어 있었다. 햇볕을 향해 그 가는 줄기를 필사적으로 뻗어 한 송이 꽃을 피어내는 나팔꽃을 떠올리고는 나는 순간적으로 R노인이 그리웠다.

아! 그랬구나. 그는 한 줄기 나팔꽃이었구나. 어둠 속에서 저 먼 태양을 향해 뻗어가려 하던 지난 40년을 창 밖을 응시하며 몸부림쳐 이제야 자신이 애타게 피우고자 하던 그 꽃의 만개를 이루었구나.

그것은 사람이었다.

그런데, 그런데 말이다, R노인의 꿈이 그것으로 끝난다면 나는 슬프다. 그래서 이 거리를 무한정 걷노라면 정겨운 수담(手談)으로 나를 반길 손길이 있을 것 같아 나는 미친 놈처럼 낄낄거리며 걸었다.

흐흐, 이 거리는 나에게 있어 하나의 미완성 정석이다.

겨울 보는 남자

서미애

• 서미애

65년생.

86년 대전일보 신춘문예 시 당선.

87년 단국대학교 국문과 졸업.

94년 스포츠서울 신춘문예 추리소설 부문 당선.

현재「일요일은 참으세요」방송대본 집필중.

「남편을 죽이는 서른 가지 방법」(장편추리소설)

외 작품 다수.

거울 보는 남자

그의 두 눈은 잡지의 한 페이지를 뚫어지게 보고 있었다.

잡지를 들고 있는 그의 손이 부들부들 떨리기 시작했다. 심장이 고동치는 소리가 그의 귀에 똑똑히 들려왔다. 혈관 속의 피들이 빠른 속도로 돌기 시작하면서 그는 혈관 하나하나마다 서서히 분노가 스미는 것을 느꼈다.

"이 따위 기사를 쓰다니, 참을 수가 없군."

비가 주룩주룩 내리는 오후, 일용잡부인 그에게는 공치는 날이다. 친구가 있는 것도 아니고 그렇다고 당구를 치거나 술잔을 기울이는 것도 체질에 맞지 않는 그가 할 수 있는 일이라고는 아내가 빌려온 잡지를 뒤적이는 것뿐이었다. 잡지를 빌려달라고 찾아간 아내를 보며 옆방 사람들은 그를 욕할 것이다.

아내가 남편을 위해 잡지를 빌리러 왔다는 것을 그들은 너무나 잘 알고 있기 때문이다. 눈이 보이지 않는 아내가 잡지를 필요로 하는 일은 없을 테니까.

늘어지게 낮잠을 자고 난 후 머리맡에 놓여진 잡지를 집어든 게 조금 전의 일이다. 각양각색의 수영복을 입은 미녀들의 몸매를 감상하며 별 생각 없이 책장을 넘기던 그는 잡지의 끄트머리쯤에 난 기사를 보고 유심히 읽기 시작했다.

그 기사가 눈에 띈 건 한 장의 사진 때문이었다.

자면서 흘린 땀으로 끈적해진 이불을 걷고 한쪽 벽에 기대 앉아 찬찬히 기사를 읽고 또 읽었다. 그는 아무래도 이 글을 쓴 사람을 만나봐야겠다는 생각이 들었다.

그런 생각이 든 건 거의 충동적인 것이었지만, 그는 자기 안의 무엇이 그런 충동적인 생각을 하게 하는지 알지 못했다.

허름한 잠바를 걸치고 집을 나선 것은 기사를 읽은 지 30분도 채 지나지 않은 오후 3시경의 일이었다. 빗소리에 귀를 기울이고 있던 아내가 그의 외출에 뜨악한 표정을 지어 보였다. 하지만 그녀는 남편의 외출에 대해 아무런 저항도 하지 않는다는 듯 곧 예의 표정으로 돌아왔다. 그녀는 단 한 번도 남편의 행동에 이유를 묻거나 불평을 늘어놓지 않았다. 마치 순종만이 그녀가 할 수 있는 전부인 것처럼 그녀는 늘 같은 표정이다. 때때로 그것이 그를 참을 수 없게 만들었지만 그런 대로 그는 아내를 만족스럽게 생각하는 쪽이었다.

산동네의 있으나마나한 대문이 삐걱이며 그의 불안한 외출을 알렸다. 대문을 나서자 비가 더욱 세차게 내리기 시작했다. 우산을 받치고 있었지만 비는 계속 그의 어깨와 등을 두들기며 파고 들었다. 옷이 젖고 몸에 물기가 스미는 것을 느낄 수 있었다.

큰길에 나와 공중전화를 걸면서 그는 오히려 빗줄기가 상쾌하다고 느꼈다. 이미 땀에 흠뻑 젖은 그의 몸을 적시는 빗줄기는 면도 후에 하는 세수처럼 시원한 것이었다.

버튼을 누르고 신호가 떨어지기를 기다리며 한쪽 주머니에 손을 넣고 지폐가 몇 장이나 남았는지 헤아리고 있을 때, 전화기에서 낮선 목소리가 들렸다.

"네, 자유표현입니다."

여자의 낭랑한 목소리가 빗소리에 섞여 그의 귀를 때린다. 그는 자신이 본 기사에 대해 이야기를 하고 그 기사를 쓴 사람을 만나보고 싶다고 말했다. 여자는 잠깐 기다리라고 하더니 곧 그 기사를 쓴 사람의 연락처를 또박또박 불러주었다. 그 기사를 쓴 사람은 현재 M대학에 교수로 있는 정수일이라는 사람이라고 했다. 그 대학이라면 그도 아는 곳이다. 그곳의 주차 빌딩은 그가 나른 벽돌과 시멘트로 이루어진 건물이었다.

정수일 교수는 범죄학에 대한 강의를 한다고 했다. 그는 잠시 범죄를 연구하는 학문도 다 있는가 하는 생각을 해본다.

대학으로 가는 버스 안에서도 그는 아무 생각을 할 수가 없었다. 굳이 이 빗길에 정교수를 찾아가는 건 단지 왜 그런 기사를 실었는지, 그리고 왜 그의 사진을 실었는지 그 이유를 알고 싶은 게 전부였다.

대학교 정문에 도착하고 나서야 그는 현재 대학이 방학중이라는 사실을 떠올렸고, 어쩌면 그를 못 만나게 될지도 모른다는 생각이 들었다. 꼭 오늘 만나야 할 절실한 이유도 없으면서 그는 정교수를 못 만나게 되면 어쩌나 하는 우려를 잠깐 해본다. 그러나 다행히도 정교수는 자신의 연구실에 나와 있었다.

그는 수위에게 연구실의 위치를 물어보려고 수위실 안을 쳐다보았다. 수위는 더위와 빗소리에 지쳤는지 얕게 코를 골며 자고 있었다. 수위실의 조그만 창을 통해 연구실의 교수 명단이 적힌 종이를 발견하고 그는 수위의 단잠을 깨우지 않아도 된다는 사실이 반가웠다. 사실 수위에게 물으면 무엇 때문에, 무슨 일로 그를 찾아왔는지 꼬치꼬치 물어볼 게 은근히 걱정스러웠던 것이다. 그는 단지 조

용히 정교수를 만나 자신이 그 기사를 보고 불쾌했었다는 사실을
알리고 싶은 것뿐이었다.

인기척을 느낄 수 없는 연구실을 지나치며 그는 복도를 울리는
자신의 발소리를 듣고 있었다. 텅 빈 공간에 음침하게 울려퍼지는
발소리는 동굴 속처럼 낮은 울림으로 사방에 퍼지고 있었다. 자신
의 발소리에 신경을 쓰면 쓸수록 그는 자신이 이곳과는 너무도 어
울리지 않는 이방인이라는 생각이 들었다.

406호. 낮은 음악 소리가 문 밖으로 흘러나오고 있었다. 그 음악
은 그로서는 그다지 익숙하지 않은 것이었다. 음악 사이에 간간이
울리는 소리만이 그의 귀에 걸려들었다. 서툰 망치질 소리…….

그는 망치 소리만큼이나 거칠고 서툴게 문을 두들겼다. 음악 소
리는 저만큼 물러나 있었다. 슬리퍼 끄는 소리가 나더니 이내 창백
한 얼굴을 한 40대의 남자가 얼굴을 내보였다. 문을 열고 선 그의
손에 망치가 들려 있는 게 보였다. 코끝에 걸린 안경을 치켜올리며
정교수는 의아한 눈으로 이 낯선 방문객을 쳐다보았다.

"무슨 일입니까?"

"여기 실린 기사를 읽었습니다."

그는 비에 젖어 축 늘어진 잡지를 내보이며 정교수의 안색을 살
폈다. 아무리 햇빛을 안 보고 앉아서 책만 보는 선생이지만 얼굴이
너무 창백하군 하는 생각이 들었다.

"들어와요."

정교수는 조금 전의 태도와는 달리 스스럼없이 문을 활짝 열어
주었다. 방안 가득 쌓인 책들이 방의 분위기를 더욱 무겁게 하고
있었다. 연구실 창 밖으로 운동장에 내리고 있는 비가 보였다. 날씨
탓인지 방안은 조금 어둡기까지 했다.

책상 위에 켜진 스탠드 불빛만이 어둠 한 조각을 갉아먹고 있었

다.

"앉으시죠. 커피?"

정교수는 손님 대접에 익숙한지 그에게 아무런 질문도 던지지 않고 차부터 준비했다.

물이 끓는 동안 정교수는 다시 서툰 망치질을 해댔다.

"도무지 이런 건 못하겠어요."

자신의 망치질이 한심하다는 듯 정교수는 푸념 섞인 투로 말했다. 그는 자리에서 일어나 정교수의 망치를 단 두 번으로 정교수가 원하는 곳에 못질을 해주었다.

"거울이란 놈이 자꾸 떨어져서 이번엔 아예 큰 못을 박기로 했죠."

정교수는 만족스럽게 벽에 박힌 못을 바라보다가 커피를 탔다. 그는 정교수가 건네주는 커피를 마시며 방안을 휘둘러보았다.

"방학 중에는 청소를 해주는 아줌마가 자주 오지 않아 좀 지저분합니다. 그래, 나를 찾아오신 용건은 뭡니까?"

정교수는 그제야 그의 얼굴을 찬찬히 살펴보며 용건을 물었다. 그는 잠깐 망설이다 잡지를 펴보이며 말문을 열었다.

"이 기사 때문입니다."

"그 기사가 왜요?"

아주 잠깐 동안 그는 정교수가 다 알고 있으면서 자기를 놀리고 있는 게 아닌가 하는 생각이 들었다. 그러나 곧 그런 생각을 지우고 그는 자신이 궁금하게 여기는 것을 묻기 시작했다.

"여기 보니까 범죄자는 관상으로 알 수가 있다는데……."

"저의 첫인상이 어땠습니까?"

정교수는 그의 질문에 엉뚱하게도 다른 질문을 던져왔다.

"……."

"좀 창백하죠? 한눈에 책이나 읽는 허약한 사람으로 보이지 않습니까?"

그는 정교수가 자신의 얼굴에 대해 이야기하는 것을 듣고 조금 놀랐다.

"그러니까 우리가 어떤 사람을 보고 받는 첫인상…… 그것과 비슷합니다."

정교수는 능숙한 언변으로 범죄학자들이 규정해 놓은 범죄자의 신체적 특성에 대해 이야기를 시작했다.

"골상학자들은 두뇌는 마음을 나타내는 기관이므로 두상, 즉 머리 모양은 개인적인 인격을 나타낸다고 믿었습니다."

이태리의 범죄학자 롬브로즈는 「범죄 인류학」이라는 책에서 범죄자는 보통 사람과는 달리 환원유전을 통하여 조상의 열등한 특성을 닮아 신체적으로 차이가 난다는 주장을 했다는 이야기, 그리고 후턴이라는 학자는 살인범은 키가 크고 호리호리한 사람 중에 많고, 사기범은 키가 크고 무거운 사람이 많으며, 키가 작고 통통한 사람은 강간 등 성범죄를 저지르는 경향이 있다는 학설을 내놓았다는 등의 이야기를 정교수는 마치 강의를 하듯 떠들어대고 있었다.

"그럼 이 사진은 뭡니까?"

"그건 그런 학설을 토대로 만든 몽타쥬입니다."

그는 침을 꿀꺽 삼킨 후 쉰 듯한 목소리로 정교수를 쳐다보며 물었다.

"제가 왜 여기에 왔는지 아시겠습니까?"

정교수는 그제야 뭔가 이상하다는 생각이 들었는지 자기 책상 위에 놓인 다른 안경을 집어들었다. 정교수는 자신이 쓰고 있던 안경을 벗고 책상 위에 놓여 있던 안경으로 갈아썼다. 아마도 책을 보는 안경과 평상시에 끼는 안경이 다른 모양이었다.

정교수가 그의 얼굴을 찬찬히 살펴보는 동안, 그는 몸 저 깊은 곳에서부터 서서히 켜져오는 분노를 다시 느낄 수가 있었다. 처음 기사를 읽을 때보다 더 생생한 분노였다.

"제 얼굴이 이 몽타쥬와 많이 닮았다고 생각되지 않습니까?"

"……그렇군요. 하지만 이건 학자들의 학설에 따라 합성해 놓은 가상의 사진일 뿐입니다."

"그러니까 제 얼굴에 범죄자라는 게 쓰여 있다는 겁니까?"

"이건 그냥 이론일 뿐입니다. 그리고 요즘엔 관상학에 관한 이론 보다는 정신 심리적인 이론이나 환경적 요인에 의한 범죄학 이론이 더 인정을 받고 있지요."

"그런데 왜 잡지에 이런 기사를 쓰고 이 사진을 실었습니까?"

"이 보시오, 난 학문을 하는 사람입니다. 나는 누가 뭐라든 언제 든지 어디든지 내 학설에 대해 발표할 권리를 가지고 있다는 말 입니다."

그는 무릎 위에 올려놓은 주먹을 불끈 쥐었다.

"이 사진 한 장이 어떤 영향을 가져올지는 생각도 안 해 봤다는 소리요?"

"이건 그냥 합성 사진일 뿐이니까……."

"하지만 나를 아는 사람이 이걸 보면 뭐라고 할까요?"

그는 정교수의 무책임한 말투에 화가 치밀었다. 갑자기 그의 머리 속에는 어릴 때의 일들이 슬라이드처럼 떠올랐다 사라졌다.

균형 잡히지 않는 얼굴형에 매부리코, 두툼하게 퍼져 있는 입술 (정교수의 기사에 의하면 이런 관상은 살인범에게 많다고 한다) 때 문에 그는 얼마나 많은 설움을 겪었던가. 눈빛이 맑지가 않아 음흉 한 구석이 있을 거라며 반아이들은 그를 따돌렸었다.

　그는 아무런 이유도 없이, 단지 얼굴이 매섭게 생겼다는 이유만으로 그런 일들을 겪으며 자라야 했다. 여자들 역시 그의 얼굴 때문에 그를 멀리 했다.

　어쩌면 그는 얼굴 때문에 서른여섯의 나이에야 겨우 앞이 보이지 않는 아내를 맞아야 했는지도 모른다. 그런데 이제 그의 증명 사진이나 다름없는 합성 사진이 잡지에 실려 지난날의 기억들을 떠올리게 만드는 것이다.

　"이 얼굴 때문에 나는 사람들로부터 따가운 눈총을 받아왔단 말입니다. 불심검문을 하는 경찰은 늘 내 얼굴을 보고 나를 잡아갔습니다. 주민등록증을 보여도 꼭 경찰서에까지 가서 확인을 하는 겁니다. 마치 내 얼굴에 전과자라는 글씨가 써 있는 것처럼 말입니다."

　그는 잠시 마음을 가라앉히기 위해 말을 멈췄다. 정교수의 얼굴에는 어이없는 일을 당하고 있다는 불쾌감이 역력히 보였다.

　"이 기사 때문에 내 인생이 망쳐진다면 당신이 책임을 지겠습니까? 왜 조용히 살아가려는 사람을 이렇게 쥐고 흔드는 거냐구요?"

　"아니, 이 사람이 어디 와서 행패야?"

　정교수는 자리에서 벌떡 일어나더니 그에게 당장 나가라고 소리쳤다.

　"어디 말도 안 되는 소리를 가지고 와서는…… 당장 나가지 못해?"

　"당신 같은 얼굴을 가진 사람들은 모릅니다. 버스를 타도 사람들이 내 옆에는 와서 서지를 않아요. 이 얼굴을 보고 겁을 집어먹는 겁니다."

　"그래서, 그게 지금 내 책임이란 거요?"

"누가 범죄를 저지를지 당신이 어떻게 안단 말입니까?"

"아니, 뭐 이런 게 다 있어? 나가, 나가란 소리 안 들려?"

정교수는 그 창백한 얼굴에 핏줄을 세우며 그를 억지로 일으켜 세워 문으로 몰아붙였다.

정교수의 손에 끌려 나가던 그는 더 이상 참을 수가 없어서 정교수의 팔을 뿌리쳤다.

"책상 앞에 앉아서 당신이 아무렇게 갈긴 글 한 줄에 죽고 사는 사람이 있어. 남의 인생을 함부로 쥐고 흔들지 말란 말이야."

그는 절규하듯 소리치며 정교수를 힘껏 밀쳐냈다. 그 순간 어이없게도 정교수는 거울을 걸기 위해 그가 방금 전에 박아준 못이 있는 벽에 강하게 내던져졌다. 갑자기 커지는 정교수의 눈동자를 보고 비로소 그는 뭔가 일이 잘못되었다는 것을 알았다. 정교수의 창백한 얼굴은 더욱 핏기를 잃어가더니 결국 백짓장처럼 하얀 채로 굳어갔다.

그는 자기 손에 아직도 정교수를 밀쳐내던 감각이 살아 있음에도 도무지 그 사실을 믿을 수가 없었다. 연구실 안은 갑작스럽게 찾아온 침묵으로 굳어져 있었다.

그는 멍한 눈으로 창 밖을 바라보았다. 그가 이 연구실 문을 열고 들어왔을 때와 다름없이 비가 내리고 있었다.

"그럴 생각이 아니었는데…… 나는 다만 그저…… 그 사진이 걸려서……."

그는 이미 벽에 기댄 채 죽어 있는 정교수에게 변명이라도 하듯 낮게 중얼거렸다. 그러나 이미 생명이 떠난 정교수의 몸은 더 이상 아무런 반응도 없었다.

그는 마치 긴 터널을 지나온 것 같은 피곤함을 느끼며 몸을 돌렸다. 문을 열려고 손잡이에 손을 뻗는 순간 그의 눈에 벽 한쪽에 세

워둔 대형 거울이 보였다. 거울 속에는 겁먹은 표정의 한 남자가
엉거주춤 서 있는 모습이 비쳤다.

그는 무엇엔가 이끌리듯 거울 앞으로 다가가 가만히 거울 속을
들여다보았다. 한순간 자신의 얼굴 저 너머에 살인자의 얼굴이 보
인 것도 같다는 생각이 든 건 다만 그의 착각이었을까?

밀회

김차애

• 김차애
부산 출생.
한양대 간호학과 졸업.
한국추리작가협회 회원.
「밀회」외 작품 다수.

밀 회

민숙은 평범한 여자였다. 그러나 그녀 자신은 자신이 특별한 운명을 타고났다고 믿었다. 그래서 그녀는 모두가 부러워할 만한 부유한 삶을 항상 꿈꾸었고, 자신의 미모로 이러한 꿈은 꼭 실현 가능할 것이라고 믿어왔다. 가진 것 없이 미모뿐인 여자들의 신분 상승은 오직 결혼을 통해서만이 가능하다는 것을 민숙은 너무도 잘 알고 있었다.

그것은 우리나라의 콩쥐 이야기와 서양의 신데렐라 동화를 떠올리지 않더라도 요즘 젊은 여성들 사이에 읽혀지는 로맨스 소설의 내용만으로도 쉽게 알 수 있다. 부자와의 결혼은 모든 여성들의 꿈이나 그것을 이룰 수 있는 정도의 미모는 누구나 가질 수 있는 것이 아니다. 그런 의미에서 민숙은 성형 미인들을 경멸했다. 신이 선택하지 않은 자신의 운명을 개척해 보고자 안간힘을 쓰는 인간의 추악함의 일면이라고 생각했다.

민숙에게는 자신이 있었다. 「귀여운 여인」이라는 영화에서 백만 장자의 마음을 사로잡은 창녀의 이야기를 봤을 때, 그녀의 자신감은 더욱 커졌었다. 그리고 고급 룸살롱의 유혹을 뿌리치고 지루한 타이피스트로서의 삶을 지켜온 자신을 대견스럽게 느꼈다.

한국 남자들은 매우 보수적이며 능력 있는 남자일수록 그 성향이 강하다는 것을 민숙은 몇 번의 경험으로 잘 알고 있었다. 민숙으로선 타이피스트란 직업이 그녀가 선택할 수 있는 가장 착실한 직업이었고, 그 일을 하며 괜찮은 남자와의 연애도 몇 번 경험할 수 있었다.

하지만 현실은 영화처럼 되지 않았다. 그들의 입에서 '결혼'이란 단어를 듣기는 너무나 어려웠고, 항상 상처받는 쪽은 민숙이었다. 이제 나이가 들어감에 따라 남자들의 관심조차 민숙에게서 멀어지자 그녀는 점점 초조해졌다. 10년 동안 참고 일해 온 희망 없는 타이피스트란 자신의 직업이 갑자기 견딜 수 없이 싫어졌다.

그러나 무엇보다 견딜 수 없었던 것은 회사 사람들의 태도였다. 나이가 먹을수록 경륜에 대한 존경은커녕, 오히려 민숙을 허황되게 콧대만 높은 노처녀로 치부하며 식후 후식 거리로 화제에 올리는 그들에게 민숙은 강한 분노를 느꼈다.

내년이면 그녀의 나이 30세. 회사에서 묵계된 타이피스트로서의 정년이었다. 딴 사람들과 마찬가지로 권고 사직을 당할 것이다. 죄지은 사람처럼 고개를 숙이며 떠나가던 선배들의 뒷모습이 떠올랐다. 그들을 바라보며, 자신은 절대 그런 모습을 보이지 않을 것이라 자신했었다. 그런데 지금은…… 씁쓸했다. 그리고 강한 반항심이 생겨났다. 결코 그들에게 그런 쾌감을 맛보여 주지 않으리라. 민숙은 결심했다. 그리고 결심을 곧 실행에 옮겼다.

그녀는 자신감 있는 미소와 함께 사직서를 던졌다. 그리곤 가장 화려한 옷을 입고 화사한 미소를 뿌리며 회사 사람들에게 마지막 인사를 했다. 내년 봄 결혼식에 꼭 참석해 달라는 부탁과 함께. 신랑될 사람의 화려한 경력에 주눅이 든 사람들을 바라보며 그 쾌감에 몸이 떨렸었다. 그러나…….

지금 민숙은 실업자라는 사실 외엔 달라진 것 없는 현실을 느끼며 자신의 경솔함을 후회하고 있었다. 사표를 낸 지도 두 달, 그녀에게 희망적인 일이라곤 하나도 일어나지 않았다. 연립주택 반지하의 좁은 방에서 줄어들기만 하는 통장의 저축액을 바라보며 민숙은 자신의 미래가 견딜 수 없이 불안해졌다. 오늘만이라도 이 불안에서 벗어나자. 민숙은 외출을 결심했다.

9월의 바람은 상쾌했다. 만족스러운 화장 때문에 민숙은 그 어느 날보다도 자신감 있게 거리를 나섰다. 처음엔 무작정 집을 나섰던 민숙은 추석이 얼마 남지 않았음을 기억하곤 백화점으로 발길을 돌렸다. 대전에 계신 부모님께 선물을 사기 위해서였다.

부모님은 아직 민숙의 사직을 모르고 있었다. 알게 되면 더욱더 기승을 부리며 맞선을 주선할 게 틀림없었으므로 그 귀찮음에서 벗어나기 위하여 일부러 알리지 않았던 것이다. 민숙이 두 남동생의 대학 공부를 위하여 대학을 포기하고 직업 전선에 뛰어든 것에 죄책감을 가지고 있는 부모님들은 민숙의 안정된 결혼이야말로 자신들을 죄책감에서 벗어나게 하는 방법이라고 믿는 눈치였다.

그러나 민숙은 그들이 소개하는 평범한 남자들에게 자신의 일생을 맡길 수 없었다. 자신의 미모에 자신감을 갖고 있던 민숙으로선 나이가 들었다는 이유만으로 자신을 헐값에 팔 생각은 없었다. 아니, 나이가 들수록 민숙의 저울질은 냉정해졌다. 마치 타인의 객관적인 평가에 자신의 행복이 결정된다고 믿듯 민숙은 상대의 외적 조건에 연연해했고, 부모님의 소개로는 결코 민숙이 만족할 만한 남자를 만날 수 없었다.

평일임에도 불구하고 백화점은 꽤 붐볐다. 민숙은 어머니께 드릴 스카프를 골랐다. 외국에 로얄티를 지불하는 유명 디자이너의 제품이었다. 그런 다음 아버지에게 따뜻한 쉐타를 사 드릴 요량으로 민숙은 4층 남성복 매장으로 갔다.

보통 때는 오지 않던 곳이라 낯선 느낌을 받은 민숙은 약간 어색하게 매장을 둘러보기 시작했다. 그때였다, 그를 발견한 것은. 그는 짙은 그린의 고급 양복을 입고 거울에 자신을 비춰보고 있는 중이었다. 민숙은 이 뜻밖의 재회에 순간 숨이 막혔다. 그는 여전히 미남이었다. 아니, 이젠 여유로운 멋까지 더해져 한층 빛나 보였다. 민숙의 추억 속에서 가장 빛나고 가슴 아프게 기억된 남자, 철우였다. 민숙은 잠시 망설였다. 그러나 곧 그를 향해 걸어가기 시작했다. 가슴속 깊은 곳에서 알 수 없는 기대감이 꿈틀거렸다. 그렇다. 그들은 타의에 의해 헤어진 불행한 연인들이었다.

철우는 민숙이 만났던 사람 중에서 가장 완벽한 신랑감이었다. 잘생긴 외모와 괜찮은 학벌, 거기다 부유한 부모까지 둔 꿈의 왕자님이었다. 부모님의 반대로 민숙과의 교제를 계속할 수 없다며 이별을 선언당했을 때, 얼마나 고통스러웠던가. 민숙이 지금까지 그 어떤 사람과도 결혼에 성공하지 못한 것도 어쩌면 철우, 그 사람 때문인지도 몰랐다. 철우와 비교될 수 있는 사람을 만날 수 없었기에 스물아홉 노처녀가 되어버린 것이라 해도 좋을 것이다.

그런 민숙에게 철우가 다시 나타난 것이다. 민숙은 이것이 자신의 운명이라고 생각했다. 민숙은 그에게 다가가 그의 뒷모습을 바라보았다. 거울을 보던 철우의 얼굴이 갑자기 굳어졌다. 자신의 등 뒤에 서 있는 민숙을 발견한 것이다. 그는 아주 천천히 몸을 돌려 민숙을 마주 보았다. 잠시 둘은 아무 말도 하지 못했다. 하지만 민숙은 철우의 시선 속에서 자신에 대한 미련을 읽을 수 있었다. 그것은 여자의 직감이었고 정확했다. 민숙은 용기를 얻었다. 행복한 인생을 위한 마지막 기회라고 생각하자 그녀는 더욱 대담해질 수 있었다. 철우와 함께 호텔 커피숍으로 내려가면서 민숙은 다시는 옛날처럼 쉽게 포기하지 않으리라 스스로에게 다짐했다.

"5년 만이군."

담배연기를 내뿜으며 그가 말했다.

"여전히 아름다워."

민숙은 이 말에 용기를 얻었다. 뭔가 인상적이면서도 의미 있는 말을 해야 한다고 생각하며 조심스럽게 입을 열었다.

"사랑하는 사람과의 미래도 약속될 수 없었던 저에겐 예쁘다는 것이 축복이 아니에요. 오히려 상처만 깊게 할 뿐인 굴레죠."

"민숙인 결코 잊을 수 없는 여자였어."

"부모님을 거역할 정도는 안 되지만요."

민숙의 약간은 빈정대는 말투에 철우가 잠시 침묵했다. 이윽고 철우가 입을 떼었다.

"3년 전 돌아가셨어, 두 분 다. 교통 사고였지."

민숙은 갑자기 눈앞이 환해지는 것을 느꼈다. 말없이 쳐다보는 철우의 눈빛을 마주하며 희망의 불씨를 느꼈다.

"결혼은…… 했나?"

철우가 조심스럽게 입을 열었다.

"당신과의 추억을 가슴에 안고는 어떤 만남도 지속시킬 수 없었어요. 당신은…… 하셨나요?"

묻는 민숙의 입술이 떨려왔다.

"……미안해."

철우의 대답에 민숙은 다시 절망했다. 철우는 담배를 다시 피워 물었다. 그리고 말을 이었다.

"너와 헤어진 후 부모님의 강요로 결혼을 했어. 살면서 애정이 생기길 바랬지만 그렇게 되질 않더군. 결혼한 지 1년 만에 부모님이 돌아가시자 제일 먼저 느낀 감정이 뭔지 알아? 그건 허탈감 이었어. 왜 1년을 더 버티지 못했을까 하는 자책감과 함께."

담담히 얘기하는 철우를 바라보며 민숙은 만족감을 느꼈다. 역 시 그랬어. 그는 날 잊을 수 없었던 거야. 이런 느낌은 민숙의 자존 심을 세워주었고 그녀는 좀더 당당해질 수 있었다.

"이혼은 생각해 보지 않으셨나요?"

민숙의 물음에 철우는 씁쓸한 웃음을 띠고 담배를 한 모금 깊이 빨았다.

"물려받은 아버님의 회사에 아내의 주식 지분이 상당해. 난 정략 결혼을 했던 거야. 역시 난 남잔가봐. 사랑이라는 명분을 위해 지금 내가 가진 것들을 잃고 싶진 않아. 나에겐 선택의 여지란 없었어."

괴로움에 젖어 이야기하는 철우를 바라보며 민숙은 본 적도 없 는 그의 아내에게 강한 분노를 느꼈다. 자신의 앞에 놓인 위스키 스트레이트를 단숨에 비운 철우는 용기를 낸 듯 민숙의 손을 잡았 다. 그의 손은 여전히 따뜻했고 눈빛은 뜨거웠다.

"널 잊을 수 없었어. 사실 얼마 전엔 네가 다니던 회사에 전화까 지 했었어. 사표를 냈다더군. 만나선 안 된다는 생각과 만나고 싶다는 욕망 사이에서 방황하던 난 잠시 허탈해졌지. 이젠 정말 잊어야 한다고 생각하고 있는데 널…… 이렇게 만나게 된 거야."

점점 뜨거워지는 그의 눈빛에 민숙은 가슴이 벅차 올랐다. 이별 의 말을 일방적으로 던지곤 한 번의 연락도 없이 끝내 버린 그를 얼마나 원망했던가. 하지만 그도 어쩔 수 없는 상황이었던 거야. 우 리가 이렇게 다시 만나게 된 건 운명이야. 갑자기 그의 아내라는 여자의 존재가 희미해지고 민숙의 눈앞엔 철우만이 가득 찼다. 둘 의 사랑이라면 그의 아내라는 존재쯤은 쉽게 해결할 수 있는 문제

라고 생각했다. 방법은 모르지만 곧 생각해낼 수 있을 것이다. 민숙
은 철우가 잡은 손을 더욱 강하게 마주 잡았다.

그날 이후로 두 사람은 뜨겁게 타올랐다. 철우만이 자신의 환경
을 변화시켜줄 수 있다고 믿는 민숙은 그에게 항상 최선을 다했고
정열적이었다. 매일 만날 순 없었지만 화요일과 수요일엔 반드시
철우가 시간을 내었고 민숙은 최고급 호텔의 사치스러움을 만끽할
수 있었다. 민숙에게 있어 1주일 중 이 이틀 간은 자신이 신데렐라
가 된 듯한 느낌을 갖는 순간이었다. 화려한 객실에서 그녀는 원하
는 것은 뭐든지 신청할 수 있었고 종업원들은 그녀를 여왕처럼 대
했다. 물론 이 모든 것을 얻기 위해서 그들은 아주 조심스럽게 행
동해야 했다.

민숙은 항상 선글라스와 스카프로 자신을 숨겨야 했고 이름 또
한 가명을 사용했다. 민숙이 약속 시간 30분 전에 모든 준비를 끝
내고 객실에 있으면, 철우는 약속 시간 정각에 객실문을 조심스럽
게 두드리는 것이다. 처음에는 이런 것들도 스릴이 있어 재미있었
다. 그러나 시간이 지날수록 이런 조심스러운 만남이 짜증나기 시
작했고, 자신과 철우의 결합을 방해하는 철우 아내의 존재에 더욱
강한 증오심이 생겨나기 시작했다.

그들의 뜨거운 만남이 두 달 정도 지난 어느 날, 민숙의 증오심
을 어떤 결심으로 굳히게 한 사건이 일어났다. 그날도 화요일이었
다. 격정의 시간을 보낸 민숙은 나른한 피로감에 싸여 누워 있었다.
잘 익은 딸기를 한 입 베어 문 민숙은 그 달콤함을 만끽하며 철우
를 바라보았다. 그러나 철우의 얼굴에서 어떤 그림자를 느꼈다. 담
배를 피워문 철우의 표정이 심상치 않았다. 민숙은 갑자기 불안해
져 왔다. 그녀는 말없이 철우를 바라보며 그가 말을 꺼내기를 기다

218

렸다. 철우는 연신 머리를 쓸어올리며 민숙의 시선을 피했다. 그리곤 한참만에 입을 열기 시작했다.

"이제 이렇게 만나는 거 힘들 것 같아. 아내가 눈치채기 시작했어."

민숙은 갑자기 멍해졌다.

"이대로 또 헤어져야 한단 말인가요?"

"······."

철우는 침묵했다. 철우의 침묵이 과거를 회상시켰다. 민숙은 초조해지기 시작했다. 담배연기 사이로 보이는 철우의 모습이 아득해져 왔다.

"어쩔 수 없어. 아내가 죽기라도 하지 않는 한 우리의 관계는 정당화될 수 없어. 흔히 있는 불륜일 뿐이지."

철우의 이 말에 민숙은 오히려 머리가 맑아졌다. 자신들의 관계를 개선시킬 명쾌한 해답을 듣는 느낌이었다. 민숙은 철우와의 관계를 여기서 끝내고 싶지 않았다. 아니, 오히려 그녀는 이런 만남을 시작으로 자신의 꿈을 실현시키리라 결심하고 있던 터였다. 그러므로 철우의 말은 민숙의 결심을 부추기는 결과가 되었던 것이다. 민숙은 조심스레 입을 열었다.

"정말로 절 사랑하시나요?"

"내가 사랑한 건 너뿐이야."

철우는 강하게 말했고, 민숙은 철우의 대답에 용기가 났다.

"전 당신을 결코 잃고 싶지 않아요. 아니, 잃을 수 없어요."

강하게 자신의 사랑을 고백한 민숙은 철우의 눈치를 살피며 조심스럽게 입을 열었다.

"어때요, 우리 둘이서 감쪽같이 없애 버리면?"

철우의 얼굴이 순간 굳어졌다.

"그러다 잡히던 끝장이야. 그런 모험은 화를 자초할 뿐이야."

"붙잡히지 않으면 돼요."

민숙이 강하게 그를 설득하려 했으나 그는 더 이상 얘길 계속하려 하질 않았다. 그는 예전에도 그랬다. 우유부단한 성격에 판단이 느렸다. 그래서 그녀와도 그렇게 쉽게 헤어졌던 것이다.

하지만 철우와의 재결합을 자신의 마지막 기회라고 생각한 민숙으로선 이대로 물러설 수 없었다. 집으로 돌아오며 민숙은 어느 틈엔가 살인 계획으로 머리가 꽉 차버린 자신을 깨닫곤 충격을 느꼈다. 그러나 순간의 충격이 가라앉자 냉정하게 자신의 계획을 검토해 보기 시작했다.

철우의 아내만 없어지면 자신이 1주일에 이틀만의 신데렐라가 아닌 평생을 화려하게 살아갈 수 있다는 사실이 더욱 민숙의 결심을 부추겼다. 잘만 하면 내년 봄에 정말 결혼식 청첩장을 띄울 수 있게 될지도 모른다. 모두의 비웃음을 얼어버리게 만들어야지. 날 허영 덩어리 노처녀로 치부한 모든 이에게 가장 화려한 웨딩 드레스를 입고서 비웃어 줘야지. 민숙의 눈앞에 자신이 철우의 옆에 서서 모두의 부러움을 받으며 예식장을 걷는 모습이 현실처럼 펼쳐지는 것이었다.

그날 이후부터 민숙의 살인 계획은 점점 구체화되어 가고 있었다. 1주일에 이틀이었던 그들의 만남이 철우의 조심성 때문에 화요일 한 번으로 바뀌자 그녀는 더욱 조급해졌다. 철우의 어두운 얼굴은 민숙에게 자신의 불행한 결혼 생활을 끝내게 해달라는 말없는 애원으로 느껴졌다. 그러나 머리 속으로 수만 가지 계획을 세워 보았으나 완전 범죄와는 거리가 멀었고, 추리소설을 탐독해 보아도 자신에게 맞는 적절한 방법은 찾아내기가 힘들었다.

그러던 어느 날, 민숙은 조간신문을 보다가 기막힌 영감을 얻었다. 신문 사회면에는 로얄제과 본사에 협박 편지가 왔다는 기사가 큼지막하게 나 있었다. 범인은 2억을 요구하며 자신의 제안을 거절할 경우에 로얄제과의 빵이나 과자에 독극물을 넣겠다는 편지를 보내 왔다는 것이다. 그런데 경찰은 아직 사건의 실마리조차 잡지 못하고 있다는 비난섞인 기사였다.

민숙은 이 기사를 읽고는 하늘이 자신에게 준 절호의 기회라고 생각했다. 철우의 아내는 아직 자신에 대해 아무것도 모르므로 그녀에게 접근하는 것은 쉬울 것이다. 그녀에게 접근한 뒤 아무도 모르게 로얄제과의 빵에다 독을 넣어 선물하면 모든 일은 끝나는 것이다. 모두들 그녀를 무작위로 선택된 가엾은 희생자로 알 것이고, 민숙과 철우는 행복한 생활을 시작하게 될 것이다. 민숙에게 이 계획은 완벽하게 느껴졌고, 시급한 것은 독물의 구입과 가능한 한 빨리 철우의 아내에게 자연스레 접근하는 것이 문제였다. 이 계획은 시기를 놓치면 안 되므로 즉시 행동해야 했다.

우선 민숙은 독을 구입하기로 했다. 그녀는 대전에 있는 남동생을 찾아갔다. 남동생이 화공학과 조교로 있는 충남대학교로 직접 찾아간 민숙은 일부러 실험 시간에 맞춰 실험실에서 그를 만났다. 동생을 만나 이야기를 하다 동생이 잠깐 전화받으러 간 사이에 실험용 청산가리를 소량 훔쳤다. 실험실에서는 모든 약물이 화학명으로 명시되어 있다는 것을 알고 있었으므로 민숙은 미리 청산가리의 화학명을 알아두었었다. 민숙은 'KCN'이라 적힌 병을 찾아 주저함 없이 준비한 용기에 담았다. 청산가리는 극소량으로도 살인에 사용된다고 들었으므로 민숙이 훔친 양은 충분할 것이다.

동생과 헤어져 서울로 올라오는 기차에서 민숙은 가슴이 벅차오름을 느꼈다. 이제는 실행만이 남았을 뿐이다. 민숙은 자신의 수첩에서 사진 한 장을 꺼냈다. 철우 아내의 사진이었다. 예쁜 편이긴 하나 별특징 없는 얼굴이었다. 이제 얼마 안 있으면 지구상에서 영원히 사라지게 될 얼굴이다. 잊지 않기 위해 민숙은 사진을 더욱 유심히 보았다.

이 사진은 철우에게서 얻은 것이었다. 아내의 사진과 집주소를 민숙이 원했을 때, 철우는 의아로운 눈으로 쳐다볼 뿐 더 이상 어떤 질문도 없이 주소와 아내의 사진을 건네주었다. 민숙은 그것이 무언의 동의라고 판단했다. 그 역시 아내로부터 자유롭게 되기를 원할 것이다. 그러나 그는 아무것도 행할 수 없는 입장이다. 아내가 죽으면 최우선으로 조사받게 되는 건 그일 테니까. 역시 내가 할 수밖에 없다, 그를 위해서. 아니, 무엇보다 나 자신을 위해서. 이제 민숙에게 있어 이 계획은 은밀한 기쁨이 되었다.

대전에서 올라온 다음날부터 민숙은 철우 아내의 행동 반경을 알기 위해 그녀를 미행하기 시작했다. 협박 편지의 범인이 잡히기 전에 민숙의 계획이 실행되어야 하므로 민숙의 마음은 바빴다. 철우 아내는 사진에서보다 젊고 아름다웠다. 민숙이 그녀를 처음 봤을 때 자신감을 약간 잃은 것은 사실이었으나 철우가 자신을 사랑한다는 믿음이 그녀의 자신감을 되살렸다.

며칠 미행을 하며 민숙은 철우 아내의 행동 반경이 철우의 말과 그리 틀리지 않는다는 것을 알게 되었다. 그녀는 외출을 즐기지 않았으나 1주일에 두 번 동화일보 사회문화센터에서 하는 유화반에는 빠지지 않고 참석했다. 민숙은 자신도 이 유화반에 등록을 했다. 그녀에게 접근하기 위해서였다.

처음에 민숙은 조심스럽게 그녀를 관찰하며 기회를 엿보았다. 그녀는 말이 별로 없었다. 하지만 항상 남에게 부드러웠고 부잣집 딸다운 오만함은 보이지 않았다. 민숙은 조심스레 그녀에게 접근했다. 처음엔 사람들 틈에 끼어 한마디씩 건네다가 차츰 그녀에게 강한 호감을 보였다.

보름이 지났을 때 그녀는 방향이 같다는 민숙의 말에 자신의 차를 함께 타자는 호의를 보여왔다. 그녀의 차는 남빛 소나타 신형이었다. 민숙은 마음속으로 적개심을 삭이며 그녀의 차를 탔다. 계획이 성공적으로 된다면 자신도 곧 멋진 승용차의 주인이 될 것이라 자위하며 그녀의 아름다운 차에 부러움을 숨기지 않았다.

그들의 만남에서 민숙은 주로 말하는 쪽이었고 그녀는 듣는 쪽이었다. 민숙이 호기심으로 여러 가지 일을 물어보려 했으나 그녀는 쉽사리 입을 열지 않았다. 특히 자신의 가정 생활과 남편에 대해서는 화제를 바꾸고 깊은 이야기를 피했다. 민숙은 그런 그녀를 보고 철우와의 불화를 확신했다.

유화반을 다닌 지 한 달이 되었을 때 그들은 어느 정도 친해졌고 민숙은 이제 실행할 때가 되었다고 생각했다. 날씨는 이제 완연한 겨울 날씨를 보이고 있었으나 민숙의 가슴은 살의로 뜨겁게 타올랐다. 날짜는 철우가 출장가는 날인 목요일로 정했다. 그의 알리바이를 확실히 하기 위해 철우가 가능한 한 서울에서 멀리 있는 게 유리하다고 생각했다. 목요일엔 유화반 강의도 없으므로 민숙에게도 유리했다.

철우는 민숙의 계획을 모르고 있었다. 그러나 화요일의 만남에서 점점 능동적이고 대담해지는 민숙의 변화에 짐작은 하고 있을 거라고 생각했다. 그리고 민숙은 자신들이 곧 떳떳한 만남을 할 것이라고 은근히 암시해 왔고 그도 그때가 멀지 않았음을 깨닫고 있을 것이라고 믿었다. 민숙은 철우 아내에게 전화를 걸어 둘만의 만남을 청했고 그녀는 흔쾌히 응했다. 이제는 실행만이 남았을 뿐이다. 민숙은 화려한 웨딩 드레스를 꿈꾸며 수화기를 조용히 내려놓왔다.

　목요일 정오. 밖에는 비가 내리고 있었다. 살인하기에는 좋은 날
씨다. 민숙은 생각했다. 지금 민숙의 앞에는 로얄제과의 케익이 먹
음직스럽게 놓여 있었다. 철우 아내와의 만남을 통해 그녀가 케익
을 유난히 좋아한다는 사실을 알게 되었을 때, 민숙은 계획의 성공
을 더욱 확신할 수 있었다. 그녀는 특히 아이처럼 케익에 장식된
체리를 좋아했다. 그래서 민숙은 체리에다 구입한 청산가리를 주
입하기로 했다. 케익은 일부러 번화한 로얄제과 명동지점에서 가
장 붐비는 시간을 골라 구입했다. 눈에 띄면 좋을 게 없다는 조심
스러운 생각에서였다.

　민숙은 다시 한 번 자신의 계획을 마음속으로 점검했다. 둘이 만
나 늦은 점심을 든 후, 이야기를 하다 헤어질 때 이 케익 상자를 건
넨다. 그러면 그녀는 집에 갖고 가서 허전할 때 꺼내 먹을 것이다.
케익을 유난히 좋아하는 그녀니까 아마 도착해서 세 시간을 넘기
지 않을 것이다. 아무도 그 케익이 민숙의 선물임을 모를 것이고
설사 경찰이 민숙의 존재를 알게 된다 해도 그녀 또한 재수없게 독
이 든 케익을 산 피해자에 지나지 않은 것이다. 좀 귀찮아지겠지만
혐의는 없을 것이다. 민숙은 만족스럽게 미소지으며 케익을 조심
스럽게 포장했다.

　철우 아내와의 만남은 순조롭게 진행되었다. 준비한 케익을 가
지고 민숙은 약속한 카페에 들어갔다. 평일에다 비까지 내려 카페
는 손님이 거의 없었다. 카페는 고급스런 실내 장식과 낮게 흐르는
음악이 조화를 이룬, 초겨울의 스산함을 전혀 느낄 수 없는 분위기
였다. 철우 아내는 이미 나와 있었다. 그녀들은 오랜 친구처럼 다정
하게 이야기를 나누고 점심을 먹고 영화를 보았다. 그리고 헤어질

때 민숙은 준비해 온 케익을 건넸다. 그녀의 환한 미소와 감사의 말을 뒤로 하고 집으로 온 민숙은 큰 짐을 벗은 듯한 안도감에 심호흡을 했다.

이제 내일 신문을 보는 일만 남았다. 신문은 재수없는 피살자의 죽음을 어떻게 보도할까? 계획은 차질없이 실행되었던가? 혹시 체리를 딴 사람이 먹었으면 어쩌지? 여러 가지 불안한 생각이 잠자리에 누운 민숙의 뇌리를 떠나지 않았다. 민숙은 결과에 대한 궁금증과 막연한 불안감으로 그날 밤 한잠도 잘 수 없었다.

다음날 아침, 민숙은 신문이 배달되자마자 즉시 그것을 펼쳐들었다. 순간 신문을 잡은 민숙의 손이 떨렸다. 막연한 불안감이 현실적인 공포로 민숙에게 다가왔던 것이다. 기사는 민숙이 기대했던 내용이 아니었다. 일은 민숙의 계획대로 되지 않았던 것이다.

신문 사회면에는 협박범이 잡혔다는 내용이 크게 씌어 있었다. 재수없게도 민숙이 케익을 건네준 그날 오후에 로얄제과의 협박범이 잡혔고, 그는 협박만 했을 뿐 실지로 독을 주입하지 않았다고 자백했던 것이다. 그러므로 경찰은 로얄제과의 빵을 먹고 중독사한 피해자에 대한 수사는 개인적 원한으로 수사 범위를 제한시켜 수사를 시작한다는 기사가 조금 작은 타이틀로 씌어 있었다. 민숙은 두려움에 몸을 떨었다. 하지만 이미 던져진 주사위의 결과는 운명에 맡길 수밖에 없었다. 태어나서 처음으로 민숙은 기도를 했다.

그러나 경찰은 바보가 아니었다. 경찰은 우선 피해자가 살해당하기 전 만났던 사람을 추적하기로 했다. 피해자의 소지품에서 나온 지불 영수증을 단서로 피해자가 갔던 카페를 확인하고 종업원으로부터 묘령의 여자와 만나는 것을 목격했다는 증언을 들었다. 그날은 비가 와 손님이 별로 없는 날이어서 종업원은 그녀의 인상

착의와 그녀가 케익을 갖고 있었다는 것까지 기억하고 있었던 것
이다. 수사는 활기를 띠기 시작해 피해자 주변의 20대 여성을 집중
조사하기 시작했고, 민숙은 수사망을 벗어날 수 없었다. 그녀는 범
행 이틀만에 살인 혐의로 경찰로 연행되어갔다.

민숙은 처음에 자신도 피해자라고 주장했으나 경찰은 그 말을
믿지 않았다. 그녀의 주장은 공허한 울림이 되고 그녀는 절망감에
사로잡혔다. 이 상황에서 그녀는 자신이 남은 청산가리를 변기에
흘려버린 사실에 안도했다. 어쨌든 가장 강력한 증거는 소멸되었
으니 끝까지 버텨보자. 민숙은 자신의 앞에 있는 강형사를 바라보
았다. 그는 모든 것을 다 안다는 표정으로 말없이 민숙을 바라보며
그녀의 전의를 상실케 했다. 이윽고 강형사가 입을 열었다.

"시간을 끌면 아가씨만 불리해져. 우린 사실을 다 알고 있어. 물
론 증거도 있고. 단지 아가씨 입을 통해 확인받고 싶을 뿐이야."

민숙은 마지막 남은 용기를 내어 그를 쏘아보았다.

"증거라뇨? 카페 종업원의 증언만으로 절 살인자라고 단정짓는
것은 비약이 너무 심하지 않은가요? 그 케익은 내가 먹었고 그녀
에게 주지 않았어요. 케익에 일련번호라도 매겨져 있다면 모를
까, 그것만으로 살인이라고 중죄를 씌울 수 있나요?"

"피해자의 소지품에서 나온 영수증엔 케익을 산 영수증은 없었
어."

"어디 흘렸겠죠. 영수증이란 게 꼭 보관해야 할 소중한 물건은
아니잖아요."

민숙은 목소리를 크게 해 좀더 강력하게 항의했다.

"무엇보다도 전 그녀를 죽여야 할 동기가 없어요. 그녀를 안지
한 달 남짓인데 그 동안 제가 그녀를 죽이고 싶을 만한 일이 생
겼다는 건 말도 안 돼요."

이 말에 강형사는 기분 나쁜 미소를 지었다. 민숙은 가슴이 덜컥 내려앉았다.

"경찰을 우습게 보나 본데, 우린 당신이 그녀를 죽일 충분한 이유가 있음을 알고 있어. 비밀 보장을 약속하고 이미 증인도 확보해 놓고 있지."

강형사는 여유 있게 담배를 피워물었다.

"백철우란 사람을 모른다곤 하지 않겠지? 이미 프린스 호텔에서 다 확인한 사실이야. 당신은 백철우의 애인으로서 그의 또 다른 내연의 처인 피해자를 이미 알고 있었던 거야."

민숙은 한순간 멍해졌다. 민숙의 충격받은 얼굴을 보며 강형사는 의기양양해 말을 이었다.

"그 친구, 이 사건이 부인에게 알려질까 노심초사하더군. 부인의 재산이 엄청나니 당연하겠지. 당신은 이번 일이 성공하면 다음엔 부인을 노렸겠지? 하지만 부인이 죽으면 백철우는 그 엄청난 재산을 쓰지 못하게 돼지. 부인은 유언장을 미리 작성해 두고 있었거든. 이상한 일이지만 거기에 남편의 이름은 없어. 이혼을 한대 해도 위자료 몇푼 건질 뿐이고. 그래서 그 친구, 이혼하라고 강요하는 애인이 죽이고 싶을 만큼 미웠겠지. 그런데 당신이 그의 가려운 델 긁어준 거야. 꽤 머리를 쓴 범행이었지만 세상 일이란 게 마음먹은 대로 되는 법은 드물거든. 당신도 그렇게 빨리 협박범이 잡힐 줄은 몰랐겠지."

민숙은 숨이 가빠왔다. 강형사의 얘기는 너무나 충격적인 것이었다. 그녀는 이 말밖에 물어볼 수 없었다.

"내연의…… 처라뇨? 그녀는 백철우의 부인이 아닌가요?"

"무슨 말을 하려는 거야? 우린 백철우의 증언을 다 들었어. 그 친구, 꽤 바람둥이더군. 부인 이외에 두 명이나 애인이 있으니."

갑자기 모든 일이 확연해졌다. 민숙은 온몸에 힘이 빠져 앉아 있는 것조차 힘들었다. 어떤 말도 귀에 들어오지 않았고 어떤 말도 할 기운이 없었다. 유치장에 돌아와서 민숙은 생각에 빠졌다. 난 얼마나 바보였던가. 난 철우의 얘기만으로 그녀가 아내인 줄 알고 살인을 했다. 아내와 이혼할 생각도 아내를 죽이고 싶은 마음도 없었던 그는 오히려 자신에게 아내와의 이혼을 강요하는 애인을 죽이고 싶었던 것이다. 그리고 그 도구로써 나를 선택했던 것이다. 나는 그의 손에 놀아난 꼭두각시였구나.

가슴속 밑바닥에서 걷잡을 수 없는 분노가 솟아올랐다 . 그것은 민숙이 지금까지 느낀 절망감을 태우고 강한 복수심이 되었다. 이렇게 된 바에야 나 혼자만 지옥으로 떨어지진 않겠다. 민숙은 입술에서 피가 나도록 이를 악물었다.

철우에 대한 민숙의 증오심은 그녀에게 최후의 발악을 하게 만들었다. 그녀는 이 모든 것이 철우의 계획이라고 주장했다. 자신에게 부인이라며 애인인 피살자의 사진을 건네주었고, 자신이 피살자와 친해질 수 있도록 그녀의 생활을 일러준 것도 철우라고 주장했다. 그러나 증거가 없는 민숙의 주장은 아무 의미도 없었고, 철우는 최고의 변호사를 선임하여 민숙의 주장을 허위라고 반박했다. 아무도 그녀를 동정해 주는 사람은 없었고 그녀는 이제 자신의 인생을 포기할 수밖에 없었다.

자포자기의 심정으로 재판을 기다리고 있을 때, 민숙에게 면회가 신청되었다. 민숙은 부모님일 거라 생각하며 괴로운 심정으로 면회실을 들어섰다. 그러나 면회실에는 한 번도 본 적이 없는 여인이 앉아 있었다. 차가워 보이지만 기품 있는 여성이었다. 민숙은 의문의 눈빛으로 그녀를 쳐다보았다. 그녀는 낮은 목소리로 입을 열었다.

"처음 뵙는군요. 전 백철우씨의 아내예요."

한순간 민숙은 할 말을 잃었다. 그리곤 말없이 고개를 떨구었다.

"전 민숙씨를 미워하지 않습니다. 우린 똑같이 한 남자에게 배신당한 피해자이니까요."

그녀의 의외의 말에 민숙은 놀라 고개를 들었다. 그녀는 싸늘하면서도 서글픈 미소를 짓고 있었다.

"남편은 아직 저에 대해 잘 모르고 있지만 전 남편을 너무도 잘알고 있죠. 전 민숙씰 믿어요."

그녀의 말에서 민숙은 뭔가 숨은 의미를 찾아내려고 생각을 집중했으나 아무 생각도 떠오르지 않았다.

"죄송합니다."

민숙은 진심으로 아내에게 미안한 생각이 들었다.

철우의 아내는 손을 들어 민숙의 말을 저지했다. 그녀와의 만남을 통해 민숙은 희망이 싹트는 것을 느꼈다. 철우 아내는 면회실을 나가며 민숙에게 질문을 던졌다.

"참, 그런데 민숙씨가 그 케익을 직접 사는 걸 본 증인이 있던가요?"

철우 아내와의 만남 이후로 민숙의 투지는 되살아났다. 그녀는 새로운 주장을 했다. 자신이 피살자에게 케익을 건네주긴 했으나 그건 자신이 산 것이 아니라 철우에게서 받은 케익이었다는 주장이었다. 철우는 민숙이 고의로 피살자에게 접근하도록 강요했고, 피살자를 만난다는 사실을 알고 사건 전날 저녁에 케익을 민숙에게 주었으며, 자신은 그 안에 독이 든 줄도 모르고 철우의 부탁대로 케익을 건네주었다는 것이다. 철우를 사랑했기에 이 사실을 밝히고 싶진 않았으나 자신에게 점점 불리하게 돌아가는 상황에 자백을 마음먹었다고 민숙은 고백했다. 눈물을 흘리며 말하는 민숙의 자백 내용은 충격적이었고 경찰은 사건을 재수사하기로 결정했다.

경찰은 로얄제과의 전 체인점을 수사했으나 사건 전날 민숙이 케익 사는 것을 기억하는 종업원은 없었다. 그런데 방배점에서 사건은 의외로 급전환되었다. 종업원 한 명이 사건 전날 8시쯤 철우와 같은 인상 착의의 남자가 케익을 샀다고 증언한 것이다. 방배동은 철우의 사무실과 가까운 곳이었다. 그러나 철우는 물론 그의 아내도 남편이 케익을 사오지 않았다고 증언했다. 하지만 철우가 그날 입었던 양복 주머니에서 로얄제과의 영수증이 나오자 지금까지 철우가 주장했던 모든 증언이 신빙성을 잃기 시작했다. 경찰은 철우의 집을 수색했고 그의 집 변기 물탱크에서 비닐에 싸인 약봉지를 발견했다. 조사 결과 청산가리였다. 이제 사건은 완전히 역전되었다. 철우가 범인이고 민숙이 증인이 된 것이다. 민숙은 철우에 대한 지금까지의 증오를 증언으로 쏟아부었다. 철우의 살인죄는 확정되었고 민숙은 무죄로 석방되었다.

민숙은 교도소를 나오자마자 철우의 아내를 방문했다. 그녀에게 정말 고맙다는 말을 하고 싶었다. 약간 흐린 날씨에 바람이 매서웠으나 민숙은 자유를 찾은 기쁨으로 추운 줄도 몰랐다. 다행히 그녀는 집에 있었고 민숙을 만나주었다.

초저녁인데도 잠옷을 입은 그녀는 매력적이었다. 약간 당황한 듯한 표정으로 그녀는 민숙을 맞았다.

"고맙다는 말밖엔 드릴 말씀이 없군요."

민숙은 진심으로 고개를 숙여 감사를 했다.

그녀는 미소를 띠며 그런 그녀를 쳐다보았다. 그 웃음에서 민숙은 약간의 비웃음이 묻어 있음을 느꼈다. 그녀는 말했다.

"법망을 피해 가는 악랄한 범죄자를 정의로 심판했을 뿐이에요. 그 사람도 지금쯤 나를 기만하려 한 것이 얼마나 어리석었는지 느끼고 있겠죠."

그녀는 싸늘한 미소를 띠며 말을 이었다.

"당신도 세상은 당신 같은 애송이에게 놀아날 정도로 어리석지 않다는 것을 느꼈을 거예요. 어쨌든 당신은 무죄로 석방되었고 나 또한 위자료 한푼 안 주고 이혼을 하게 됐으니 충분히 성공적인 거래였죠? 로얄제과 방배점 종업원에게 돈이 꽤 들긴 했으나 그 정도면 싸게 해결한 편이죠. 돈으로 안 되는 일은 없다는 서글픈 사실을 다시 한 번 확인했을 뿐이죠. 자, 이젠 서로 만나는 일 없이 행복하게 지내길 빌겠어요."

민숙은 서둘러 악수를 청하는 그녀에게 쫓기듯 현관으로 나왔다. 현관 문을 나서며 인사하기 위해 뒤돌아선 민숙의 시선에 가운을 입은 낯선 남자가 얼핏 눈에 들어왔다. 민숙은 닫히는 문 사이로 그녀의 약간 어색해하는 미소를 보며 지금까지 느끼지 못했던 두려움을 그녀에게서 느꼈다.

민숙이 돌아오는 등뒤로 별 하나 찾아볼 수 없는 서울의 밤 하늘이 빌딩 숲에 내려앉고 있었다.

팔당 호반의 추적

문윤성

• 문윤성

철원 출생.

46년 〈신천지〉에 단편「뱀」발표.

67년 주간한국 제1회 추리소설 모집에
장편「완전 사회」당선.

「일본 심판」,「사슬을 끊고」(이상 장편),
「박꽃」(장편 서사시),「상원사의 鐘」,
「범죄와의 전쟁」(이상 단편) 외 작품 다수.

팔당 호반의 추적

1

우리 일행 세 사람 윤정구, 최만봉, 그리고 나 김기동은 시원스레 탁 트인 강변로를 시속 60킬로의 알맞은 속도로 달리고 있다.

계절은 봄, 날씨도 화창하다. 온갖 풀 냄새 꽃 향기로 범벅이 된 산들바람이 반쯤 열어놓은 창 사이로 무한량 쏟아져 들어온다.

우리들은 흐뭇했다. 이런 날 야외 드라이브에 나서길 잘했다는 만족감이 모두의 안면에 뚜렷하다.

한국의 봄은 정말 멋진 계절이다. 겨울이나 여름에 비하면 비록 기간은 짧으나, 그 대신 농축된 아름다움과 즐거움이 있어 더욱 값지다.

달리는 길의 왼편은 밋밋한 산비탈, 오른편은 팔당호의 드넓은 수면, 이 사이로 구불구불 돌아가는 아스팔트 포장길. 이곳은 가히 환상의 드라이브 코스라고 말함직하다.

팔당댐을 지나 양수교로 가는 중간 지점 호숫가에 두 벌의 탁자와 의자를 벌여놓고 있는 자그마한 휴게소 앞에서 우리는 슬며시 차를 세웠다.

"여기서 잠깐 쉬어 간들 어떠리."내 말에 두 친구는 "좋아!"하며 따른 거다.

목적지도 정하지 않고 나선 우리들은 조금도 바쁠 것이 없다. 아름다운 경관을 두고 그냥 지나치기가 아쉬운 판이라, 일행 중 누구든 쉬어 가세 말만 하면 그대로 따르게 마련이다.

서울 시계를 벗어나면서부터 우리는 달리는 시간보다 군데군데 지체하는 동안이 더 많았다.

각자 취향대로 커피며 차를 즐기는 우리 일행 앞을 각양각색의 승용차들이 심심찮게 오갔다. 거의 모두들 우리와 같은 상춘객일 거라고 나는 짐작했다.

이들 많은 차량 중에서 나의 눈길을 끄는 차가 한 대 있었다. 밝은 갈색의 왁스칠이 잘된 이 중형차의 앞좌석에는 젊은 남녀가 앉아 있고, 뒷좌석에는 열 살 가량의 사내아이가 혼자 있었다.

이 차는 우리가 온 방향에서 나타나 우리 세 사람 앞을 지나쳐 갔다. 이 차 역시 고속으로 달리진 않았으나 나의 시선에 잡힌 시간은 거의 순간적이었다.

나는 무의식중에 멀어져 가는 이 차의 뒷모습을 바라보고 있었다.

"뭘 보고 있어?"

윤정구가 묻기에 나는 픽 웃었다.

"아니야, 아무것도 아니야."

"아무것도 아니라는 건 거짓말이야. 어서 타게."

윤정구가 운전석에 올라앉으며 말했다.

나는 부랴부랴 찻값으로 지폐 석 장을 내던지다시피 하고 운전석 옆자리로 뛰어들었다.

서울역에서 여기까지 오는 동안 나는 최만봉과 더불어 뒷좌석에 있었는데 무의식중에 앞자리로 옮긴 거다.

최도 뒤질세라 뒤칸에 들어가자마자 윤은 급히 차를 몰았다. 붕
——! 출발부터 고속이다.

"왜 그래?"

최가 책망조로 물었다.

"빨리 따라가야 해."

윤의 말투는 조급했다.

"누구를 따라가?"

최가 묻는 말에는 대꾸 않고 윤은 옆자리의 나에게 말을 건다.

"그 갈색 차가 어디로 가나 잘 봐."

"응."

나는 끄덕였다.

나는 전방을 살피는 동시에 계시판을 곁눈질했다.

40—60—80—100—120, 속도계 바늘이 춤을 춘다.

화란방춘, 화사하기만한 호반 도로에 갑자기 일진광풍이 몰아친
꼴이다.

채 5분도 안 돼 우리는 갈색 승용차를 따라잡는 동시에 그 차 옆
을 화살처럼 지나쳤다.

추월한 후 윤은 속도를 뚝 떨어뜨려 그 차와의 거리를 2백 미터
정도로 유지하였다. 갈색 차는 시종 같은 속도다.

"무슨 일이야?"

최가 조바심이 나서 채근하다.

"글쎄……."

나는 백미러에서 눈을 안 떼면서 어정쩡한 대꾸를 했다.

"왜 그래? 말해 봐, 갑갑하군."

최의 통사정이다.

"글쎄……."

나는 대답 대신 고갤 옆으로 돌려 윤을 흘깃거리고 다시 백미러를 들여다보았다.

굴곡이 심한 호숫가의 도로라 거울 속의 갈색 차는 나타났다가 사라졌다가 숨바꼭질의 연속이다.

"윤군, 무슨 일야?"

최는 내 태도로 감을 잡은 듯 윤을 추궁한다.

"글쎄, 자세한 건 뒤에 처진 갈색 차 속의 사람들을 만나봐야 알겠어."

윤의 대꾸는 엉뚱했다.

"만나봐야 할 사람을 왜 추월했나?"

최가 계속 따진다.

"김군이 아까 휴게소에서 저 차를 보고 이상하다고 그랬어. 그래서 뒤따른 거야."

대꾸는 건성조다.

"이 사람들이 대낮에 도깨비에게 홀린 모양이군. 허허."

최는 웃어버리고 만다.

이러는 사이에 우리는 양수교를 오른쪽에 두고 그냥 지나갔다. 이 길을 곧장 가면 청평이 나오고, 양수교를 건너면 양평읍으로 가는 거다. 갈색 차는 어느쪽을 택할지?

윤은 서행하면서 후방을 주시한다. 나도 백미러를 주시하고 있다가 갈색 차가 양수교 방면으로 방향 전환하는 걸 보고 윤에게 외쳤다.

"양수교로 간다."

윤은 그 자리에서 유턴하여 갈색 차의 뒤를 쫓았다.

양수교를 건너자 바로 양수 삼거리다. 갈색 차는 양평길을 버리고 핸들을 꺾어 북한강 줄기를 따라 북상하는 지방 도로로 들어섰다. 윤은 일정 거리를 두고 미행을 계속하였다.

이 길은 비포장 도로로 사람이나 차량의 통행이 드문 시골길이다. 교통이 한산해서 목적한 차를 뒤쫓기는 쉬우나, 이쪽의 미행을 숨기기는 어렵다.

문호리(文湖里) 가까이 이르자 윤은 갈색 차를 쫓아가 옆에 바짝 붙어 같은 속도로 나갔다.

이 기회에 나는 갈색 차 뒷좌석의 소년을 자세히 살폈다. 소년은 잠이 오는지 상체를 꾸벅꾸벅 흔드는 게 금세 쓰러질 것 같다.

"뒷좌석의 애가 잠에 취한 것 같은데."

내가 말하자, 윤이 걱정한다.

"약 먹인 게 아닐까?"

"글쎄……."

나는 윤의 말에 긍정도 부정도 안 했으나 마음은 불안했다.

갈색 차 앞좌석의 남녀가 우리 쪽을 이상하다는 눈초리로 흘깃거린다.

윤이 갑자기 속력을 내어 갈색 차를 앞지르면서 그 차의 진로를 방해하였다.

삑! 두 대의 차는 동시에 급정차하였다.

"무슨 짓이오!"

갈색 차 운전석의 남자가 우리에게 고함을 지른다.

윤이 차에서 내리자 나와 최도 내렸다.

"우리는 경찰이오. 제보를 받고 당신네들을 따라온 거요. 신분증 좀 봅시다."

윤군은 당당하게 나섰다. 갈색 차의 남녀는 내가 호반 휴게소에서 얼핏 봤을 젠 젊은 부부 같았은데 눈앞에 놓고 보니 그렇지 않았다.

남자는 30대 초반이나 여자는 40대 후반이다. 요란스런 화장을 벗긴다면 50이 넘은 본얼굴이 나올지도 모르는 그런 연배다.

그들은 우물쭈물하더니 남자가 싱긋 웃으며 말한다.

"아저씨들이 경찰이라구요? 연세들이 많으신데……. 실례지만 신분증을 먼저 보여주실까요?"

윤군이 신분증을 보여주었다. 윤이 꺼내 든 건 단순한 명함이다. 그러나 이 명함에는 경찰 표시가 찍혀 있었다. 이건 진짜다. 윤군은 퇴역 경찰관이자 치안본부(현재는 경찰청) 산하 어느 기관의 자문위원이다.

"김군, 소년을 살펴보게."

윤군이 말할 제 나는 이미 그 차의 뒷좌석에 들어가 소년을 검진 중에 있었다. 내과 전문의인 나는 이 소년의 신상에 조바심을 품고 있었던 거다.

소년의 체온은 20도 안팎으로 차갑다. 눈꺼풀을 제쳐보니 동공도 맑지 않다.

"왜 그래요? 그 애는 점심 먹은 게 체했다뿐예요. 남의 일에 상관 말아요!"

여자는 앙탈을 하나 떨리는 음성이다.

나는 고개를 저었다. 소년의 외견 상태는 먹은 것이 체한 그런 게 아니었다.

"곧 앰뷸런스를 부르게."

내 말에 따라 윤군은 휴대용 전화기를 꺼내들었다.

"양평 경찰서요……? 서장실을 대줘요. 나 윤정구요……. 구급차 한 대 급히 보내 주시오. 여기는 양수교 북방 8킬로 지점, 북한강 동쪽 길이오. 위급한 환자가 있어요. 구급차와 함께 경찰관 두 사람도 보내시오. 중대한 사건이 발생하였소."

불안한 눈초리로 우리 일행을 바라보던 두 남녀는 윤정구의 핸드폰 통화를 듣자 안절부절 못하며 당황한다.

운전석의 남자가 갑자기 차를 발진시켰다. 앞뒤 문을 열어놓고 나를 뒷좌석에 태운 채 도망칠 작정이다.

윤군이 민첩하게 그 자의 팔을 잡아당겨 차 밖으로 끌어냈다.

차 밖으로 끌려나온 남자는 윤군의 손을 뿌리치고 날쌔게 달아났다. 제딴에는 여자고 차고 다 내버리고 저 혼자만이라도 도망갈 의도였으나, 불과 15미터 가량 뛰어가다 고꾸라지고 말았다. 윤군이 주머니에서 라이터를 꺼내 던진 것이 등판에 맞았기 때문이다.

윤군의 팔매질은 우리 친구들 사이에선 인정해 주는 재간이다. 일종의 무술이다.

그가 던지는 물건, 예컨대 만년필, 동전, 술잔, 묵주 등 아무거나 던지면 백발백중이고 위력이 대단하다.

마음 먹고 던질 경우 동전 한닢으로 10미터 거리의 맹견을 기절시키기도 한다.

담배를 안 피우는 그가 라이터를 갖고 다니는 건 비상용이다. 이 라이터를 맞았으니 고꾸라지는 건 당연하다.

윤군은 넘어진 남자의 허리띠를 풀어 그 자의 두 팔을 뒤로 제치고 결박하였다.

앞좌석의 여자는 이런 광경을 보자 발악을 한다.

"왜들 이러는 거예요!"

"자네는 이 여자를 감시하고 있게. 나는 차를 몰고 가서 구급차를 이곳으로 인도해야겠네."

윤이 최에게 말하고 떠났다.

나는 구급차가 올 동안 소년의 전신을 맛사지하였다. 호흡을 돕기 위해서다.

20분 가량 지나 사이렌 소리와 함께 윤군은 구급차를 인도해 왔다. 구급차에는 의사 외에 형사 두 사람이 함께 왔다.

윤은 형사 두 사람에게 현장에 남게 된 승용차를 한 대씩 몰고 오게 하고, 여타 인원은 전원 구급차에 동승하였다.

양평으로 가는 도중 의사는 소년을 진찰한 후 링겔을 꽂고 각성제도 함께 주입하였다.

내가 여자에게 물었다.

"아이에게 먹인 게 뭐요? 무슨 약이오?"

"억울한 소리 마세요!"

여자는 여전히 앙탈이다.

윤군이 나섰다.

"그러지 말고 정직하게 말해요. 우리는 어린애도 살려야 하고 당신네들도 사형대로 보내고 싶지 않아 이러는 거요. 자, 나를 똑바로 보며 말해 봐요."

여자가 외면하려 하자 윤이 여자의 턱을 손으로 들어올려 자기를 바로 보도록 하였다.

윤군의 강렬한 시력에 여자는 꼼짝 못했다. 윤군이 턱에 댄 손을 떼어도 여자는 외면하지 못했다.

"말해 봐요. 무슨 약이오?"

"달마돔과 아다부린."

"몇 알씩?"

"열 알씩."

윤군이 잠깐 시선을 내게 돌린다. 나는 황급히 말했다.

"치사량이야. 빨리 위와 장을 세척해야 돼!"

나와 구급차의 의사는 즉각 소년의 위장 세척에 착수하였다.

2

양평읍에 도착한 우리들은 소년을 성 마리아 병원 응급실로 데리고 갔다. 나는 소년이 염려스러워 병원에 남고, 윤정구와 최만봉 그리고 두 남녀는 양평경찰서로 갔다.

성 마리아 병원 의료진의 노력으로 소년의 생명은 건지게 되었다. 정말 다행한 일이다. 우리가 팔당 호반에서 그 갈색 차를 추적하길 잘했다. 그 순간을 놓쳤더라면 소년은 억울한 죽음을 면치 못했을 거다.

내가 소년이 목숨을 건진 걸 확인하고 양평경찰서로 가보니 붙잡혀 온 남녀의 신원이 밝혀져 있었다.

여자는 김성녀(가명), 나이는 46세, 남자는 이우남(가명), 나이는 34세, 여자보다 12세나 연하자다.

김성녀의 남편은 작년에 병사했고, 죽기 전에는 증권회사의 중역이었단다.

이우남은 여자 남편이 살아 있을 때부터 그 집에서 숙식하면서 운전기사로 근무했고, 주인이 죽은 후에도 계속 운전기사로 그 집에서 살고 있다고 한다.

지금 성 마리아 병원 응급실에 있는 금년 열두 살의 소년은 김성녀와 죽은 남편 사이에서 출생한 단 하나의 혈육이란다.

김성녀는 자기가 낳은 자식을 독살하려다 실패한 거다. 그녀는 아직은 자신의 범행을 횡설수설하고 있으나, 별실에서 취조받고 있는 운전기사 이우남은 순순히 자백하였다.

그의 말인즉 소년에게 약을 먹인 건 사모님(그는 김성녀를 시종 이렇게 불렀다)이고, 사모님은 아들을 없앤 후 재산을 정리하는 대로 미국으로 가서 정식으로 부부 생활을 하자고 자기를 꾀고 있는 중이라는 거다.

"나는 사모님과 미국으로 건너갈 생각도, 아이를 죽일 생각도 전혀 없었습니다. 금년 초부터 이 집에서 빠져나가야지 나가야지 벼르고 있으면서 어쩌다 이 지경까지 끌려왔는지 정말 내 자신이 한심합니다."

이우남은 한숨을 내뿜는다.

그가 몰고 온 승용차 드렁크 안에는 군용삽이 있었다. 소년을 암매장하기 위해 준비한 것이라고 그는 털어놨다.

윤정구가 김성녀에게 물었다.

"당신 남편은 무슨 병으로 사망했소?"

"위암요."

"병원에 입원했겠네요?"

"△△△ 내과의원에 달포나 입원했었어요."

"위암이 확실하오?"

"위암 초기라고 그랬어요."

"사망진단서에 위암이라고 적혔던가요?"

"거기에는 위궤양이라고 나왔어요."

"사망 장소는 어디죠?"

"△△△내과 입원실예요."

"장례는 어떻게 치렀지요? 화장? 매장?"

"매장예요."

"매장이면 산소는 어디죠?"

"×××공원묘지예요. 의사의 검안서와 매장 허가를 받아 정식으로 매장했어요."

나는 윤군이 캐묻는 태도로 보아 김성녀에게 남편 살해의 의심을 품고 있는 걸로 보았다.

나 역시 김성녀의 남편 살해 의심이 없지 않았다. 자신이 낳은 자식을 죽이려 한 여자가 젊은 정부와 한 집안에 살면서 남편의 자연사를 기다릴 참을성은 없었을 거다.

한 쌍의 간부와 간부가 긴급 구속된 양평경찰서를 나선 우리 세 사람은 서울로 돌아가는 길에 올랐다.

차가 팔당 호숫가 휴게소 앞에 이르렀다.

"차를 세우게."

최만봉이 운전대를 잡고 있는 윤정구에게 말했다. 명령조다.

윤은 거역 않고 차를 세웠다. 세 사람은 몇 시간 전에 둘러앉았던 곳에 다시 자리잡았다. 시각이 저녁이라 주변은 어둑어둑했고 오가는 차량들의 조명등이 호수 수면에 비쳤다가 사라졌다가 하는 모습은 낮의 경치와는 색다른 또 하나의 아름다운 구경거리다.

"자네들, 오늘 수고 많았어."

최만봉이 의젓함을 빼며 입을 열었다.

"자네들의 활동으로 하마터면 비명에 갈 뻔했던 어린 생명을 건진 건 자네들, 특히 윤군의 공이 지대하였네. 고마우이."

나와 윤정구는 덤덤히 최의 얼굴만 바라보았다. 최가 글방 훈장처럼 딱딱한 자세로 말을 이었다.

"그렇긴 한데 나는 자네들에게 물어봐야 할 게 있어. 아까 낮에 이곳에서부터 시작된 자네들의 이상한 행동은 나로서는 이해가 안 되네. 도대체 어찌된 건가?"

윤정구가 눈을 꿈벅거리며 반문한다.

"이상한 행동이라니, 뭘 말하는 건가?"

"자네들은 저 악독한 간부 남녀가 타고 온 차를 이곳서부터 추적했었는데, 추적의 단서가 된 건 무엇인가? 윤군은 그들을 뒤쫓아

가 맞닥뜨린 자리에서 정보를 얻고 왔느니 어쩌니 말했지만, 그
건 거짓말이지? 정직하게 말해 봐!"

윤정구가 대꾸한다.

"이 사람아, 너무 다그치지 말게. 나는 그때 긴급 구조 요청 SOS
를 받고 그 차를 추적한 거라구."

"신호를 보낸 사람은 누구고 자네는 무슨 수단으로 그 신호를 받
았단 말인가? 자네는 무선 수신기도 갖지 않았을 텐데⋯⋯?"

"구조 신호를 보낸 사람은 그 차 뒷좌석에 앉은 소년이었네. 무
전기는 쌍방이 다 없었어."

"그럼 손신호(手信號)인가?"

"아니."

"그럼 뭐야?"

"인간은 누구나 위험을 느낄 젠 본능적으로 외부인에게 구원을
요청하게 돼 있어. 그 정보를 내가 받아들인 거지."

"소위 텔레파시라는 건가?"

"텔레파시라고 봐도 괜찮아."

"어물쩡하지 말게. 자네는 전에 그 소년과 아는 사이였나? 또는
그 간부 남녀와 안면이 있는 사이였는가?"

"전혀 그런 일 없었어."

"그럼 전혀 미지의 사람들이 차를 몰고 이곳을 지나가는 찰나에
자네는 차를 마시고 있다가 텔레파시로 긴급 구조 요청을 받았
다는 건가?"

"긴급 구조 요청을 받았다고 말한 건 나의 표현의 잘못일 수도
있어."

"잘못 말한 거라면 다시 말해도 좋아. 사실은 어떤 건가?"

"소년의 위급한 상황을 내가 감지했다고 말하는 쪽이 타당할 수

도 있겠지."

"그게 그거지. 번개처럼 눈앞을 지나가는 차 안의 소년의 위기를 감지했다고? 소년이 고함을 치거나 발작을 일으킨 일은 없나보던데……?"

"그때 소년의 위험한 상황을 감지한 건 나 혼자만이 아니었어. 여기 김기동 박사도 나와 같았지."

"그래? 김군 자네도 위험을 감지했었단 말인가? 말해 봐."

최만봉은 나에게 공격의 화살을 돌리는 거다. 나는 빙그레 웃으며 말했다.

"나는 자신이 없는데……."

"그건 또 무슨 소리? 위험을 감지했었냐고 묻는 말에 자신이 없다니, 그건 대답이 못 돼!"

최만봉의 불만은 당연하다고 나는 인정했다. 그러나 어쩌랴. 나는 최를 만족시킬 만한 답변을 할 수 없다. 그때 나는 막연한 불안감을 느끼긴 했어도 이에 대응할 적극성은 없었고, 그저 윤정구의 적극적인 활동에 동조했다뿐이다.

그때 최는 윤과 나의 갑작스런 행동에 심한 회의를 품고 "무슨 일인가?" 연거푸 물었으나 우리 두 사람은 아무런 대꾸도 안 했으니 최는 섭섭했을 거다.

이제라도 해명을 하는 게 좋겠는데 나로서는 최군을 납득시킬 자신이 없다. 나는 윤에게 이 일을 떠넘겼다.

"윤군, 자네가 최군에게 설명을 하게. 오늘 일의 주인공은 자네 아닌가."

"주인공은 무슨 주인공, 우리들은 함께 소풍길에 나섰다가 부딪힌 일에 불과한데……."

윤은 내키지 않은 표정이다.

"거드름 그만하고 시원스레 말해 봐!"

최가 독촉한다.

"거드름피우는 게 아니라 특별히 설명이고 뭐고 할 게 없어. 맨 처음 저들이 이곳에 나타날 때부터 모양새가 수상했지. 부부가 앞자리에 앉고 사내아이는 뒷자리에 혼자 따로 있는 것부터 자연스럽지 못했어. 일반적인 경우 사내아이가 운전석 옆자리를 차지하기 마련인데 말이야. 그런데 이 사내아이가 위독 상태이니 더욱 수상했지."

"잠깐."

최가 윤의 설명을 중단시켰다.

"사내아이가 위독 상태라는 걸 어찌 알았지……?"

"그건 나보다 내과 전문 의사인 김군이 먼저 감지했지. 김기동 박사가 누군가? 오늘날 한국 내과 부문의 제일인자로 뽑히는 명의 아닌가! 명의는 환자에게 병세를 묻는 법이 없고, 위독한 환자를 앞에 두고 무심히 지나치는 법이 없다는 말을 나는 전에 들은 바 있거니와 오늘 낮에 이 말이 허언이 아님을 나는 체험하였지. 김박사는 유심히 그 차 안의 소년을 바라보고 있기에 내가 한마디 했지. '자네, 뭘 보고 있어?' 하니 김박사가 '아니야, 아무것도 아니야.' 하기에 나는 '아무것도 아니라는 건 거짓말이야.' 하며 운전대에 오르자, 김박사는 부랴부랴 내 옆자리로 뛰어들었어. 김박사가 처음 아무것도 아니야 한 건 나에게 허를 찔려 무심코 토한 소리지 진심은 아니었어. 그 후의 일은 최군 자네가 본 바 그대로야."

"잠깐."

최군이 또다시 윤군에게 물었다.

"천하의 명의 김기동 박사가 그 소년의 병세를 원격 진찰했다는

건 인정하지. 어쨌건 그렇다고 봐줄 수 있으나, 윤군 자네의 실
체는 뭣인가? 천하의 명의를 앞지르는 명의 위의 명의란 말인
가?"

"의생도 못 되는 내가 어찌 명의가 될 수 있겠는가. 나는 오직 범
죄심리학을 전공한 전직 경찰관일 뿐이야."

"자네의 범죄심리학에는 텔레파시도 포함되는 건가?"

"글쎄? 그 점은 애매한 거고. 오늘 낮의 일은 김군과 나의 공동
작업의 성과로 봐야 하겠지."

"어떤 공동 작업?"

"김군이 먼저 위급 환자에 대한 반응을 나타냈고, 이를 보고 나
는 전직 경찰관의 잠재의식이 발동했지. 나의 행동을 보자 김군
은 반신반의 상태에서 확신을 갖고 나와 함께 추적에 나서게 된
걸세. 그 다음 일은 설명의 필요가 없을 거고."

"윤군, 자네의 순간적 관찰력은 대단했어. 자네의 공은 높이 평
가해야겠지. 그러나 내 마음 한구석에는 뜨악한 점이 있어. 자네
들이 그들 남녀를 뒤쫓아가 일망타진한 건 천만다행이긴 한데,
그때 만일 그들이 범법자가 아니고, 뒷좌석 소년의 신체적 이상
도 그 여인의 말대로 음식 먹은 게 체한 것이었다면 일은 어찌
되었을까? 정보를 듣고 왔느니 어쩌니 한 자네의 꼴이 우습게 될
뻔했잖은가!"

"그런 우스운 꼴은 안 됐지 않았나!"

"그건 그래. 자넨 성공한 거야. 요행이 따라 준 성공야."

"요행이 아니야. 확신 수사에 실패란 없어."

"자네는 그렇게 장담할 수 있겠지. 그러나 일반 경찰관의 경우
소위 확신이라는 육감 수사의 실패율이 상당히 높고 이에 따르
는 피해도 크다는 사실은 자네도 알고 있겠지?"

"확신 수사와 육감 수사를 혼동하지 말게. 소위 육감 수사(六感搜査)에는 헛짚는 경우가 허다하나, 내가 말하는 범죄심리학의 확신 수사에는 절대로 오판이 있을 수 없어. 육감 수사에는 피의자의 완강한 반항이 따르는 게 상례지만, 확신 수에서는 피의자의 반발이란 절대 있을 수 없고, 수사조서 작성 과정에 이르러서는 수사관과 피의자는 혼연일체가 되어 공동으로 조서를 꾸미게 되는 걸세. 이 점이 확신 수사와 육감 수사가 근원적으로 구별되는 거지."

"자네의 자신감은 대단하군. 그러나 오늘 낮에 보니 그 독부(毒婦)는 자네에게 분명하게 저항했어. 그게 수사관과 피의자의 혼연일체라는 건가?"

"그건 수사 초입 단계에서의 일시적 현상에 불과한 거야. 두고보게. 그 여인은 검찰청에 넘어가기 전에 자신의 모든 범행, 자기 남편의 독살 사실까지 형사에게 털어놓을걸."

"윤군, 그런 예언을 가볍게 해도 되는 건가?"

"괜찮아."

"자네는 아까 양평서에서 그 여인에게 죽은 남편에 대해 꼬치꼬치 캐묻던데, 그녀는 과연 남편을 살해했을까?"

나도 윤정구에게 물었다.

"그렇게 의심할 수 있지."

"그렇다면……."

최만봉이 나섰다.

"중대한 살인사건을 의혹 상태로 놔둘 게 아니지 않은가. 자네의 호언장담도 시험해 볼겸 그녀 남편의 사망 장소라는 그 △△△ 내과에 지금 당장 가보세. 무슨 단서가 나올지 몰라."

그러나 윤정구는 고갤 내젓는다.

"그럴 필요는 없어."

"어째서?"

"예측이 빗나갈까봐 겁이 나서?"

최와 나는 다그쳤다.

"우리가 할 일은 다 끝났어. 그 소년을 위기에서 살려냈지. 그 다음 일은 경찰에 맡기면 돼."

"이건 중대사야."

최만봉이 열을 올렸다.

"△△△내과에 가봐야 해!"

윤정구가 의자에서 일어나며 말했다.

"자네들 왜 이래? 범죄 수사란 장난이나 흥미의 대상으로 하는 게 아니야."

여자의 음모

이태영

 • 이태영

홍익대학교 건축과 졸업.

91년 스포츠서울 신춘문예 추리소설 부문 당선.

92년 제8회 한국추리문학 신인상 수상.

「악마의 흥정」(장편), 「사담 후세인 암살」,

「오스트리아 빈에서 있었던 일」,

「사이공 탈출, 그 이후」(이상 단편) 외 작품 다수.

여자의 음모

　여자들이 이 글을 읽어서는 안 될 텐데…… 여자들은 나를 감금하고, 어쩌면 죽여버릴지도 모릅니다. 나는 그만큼 공포에 떨며 절박한 마음으로 이 글을 쓰고 있습니다. 간절히 바라건대 이 내용이 한 사람의 남자에게로 더 많이 전해지기를 바라면서 이 기막힌 사연을 기록하오니 부디 귀담아들어 주시기 바랍니다.

　바로 내 처지가 남자들이 지금 얼마나 심각한 위기에 처해져 있는지를 생생하게 증명해 주고 있는데, 문제는 아무도 그 위험을 느끼지 못하고 있다는 사실입니다. 여자들은 무섭게 준비를 서두르고 있는데 말입니다.

　무슨 일이냐구요? 그 시작은 너무 평범했습니다. 극히 개인적인 것이었습니다. 예를 들면 부부 간의 섹스라든지, 그 사이의 아웅다웅하는 다툼이라든지, 누구나 일상적으로밖에 볼 수 없는 그런 상황에 음모의 마수가 자리를 잡고 있었고, 그 이면에 드러나는 상상을 초월한 조직과 계획이 나를 경악게 했던 것입니다.

　극히 개인적인 일이라고 했듯이 그것은 한 여자를 사랑하는 것으로부터 시작했습니다. 엄청난 음모가 기다리고 있는 줄도 모르고 한미란이라는 한 여자를 사랑했던 것입니다. 사랑했다는 것, 나에게는 그 죄밖에 없습니다.

한 여자를 사랑했다는 것, 그것도 죄가 됩니까?

미란이는 예쁜 여잡니다. 사실은 그렇지 않을지도 모르지요. 그러나 내 눈에는 그랬습니다. 그러면 되는 게 아닙니까. 나는 한눈에 반했고 또 열중했습니다. 그러나 지금 와서 보면 그것은 미란이의 눈웃음으로 시작된 것이 분명합니다. 대개 나처럼 순진한 청년은 그런 유혹에 무방비 상태지요. 물론 나는 도덕군자가 아닙니다. 또 세상살이에 자기 나름의 줏대가 세워진 중년쯤 됐다면, 사람의 감성에는 생명의 달콤함과 함께 정념이라는 혼돈이 혼재해 있음을 알고 경계를 했겠지요. 그렇지만 나는 그런 경지도 되어 있지 않았습니다. 그렇다고 뭐 미란이를 천한 여자로 치부하는 것은 아닙니다. 다만 미란이의 눈웃음이 계획됐다는 것입니다.

그때나 지금이나 나는 능력 있고 착실하다는 평가를 받고 있는 편입니다. 대개의 여성들은 멋있고 낭만적인 남자들을 동경하지요. 그러나 살기에 이골이 난 중년 아줌마쯤 되면 어떻습니까. 바로 '참하다'에 기준을 두지 않습니까. 자신을 그럴 듯하게 평가한다는 것은 쑥스러운 일입니다만, 백말을 탄 왕자님에다가 참하다는 평까지 함께 받을 수 있는 게 바로 나 같은 타입일 것입니다. 그렇기 때문에 여자들로부터 호감을 받는다는 것은 당연한 일일 수도 있겠습니다만, 미란이의 경우는 자로 재듯 철저한 계획 아래서 접근한 것이었습니다.

도대체 미란이라는 여자가 어떤 여자냐구요? 그 이야기를 좀더 해둘 필요가 있겠군요. 한마디로 미란이는 이지적인 여잡니다. 이지적이라는 게 긴장, 균형, 탄력을 느끼게 하는 것이라면 바로 미란이가 그렇습니다. 바로 그 이지적인 게 미란이의 매력으로 작용했는데, 매력 없는 미인이 얼마나 추한 것인가를 생각한다면 외모야 좀 떨어지더라도 매력이 있다는 게 얼마나 다행스런 선택이었는지 모르겠습니다. 물론 그 이지적인 것 때문에 고스란히 당하게 됩니다만, 그리고 보니까 미란이의 실체는 이지적인 게 아니라 냉랭함이군요. 아닙니다. 냉혹이지요.

미란이의 덫에 빠진 나는 그때부터 눈먼 봉사처럼 미란이의 뒤만을 열심히 쫓아다니기 시작했습니다. 미란이는 가깝고도 먼 존재였습니다. 어떤 때는 내 어깨에 머리를 박고 정답게 속삭이는가 하면, 어떤 때는 마지막 헤어짐이라도 되는양 쌀쌀맞게 되돌아 모퉁이 저쪽으로 사라져버리는 것이었습니다.

원래 사랑이라는 게 달짝지근한 환상 아닙니까. 상상력의 발동이지요. 그 상상력이라는 게 앞뒤 가릴 것 없는 동물적 욕망의 바탕일 수 있는가 하면, 세탁하듯 동물적 충동을 깨끗이 탈색해 버리고 나면 가장 고상한 가치, 즉 순수에 이르게 하는 힘으로도 나타나지 않습니까. 그리고 그 동물적 충동과 순수 사이를 오락가락하게 하는 게 바로 사랑이며, 상상의 힘이지요. 결국 미란이의 수법은 나의 상상력을 적당히 자극하고 밀고 당기며 부추기는 것이었습니다……. 영악스럽다고요. 그 뒤에는 심리학이나 생리학의 전문가까지 도사리고 있었습니다……. 왜 이야기가 갑자기 거창해지느냐고요! 좀더 들어보십시오……. 어쨌든 우리는 결혼했습니다.

훗날 나는 직장을 그만두고 조그만 사업을 하게 됩니다만, 그때는 한창 사회와 일을 배우고 있던 직장인이었습니다. 크게 번창한 집안은 아니었으나 그런 대로 풍족한 편이라서 부모님들로부터 유산 삼아 아파트를 한 채 받아 살림을 시작했습니다. 행복했지요. 그때 미란이가 처음 한 게 무엇인 줄 압니까. 세 명의 남자 사진을 거실과 침실, 그리고 현관에 각각 건 겁니다.

물론 친정아버지, 시아버지, 또는 옛 애인(있었는지 없었는지는
모르겠습니다만)의 사진은 아니고…… 나 원…… 신성일, 슈왈체
네거, 아인슈타인의 사진이었습니다.

신성일이라면 우리나라 최고의 청춘 스타가 아니었습니까. 한창
날릴 때가 60년대였는데, 그때는 기생 오라비처럼 빼빼했지요. 신
성일이 참으로 미남이구나 싶은 것은 차라리 초로(初老)에 접어든,
완숙한 풍모가 격까지 느끼게 하는 요즘인 것 같습니다. 미란이의
눈에도 그랬는지 요즘의 신성일 사진이었습니다. 슈왈체네거는 미
스터 유니버스 3연패의 기록 보유자로서 보디빌딩의 세계적 챔피
온이고, 영화 '코난'과 '터미네이트'의 주인공 아닙니까. 근육 이
외는 별로 볼 게 없는 오스트리아의 벽지 촌놈이지요. 마지막 아인
슈타인은 누구나 알다시피 20세기 최고의 지능을 자랑하는 상대성
원리의 발견자가 아닙니까. 두 사람은 배우고 한 사람은 과학잔데,
도대체 이들이 우리와 무슨 관계가 있다는 건지, 우리 아파트의 벽
면을 차지하게 된 겁니다.

"왜 하필 이 사람들 사진이야?"

내가 그렇게 물었습니다.

"모르겠어요?"

"모르겠는데."

"호호호."

이 여우! 악녀! (물론 훗날 알게 된 겁니다만…….)

"……신성일처럼 외모를 가꾸고, 슈왈체네거처럼 건강을, 그리
고 아인슈타인처럼."

"아…… 알았어, 알았어. 당신은 역시 똑똑해, 머리가 좋아."

사실 나는 그때 아내의 영민함에 감탄했습니다. 그리고 고맙기
도 했습니다. 결혼이라는 게 좋긴 좋구나. 나를 이렇게까지 생각해

주다니…….

또 하나는 그때부터 30대 후반의 김씨 아주머니라는 여자가 우리 집을 드나들기 시작한 일이었습니다. 훗날 그게 그랬구나 깨닫게 되는 일이지만, 그때는 그 내용을 몰랐습니다. 사람 사는 집에 사람이 드나드는 게 다 좋은 일이 아니겠느냐는 정도로 받아들였지요. 그 내용은 뒤에 밝히기로 하고…….

결혼을 하고 나면 부부 관계에서 성(性)이라는 게 중요한 자리를 차지하지 않습니까. 동물적 욕구를 해소시키는 배출구로서 공범자가 돼 은밀히 즐기는 것인가 하면, 상상력의 개입으로 절정의 순간을 찰나와 영원이 만나는 종교적 순간으로까지 해석할 수 있기에, 발가벗은 인간과 인간이 하나가 되어 함께 가장 깊숙이 체험하고 지고(至高)의 순간으로 가치 매김되기도 하지 않습니까. 삶의 가장 확실한 확인인가 하면 동시에 끈적끈적하고 지저분하고 끔찍스러운 것으로 전락될 수도 있는 게 성이라고 대충 그렇게 이해하고 수용할 수 있게 됐을 때쯤이었습니다. 그러니까 아내도 자기 주장을 할 수 있게 됐을 때쯤이었지요. 내 능력에 대해서 불만을 표하기 시작했습니다.

사실 나는 그 능력에 대해서 내세울 것도 없지만 남보다 못할 것도 없다고 생각해 왔습니다. 그러나 아내의 불만이 끈질기게 계속되자 당황되기 시작하더군요. 그럴 수밖에 없었지요. 우리 침대 바로 앞에 슈왈체네거의 사진이 우람한 몸체를 자랑하면서 걸려 있는데, 어디 내가 감히 그와 견줄 수나 있겠습니까. 나를 내려다보는 그의 시선은, '자아식…… 부실하긴…….' 바로 그것이었습니다. 나는 서서히 위축돼 가지 않을 수 없었습니다.

그러나 나는 아내를 탓하지 않습니다. 아내만큼 나를 염려해 주는 사람이 어디에 또 있겠습니까. 내 구석구석을 세심히 돌봐주고 걱정해 주는 데 혼신을 다 했습니다. 그리고 나 또한 그것을 즐겼습니다.

"여보, 지금 화장실에 갔다 왔지요? 아유, 더러워 더러워. 손 빨리 씻어요…… 팬티는 갈아입었어요……? 말하기 전에 좀 갈아입으면 안 돼요? 목욕은? 중간에 한 번쯤 머리도 감아줘요. 손톱, 발톱은요……? 야만인이야, 야만인이 따로 없어."

얼마나 고맙습니까. 아내는 이처럼 나를 성심껏 돌봐주었습니다. 그러나 그것은 계산된 것이었습니다. 그런 지적들은 꼭 현관을 빠져나갈 때 그 순간을 기다렸다는 듯 내 뒤통수를 향해 해왔던 것이었습니다. 자연히 일이 복잡해질 수밖에 없지요. 다시 집으로 들어가서 손을 씻고 머리를 감고 팬티를 갈아입고, 손톱, 발톱 청소를 하고…… 현관에는 항상 신성일의 사진이 걸려 있었습니다. 그는 미남 배우에다가 문화계 인사가 아닙니까. 나 같은 야만인이 그와 견줄 수 없다는 것은 자명한 일이지요. 나는 그 사진 앞에 서서 나 자신을 발견하게 됐습니다. 나 자신에 대한 확인이었지요. 목욕을 자주 하나, 옷을 자주 갈아입나, 어디 야만인이 따로 있겠습니까. 내가 바로 야만인이지…….

앞에서 말했지만 나는 착실한 사람입니다. 삐딱하게 샛길로 빠질 사람이 아닙니다. 집에서 이렇게 내몰리자 밖에서 더 열심히 일하게 되더군요. 보상 심리라고나 할까. 열심히 일함으로써 밀리고 인정받지 못하고 부족했던 점을 만회하려고 했던 것입니다. 다행히 예상 못한 결과가 나타나더군요. 조그맣게 시작한 사업이 탄탄하게 자리잡게 됐습니다. 그때쯤이었습니다. 아내는 느닷없이 자기가 피해자라고 우기기 시작했습니다.

아내가 피해자라니오? 나는 아내에게 해 되는 일을 한 기억이 없습니다. 그런데 피해자라니? 그러나 아내의 말에는 그런 대로 일리가 있긴 있었습니다. 빨래하고 밥하고 청소하고, 표도 없는 일에 매달려 좋은 건 다 남편 차지고, 자기에게는 무슨 보람 있고 남는 게 있겠느냐고 한숨을 폭폭 내쉬면서 그렇게 늙어가는 게 아니겠느냐는 데야 수긍이 가지 않을 수 없었습니다. 내 자신이 갑자기 죄인으로 느껴지면서 여자든 남자든 다 같은 인생인데 멀쩡한 사람 하나 못쓰게 만드는구나 그렇게 나 자신을 탓하게 됐습니다…… 미란이는 이 단계에서 한술 더 떴습니다. 자기를 무시한다는 것이었습니다. 적반하장이었지만 그때는 몰랐지요. 나는 그저 죄책감에 몸을 사리며 스스로를 탓하기에 여념이 없었습니다. 나는 죄인이다. 나는 죄인이다…… 결국 나는 결단을 내렸습니다. 나는 열심히 일만 하기로 하고 모든 재산을 미란이 앞으로 넘기기로 했습니다…… 이제 됐느냐? 그랬더니 이게 또 무슨 요구입니까. 한술 더 떠서 사업 운영을 잠시 자기에게 맡겨봐 줄 수 없겠느냐는 것이었습니다. 내친 김에 잠시라는 조건을 붙여서 그러라고 했습니다. 그런데 제 아내가 사업을 맡자 사업이 불같이 번성하기 시작하는데, 무슨 야로가 없는 다음에야…… 경영적 용어로 아내의 비교 우위가 확인된 셈이고 그만큼 나는 무능한 사람으로 낙착되고 말았습니다. 그때 나타난 것이 아인슈타인입니다. 스스로의 한계를 절감하면서 기진하여 소파에 앉아 있을 때 나와 시선을 마주한 것이 바로 거실 벽에 걸려 있는 아인슈타인이었습니다. 아인슈타인이 빙긋이 웃더군요.

'머저리 자식.'

나는 새삼 나 자신을 발견했습니다. 저능아, 아인슈타인과 비교한다면 나 정도야 저능아가 아니겠습니까. 그때부터 나는 결정적으로 집에 들어앉게 됐습니다.

그래도 나는 착실한 사람입니다. 맥없게 된 일상 속에서도 그 나름대로 보람을 찾으려고 노력을 했습니다. 밥은 시간 맞춰서 빠짐 없이 했고, 아이들이 크니까 도시락 싸기가 여간 번거롭지가 않더 군요. 빨래는 왜 그렇게 많이 밀리는지. 시장도 봐야지요, 청소도 해야지요, 목욕했느냐, 옷 갈아입었느냐, 손톱 발톱 청소를 했느냐, 그런 잔소리를 들어가면서 나름대로 최선을 다 했습니다. 그러던 중 어느 날, 불현듯 엉뚱한 생각이 하나 들었습니다. 내가 아무리 못난 사내지만, 이렇게 틀어박혀 앉아 있는 동안 미란이는 어떻게 하고 돌아다니는지 한 번 챙겨봐야겠다는 생각이었습니다. 그래서 아내의 뒤를 밟기 시작했습니다. 아내의 일과는 빤했습니다만 이 상한 점 하나가 발견됐습니다. 젊은 내외가 사는 곳 몇 군데를 정 기적으로 방문하는 것과, 어떤 빌딩 내의 조그만 사무실로 들랑거 리는 것이었습니다. 나는 그 빌딩 주변에서 이씨라는 어떤 사내를 만나게 됐습니다.

이씨는 머리가 희끗희끗한 50대 중반의 사내였는데 영양이 좋아 보이는 얼굴에 낙천적인 분위기까지 어린아이처럼 순진무구한 사 람이었습니다. 이씨는 자신이 젊었을 적에 이름난 싸움꾼이었고 개과천선한 후에야 민완 형사로서 범법자들에게 공포의 대상이었 다고 해서, 현재의 인상이 빚어내는 과거와의 부조화가 나를 실소 케 했습니다. 거짓으로 풍을 떠는 것으로 안 거지요. 그러나 나 역 시 한때 활발한 사업가였다면 누가 믿어주겠습니까. 이씨는 바로 나와 같은 처지의 인물이었습니다.

이씨의 말에 의하면, 그 빌딩 사무실에는 여자들끼리의 은밀한 조직이 있고, 심심찮게 아내의 뒤를 밟는 사내들이 나타나 주변을 배회하는데, 이씨는 그런 사내들에게 자신들이 처해 있는 상황을 깨우쳐 주기 위해서 거리 모퉁이에 몸을 숨기고 있다는 것이었습 니다. 바로 나 같은 사람을 위해서 말입니다.

"집에 혹시 남자들 사진이 걸려 있지 않습니까?"

이씨의 첫 질문이었습니다.

"있지요."

"그게 누구누굽니까?"

"신성일, 슈왈체네거, 아인슈타인입니다."

"알 만하군요."

"……."

"선생은 당한 겁니다."

"그게 무슨 말입니까, 당하다니오?"

"선생은 신성일만큼 미남이고 세련될 수 있습니까?"

"아니오."

"선생은 슈왈체네건가 하는 그 배우만큼 남성미를 과시할 수 있습니까?"

"아니오."

"선생은 아인슈타인만큼 머리가 좋을 수 있습니까?"

"아니오."

"그래도 모르겠습니까?"

"모르겠는데요."

"그렇다면 슈왈체네건가 하는 배우의 사진은 침실에, 아인슈타인의 사진은 거실에, 신성일의 사진은 현관에 걸려 있지요?"

"아니, 그걸 어떻게 아십니까?"

"그래도 모르겠습니까?"

"그래도 모르겠는데요."

"그렇다면…… 이건 좀 은밀한 이야긴데, 부인께서는 성생활에 불만이 많으시지요?"

"네, 슈왈체네거가 항상 저희 침대를 내려다보고 있으니까요."

"잘 들으세요. 슈왈체네거라고 할지라도 자기 부인을 항상 만족
시켜 줄 수는 없습니다."

"설마…… 그럴 리가!"

"총각 때 여자들에게 말을 잘 걸 수 있겠습디까? 물론 여자들 속
에서 파묻히다시피 자란 경우는 예외입니다만…… 힘들었을 겁
니다. 여드름투성이의 얼굴로, 저, 시간 좀 있습니까…… 참 멋적
었지요. 그것이 바로 능동적으로 움직여야 할 입장의 부담입니
다. 남자의 생식 구조가 그렇습니다. 여성에 비해서 부자연스럽
고 부담스러운 구좁니다. 냉철히 본다면 여성이 성관계에서 만
족을 얻는다는 것은 극히 힘들게 달성되는 예외적인 경우에 불
과하다고도 볼 수 있지요. 그러니까 불만이라는 것은 기대치가
비현실적이고 때로는 환상적이기 때문입니다. 그 환상적 요구를
허겁지겁 따라갈 필요가 없는 거지요."

"그렇습니까!"

나는 갑자기 해방감을 느끼며 탄성을 내질렀습니다.

"또 하나, 부인께서는 브르지도 바르도만큼 풍만하십니까?"

"아니오."

"부인께서는 양귀비만큼 미인입니까?"

"아니오."

"부인께서는 큐리 부인만큼 머리가 좋습니까?"

"아니오."

순간 나는 깨달았습니다. 아하, 상황은 이렇게 돌아가는 것이었
구나. 그러나 아내는 사업에 대단한 수완을 보이고 있지 않은가!

"부인께서는 사업에 수완을 보이고 있겠지요?"

"네."

"거기에도 바로 함정이 있습니다."

"어떻게요?"

"여자들이 지금 거창하게 움직이고 있습니다. 그러니까 우리도 한 번 거창하게 이야기해 봅시다…… 징기스칸이 대제국을 세우긴 했지만 정작 우리 한반도를 비롯해서 중국 대륙, 또 중동과 유럽으로 진출한 것은 그 후손들이지 징기스칸 자신이 아니었습니다. 이 경우에 위대한 것은 징기스칸입니까, 아니면 그 후계자들입니까?"

"그야 징기스칸이지요."

"그렇지요…… 돈이 돈을 번다고, 선생 사업의 기반을 만든 것이 누굽니까?"

"접니다."

이런…… 내 심장이 갑자기 벌렁벌렁 뛰기 시작했습니다.

"증폭의 원리라는 게 있습니다. 돈이 돈을 번다는 게 바로 이 원리에 의한 것인데, 돈으로 돈을 벌지 못하게 하기 위해서 상속세다 증여세다 하는 것들이 있지 않습니까. 복부인의 땅 투기도 증폭 현상에 편승한 잔재주거나, 이 세상을 지배하는 우연과 필연의 법칙 중에서 우연에 의한 횡재지요. 제 능력은 아닌 겁니다."

"그렇다면 제 집사람도?"

"그렇습니다. 조직에는……."

"조직이라니오?"

"부인께서 드나드시는 사무실은 '남자를 정복하자'는 조직의 이 지역 분실입니다."

"남자를 정복해요?"

"여성들은 모계 사회가 다시 오고 있다고 믿고 있습니다. 부계 사회가 시작된 것은 만여 년 전, 농경사회가 출현하면서 안정된 노동력이 필요해질 때부터였습니다. 역사는 아이로닉하게 진행

되고 있습니다. 남성들이 물질적 풍요와 육체적 노동에서의 해
방을 달성해 놓았는데, 바로 그 결과 때문에 이제부터는 남성들
이 필요없게 됐다는 거지요. 여성들이 가족의 중심이 되면서 여
성 중심의 세상이 도래했다는 거지요. 남성들에게는 그저 수컷
역할이나 시키고 허드렛 일이나 시키자는 범세계적인 여성 운동
입니다. 남성들을 무력화시켜 적극적으로 만여 년 전에 상실했
던 여성의 지위를 다시 찾자는 게 '남자를 정복하자'의 목적입
니다…… 조직에는 경영 전문가를 비롯해서 여성 두뇌들이 포진
해 있습니다. 선생께서 만든 사업 기반 정도면 몇 배로 키우기야
별게 아니지요. 증폭의 원리를 이용해서 말입니다."

"……만 년 전의 모계 사회를?"

나로서는 도저히 생각조차 미치지 않는 내용이었습니다.

"그렇습니다. 유행에는 라이프 사이클(Life Cycle)이라는 개념이
있습니다. 처음 유행이 시작될 때는 상류층에서 시작되지만 그
게 중류층으로 전파되고 다시 하류층까지 갔을 때는 유행으로서
의 생명이 다 소멸된다는 내용입니다. 유행의 한평생이라고 할
수 있겠지요. 옷의 경우처럼 몇 달 또는 한두 계절 정도로 짧은
게 있는가 하면, 승용차처럼 몇 년씩 유지되는 것도 있지요. 그
유행의 생명 중에 가장 긴 것 중 하나가 종콘데, 보통 한 종교의
수명을 대충 2천여 년으로 보고 있습니다. 그러니까 광적인 열기
를 유지하고 있는 마호멧교를 제외한다면 대개의 종교가 이미
시들해져 있지 않습니까. 종교 시대가 끝나가는 거지요. 이처럼
만 년 전에 시작된 부계 사회 역시 끝나간다는 것이 여성들의 시
각입니다. 즉 이 시대를 모계 사회의 새로운 상승기로 규정짓고
적극적으로 만 년 전의 여권을 다시 회복시키자는 시돕니다."

"……."

"'남자를 정복하자'의 조직은 고참이 신참집을 드나들면서 남편 다루는 법을 교육시키고, 지역별로 모여서 연구, 토론하는 형식을 취하고 있습니다. 선생댁에도 중년 여성이 드나든 예가 있을 것 같은데요. 또 하나, 지금쯤 선생 부인께서도 나이로 봐서 신혼 부부 몇 쌍쯤 담당하고 있을 것 같습니다만……."

비로소 김씨 아주머니의 정체와 아내가 젊은 부부의 집을 드나드는 이유가 밝혀졌습니다. 나는 정신이 아찔했습니다. 내 아내가, 그리고 상상도 못한 엄청난 음모가, 그것도 조직적으로 1년, 2년, 10년, 20년 장구한 계획을 갖고 진행되고 있었다니…….

"아니, 제 집사람 같은 여자들이 그런 무시무시한 음모를 꾸미고 있단 말입니까? 도무지 믿어지지가 않아서."

"여자들을 낮게 평가하고 계시는군요. 그러니까 경계를 늦추게 되고 당하게 되지요. 이번 새 정부만 해도 여성 장관이 몇 명입니까. 또 올 상반기만 해도 세 명의 여검사가 탄생했습니다. 그리고 각 대학의 수석 졸업생은 대개가 여자들입니다. 특히 경찰대학의 수석 졸업자는 태권도에서부터 사격까지 일반적으로 남성들의 영역이라는 곳까지 깡그리 휩쓸어버렸습니다. 그러나 그 정도가 아닙니다…… 이 세계에서 가장 힘이 센 사람이라면 미국 대통령 클린턴으로 알고 있겠지만 사실은 그 부인 힐러리라는 게 공공연한 정설 아닙니까. '남자를 정복하자'의 마수는 전 세계적으로 조직되어 있습니다. 미국의 여성 유권자들이 클린턴에게 몰표를 던져준 것으로 돼 있지만 사실은 힐러리에게 던졌다고 봐야겠지요. 이제 사태의 심각성을 아시겠습니까?"

나는 갑자기 무서워졌습니다.

"그렇다면 이 상황을 세상에 알려서 그 음모를 분쇄해야 되지 않겠습니까?"

그러나 이게 웬일입니까. 이씨는 묘하게도 고개를 가로 살래살래 흔들면서 이렇게 말하는 것이었습니다.

"나는 이대로가 좋습니다. 이 모든 비밀을 알고 난 후에야 비로소 안정을 찾을 수 있었으니까요. 여자란 곧 어머니일 수도 있지 않겠습니까. 어머니 품에 안긴 것처럼 그럴 수 없이 편했습니다. 그 동안 남자들은 너무 많이 일하고 고생을 해왔습니다. 모든 책임을 다 짊어지고 오지 않았습니까. 이제부터는 여자들에게 모든 것을 맡기고 우리는 그저 주어진 일만 하면서 사는 겁니다. 선생도 저와 함께 이 상황에 동참하도록 합시다."

제기랄, 이럴 수가!

이씨는 세뇌된 사내였습니다. 그러니까 그 출현도 여자들이 세운 계획의 일부였습니다. 그러나 이씨의 출현보다도 더 무서운 것은 죽어가는 사람의 몸이 팔 다리부터 점차 경직되어 가듯이 나에게도 세뇌되고 사육되기가 진행되고 있었다는 점이었습니다. 여자들의 음모는 교묘했습니다. 남자들로 하여금 근육이나 자랑하면서 거들먹거리도록 해두고 세상을 실질적으로 지배하는 게 여자이게끔 끈질기게 노력해 왔고 성공시키고 있었습니다. 소처럼 힘껏 일하고도 여자들의 평가에 안절부절 못하게 된 남자들의 꼴이라니. 그 앞에서 여자들은 귀부인이 되 여유작작하게 됐고…… 아니야, 그럴 리가, 판단이 오락가락합니다. 과연 내 판단이 옳은지…… 이 글을 읽는 분들의 몫으로 하겠습니다. 어쨌든 아내나 애인의 미소를 경계하십시오. 음모가 숨겨져 있을지도 모르니까요. 특히 자기가 피해자라고 우길 때를 조심해야 됩니다…… 만에 하나, 이 글이 여자들 손에 들어간다면…… 등골이 오싹해집니다. 두렵습니다. 나를 감금하고 어쩌면 죽여버릴지도 모릅니다…… 이 글이 여자들 손에 들어가면 안 될 텐데, 안 될 텐데, 정말 안 될 텐데…….

꽃무늬 옷을 입은 여자

김혜린

●김혜린
서울 출생.
MBC〈베스트극장〉공모 당선.
방송극 :「칼울음 소리」,「빨간 아오자이」,
「또 다른 아침」외 다수.
추리단편 :「이웃집 남자」,「꽃무늬 옷을 입은 여자」
외 다수.

꽃무늬 옷을 입은 여자

1

그 밤은…… 바다 밑과 같은 짙은 침묵이었다.

검푸른 바다 속에 오두마니 가라앉아 있는 또 다른 나를 오래도록 마주 보고 있었다. 습한 냉기가 뼈 속까지 스며드는 것 같아 나는 진저리를 쳤다. 그때였다.

"뻐꾹, 뻐꾹, 뻐꾹, 뻐꾹."

거실에 있는 뻐꾸기시계가 네 번을 울었다. 밤새 한잠도 못 잔 나는 침대에서 일어나 창가에 섰다. 손으로 만지면 묻어날 것 같은 어둠이 아직도 내 방 유리창에 엉겨 있었다.

창문을 열었다. 열린 창문으로 왈칵 밀려드는 싱그러운 새벽 공기를 맡으며 아파트 광장을 내려다보았다. 주인이 잠든 차들은 일렬로 선 채 머리를 구석에 박고 그곳에서 자고 있었다. 조용한 초여름 새벽이었다.

어둠 속 빈 아파트 광장에 자전거를 탄 청년이 들어오고 있었다. 새벽을 나르는 사람, 우유 배달원이다. 우유통을 들고 바삐 앞동 출입구로 뛰어들어가는 청년을 보며 난 문득, 아마도 산다는 건 저 청년이 들고 가는 팩 안에서 흔들리는 우유같이 '신선하게 출렁거리는 것'인지도 모른다는 생각을 했다.

창문을 열어둔 채 침대로 돌아와 누운 나는, 어둠 속에서 침대 머릿장을 더듬어 녹음기의 버튼을 눌렀다.

'……키스는 키스일 뿐이고, 다정하게 곁에 있었던 건 순간인 것을…… 인생의 모든 것은 세월이 가듯 그저 흐른다는 걸, 그대 기억하세요…….' 이렇게 시작되는 카사블랑카의 주제곡인 'as time goes by'가 흐르고 있었다. 니크의 카페에 들어온 일쟈가 피아노 옆에 앉아 "세월이 가듯을 쳐줘요, 샘"이라고 말하는 대사와 안개 속 모로코의 항구 도시 카사블랑카 공항에서 헤어지는 잉그리드버그만과 험프리보거트의 애절한 눈빛을 생각했다.

우스운 일이다!

밤새 한잠도 잘 수 없을 정도로 긴박한 이 순간에 흘러간 영화의 장면이나 생각하는 나.

난 늘 그랬다. 행복한 순간에 불행을 생각했고, 만나는 설레임이 있는 순간에도 이별 후의 그리움을 겁나 했다. 그와 다시는 헤어질 수 없다는 결론에 다다른 순간에도 영화처럼 아름답게 헤어지고 싶어하다니…….

나약해지려는 마음을 털어내듯 녹음기를 끄고 벌떡 일어나 앉았다.

"나예요."

아침 햇살이 가득 들어오는 거실 창가에 서서 전화기에 대고 나는 말했다.

"……웬일이야?"

날카롭고 단단한 바늘 끝 같은 짧은 소리로 그가 찔러 왔다.

"신혼 여행 잘 다녀왔어요?"

"……."

"좋았냐구요, 여행이?"

"……."

핸드폰 속에서 너무도 자연스레 흘러나오는 내 말의 의미를 탐색하듯 그는 대답하지 않았다. 영악하고 계산적인 그의 태도였다.

내 목소리를 들으면 그가 당황하고 미안해 어쩔 줄 모를 거라고 생각했던 것이 착각이었음을 다시 확인한 셈이다.

"다 지나간 일예요. 이제 우리 사인 끝난 거라구요."

"……그렇지."

못박듯 그가 힘줘 말했다.

"오늘 잠깐 나한테 들러줘요. 돌려줄 게 있어요."

"뭔데?"

날 다시 만나야 한다면, 소중한 그 어떤 것도 돌려받고 싶지 않다는 단절된 그의 느낌이 전화기로 전해 왔다.

"사진하구…… 당신 책들이랑…… 내 손으로 없애기 싫어서 그래요."

울컥 목이 메어옴을 지긋이 누르며 나는 천천히 말했다. 거기다, 나더러 없애라고 할 그의 말까지 미리 막으며.

"……갈게!"

잠시 아무런 말이 없던 그는 무겁게 대답했다. 그 말을 듣는 순간 세상의 모든 시계가 정지되는 느낌이 들었다. 그리고 잠시 후, 내 머리 속 시계는 째깍거리며 정상으로 움직이기 시작했다.

"……몇 시에 올 거예요?"

"점심 때밖에 시간이 없어. 그 후론 회사 일이 바빠!"

"……알았어요. 기다릴게요."

그럴 것이다. 그는 이젠 예전의 그가 아닌 대기업의 전무가 됐으니까. 차분한 목소리와는 달리 수화기를 내려놓는 내 손은 떨리고 있었다.

'침착하게 끝내야지⋯⋯.'

손바닥에 흥건히 밴 땀을 옷에 문지르며 나는 단어를 외우듯 몇 번인가 반복했다.

아, 오늘을 얼마나 기다렸던가! 12시쯤, 그가 내게로 올 것이다.

욕조물 안에는 목욕용 라일락 향수가 녹아 있어서 은은한 향기가 욕실 안을 가득 채웠다. 머리를 뒤로 제끼고 깊이 목욕물에 잠겼다. 발을 물 위로 올려 보았다. 더운 물에 담겨서인지 물 위에 내민 발은 분홍빛이었다.

"연주는 발도 예쁘군."

작년 가을, 설악산 계곡물에 담겨 있던 내 발을 만지며 그가 말했었다. 그는 내 발을 씻어주는 걸 무척 좋아했다. 아니, 씻어준다는 핑계로 정성들여 애무했지만.

나는 간지러움을 참아가며 둥그렇고 하얀 바위 위에 누워 눈을 감았다. 발끝부터 전해 오는 부드러운 그의 손놀림이 온몸으로 나른하게 퍼져오고 있었다.

바위 위에 누워 있는 내가 내리쬐는 햇살에 녹아내릴 것 같았다. 물 속에 담긴 내 발을 가지고 한참을 장난하던 그가 곁에 와 누웠다. 우리 둘은 바위에 널려진 빨래같이 납작하게 펴져 있었다.

그가 나에게 팔을 내밀었다. 나는 그의 팔 위에 머리를 얹고 편안히 누워 하늘을 보았다. 태양이 쪽빛 하늘 가운데로 오고 있던, 구름 한 점 없는 가을의 한낮이었다.

"하늘 좀 봐, 기막히군! 아, 우리 이대로 죽었으면!"

들뜬 소년같이 그가 말했다.

"난 싫어요."

"나랑 같이 죽는데도?"

"그래요, 아무리 형빈씨를 좋아한대도 같이 죽긴 싫다구요."

"또 좋아한대지, 사랑한다구 얘기하래니까. 응, 해봐, 사랑한다
구."

얼굴을 돌리고 젖은 목소리로 그가 재촉했다.

"후후후……."

난 사랑한다는 말 대신, 머리 위에 있는 단풍잎들이——햇빛이
통과한 투명한 단풍잎들은 크리스탈잔에 담긴 세리주 같았다——
바람에 흔들리며 내는 소리 같은 웃음으로 대답했다. 내 웃음이 별
로 마음에 안 들었는지 그는 못마땅한 눈빛으로 쳐다보았다.

"왜 꼭 그런 말을 들어야 해요? 말이 전부는 아니잖아요."

"표현의 방법엔 말이 전부일 때도 있어."

조금은 화가 난 어투로 그는 말했다.

"언제든 할게요, 사랑한다는 말이 하고 싶으면."

철없는 소년같이 투정부리는 그를 달래려고 나는 손을 내밀었
다. 내민 내 손 위에 그의 손이 포개져 왔다. 그의 손은 따뜻했고,
손바닥은 촉촉했다. 마치 촉촉히 젖어가는 나의 입술같이.

'첨벙.'

나는 라일락 향기가 그윽한 욕조에 발을 힘없이 담갔다.

이제, 발을 씻어줄 그는 이미 곁에 없다. 나는 물 속에 몸을 더욱
깊이 누이며 천천히 눈을 감았다. 두 손으로 물에 젖은 몸을 훑어
내려갔다.

크림빛 대리석 욕조에 담겨 있는 27세의 내 몸은 그가 떠나가기
엔 아직도 탄력 있고 매혹적이었다.

2

"난 그의 아기를 가졌었다구요!"

두 사람이 전격적으로 결혼할 것이라는 신문 보도를 보고 몇 번의 망설임 끝에 찾아간 나는 그 여자에게 해서는 안 될 말까지 하고 말았다. 해서는 안 된다는 것은 그를 위한 것이 아니라, 그런 말까지 하며 그를 돌려받고 싶어했던 짓밟혀진 내 자존심에 관한 거다.

한참을 빤히 쳐다보던 조그만 그 여자는 담담한 목소리로 내게 말했다.

"알고 있어요."

"그가…… 말했단 말예요?"

"네, 연주씨에 관해서 다 얘기해 줬어요. 그리고 자신의 과거를 용서해 달라고 했죠."

"용서……?"

질려가는 내 얼굴을 보며 그 여자는 대답 대신에 고개를 끄덕였다.

'나와의 사랑이 지금 와서 이 여자한테 용서받을 과거여야 하다니!'

"그가 당신을…… 사랑한다고 생각하세요?"

그를 향해 차오르는 분노를 억제하지 못하고 나는 그 여자에게 내뱉고 말았다. 현명한 그 여자는 내 말에 대답하지 않았다.

"당신의 조건을 사랑한 거예요! 항상, 정상 한치 앞에서 돌아서야만 했던 그였으니까요."

'아, 이런! 멍청한 나! 그가 망친다고 나도 망치고 있다니!'

끔찍했다. 그가 팽개쳤다고 나도 팽개치고 있었다. 애틋한 우리의 사랑을⋯⋯.

한참이나 말이 없던 그녀는 나직하고 또박또박하게 내게 말했다.

"그 사람은 나와 결혼할 거예요!"

난 더 이상 아무런 말도 하지 못하고 돌아서야만 했다.

그날, 침착하고 당당한 그 여자 앞에서 난 얼마나 참혹했던가!

'영화배우 임형빈, 우신 재벌의 사위가 되다.'

'독신을 고집하던 영화배우 임형빈을 포로로 만든 여자는 우신 그룹의 첫째딸 정수진이었다.'

상투적이고 진부한 머릿기사를 달고, 각 월간지와 스포츠 신문들은 그들의 사랑 얘기를 싣기 바빴다. 그 일은 임신 5개월인 내가, 아직은 인기 문제 때문에 결혼을 발표할 수 없으니 중절수술을 하자는 그의 간곡한 설득에 못 이겨, 병원을 다녀온 며칠 후에 터진 일이었다.

신문기사에 따르면, 그들은 여자 집안의 반대를 무릅쓰고 석 달 전부터 뜨거운 데이트를 시작했다고 했다. 그 기사가 사실인가고 다그쳤을 때, 사실이라는 확인을 그에게서 얻을 수 있었다.

'석 달 전이라면⋯⋯! 그렇게 낳고 싶어했던 내 아기는 5개월째였는데!'

그를 만난 것은, 한 해의 마무리로 잡지사 사무실이 전쟁터 같던 2년 전 12월 초였다. 해마다 연말이면 열리는 청남영화제에 남우주연상 후보로 세 명의 남자 배우가 올라 있다는 소식을 지난 밤 충무로 술집에서 입수한 박부장은 새벽부터 나를 불러냈다. '혼자

사는 남자'라는 타이틀로, 세 명의 남자 집을 찾아가 그들이 살고
있는 모습을 보고 인터뷰해 오라는 거였다. 적어준 명단과 주소를
갖고 나오려는데 박부장이 날 불러세웠다.

"내가 왜 김기자를 보내는 줄 알아요?"

나는 아직 잠이 덜 깬 멍한 시선으로 그를 쳐다보았다.

"세 명 모두 다 잘생긴 총각들이거든. 잘 좀 해보라구요, 확실한
기횐데!"

'저런, 간밤에 마신 술이 덜 깨셨나? 아침부터 삼류 소설이나 쓰
다니…….'

내게 한껏 멋진 선심을 쓰고 있다는 박부장의 느끼한 태도에 속
이 뒤틀려 한마디 하려다가 꾹 참고 잡지사를 나왔을 때, 거리에는
눈발이 흩날리기 시작했다.

참, 미리 말을 안 했는데, 나는 20대와 30대 여성을 위한 〈유니
크(Unique)〉라는 잡지사 기자였다.

처음 만나러 간 남자배우는 〈허균〉이라는 사극에 주연을 맡은
이준석이었다. 그는 그해 여름 싱가폴 영화제에서도 남우주연상을
받기까지 해 이번 청남영화제에서는 가장 유력한 후보로 지목되고
있었다.

미리 전화를 하고 가서인지, 그는 단정한 암녹색 쉐타에 베이지
색 바지를 입고 나를 맞았다. 얼굴은 사진보다 조금 나이 들어 보
였지만 그런 대로 지적인 분위기까지 있었다.

그의 아파트는 혼자 살기에는 꽤 컸는데, 몇 개 안 되는 가구들
과 그림들이 집 주인의 품위를 지켜줄 만큼 괜찮았다. 소파가 없는
넓은 거실에는 오래된 팔걸이 의자 둘이 마주 놓여 있었다. 천으로
싸인 그 의자는 크고 편했는데, 하나는 자주색이었고, 나머지 하나

는 회색이었다. 썩 좋은 배색이었다.

"가구가 별로 없네요. 허전하지 않으세요?"

결혼할 여자가 있냐는 질문을 나는 이런 식으로 던졌다.

"허전하고 외로워야 결혼을 빨리 하고 싶을 거 같아서요."

"아아, 그렇겠군요."

비교적 잘 맞아가는 대화였다.

"꼭 그 이유에서만은 아니구요, 이건 아버님 서재에 있던 건데, 아버님과 어머님이 여기에 마주 앉아 계신 모습이 난 참 좋았어요. 그래서 달랬죠. 이렇게 따로 살면서도 두 분을 기억할 수 있게 말입니다. 이 의자는 꽤 비싼 골동품이거든요."

그는 나를 쳐다보고 빙긋 한 번 웃더니 말을 계속했다.

"달래는 내 이유가 너무 매끄러웠죠?"

"아마, 두 분들도 아실걸요?"

나는 장난스레 웃었다.

"그래요, 알면서도 그 말 전부를 믿고 싶으셨을 겁니다."

다 끓은 커피를 그가 잔에 따랐다. 설탕과 크림을 넣겠냐고 그가 손짓했는데, 나는 고개를 저었다. 크림 두 스푼을 자신의 커피잔에 넣은 그는 커피를 저으며 말을 계속했다.

"그리고 난 집집마다 같은 위치에 비슷한 모양의 가구로 채워져 있는 게 싫었습니다. 특히 이런 아파트에선 말이죠."

그건 내 생각과 일치했다. 나는 기분 좋게 그와 마주 웃으며 커피를 마셨다. 우리는 그가 주연한 영화인 〈허균〉과 그의 누이 허난설헌에 대해 잠시 얘기했다.

"미인이십니다!"

일어나 나오려는 나에게 코트를 집어주며 그가 말했다. 사실 잘생긴 남자한테 이런 말을 듣는다는 건 싫지 않은 일이다. '확실한 기회'라고 말하던 박부장의 얼굴이 언뜻 생각나 그 집을 나와 걸으며 나는 혼자 웃었다.

다음에 만난 남자배우는 백시찬이었는데, 그는 자신의 아파트로 오는 것을 기피했다. 사진이라도 찍자고 했더니 그것도 사양했다. 아무리 잘 치웠어도, 혹시 자신의 욕실에 떨어져 있을지 모르는 여성용 머리핀이라도 내가 집을까봐 방문을 피했을까?

여러 종류의 사람들을 만나야 하는 직업인 나는, 사람들은 그 수만큼이나 모두가 다른 성품과 습관을 갖고 있다는 걸 알게 됐다. 하긴, 유전인자가 다 다르니 그럴 수밖에 없겠지만.

그는 미안하니 점심을 사겠다고 했다. 그가 원하는 고급 레스토랑에서 우리는 마주 앉았다. 백시찬은 빈틈없는 남자 같았다. 세련된 매너, 서두르지 않는 부드러운 말솜씨, 머리부터 발끝까지 잘 배색된 옷차림에다 준수한 얼굴, 어느 모로 보나 나무랄 데 없는 남자였다.

하지만 난 그를 보며 고급 종이로 잘 포장돼 막 배달되려는 선물 꾸러미 같다는 생각을 떨쳐버릴 수가 없었다. 그가 서양 사람보다도 더 서양 사람처럼 소리 없이 양식을 먹는 걸 보며, 나는 웬지 샐러드 조각이 목에 달라붙어 꺼끌거리고 있는 것 같아 몇 번이나 물을 마셔야만 했다.

나는 점심식사 내내 푸석거리는 바람 든 무우를 먹고 있는 느낌이 들었다.

"하루 중 언제가 가장 편안하세요?"

불편한 식사를 막 끝낸 내가 물었다.

'이 여자는 너무 서두르는군, 차(茶)가 나온 후에 시작해도 되는데…….'

한순간 그의 얼굴에 스치는 불만이 뭔지 나는 읽을 수 있었다. 허나 아랑곳하지 않고 나는 다시 물었다.

"가장 편안하다고 느끼는 순간이 언제죠?"

"글쎄요, 질문이 좀 애매하군요."

그건 내가 생각해도 애매한 질문이었다. 도무지 한순간도 자신을 드러내 보이지 않을 사람 같기에 의식적으로 한 질문인지도 모르겠다. 그는 잠자기 전에도 꾸어야 될 꿈을 계획하며 잠들 남자같이 보였다.

"왜 있잖아요, 일을 끝내고 집으로 돌아올 때라든가, 아니면 또는⋯⋯."

미안해서 얼버무리고 있는 내 이유를 아는 듯, 잠시 후 나를 빤히 쳐다보던 그가 익숙한 대사를 외우듯 나직이 말했다.

"뭐 항상 편안합니다. 난 자유스럽게 사니까요."

'머리가 무척 나쁜 남자군! 말이라도 자유롭게 해볼 기회를 주었는데⋯⋯.'

우리나라 영화에 대해 몇 가지 질문을 하고 난 그와 서둘러 헤어졌다. 잿빛 하늘이 낮게 내려앉은 오후의 거리에는 제법 눈이 많이 쌓여 있었다.

단 하나 남은 남자배우 임형빈, 그는 몇 번이나 집과 핸드폰으로 연락해도 내 안테나에 걸리지 않았다. 새벽부터 나갔기 때문에 피곤했던 난 그를 찾는 걸 포기하고 집으로 돌아왔다. 직업이긴 해도, 낯선 사람들을 만난다는 건 늘 나를 피곤하게 했다.

한숨 자고 일어났더니 시계는 밤 10시가 넘어 있었다. 밤참 같은 늦은 저녁을 먹은 후, 어쩔까 망설이다가 그의 집에 전화를 걸었다. 몇 번을 울려도 받지 않기에 전화를 끊으려는데 '딸그닥' 저쪽에서 수화기 드는 소리가 들렸다. 그리고는 아무런 반응이 없었다.

"여보세요, 거기 혹시 임형빈씨라고 계세요?"

"……"

"저, 거기 동부 이촌동이죠?"

"……납니다."

한참 후에야 그가 대답해 왔다. 난 그를 만나야 할 이유를 전화로 대충 설명했다.

"내 이름은 **빼라** 그래요! 이제 더 이상 들러리는 안 할 테니까!"

내 말이 채 끝나기도 전에 전화기 저쪽에서 들려오는 그의 목소리는 무척 화가 나 있었다.

그날 밤, 내가 그의 아파트에 들어섰을 때 그는 영화를 보고 있었다. 밤의 한강이 내려다보이는 조그만 그의 아파트는 엉망이 되어 있었다. 청소를 안 한 건지 포기한 건지 제자리에 놓인 물건이라고는 거의 없는 것 같았다.

거실 벽에는 샤갈의 그림인 '초록빛 하늘 속의 연인'이 걸려 있었는데, 그것도 삐딱하게 걸려 있어서 마치 두 연인이 비스듬히 누워 있는 것 같았다. 그 옆에 똑바로 걸려 있는 흑백 사진 하나——어두운 카페에 앉아 담배를 피우는 험프리보거트의 모습이었는데, 담배를 손가락 사이에 끼우지 않고 손가락을 둥글게 모아 담배를 쥐고 피우는 모습이 인상적인 사진이었다.

"밤 늦게 오면 안 올 줄 알았는데, 겁도 없으시구만."

소파에 엉거주춤 앉아 있는 내 앞에 귀찮은 듯 쥬스잔을 소리내서 놓으며 그가 말했다. 그리고 그는 계속해서 영화를 보았다. 나는 갖다 준 쥬스를 마시며 어떻게 시작할까를 생각하고 있었다.

"같이 영화를 보려면 있고, 질문 같은 거 하려면 가쇼."

화면에 시선을 고정시킨 채 그가 말했다. 나는 쥬스 한 모금을 꾸겨넣듯 삼키고 불쾌한 시선을 화면으로 옮겼다. 그가 보고 있던 영화는 '카사블랑카'였다. 언젠가 텔레비전에서 본 영화라 나는 집중하지 않았다. 우린 그렇게 아무 말 없이 얼마 동안 영화만 보고 있었다.

"눈이 일품야!"

그의 시선은 화면에 고정되어져 있었다. 그때 난 여주인공의 멋지게 웨이브진 퍼머넌트를 보며 '나도 머리를 좀더 길러 저렇게 할까?'하고 막 생각하고 있었기 때문에 그가 말하는 '일품 눈빛'이 잉그리드버그만인 줄로만 알았다.

"저렇게 눈으로만 연기할 수 있다면……."

그는 한숨쉬듯 말하고, 갖고 있던 위스키잔의 얼음을 달그락거렸다. 나는 그를 살짝 훔쳐보았다. 그가 빠져 있는 것이 험프리보거트의 눈빛이란 걸 그를 보고서야 알았다.

이상한 일이다. 나는 그에게 준비해 간 질문은 한마디도 못 하고, 영화가 끝나자 거실 창문으로 불빛에 반짝이는 한강물만 보다가 나왔다. 나오기 전 삐딱하게 걸려 있는 샤갈의 그림을 잊지 않고 똑바로 세워두고서…….

아파트 광장에 세워둔 내 차 앞까지 그가 말없이 따라 나왔다.

"갈게요."

실례했다고 예의를 갖추고 말하려다가 그만두었다.

"……잘 가요."

익숙한 사이같이 우린 그렇게 헤어졌다. 아파트를 빠져나오며 백미러로 그와 헤어졌던 자리를 보았다. 그는 아직도 우두커니 거기에 서 있었다. 서늘히 젖어드는 눈발을 어깨에 맞으며.

그날 밤, 내가 그에게 영화제에 관해서 묻지 않은 건, 그는 이미 그 상을 탈 수 없을 거라는 생각이 들었기 때문이었다. 상을 못 탈

사람인 줄 알면서도 그것에 관해서 물어본다는 건 너무 잔인한 일
이라는 생각이 들었다.

"뻐꾹, 뻐꾹, 뻐꾹……."
뻐꾸기시계가 열 번을 울었다. 그가 오려면 아직 두 시간이 남았
다. 목욕을 끝낸 나는 침대 시트를 연 하늘빛으로 바꿨다. 그리고
가슴이 깊게 패인 하늘색 잔꽃 무늬 원피스를 꺼내 입었다. 언젠가
이 옷을 입은 나에게 디자인이 심플한 게 살빛이 은은히 비쳐 아름
답다고 그는 말했었지.
그리고 냉장고 문을 열었다. 거기엔 차게 준비된 맥주가 있었다.
그와 나의 또 다른 만남을 위한 맥주가…….

3

그를 다시 만난 것은 그로부터 열흘 후, 청남영화제가 텔레비전
으로 중계되던 날 밤이었다.
남자 주연상 후보를 알리는 아나운서의 목소리와 함께 카메라는
시상식장에 앉은 배우들의 얼굴을 훑었는데 거기에 그는 없었다.
예상했던 대로 〈허균〉으로 나왔던 이준석에게 그해의 남우 주연상
이 돌아갔다.
이준석은 상을 탄 소감을 '같이 후보에 오른 동료를 대표해서 탄
것뿐'이라고 겸손하게 말했다. 텔레비전을 끄고 창가에 오래도록
서 있었다. 손바닥을 거실 창에 대고 천천히 옆으로 밀어갔다. 스쳐
가는 손끝 따라 김이 서린 창에 나타나는 내 얼굴, 그것은 우울해
할 임형빈의 얼굴 같기도 했다. 손바닥을 타고 오는 싸늘한 한기가
싸르르르 가슴 깊은 데까지 오고 있었다.

'임형빈, 그는 지금 어디에 있을까?'

"때르르릉."

늦은 밤, 수화기에서는 뜻밖에도 그의 목소리가 들려왔다.

난 그에게 내 전화번호를 어떻게 알았냐고 물어보지 않았다. 어쩌면 운명같이 기다리고 있었는지도 모르지.

내 아파트 앞에 와 있다고 말한 후, 한참을 말이 없던 그가 내게 한 한마디 말은!

"카사블랑카를 같이 볼래요……?"

"……."

싫다는 말을 나는 하지 않았다.

그날 밤 우린 그의 아파트에서 '그 영화'를 다시 보았고, 어울리지도 않는 샴페인잔에다 맥주를 따라 마셨으며, 그리고 그는 별 말 없이 날 아파트로 데려다 주었다.

돌아오는 차 속에서 그는 자신의 얘기를 마치 흘러간 영화의 필름을 잇듯 띄엄띄엄 들려주었다. 해군 소령이었던 아버지는 일찍 돌아가셔서 기억에도 없었고, 어머니는 그를 할머니에게 맡기고 곧 재혼을 했다고 말했다. 또 그 할머니마저도 자신이 20살이 되던 해 돌아가셨다고 했다.

"난 운이 없는 놈이었죠! 내가 갖고 있는 조그만 행복마저도 번번이 뺏겼으니까요……! 영화제에서 몇 번 수상 후보로 지명됐지만 그것도 항상 정상 한치 앞에서 늘 돌아서야만 했구요."

그는 그 말을 하며 입 가장자리로 언뜻 웃었다. 그것도 아주 짧게. 자신의 얘기를 하는 게 힘드는지, 그는 잠시 말을 끊었다가 계속하고는 했다. 그 후론 하나 있는 외삼촌집에서 지냈는데, 외삼촌이 분장사라서 영화계에 발을 들여놓게 됐다고 했다.

　나는 아무 말 없이 그의 말만 듣고 있었다. 싸르르르 한기를 가슴 밑바닥에서 또 느끼며.

　"잘 가요."

　돌아서려는 나를 그가 와락 끌어안았다. 자신이 원했던 것들에게 번번이 거부당한 그를 나는 밀어내지 않았다.

　내 어깨에 얼굴을 묻은 그가 소리 죽여 울고 있었다. 그에게 안긴 채 바라보는 까만 밤 하늘에는 별이 하나도 없었다. 칠흑같이 어두운 겨울 밤이었다.

　시린 겨울 속에, 우리의 사랑은 그렇게 시작됐다!

　그로부터 얼마 후, 그에게 느끼는 내 감정이 '사랑'일 거라는 확신을 갖게 된 것은 내가 그의 아이를 갖고 싶다는 생각이 들었기 때문이다. 봄과 함께 그는 내 아파트로 짐을 옮겼다.

　"뻐꾹, 뻐꾹, 뻐꾹……."

　뻐꾸기시계가 12번을 울었다. 침대에 누운 채로 난 눈을 감고 있었다.

　'살고 싶다! 아, 그가 오지 말았으면…… 차라리, 못 온다고 전화라도 걸려왔으면…….'

　침대 옆으로 손을 뻗어 수화기를 들어봤다.

　"뚜우——."

　전화는 정상이었다. 힘없이 전화기를 다시 놓았다.

　울고 싶었다. 소리를 내서 '꺼이 꺼이' 울고 싶었다.

　돌아가신 아버지와 어머니의 얼굴이 스쳐갔다. 그 분들이 살아 계시지 않다는 게 지금의 나에겐 무척 다행이었다. 고향인 강릉에 살고 있는 오빠가 보고 싶었다. 싸늘히 식은 내 주검 앞에서 오빠는 뭐라 말할까……?

"바보 같은 것! 난 절대, 니 무덤에두 안 갈 거야!"

눈시울을 붉히며 오빠는 이렇게 말하겠지. 목소리라도 듣고 싶어 전화를 걸려다가 그만두었다.

"띵동——."

드디어 내 아파트의 차임벨이 울렸다. 퍼뜩 시계를 보았다. 12시 15분이다! 그가 온 것이다!

4

남자는 침대 위에 반듯이 누워 있었다.

여자는 남자의 셔츠 단추를 하나하나 끌러 내려갔다. 가늘고 뽀얀 그녀의 다른 손끝이 벌어지는 남자의 셔츠 사이로 파고들며 부드럽게 쓰다듬기 시작했다.

남자는 가쁜 숨을 몰아쉬며 머리 끝까지 차오르는 뻐근함을 억제하고 있었다. 셔츠를 다 풀어버린 여자는 누워 있는 남자의 젖꼭지를 입술로 부드럽게 애무하기 시작했다.

여자의 촉촉한 입술이 스칠 때마다 남자는 온몸의 신경줄이 팽팽히 조여져 옴을 느꼈다.

"남잔 왜 젖꼭지가 있죠?"

문득, 동작을 멈춘 여자가 젖어든 목소리로 남자에게 물어왔다. 남자의 가슴에 얼굴을 올려놓고 쳐다보는 그녀의 눈은 맑고 깊었다.

"그건 말야……."

가쁜 호흡 때문에 더 이상 말을 이을 수 없는 남자는 와락 그녀를 당겨안았다. 벗겨진 남자의 가슴 위에서 탱탱한 그녀의 젖가슴이 으깨지고 있었다.

뜨거운 입술로 목덜미를 더듬는 남자를 살며시 밀어내며 여자는 다시 물었다.

"대답부터 해봐요?"

"응, 그건…… 신만이 알지."

남자는 여자의 하늘색 잔꽃 무늬 원피스 단추를 성급히 끄르며 벅차게 대답했다.

"그럼, 신은 실수를 한 거예요. 아무리 생각해도 쓸모가 없는걸요. 실수했을 땐 말이죠……."

여자는 웃으며 말했지만 남자는 그 말에 대답하지 않았다. 아니, 정확히 얘기하면 의미 있는 여자의 끝말을 그냥 흘려버렸다.

여자는 힐끗 녹음기를 쳐다보았다. 그리고 나직이 말했다.

"나를 사랑해요?"

"응."

남자는 이번엔 사랑한다는 말을 해달라고 여자에게 재촉하지 않았다. 그가 재촉하고 있는 건 다른 것이었다. 성급한 남자의 손끝에 여자의 상체가 금방 알몸으로 드러났다. 복숭아처럼 탐스러운 그녀의 가슴이 남자의 두 손 안에 가득 잡혀졌다. 손바닥으로부터 전해 오는 터질 듯한 촉감은 남자를 더 이상 참을 수 없게 했다.

한 낮에 켜 있는 스탠드 불빛이 바람에 흔들리는 흰 레이스 커튼을 장미빛으로 적시고 있었다. 뜨겁고 긴 정사 후, 남자는 습관처럼 여자가 따라주는 맥주를 마셨다. 여자는 맥주를 마시고 깊은 만족감에 잠들기 시작하는 남자를 곁에 누워 지켜보고 있었다.

여자는 떨리는 손끝으로 잠이 들기 시작한 남자의 얼굴을 더듬거렸다.

그 겨울날 추운 외로움에 애절히 나를 바라보던 눈, 사랑을 속삭이던 입술…… 남자의 얼굴을 만지며 여자는 소리 죽여 울고 있었다. 그리고 남자의 귀에다 입을 맞추며 속삭였다.

"사랑해요!"

행복한 순간에 불행을 생각했고 만나는 설레임이 있는 순간에도 이별 후의 그리움을 생각했던, 항상 과녁의 중앙에서 빗나갔던 그 여자는 생전에 남자가 듣고 싶어했던 말을 이제야 확실하게 해줄 수 있었다.

남자가 깊은 잠에 빠졌음을 확인한 여자는 침대 머릿장에서 녹음기를 꺼냈다. 녹음기 속의 테이프는 아직도 돌아가고 있었다.

"탁."

튀어오르는 스톱 버튼과 함께 테이프는 멈췄다. 여자는 테이프를 다시 돌렸다. 필요한 번호 부분에 세우기 위해서.

여자는 잔꽃 무늬 원피스를 다시 입었다. 그리고 그녀는……!

자기가 해야 될 일을 다 마친 후 여자는 잠든 남자 곁에 와서 누웠다. 남자의 체온은 아직도 따뜻했다. 여자는 남자에게 더욱더 몸을 밀착시켜며 파고들었다. 달팽이집 안으로, 안으로 파고드는 투명하고 여린 달팽이같이.

두 남녀의 죽은 시체가 침대 위에서 발견된 것은 집 열쇠를 가지고 다니는 파출부가 온 다음날 아침이었다.

사건을 맡은 이형사가 수진에게 테이프를 건네주었다.

'as time goes by'로 시작하는 테이프에는 남편인 형빈과 연주의 사랑의 속삭임이 녹음되어 있었다. 불 꺼진 방안에 있는 수진은 철저히 무너지며 남편의 마지막 육성을 듣고 있었다.

"……아냐, 난 그 여잘 안고 있으면서두 항상 연줄 생각했어."

이 대목에 와서 수진은 차라리 눈을 감아버렸다.

"같이 죽을래요?"

"응!"

그 후로 계속 이어지는 연주를 향한 형빈의 들뜬 음성…….

더 이상 참을 수 없는 수진은 자리에서 벌떡 일어나 녹음기를 던져버렸다. 그리고 방문을 열고 나갔다. 〈테이프 속의 여섯 단어인 "나를 사랑해요"가 "같이 죽을래요"로 다시 녹음된 것을 영원히 모른 채…….〉

며칠 후 국립과학수사연구소의 부검 소견서를 받아본 이형사의 타이프라이터에서는 싸늘히 식은 연주와 억울하게 죽은 형빈의 죽음과는 관계 없이 경쾌한 소리를 내며 아래의 글자들이 하얀 종이 위에 찍혀지고 있었다.

임형빈——성별 남자, 620417-×××××××, 직업 영화배우.
김연주——성별 여자, 670925-×××××××, 직업 잡시사 기자.
사인——맥주에 탄 수면제 과용으로 인한 중독. 〈동반 자살〉

형빈을 향한 연주의 마지막 게임인 '단어 맞추기'는 완벽하게 성공한 것이다. 그녀는 떠나간 남자의 죽은 이유까지 자신이 원하는 대로 할 수 있었으니까!

두 모델 이야기

한분순

● 한분순

충북 음성 출생.
서라벌예대 문예창작과 졸업.
70년 서울신문 신춘문예 당선.
한국시조문학상, 한국시조시인협회상,
정운문학상 수상.
한국문인협회 이사, 한국시조시인협회 이사,
한국시인협회 상임위원, 한국여성문학인회 이사.
현재 서울신문사 Queen 편집부국장.
시집 「실내악을 위한 주제」, 「서울 한낮」 외 다수.
에세이집 「소박한 날의 청춘」 외 다수.
장편소설 「흑장미」 외 저서 및 작품 다수.

두 모델 이야기

전남편 노구식이 급서했다는 소식을 듣고도 이유리는 별 반응을 나타내지 않았다.

그녀를 지켜본 주위 사람들이 저마다 한마디씩 했다.

"모질기도 하지."

"아무리 자신을 배신하고 떠났어도 죽음 앞에선 용서해야 되는 게 아냐."

제각기 수군거렸으나 그녀는 여전히 무표정 그대로였다.

물론 그녀도 죽은 남편과 한때 즐거웠던 시절이 없었던 것은 아니었다. 다만 살다 보니 세월이 흐르듯 마음의 상처도 아물게 되었을 뿐이었다.

그녀는 잠시 지난날을 떠올려 보았다.

그녀는 결혼 직전까지도 제법 유명세깨나 치르는 톱모델이었다.

그날도 이유리는 시간의 여유가 생기자 남편 노구식과 함께 ㄹ 호텔 레스토랑으로 저녁 식사를 하러 갔다. 화려하면서도 은은한 불빛의 수준 높은 분위기에 압도되어 그녀는 잠시 시선을 아래로 주었다 다시 앞을 바라보았다.

그녀가 머뭇거리고 서 있는 동안 웨이터가 다가와 두 손을 모은 채 공손히 안내말을 했다.

"예약하신 자리로 모시겠습니다."

"네, 고마워요."

그녀는 머쓱히 서 있는 남편의 팔짱을 끼며 안내해 준 자리로 가서 다소곳이 앉았다.

그들이 안심스테이크로 메인 요리를 주문하고 레드 와인을 주문해 막 한 잔을 따라 마시려 할 때였다.

바로 맞은편 자리에 앉아 있던 같은 모델 출신 최미나가 반색을 하며 손을 들어 보였다.

"아니, 웬일? 혼자야?"

"으응."

혼자 앉아 있는 최미나가 안되어서 그녀는 남편에게 동의를 구한 후 합석을 주선했다.

"실례합니다. 두 분 모처럼 데이트하시는 데 방해가 안 될는지 모르겠네요."

그녀는 인사치레를 깍듯이 했다.

"네, 뭐, 괜찮습니다."

노구식은 우물우물 대답했다.

"근데, 왜 혼자야?"

"그렇게 됐어. 사실은 남편과 함께 오기로 했는데 갑자기 못 온다는 연락이 방금 왔지 뭐야. 예약해 놓고 돌아갈 수도 없고 해서 그냥 혼자만이라도 식사하고 가려고 앉아 있던 참이야."

"그랬구나. 그럼 잘 됐다. 우리하고 동석하지 뭐."

"그래도 괜찮겠어?"

그녀는 노구식을 힐끗 쳐다보며 말했다.

"괜찮구말구. 그렇죠, 여보?"

이유리는 명랑한 음성으로 말했다. 그녀는 곧 이어 웨이터를 불러 주문을 했다.

"우린 안심스테이크를 주문했는데, 넌 어때?"

"좋아, 나도 그걸로."

그래서 그들은 즐거운 식사를 하기 시작했다.

"참, 내 정신 좀 봐. 이름을 말하지 않았네. 이쪽은 최미나, 나랑 같은 동기의 모델 출신, 그리고 이쪽은 나의 남편, 노구식씨. 이름처럼 사람도 약간 구식이지만……."

그녀는 말끝을 흐리며 조금 웃어 보였다.

"인상은 샤프하신데 뭘……."

"그래? 잘 봐줘서 고마워."

그날 저녁 그녀들은 노구식을 아랑곳하지 않고 수다를 늘어놓았다. 여자들이란 어쩔 수 없다고 노구식은 생각했다.

그런 후, 1주일이 지났다. 좀체 외박이 없던 남편의 외출이 잦아졌다. 참다 못해 이튿날 자정 가까워서야 들어온 남편을 향해 그녀는 한마디 했다.

"요즘 웬일이세요? 매일 밤 늦지 않으면 외박이시니, 회사에 무슨 일 있으세요?"

"으응, 중국과의 합작 투자 관계로 요즘 일이 좀 많아졌어. 늦게 오면 먼저 자라구."

넥타이를 풀며 그는 몹시 피곤한 얼굴을 지어 보였다.

그런 모습을 보자 이유리는 금세 안된 마음이 되었다.

"너무 무리하지 마세요. 몸 약해지면 본인만 손해예요."

자리에 눕자마자 곯아떨어지는 남편을 보며 유리는 다시 한 번

가슴이 아팠다. 그리고는 내일 아침에는 그를 위해 속이 확 풀리는 북어국을 끓여 주리라 마음 먹었다.

아침을 거뜬히 먹어치운 남편이 그녀를 불렀다.

"여보, 이 넥타이 어때, 어울려?"

남편은 기분이 좋은 것 같았다. 시원한 북어국 때문이리라 여겨졌다.

"근사한데요. 원래 감색 양복에는 자주색 넥타이가 어울리잖아요."

그녀도 덩달아 기분이 가벼워져서 맞장구를 쳤다. 그날 밤도 여전히 남편은 늦은 귀가였다. 그러는 그의 귀가는 이제 습관처럼 된 지 오래 되었다.

이유리는 점점 우울해졌다.

석 달째 되던 주말 오후, 그녀는 답답한 심정을 달래려고 여고 동창생을 불러냈다. 마음을 털어놓고 위안이라도 받으리란 생각에서였다.

그녀들이 만난 곳은 광화문 네거리에 위치한 한 빌딩에서였다.

발 아래 수많은 차들의 물결이 일렁이고 그 옆으로는 녹음이 한창 짙푸르기 시작한 덕수궁 뜰의 숲이 도시의 황혼을 물들이며 서 있었다.

한동안 고궁의 풍경을 내려다보던 동창생이 말을 걸었다.

"애, 무슨 일 있니?"

"왜, 그렇게 보여?"

유리는 우울한 표정으로 대답했다.

"그런 편이야."

"그건 또 무슨 말이니? 그러면 그런 거지, 그런 편이란 미지근한 대답이 어디 있어? 남편 문제야?"

내친 김에 그녀는 집요하게 달라붙었다.

"사실은 말야, 그래."

"역시 그렇군. 바람이라도 피우니?"

"글쎄 정확하지는 않지만 느낌이 그래."

"그럼 정확한 거야. 직감이라는 것은 믿을 만한 것이거든. 근데 상대가 누군지 짐작은 가?"

"전혀."

사실이 그랬다. 그리고 말은 쉽게 했지만 남편이 설마 바람을 피우리라고는 상상이 가지 않았다. 괜한 기우에 지나지 않는지도 모를 일이었다.

"어쩌면 아닌지도 몰라. 갱년기 우울일 수도 있구."

"맞아, 그럴 거야. 우리 저녁식사나 맛있게 하자."

여고 동창생과의 만남은 가벼운 시간 때우기로 그쳤다. 그녀는 그 밤 10시가 넘어 들어왔어도 여전히 남편은 돌아와 있지 않았다.

뜬눈으로 새우다시피 한 그녀는 한 생각이 떠올랐다. 괜히 집안에 틀어박혀 있으면서 고민에 빠져 있는 것보다는 차라리 밖에 나가 무슨 일거리라도 찾아보는 것이 좋지 않을까 하는 생각이 들었던 것이다. 그래서 그녀는 지난 번 우연히 ㄹ호텔에서 만났던 모델 동기생을 만나 도움을 청하리라 마음 먹었다. 날이 새자마자 유리는 그녀에게 전화를 걸었다. 이른 시간이어서인지 그녀는 마침 집에 있었다.

"웬일이야? 내게 전화를 다 하고……."

그녀는 약간 시큰둥한 음성으로 전화를 받았다.

"좀 만나고 싶어서…… 시간 좀 낼 수 있겠니?"

"그러지 뭐. 모처럼만의 동기생 청인데 거절할 수 있어?"

그녀는 있는 대로 생색을 내며 허락했다.

"그럼 어디서 만날까?"

"지난 번 우리가 만났던 장소는 어때?"

"ㄹ호텔 레스토랑 말야?"

"응."

"좋아. 12시 정각에 만나 점심을 하기로 하지."

이유리는 대충 머리와 얼굴 손질을 하고 약속 장소로 나갔다.

그녀는 지난 번 만났을 때와는 사뭇 분위기가 달라져 있었다. 얼굴색이 밝고 활기 차 보였다. 자신과는 너무 대조적이었다.

"좋은 일 있어?"

"좋은 일은 뭐, 그냥 재미있게 살기로 했어. 쥐어짜 보았자 나만 손해더라고. 인생은 즐기면서 살 필요가 있지."

지난 번 남편에게 바람맞고 우울하게 앉아 있던 때와는 사뭇 달라져 있었다.

"요즘 남편과는 잘 돼?"

"남편? 으응, 잘 되고 못 되고가 없지 뭐."

"그건 또 무슨 말이야? 화해한 모양이구나. 잘 됐다, 애."

그녀는 진심으로 그들 부부의 화해를 축하했다. 그리고 보니 이제는 그녀와 자기가 반대 입장이 된 것 같아 씁쓸했다.

"남편과의 관계는 축하할 만한 것이 아냐."

"그래? 그런데 상당히 즐거워 보이는데, 그건 또 무슨 이유지?"

"그렇게 보여?"

"그렇데두."

"호호호."

그녀는 대답 대신 즐겁게 웃었다.

"인생을 우울하게 살 필요가 없더라, 애. 즐기면서 사는 거야. 쥐어짜고 있으면 누가 돌봐 준다던? 다 소용없어. 자기 인생은 자

기 몫이야. 그러니 유리씨도 자기 인생을 찾아 즐기면서 살라
고."

말끝마다 즐기자는 단어를 넣었다. 마치 여고 선생님 같았다.

"그건 그렇고, 사실 오늘 미나씨를 만나자고 한 것은 다름이 아
니고, 내가 할 수 있는 일이 뭐 없을까 해서야. 뭐 없을까?"

유리는 아직 자신의 몸매에 자신이 있었다. 그 동안 몸 관리에
나름대로 관리를 해 왔던 것이다.

"남편이 허락할까? 너희 남편 보수적이라고 말하지 않았어?"

"상관 없어."

"아니, 유리씨 같은 순종형이 웬일이야?"

그녀는 묘한 표정을 지어 보였다. 왠지 그런 표정 속에 비웃는
듯한 것이 엿보였다. 그러나 상관하지 않았다.

"알아보긴 할게. 그러나 장담할 수는 없어."

"물론 부담 갖지 말고 해달라고."

"알았어."

이유리는 비싼 음식을 먹는 둥 마는 둥 맛없게 먹고는 그녀와 헤
어져 돌아왔다.

그 이튿날이었다. 모 월간지라면서 전화가 걸려왔다.

그 달 표지 모델로 허락해 주지 않겠느냐는 것이었다. 어떻게 그
리 쉽사리 연락을 줄 수 있었느냐고 묻자, 간단한 대답을 들려주었
다. 행복하게 사는 주부 모델을 구하던 중이었다는 것이다.

그녀는 일단 즐거웠다. 그러나 다른 한편으로는 자신이 과연 행
복한 주부인가 하는 의문이 들기도 했다. 그러나 애써 그런 우울한
생각은 떨쳐냈다.

청탁이 온 지 1주일 후, 그녀는 약속 장소인 월간지 스튜디오로
나갔다. 시원한 올백의 머리에 메이크업을 정성들여 마친 뒤 그녀

는 밝은 조명을 받으며 한 시간여의 촬영을 끝냈다.

그 후 그녀에게는 일거리가 자주 주어졌다. 워낙 마스크가 뛰어난 데다 일에도 열성이어서 잡지사측에서 좋게 보아 주었기 때문이었다.

그날도 그녀는 패션 촬영이 있어 일찌감치 모잡지사로 나갔다. 반색을 하며 맞아준 담당 기자와 잠시 자동 판매기의 커피를 뽑아 마시며 한담을 나누었다.

"점점 더 세련돼 가는 것 같아요, 유리씨는. 대개 결혼하고 나면 푹 퍼져서 아줌마 티가 나기 마련인데……."

"고마워요, 잘 봐줘서."

그녀는 겸손하게 대답했다.

"근데 남편께서 요즘 한눈 판다는 소문이 파다하던데, 정말이에요?"

"네? 누가 그래요?"

그녀는 깜짝 놀랐다. 금시초문이었다.

"어머, 그럼 몰랐단 말이에요?"

예사로 말을 던졌던 여기자가 당황해하며 멋쩍어했다.

"전혀요. 누구에게 그런 말 들었어요?"

유리는 재차 캐물었다.

"소문이 파다하던데, 더구나 상대가 상대인지라……."

점점 더 호기심을 발동시키기에 충분했다.

"상대라구요? 그래, 상대가 누구래요?"

"아니, 그럼 정말 몰랐단 말이에요? 사람들은 남편 때문에 유리씨가 다시 일을 재개했다고 하던데……."

너무 터무니없는 일이었다. 그 동안 집안에만 들어앉아 있는 바람에 바깥 세상 일에 깜깜 소식이었던 것 같았다.

그녀가 소스라치게 놀라는 것을 본 여기자가 오히려 당황해했
다.

"그냥 소문이 그러니 너무 신경 쓰지 마세요. 제가 괜한 소리를
했나봐요."

유리는 그날 어떻게 집으로 돌아왔는지 모를 정도로 충격이 컸
다.

'아니, 그럴 리가?'

그러고 보니 요즘 들어 남편의 외박이 부쩍 심해진 데다 넥타이
며 양복에 유난히 신경 쓰는 일이 잦아졌던 것이 떠올랐다.

'설마 그럴 리야?'

하면서도 한편으로는 의심의 눈초리가 떠나지를 않았다.

하루 종일 고민에 싸여 있던 그녀는 참다 못해 동료 모델인 최미
나에게 전화를 걸었다. 그녀를 만나 속엣말이라도 털어놓으면 마
음이 다소라도 풀릴 것 같아서였다. 그녀는 그날도 마침 집에 있었
다.

"오늘 시간 좀 낼 수 있겠어?"

"왜? 또 무슨 일 있어? 모델 일이 잘 안 돼?"

그녀는 별로 반기지 않는 음성으로 유리의 전화를 받았다.

"그런 게 아니구, 말 좀 물어볼 게 있어서……."

"그렇담 어디서 만날까? 전날 그 ㄹ호텔 레스토랑?"

"좋아."

그녀들은 오후 2시, ㄹ호텔 레스토랑에 마주 앉았다. 최미나는
그 사이 더 성숙해지고 아름다워진 듯 보였다. 그에 비해 자신은
볼품 없이 졸아든 듯 초췌하고 작게 여겨졌다.

"무슨 고민이라도 있어?"

유리의 몰골이 심상치 않게 느껴졌던지 그녀가 먼저 안부를 물

었다.

"아주 없는 것도 아니지. 사실은 그래서 미나씨를 만나자고 한 거야. 혹시 우리 그이에 대한 소문 들은 것 없어?"

"소문? 어떤 건데?"

그녀는 멍청한 표정을 지어 보였다.

"미나씨는 모르는 모양이구나. 소문이 파다하다는데."

"그 소문이라는 게 무엇인데?"

"우리 남편이 바람을 피운다나봐."

"그래? 누구랑?"

"그래서 미나씨를 만나자고 한 건데, 혹시 짐작이라도 가는 사람이 있나 하고 말이야."

"아니, 전혀."

그녀는 실제 모르는 것 같았다.

"남자란 역시 알다가도 잘 모르는 위인들이라고. 그리고 늘 가까운 사람부터 조심하는 게 좋아."

말끝에 묘한 뉘앙스를 풍기며 그녀는 자리에서 일어섰다. 오후에 촬영 스케줄이 잡혀 있어 가봐야 한다는 것이었다.

그녀를 만나고 돌아오면서 유리는 더 한층 마음이 착잡했다.

'가까운 사람을 조심하라는 뜻은 무엇일까?'

그녀는 내내 그 말이 마음에 걸렸다.

이튿날 그녀는 또다시 촬영 스케줄이 생겨 잡지사로 나갔다. 이번에는 성격이 덜렁덜렁해서 '씨원'이라는 별명을 가진 기자가 담당이었다.

"여, 오랜 만입니다. 저랑 일한 거 꽤나 오래 되었죠?"

"그러네요."

그녀는 웃으면서 대답을 했다.

"참, 요새 좋지 않은 소식 들리던데 괜찮은 거예요?"

"글쎄, 전 잘 나오지 않으니 무슨 소문이 도는지 모르는데요. 혹시 무엇 아는 거라도 있으면 알려주세요."

"정말 모른단 말입니까?"

"그렇대두요."

"허기사 등잔 밑이 어두운 법이니까, 그럴 수도 있겠네요."

한동안 고개를 끄덕이던 그가 다시 말을 이었다.

"정확한지는 모르겠지만 들리는 소문으로는 남편의 상대가 유리씨 친구라던데요."

"내 친구라구요?"

"뭐, 짐작 가는 일 없어요?"

그녀는 고개를 흔들었다.

"참, 기막히네. 남의 애정 문제에 뛰어든다는 것이 결코 바람직한 것은 아닌데……"

그는 잠시 망설이는 듯 침묵을 지켰으나 오래 가지 않았다.

"헐 수 없군요. 가까운 모델 중에 최모라는 동료가 있어요?"

"네? 설마 최미나는 아니겠지요?"

그녀도 모르는 사이에 최미나의 이름이 입 밖으로 나왔다.

"그럴 리가 없어요. 그 친구는 남편도 있는데……"

"그 남편과 헤어진 거 모르세요?"

"네에? 언제요?"

갈수록 태산이었다. 그 친구는 언제 또 그런 일이 있었단 말인가? 세상 일이라는 것이 참으로 묘하다는 생각이 들었다.

"그랬었군요. 근데 왜 내게는 단 한마디 내색도 안 했는가 모르겠네요."

"그래서 하는 말 아닙니까?"

유리는 그날 일을 어떻게 마쳤는지 모를 정도로 허둥댔다.

그날 따라 남편이 일찍 들어왔다. 그를 보는 순간 그녀는 왠지 섬뜩했다. 그도 그녀의 감정이 통하는지 행동이 어색했다.

그녀는 애써 모른 체하며 무표정한 얼굴로 남편 곁을 비껴 나왔다.

"자, 잠깐."

남편이 그녀를 불러세웠다. 그녀는 막 밀치려던 도어를 잡고 멈춰 섰다.

"무슨 할 말이라도 있으세요?"

곱잖은 목소리로 그녀가 물었다.

"나 당신한테 고백할 말이 있어."

그녀는 대답 대신 그를 빤히 쳐다보았다.

"짐작은 했겠지만 우리 헤어져야겠소."

그 말을 듣는 순간 그녀의 가슴이 쿵 소리를 내는 것 같았다. 그녀는 여전히 아무 말도 하지 않은 채 놀라움도 내색하지 않았다. 그러는 그녀의 침묵이 힘들었던지 노구식이 다시 말을 이었다.

"이미 짐작은 했겠지만, 나와 이혼해 주어야겠소. 진작 말 못해 미안하오."

간단히 말을 마치자 그는 잽싸게 나가버렸다. 그녀는 너무 갑작스런 남편의 행동에 아연실색, 잠시 멍청히 서 있었다.

'기막혀, 누가 할 말을 자기가 먼저 한 거야.'

그녀는 마음이 진정되자 깊은 분노가 치솟아올랐다. 한꺼번에 최근 며칠 사이에 들려왔던 뜬소문들이 허언이 아니었음이 드러났다.

'그러면 어쩐다?'

당장은 뾰족한 생각이 떠오르지 않았다. 갑자기 두통이 일어났다. 그녀는 방바닥에 벌렁 드러누웠다. 멍청히 천정을 올려다보고 있을 때였다. 전화벨이 요란스레 울렸다. 그냥 내버려둘까 하다가 수화기를 손에 들었다.

"유리씨?"

낯익은 음성이었다. 뜻밖에 최미나였다.

'참, 뻔뻔스럽긴…… 감히 내게 전화를 걸다니, 굉장한 위인이군.'

속으로 생각하며 그녀는 가만히 듣고만 있었다.

"미안하게 됐어. 나 노구식씨와 결혼하기로 한 거 알지?"

"……."

그녀는 대답하지 않았다. 두 사람이 이렇듯 철면피적일 수가 있는가 싶었다.

"너희 남편은?"

그녀는 미나의 남편 안부가 궁금했다.

"우리 남편? 호호호, 벌써 그만둔 지 오래야."

"그만두었다면?"

"호호호, 이혼했다는 얘기지 뭐."

어쩌면 그리 쉽사리 이혼이라는 말이 나올 수 있나 의문스러울 정도로 그녀는 수월하게 말했다.

"오호, 그랬구나. 그것도 다 우리 남편과 결혼하기 위해서였단 말이야?"

"그렇다고 할 수 있지."

"오라, 그렇게 사는 방법도 있었구나."

그녀는 정말 그런 식으로 살 수 있다는 것은 상상도 할 수 없었다.

"기왕 그렇게 된 일 잘 살어."

그녀는 괴로운 심정과는 달리 축복의 말을 해주었다.

이것이 그녀가 기억하고 있는 남편과 동료 모델 최미나와의 아픈 기억이었다.

그런 남편과의 관계에 자신이 새삼스레 구설수에 오르내리는 것이 그녀는 싫었다. 이미 끝난 인연으로 여겼는데 또다시 연결 고리로 이어진다는 것이 그녀는 솔직히 너무 싫었다.

아무튼 그녀는 겉으로 내색은 하지 않았으나 마음이 불편한 것만은 어쩔 수가 없었다. 그날 하루 종일 그녀는 꼼짝 않고 집안에만 틀어박혀 있었다.

그렇게 며칠이 지나자 잡지사에서 전화가 걸려왔다. 기사화하겠다는 내용이었다. 한마디로 그녀는 거절했다. 아픈 상처를 다시 한번 건드릴 필요가 없다는 생각에서였다.

그녀는 남편이 자신으로부터 마음이 떠난 사실을 알고 난 후, 스스로 그를 잊으려 작정했던 것이다. 싫어하는 사람에게 매달려 보았자 아무런 보탬이 되지 않는다는 것을 그녀는 잘 알기 때문이었다.

그런데 사건은 의외의 곳에서 터졌다. 노구식의 집안에서 그의 죽음에 의문을 품고 수사를 요청한 것이 그녀에게 불똥이 떨어진 것이었다.

타살의 용의자로 올라 있는 사실을 그녀는 뒤늦게서야 알았다. 기막힌 일이었다. 이미 까마득 잊은 지 오래인데, 자신이 왜 그와 연관지어져야 하는지 운명의 장난도 너무 심하다 싶었다. 그녀는 그간의 일정을 세세히 진술해야 했다.

그들의 말로는, 남편의 배신에 앙심을 품고 그녀가 그를 살해했으리라는 그럴 듯한 가정을 만들어놓고 있었다.

　　사실 그녀의 솔직한 심정으로는 그가 곱지 않았던 것만은 사실
이었다. 마음으로의 악의도 살인의 범주에 든다면 할 말은 없었다.
그래서 그녀는 심한 변명도 늘어놓지 않았다.
　　그러면서 한 달.
　　그 동안 같이 일하던 잡지사 기자로부터 전화가 왔다.
　　"지금 심정으로는 일할 맛이 안 나는데요."
　　그녀는 일을 청해 온 줄 알고 거절의 뜻을 밝혔다.
　　"그게 아니구요, 뉴스가 있어요."
　　언제나 그녀에게 제일 먼저 소식을 전해 주던 '씨원' 기자의 명
랑한 음성이었다.
　　"뉴스라구요?"
　　그녀는 그제서야 마음이 동해 나갈 것을 약속했다.
　　"사실 그 동안 제가 노구식씨의 죽음에 의문을 품고 은밀히 사건
을 추적해 보았습니다."
　　"아니, 그게 사실이세요? 그래서 무슨 단서라도 얻어냈나요?"
　　그녀는 급하게 질문을 던졌다. 남편이 친구와 재혼하면서 늘 어
둠의 그림자가 따라다녔고, 그것도 부족하여 운명의 장난은 그의
죽음마저도 그와 연관지어져 있는 것을 생각하면 한시도 마음이
편치 않았던 것이다.
　　"그래, 정확한 소식이나 단서라도 잡으셨나요?"
　　그녀는 숨 돌릴 틈도 주지 않고 다그쳐 물었다.
　　"단정커니와 범인은 바로 최미나씹니다."
　　"네네? 그럴 리가? 잘못 보신 걸 거예요. 함께 살면서 무엇 때문
에 사람을 죽입니까?"
　　그녀는 고개를 흔들어 보였다.
　　"저도 처음에는 그랬죠."

"그런데요, 왜 그런 생각이 떠올랐죠?"

"솔직히 말하자면 처음에 난 유리씨를 의심했어요. 두 사람에게 앙심을 품고 충분히 그럴 수 있으리라 여겼던 거죠."

"그런데 왜죠?"

"최근에 두 사람, 노구식씨와 최미나씨 사이에 사이가 벌어진 걸 알아냈죠."

"왜요?"

그녀는 계속 왜라는 의문 부호만 외쳤다.

"최근에 최미나씨에게 새로운 애인이 생긴 거 모르시죠?"

"아니, 또 새 애인이라구요?"

"그 여자는 타고난 바람둥이더라구요."

"그걸 어떻게 아셨죠?"

"실은 나도 간접 피해자거든요."

"간접 피해자라뇨?"

"제 여동생과 사귀던 연인과도 관계가 있어 충격을 받아 제가 이렇게 아직까지 독진자 생활을 못 면하고 있지 않습니까?"

"아하, 그랬었군요."

"그래서 이번에도 심상치 않다 싶어 연문이 돌자마자 그녀를 주시했던 겁니다."

그 기자에게 그런 사연이 있는 줄은 미처 생각지 못했던 일이었다.

"새 애인이 생기자 그만 노구식씨가 거추장스러워졌던 거죠. 그렇다고 대놓고 헤어지자는 말도 하기 힘들었고, 해서 쓴 방법이 바로 살인이었던 거겠죠."

"설마, 그렇다고 사람까지 죽일 거야 뭐 있어요?"

"그러게 말입니다."

그들은 잠시 침묵에 잠겼다.

'어떤 방법으로 사람을 죽였을까?'

그녀는 잠시 그 생각에 몰두했다. 그것을 눈치라도 챈 듯 그가 다시 입을 열었다.

"노구식씨의 죽음을 그녀가 처음으로 내게 알려왔죠."

"동생 애인의 적에게 말입니까?"

"그녀의 성격은 좀 남다른 데가 많은 걸 난 알았죠."

"어떻게 남다르다는 말입니까?"

"이상 성격은 아니구요, 자신의 일에 대해 거리낌이 없다는 것이죠. 말하자면 댁의 남편과의 관계가 있다면 보통 사람들은 왠지 미안해서 만나기를 꺼리지만요, 미나씨는 충분히 정당화시키면서 유리씨를 찾아와 의논의 상대가 되어 달라고 할 수 있다 그거죠."

"찾아와서 무어라고 하던가요?"

"자신이 외출에서 돌아와 보니 노구식씨가 죽어 있더라는 거예요."

"그럼 자살이라도 했다는 말인가요?"

"말인즉슨, 그런 뉘앙스가 풍기더군요. 그러나 천만의 말씀입니다. 전 곧바로 그녀가 범인임을 확인했습니다."

그럴 즈음 이미 최미나는 경찰서에 불려 들어가 있었다. 그녀의 범행은 지극히 간단했다. 노구식은 외출에서 돌아오면 늘 냉장고에서 시원한 맥주를 꺼내 마시는 버릇이 있었다.

그날도 퇴근해 집에 돌아오자마자 냉장고에서 시원한 맥주를 주욱 따라 한 컵 마셨다. 그리고는 곧바로 쓰러져 잠이 들었다. 그것이 끝이었다.

그 마시다 남은 맥주 속에서 다량의 수면제가 검출되었던 것이다. 그것은 분명 누군가가 병마개를 따고 수면제를 넣은 것이었다. 그렇지 않고는 그토록 많은 수면제를 넣고 마실 이유가 없었다.

"그걸 어떻게 알아냈죠?"

그녀는 그가 알아낸 사실에 대해 의문을 떨굴 수 없는 모양이었다.

"사실은 그날 오전에 노구식씨와 우연히 만난 일이 있었죠. 취재원과 약속이 있어 ㄹ호텔 레스토랑에를 갔는데, 거기 노구식씨가 앉아 있는 거예요. 웬일이시냐니까 최미나씨와 만나기로 했는데 나오지를 않아 그냥 집으로 들어가야겠다더군요. 그래서 그와 간단히 맥주 한 잔을 한 뒤 헤어졌던 겁니다. 그때 그의 표정이 매우 초조해 보여 한 두어 시간 후 집으로 전화를 걸어보았죠. 그랬더니 졸린 음성으로 이상스레 잠이 쏟아진다면서 채 전화도 끝나기 전에 쓰러져 눕는 소리가 나더라구요. 그래서 아무래도 미심쩍어 집으로 달려갔습니다. 대문이 열린 채 탁자 위에 유리잔이 놓여 있고 그는 깊은 잠 속에 빠져 있었죠. 몹시 피곤한가보다 여겨져 일단 돌아왔습니다만 역시 사고가 터진 것이죠."

"돌아오신 다음의 일은 모르시잖아요."

"아니죠. 잠에서 깨어날 시간쯤 되어서 다시 전화를 걸었는데 벨만 울리더라구요. 그래서 근처 경찰서에 알려 가보라고 제보를 했던 것이죠. 그때까지도 깨어나지 않아 결국 그의 사망이 확인된 셈입니다."

조금만 의문을 갖고 서둘렀어도 그의 목숨은 건질 수 있었을 것이라는 아쉬움이 컸다. 참으로 꿈 같은 일이었다. 꿈도 악몽 같은 꿈이었다. 인생이라는 것이 이렇듯 악몽처럼 스쳐 지나가는 게 아닌가 싶어 이유리는 씁쓸했다.

길모퉁이 재즈 카페

이종학

• 이종학

서울 출생.

서강대 신문방송학과 졸업.

88년 영화진흥공사-스포츠서울 시나리오 공모에
「먼 기다림의 소네트」 당선.

89년 스포츠서울 신춘문예 추리소설 부문에
「쇼팽의 손」 당선.

90년 청룡영화상 각본상 수상.

「죽은 여인이 보낸 키스」, 「블루 시크리트」,
「긴 이별의 미소」 (이상 장편추리소설),
「어느 광인의 고백」, 「달빛 아래 싸늘한 손길」,
「남자, 남자 그리고 여자」 (이상 단편추리소설) 외
작품 다수.

길모퉁이 재즈 카페

1

창 밖에는 비가 내리고 있었다. 카페 안에 가득한 담배연기에 가려 마치 그것은 안개처럼 보였다. 혹은 한증막의 수증기처럼 보였다. 그러나 자세히 바라보면 그것은 꽤나 억센 빗줄기였다.

나는 스탠드에 앉아 두 잔째의 위스키를 마시고 있었다. 카페 안에는 피아노 트리오의 연주가 흘렀고 비를 피해 모인 술손님들 덕분에 꽤나 붐볐다. 비오는 날과 카페의 성업과는 묘한 관계가 있는가 보다.

평소에 이곳에는 손님이 없는 탓도 있었다.

비교적 내가 이곳을 자주 찾는 데에는 나름대로 이유가 있었다. 무엇보다고 철 지난 시대의 재즈를 자주 틀어주기 때문이다.

곁에서 보면 이곳은 그다지 근사해 보이지 않는다. 다 무너져가는 담벼락을 끼고 〈모나리자〉라는 간판만이 뎅그러니 보일 뿐, 사실 폐허나 마찬가지였다. 미군의 공습으로 철골만 앙상하게 드러낸 2차대전의 베를린 꼴이었다.

그러나 나는 이곳을 좋아한다.

비교적 실내는 단아했다. 헤링본 무늬의 마룻바닥이며 원목 냄새가 진하게 나는 가구들, 맥킨토시의 리시버가 있고 꽤 상태가 좋은 AR3a도 걸려 있다. 어찌어찌 구했는지 빌 에반스의 리버사이드 전집도 비치되어 있다. 위스키와 빌 에반스는 웬지 잘 어울린다. 아마도 그는 헤이그의 팬이었는지도 모르겠다.

무엇보다도 나는 이 집의 마담을 좋아한다.

이름은 알지 못한다. 모두 그녀를 장마담이라고 불렀다. 따라서 나도 그녀늘 장마담이라고 부른다.

그녀에겐 검은 드레스가 잘 어울렸다. 어깨와 팔이 노출되는 그런 드레스는 특히 잘 어울렸다. 길게 늘어뜨린 생머리와 짙은 속눈썹, 그리고 호리호리한 몸매와 검은 드레스. 나는 그녀를 볼 때마다 미셸 파이퍼를 생각한다. 어느 영화에선가 피아노 위에서 노래를 부르던 그 모습.

하지만 이곳에는 피아노가 없다. 피아노가 없으므로 피아노 연주자도 없다. 그녀가 피아노 위에서 노래를 부를 일은 결코 있지 않을 것이다. 애석하지만 할 수 없다.

오늘 따라 붐볐으므로 나는 그녀와 마주할 기회를 얻지 못했다. 뭔가 숨겨진 구석이 있는 듯한 카페에서 꽤 매력적인 마담과 친하다는 것은 일종의 특권과도 같다. 적어도 내겐 그렇다. 한데 그녀는 아직 나를 반겨주지 않았다. 나는 석 잔째의 위스키를 주문했다.

사실 오늘 꽤 지독했다.

몇 가지 연결해 놓은 일이 잘 풀리지도 않았고 3주만에 갖는 데이트도 말싸움으로 끝나버렸다. 황망히 밖으로 나왔을 때부터 비는 뿌렸다. 덕분에 속옷까지 젖어버렸는데 그 흔한 우산 장수 하나 보이지 않았다. 어디 가서 하소연할 데도 없는 그런 날이었다.

시간이 비었으므로 극장에 갔다. 세평과는 달리 영화는 고루하기 짝이 없었다. 비폭력주의와 환경보호를 외치는 스티븐 시걸이란 작자는 확실히 정신 이상자이거나 알콜중독자다. 그 자신부터가 폭력을 일삼고 환경을 파괴하고 있었으니까.

극장에서 나오면 대개는 땅거미가 져 있거나 비가 뿌리기 마련이다. 오늘은 둘 다였다. 하는 수 없이 혼자 이곳에 오고 말았다.

"혼자 무슨 궁리를 그리 열심히 하세요?"

그 순간 장마담이 내 쪽으로 다가왔다. 여전히 악세서리처럼 환한 미소가 입가에 붙어 있었다.

"논문을 준비 중이야. 비 오는 날과 카페의 성업의 상관 관계."

"설마."

우리는 조용히 웃었다.

"좋아 보여, 무척……."

나는 가만히 그녀를 주시했다.

"손님이 많으니까요."

"단지 그런 이유는 아닌데……."

"그럼 언제는 안 좋았나보죠?"

"그런 뜻도 아니고……."

"그럼 무슨 뜻이죠?"

"글쎄……."

나는 곰곰 생각해 보았다. 그러나 딱히 뭐라고 꼬집어낼 설명은 없었다. 단지 느낌이 그랬다.

"술 친구가 필요했나보죠?"

그녀가 자기의 잔에 술을 따르며 말했다.

"건배가 필요했나봐, 아마……."

유리잔이 부딪힐 때마다 나는 어느 일본 오디오 평론가의 글을 생각한다. 수정과 크리스탈을 깼을 때 과연 어느쪽이 더 파열음을 크게 낼까…… 나는 아직도 답을 모르겠다. 그야 깨보면 아는 것이 아닐까?

"난 크리스탈이에요."

그녀의 답은 이러했다.

"수정으로 만든 잔을 깨어본 적이 없으니까요."

"괜한 소리를 했군."

나는 고개를 가로저었다.

"그래도 제게 질문했을 때엔 꽤나 진지했다구요."

"그랬나?"

이런 식으로 우리는 대화를 나눈다. 생활에 아무런 효용성이 없다는 것만 빼면 그래도 꽤 유익한 대화다, 그럼에도 불구하고.

과연 유용성이란 것은 무엇을 의미하는 것일까? 나의 전 애인은 틈만 나면 광고 전단을 수집한다. 주로 세일 광고나 할인 판매를 알리는 것들인데 그것들을 읽는 그녀의 태도는 꽤나 진지하다.

"무엇 때문에 그런 것을 읽지?"

내가 물으면 그녀는 이런 식으로 말한다.

"정보의 유용성에 관련된 내 자신의 행동 양식."

"어려운데?"

"진지하게 생각해 봐. 적어도 나는 반액으로 한겨울에 입을 코트를 한여름에 구하고 싶단 말야."

"그러면 펭귄 같아 보일 거야. 자기는 키가 작으니까."

"그래도 대니 드비토 정도는 아니니까 염려 마."

하긴 아무리 읽어도 도통 뜻을 알 수 없는 헤겔을 붙잡고 도서관에서 씨름하는 것보단 나을 것도 같다. 어찌 보면 세상은 이런 유용성으로 볼 때 간단하기도 하다. 불과 몇 장의 광고 전단으로 해결되니까. 그런 면에서 나와 장마담은 꽤나 효용가치가 없는 인간들이다.

"음악이나 바꿀까?"

소재거리가 떨어지면 나는 장마담에게 이런 식으로 말한다. 꽤 근사한 음악이 나올 때조차 말이다. 마치 한 상 잘 차려 먹고도 다음 끼니 타령을 하는 식도락가처럼.

"뭐 듣고 싶은 거 있어요?"

"듣고 싶은 거야 많지."

"하지만 음반이 없죠?"

"정확하게 말하면 음반을 살 돈이 없지."

그녀는 내 속마음을 너무나 잘 궤뚫고 있다. 엑스 레이로도 알아내지 못할 것을 그녀는 잘도 본다.

"참, 이것은 어떨까?"

마침 내 가방 속에는 몇 장의 CD가 있었다. 명동을 지나가다가 들른 어느 레코드숍에서 구한 거였다. 존 콜트레인의 〈크레센트〉, 에릭 돌피의 〈아웃 투 런치〉, 덱스터 고든의 〈고우〉…….

"참으로 고집스런 취향이군요."

음반을 바라보며 그녀가 말했다.

"변화를 싫어하니까."

"세상은 바뀌고 있어요. 지금 바깥은 94년이라구요."

"하지만 나는 5~60년대가 좋은걸?"

"〈백 투 더 퓨쳐〉?"

"가능하다면……."

그러나 선뜻 손에 잡히는 음반은 없었다. 존 콜트레인은 너무 헤비하고 에릭 돌피는 너무 산만하다. 그렇다고 고든에 침잠하고 싶지는 않고…… 하는데 문득 손에 잡힌 것은 쳇 베이커의 마지막 콘서트를 담은 실황 음반이었다. 나는 뚜껑을 열고 그녀에게 디스크를 건넸다.

2

"아주 가끔씩 느끼는 건데요……."

장마담은 이런 식으로 이야기를 시작한다. 나는 가벼운 긴장감을 느끼며 토끼처럼 두 귀를 쫑긋 올리게 된다.

"창문이 우는 것을 봤어요?"

"창문이 울다니?"

"정말 창문이 울어요."

"그래."

쳇 베이커의 축축한 읊조림이 시작되었다. 그의 느릿한 템포는 나를 더욱 술에 취하게 만든다. 습관적으로 위스키 잔에 입술을 대자 뜨거운 열기가 목구멍을 따라 쓰리게 가슴을 때린다. 이런 느낌이 좋다. 그런데 창문이 울다니?

"언젠가 비가 무척이나 오늘 날이었어요. 그날 따라 할 일이 없었죠. AM라디오의 가요 프로그램처럼 따분하기 짝이 없는 무료함이 날 온통 휘감고 있었어요."

그녀의 큰 눈망울이 흐릿한 담배연기에 가려 잠시 촛점이 흐려진 것처럼 보였다. 나는 하나 둘 셋 속으로 숫자를 세어나갔다. 이윽고 열쯤 세었을 때 구름을 헤집고 나온 태양처럼 그녀의 눈동자가 담배연기를 헤치고 맑게 보였다. 물론 그 시선은 내게 향해 있지 않았다.

사람하고 말할 때는요, 그녀는 가끔 말한다. 나는 상대편을 보지 않아요. 왜 그러지, 내가 물으면 그녀는 쓸쓸한 표정이 된다. 그렇지, 사람마다 나름대로 버릇이 있기 마련이니까. 나는 고개를 끄덕인다.

"원래 무료한 당신 아냐?"

나는 의자를 뒤로 물려서 등을 포근하게 기댄다.

"무료함에도 여러 종류가 있어요."

그녀가 가볍게 입술을 오므린다. 옅은 보조개가 슬며시 양 볼에 패인다.

"아무것도 하고 싶지 않을 때…… 할 일은 있지만 굳이 하고 싶지 않을 때…… 내 스스로 선택한 무료함이 있지만 그때엔 달랐어요. 무엇인가를 하고는 싶었는데 막상 별로 할 일이 없는, 딱히 뭐라고 꼬집어 말할 수 없는 무료함이었어요. 뭐랄까, 두 시간이나 정성들여 화장을 하고 30분 간이나 고민 끝에 베이지색 투피스에다가 레인코트까지 걸쳤지만 별로 갈 곳이 없는 그런 것이죠."

"알 것 같아, 그런 기분."

나는 고개를 끄덕이며 수긍했다.

"나처럼 친구도 별로 없고 자주 가는 곳도 없고 별취미도 없는 사람은 잘 알지."

"그럴 때 우종씨는 뭘 해요?"

"그냥 자리에 누워."

"옷을 입은 채로?"

"대개는……."

나는 어깨를 으쓱했다.

"아니면 음악을 듣든가."

"역시 체질이 있나봐요. 무료함을 계급장처럼 자랑스러워하는 사람하고 그것을 형벌처럼 느끼는 사람하고."

"그런 거야."

"그럴까요?"

"그렇겠지, 뭐."

"……."

그녀는 피식 웃었다.

"암튼 외출을 했어요. 이리저리 돌아다녔죠. 마침 백화점 세일 마지막날이라서 일부러 혼잡한 곳을 택했는데 여간 말이 아니었어요. 손에 잡히는 대로 스카프 두 개하고 스타킹 스무 장, 그리고 가루 비누 두 통을 샀어요."

"스타킹을 스무 장씩이나?"

"스타킹은 많을수록 좋아요. 마치 우종씨가 잘 듣지도 않으면서 습관적으로 레코드를 사서 모아둬야 안심하듯이."

"딴은……."

"그리고 밖에 나오니까 비가 쏟아지지 시작했어요. 하도 억수로 내리는 바람에 감히 우산을 펼 용기가 나지 않았지요. 그냥 서 있었어요. 이리저리 인파에 휩쓸려 결국 길가로 나오고 말았지만 나는 아무런 행동을 할 수 없었어요. 어느새 스카프를 싼 포장지는 찢어져서 한 장은 바닥에 떨어져 있었고 스타킹은 흐트러진 꽃잎처럼 길가에 어지럽게 널려져 있었어요. 그런데 나는 아무런 할 일이 없었어요. 이를테면 나는 무료했던 거예요. 그런 것에 신경쓸 경황이 없을 정도로."

"설마?"

"아무런 할 일이 없었으므로 이곳에 왔어요. 걸상을 들어올려 청소를 하고 접시를 닦고 전구를 갈아끼우고 앰프에 쌓인 먼지를 닦으니까 저녁이 되었죠. 커피를 타서 창가에 앉았지요. 차갑게 식을 때까지 입에도 대지 않은 채 창 밖만 바라보았어요. 여전히 비가 내리고 있었죠. 담배가 피우고 싶어서 주머니를 뒤졌지만 빈 갑뿐이었어요. 하는 수 없이 입을 벌리고 허공에 숨을 내쉬었죠, 담배를 피울 때처럼. 문득 나는 창문에 쏟아지는 빗줄기를 바라보았어요. 빗물이 길게 창을 따라 흘러내리는 것을 보는 순간 나는 깨달았죠. 나는 울고 싶었지만 울 일이 없을 만큼 무료했고 그 대신 창문이 울고 있었던 거예요. 그래요, 창문이 울고 있었어요."

"……."

나는 힐끔 고개를 돌려 창문을 바라보았다. 그러나 이미 어두워진 후라 창 밖의 경치는 바라볼 수 없었고 창문이 우는지 웃는지조차 알 수 없었다.

순간 나는 묘하게 나를 둘러싼 공기가 잠시 출렁이는 것을 깨달았다. 그것은 너무나 미묘해서 잠시 혼동스러울 정도였다. 그러나 감각은 거짓말을 하지 않는다. 나는 고개를 돌려 장마담의 눈동자를 바라보았다. 그녀의 동공은 크게 벌려진 채 공포에 휩싸여 있었다. 여태껏 한 번도 보지 못한 종류의 진지한 공포였다. 전기톱을 들고 깜짝 쇼를 하는 영화 따위에서 느낄 수 없는 진짜 공포였던 것이다.

하지만 워낙 짤막한 순간 스쳐 지나갔던 것이어서 나는 당혹스러웠다. 공포라는 것엔 어떤 프라이버시라는 게 관련되어 있다. 아는 사람이 지켜보는 가운데 9회말 투 아웃 만루의 위기를 맞이한 투수의 공포가 평소보다 배로 느껴지는 것과 같은 이치다.

"다…… 담배."

그녀는 가늘게 떨고 있었다. 나는 얼른 담배를 건넸지만 그녀의 손가락을 타고 입에 물려서 불이 붙여지고 이윽고 연기가 퍼질 때까지 하루는 족히 걸릴 것과 같은 지루함이 배어 있었다. 덕분에 그녀는 조금 진정되어 있었다.

"장마담이 이러는 거, 난 처음 봐."

"미…… 미안해요."

"이상하군. 감히 이유를 물어볼 용기조차 생기지 않는걸."

"묻지 말아줘요."

하면서 그녀는 더듬거리며 컴팩트 디스크 플레이어의 스위치를 껐다 일순 장내는 정전을 맞은 것처럼 침묵이 엄습했다. 덕분에 마음껏 소리치고 웃던 사람들이 거짓말처럼 말문을 닫아버렸다. 모두의 입에 커다란 꿀떡을 하나씩 쑤셔박은 듯한 모습이었다.

"이만 영업을 끝내겠어요."

짤막하게 인사를 하고 그녀는 테이블을 돌며 술잔과 병을 치우기 시작했다. 나는 시계를 올려다보았다. 아직 채 10시도 되지 않았다. 그러나 불평을 하는 사람은 한 명도 없었다. 이곳은 이런 식이다. 우리는 말 잘 듣는 국민학생처럼 차례로 카페에서 나와 거리의 어둠 속으로 사라져버렸다.

3

현관 문을 열고 거실에 들어섰을 때 방안의 공기는 예전과 다름없이 편안하고 쾌적했다. 소파에 앉아 담배를 피우면서 휴식을 취했지만 머릿속은 연달아 장마담이 보여준 기이한 행동만 쫓아갔다. 그러나 대답은 나오지 않았다.

아무런 결론이 나오지 않을 때에는 그저 기다리는 법이다. 음악이나 틀을 요량으로 가방에서 몇 장의 CD를 꺼내면서 나는 주위를 둘러보았다.

나의 아파트는 전형적인 2LDK로 되어 있다. 두 개의 방 사이에 화장실이 하나 있고, 그 맞은편으로는 거실과 부엌이 길게 늘어서 있는 식이다. 혼자 사는 30대 중반의 남자 집은 왠지 썰렁하기 마런이다. 누구는 그림을 갖다 벽에 붙이거나 술병 따위를 장식해서 허전함을 메꾸려 하지만 내 경우에는 주로 기계를 쌓아놓는 편이다.

정말이지 오디오 기계를 방불케 할 정도로 기계가 많은 편이다. 우선 거실 한쪽에는 27인치짜리 텔레비전이 놓여 있고 그 옆으로 두 종류의 스피커와 앰프 석 대, 카세트 데크 하나, 그리고 두 대의 컴팩트 디스크 플레이어가 빼곡이 정리되어 있다.

안방의 경우는 좀 심하다. 우선 한쪽 벽으로 2천여 매의 CD가 장식장에 꽂혀 있고, 20인치 텔레비전과 AV용 앰프, 스피커 등이 여러 대의 비디오 데크 등과 어울려 맞은편에 놓여 있다.

집필실이라고는 뭐하지만 건넌방의 경우 두 대의 컴퓨터와 석 대의 워드 프로세서를 보게 되면 도무지 한 사람의 살림집이 아니라 무슨 연구소나 사무실에 온 것과 같은 기분을 주게 된다.

그러나 나는 이런 식의 배치가 좋다. 어쩌면 사람보다도 기계를 더 좋아하는지도 모르겠다. 그 흔한 화분이나 애완 동물 하나 없이 순전히 기계에 둘러싸인 채 밥을 먹고 글을 쓰고 음악을 듣고 영화를 보고 잠을 자는 식이다.

스피커에서는 음울한 멜로디가 흘러나오고 있었다. 문득 쳇 베이커라는 것을 알았지만 별로 음악이 귀에 와 닿지 않았다. 오래된 습관이지만 머릿속 한구석에서 계속 희미하나마 모르스 부호를 때리고 있었기 때문이다. 다른 말로 한다면 작가적인 구미가 당긴 셈이다.

비디오를 리와인드시켜서 처음부터 다시 보듯이 나는 카페에서 있었던 일을 처음부터 다시 유추해 봤다. 그러나 아무래도 결론이 나지 않았으므로 찬 물로 샤워를 하고 머리를 정성들여 감았다. 샴푸를 세 번이나 했으므로 내장까지 깨끗해진 느낌이 들었다.

샤워를 하고 나자 맥주가 마시고 싶어졌다. 업소를 하는 친구를 통해 구한, 속이 훤히 들여다보이는 냉장고의 문을 열고 캔맥주를 꺼내서 한 모금 들이켰다. 한 손에 맥주가 잡히자 자연스럽게 다른 한 손에는 담배가 쥐어졌다. 이렇게 되자 뭔가 아귀가 맞은 것처럼 정신이 명료해져 갔다. 다시 소파에 앉아 나른하게 음악을 들으며 멍하니 허공을 응시했다. 뭔가 잡힐 듯이 잡힐 듯이 꿈틀거리는 것이 있었지만 그럼에도 영 판단이 내려지지 않았다.

순간 강렬하게 머릿속 한쪽에서 신호가 전달되어 왔다. 나는 고개를 돌려 스피커를 바라보았다. 예전과 똑같은 상황이 재현된 것이다. 조금 전 카페에서 벌어졌던 것과 똑같은 상황. 얼른 컴팩트 디스크를 집어서 곡목을 뒤져보고서는 숨을 돌릴 수 있었다.

쳇 베이커의 〈마이 퍼니 발렌타인〉.

대체 이 노래와 장마담의 공포에는 무슨 관련이 있단 말인가. 고개를 절레절레 혼드는 수밖에 없었다. 새벽까지 쳇 베이커의 생애와 〈마이 퍼니 발렌타인〉에 얽힌 일화 등을 뒤져봤지만 역시 마찬가지였다. 7시 아침 뉴스를 보고서야 나는 잠을 잘 수가 있었다.

그날 오후 일찌감치 나는 〈모나리자〉로 달려갔다. 그러나 무려 두 시간이나 기다린 후에야 장마담이 나타났고, 문을 열고 청소를 하고 첫 커피의 김이 아련하게 피어오를 즈음에야 우린 마주 앉을 수 있었다.

"무슨 일이라도 있는 모양이죠? 이렇게 일찍 카페에 다 오시다니……."

그녀는 길게 허공에 담배연기를 내뿜으며 말했다.

"갑자기 무지막지하게 장마담이 보고 싶어서."

"설마?"

"솔직히 말하지."

나는 커피로 목을 축이며 그녀를 바라보았다. 한눈에 봐도 역시 그녀는 아름다웠다. 특히 그녀가 입고 있는 옅은 푸른색 원피스는 한여름의 바다를 연상시킬 만큼 시원스러웠다.

"나는 원래 체질이 못되어 먹어서 그런지는 몰라도…… 뭔가 의문점이 생기면 파고들어서 꼭 해답을 얻어야 하거든."

"어젯밤의 일 때문에 그러시는 거죠?"

"암튼."

"그땐 너무 피곤했어요. 가끔 그럴 때가 있거든요. 온몸에서 오한이 나고 현기증이 일어나는……."

"아냐, 그렇지 않아. 내가 아는 한도 내에서 장마담은 그렇게 쉽게 남에게 약점을 보일 사람이 아냐."

내가 절레절레 고개를 흔들자 그녀가 가볍게 미소지었다. 사람을 오래 알게 되다 보면 결국 뻔한 거짓말은 통하지 않게 된다. 뱀의 혓바닥으로 온갖 장광설을 늘어놔도 통하지 않는 것은 통하지 않는 것이다. 그런 것이다, 인간 관계라는 것은.

"음악이나 틀을까?"

나는 자리에서 일어나 오디오가 있는 곳으로 갔다. 앰프의 스위치를 올리고 컴팩트 디스크 플레이어에 미리 준비해 둔 쳇 베이커를 올려놓았다. 이윽고 음악이 나오자 예상된 반응이 나왔다. 그녀의 표정이 다시 창백해진 것이다.

"좋아요. 우종씨가 이겼어요. 음악을 좀 꺼 주세요. 다 말하겠어요……."

나는 득의양양하게 그녀를 바라보았다. 마치 동침을 허락받은 듯한 바람둥이처럼 으쓱해졌던 것이다.

아카디아 모델 학원이라는 꽤 유명했던 곳이 있다. 지금은 자취를 감춰버렸지만 몇 년 전까지만 해도 국내 일류 모델이 대부분 이

학원 출신일 정도로 꽤나 성가를 드높였던 곳이었다.

왜 이곳이 갑자기 세인의 관심 밖으로 사라졌는지 그 이유는 모른다. 더구나 원장을 했던 꽤 날카로운 인상의 홍민자라는 여자의 행방에 대해선 더더욱 알 길이 없었다. 3류 잡지의 기자 몇이 그 스토리를 캐려고 내심 땀을 흘렸지만 결국 중도에 포기했다는 것이 유일한 후일담이었다.

그런데 바로 장마담이 그 학원의 마지막 연수생으로 등록했다는 것과 홍민자의 행방불명에 직접적으로 관여했다는 사실은 나로서는 꽤나 재미있는 수확이었다. 차츰 밝혀지겠지만 이 괴이한 스토리의 배후에는 쳇 베이커의 노래가 숨어 있었고, 결국 장마담이 이 노래에 심한 공포를 느끼는 것도 많은 이유가 있었던 것이다.

장마담의 본명은 지금도 잘 알지 못하므로 편의상 그녀의 이름을 지영이라고 부르겠다. 흔해빠진 이름이지만 그런 대로 친숙하니까 별 무리는 없으리라 본다.

원래부터 지영은 모델을 지망했었다. 외모라든가 풍기는 이미지가 서구적이었고 또 다른 여자들에게서 볼 수 없는 독특한 분위기가 있었으므로 모델로서 그녀의 전망은 꽤나 밝았다고 할 수 있었다. 모델이라든가 배우라든가 하는 직업의 사람들은 첫눈에 봐도 느껴질 정도로 뭔가 남들과는 다른 어떤 것이 있어야 한다. 그런 면에서 내가 처음 장마담을 만났을 때 느꼈던 그 이상한 매력이 실은 이런 전력과 무관하지 않았던 것이다.

어쨌건 몇 차례의 시험을 거쳐서 입학한 아카디아 모델 학원은 명성만큼이나 타이트한 하드 트레이닝으로 유명했다. 약 6개월 간의 코스를 거쳐서 정식 모델로 데뷔하게 해주는 이곳은 전원 기숙사 배정에 톱니바퀴처럼 일사분란한 타임 스케줄로 일체의 방심을 허용하지 않았던 것이다.

그러나 일단 졸업을 하면 그쪽 업계에서 대우를 해줄 정도로 명성이 있었으므로 누구든 불만을 표시하는 원생은 없었다.

교과 과정은 대체로 3단계로 나뉘어져 있었다. 우선 아침 7시에 기상해서 오전에는 주로 운동을 하고 점심 식사 후에는 휴식을 겸한 교양 습득 시간이 있었다. 음악이라든가 문학 또는 영화 등을 듣거나 보면서 공적인 자리에 있을 때 남들에게 뒤지지 않을 정도의 기본 소양을 쌓기 위해서였다.

저녁에는 주로 에티켓 교육을 했다. 이를테면 차를 마시는 법, 파티에서의 매너, 패션쇼에서 주의할 점 등을 집중적으로 가르쳤다.

워낙 강사진이 뛰어나고 효율적인 교육을 했으므로 시간이 지날수록 이곳에 입학한 것이 자랑스러울 정도로 보람된 일정이었다.

지영은 차츰 이곳에 정이 들었고 생활이 익숙해짐에 따라 친구도 생겼으며 선배도 생겼다.

그때 그녀의 가장 친한 친구인 김동숙이란 여성이었다. 다소 사내답고 근육질이었던 그녀는 보이쉬한 매력으로 패션계의 또 다른 장을 열고자 했는데, 사귀어보니 의외로 성격에 붙임성이 있었고 유머 감각도 뛰어나서 지영은 자신의 속을 털어놓게 되었다.

선배 중에는 배연지라는 여성이 있었다. 함께 같은 방을 쓰게 되어 친하게 된 그녀는 무척이나 퉁명스럽고 무뚝뚝했지만 일단 말문이 열리면 더없이 솔직할 수가 없었다. 그러나 돌이켜 생각해 보면 그 당시 그녀의 입장은 꽤나 곤혹스러웠던 것 같다. 그럴 수밖에 없었던 것이 다른 동기생들은 졸업 후에 패션계로 진출해서 한 자리씩 차지한 데 반해서 그녀는 아직까지도 취업이 안 된 상태였기 때문이다. 학원은 학원대로 자존심이 있어서 취업이 되기 전까지는 퇴교시키려 하지 않았고, 그 때문에 그녀는 그대로 자리에 눌러앉아 원생도 아니고 졸업생도 아닌 애매한 자격으로 시간을 보내고 있었다.

"이제 와서 이야기지만 난 패션 모델을 하겠다는 애들을 좋아하지 않아. 지 잘난 용모 하나 가지고 별 노력 없이 부와 명예를 한꺼번에 얻겠다는 수작 아냐? 그런 얕은 수작이 호락호락하게 통용될 사회는 없어 결국 값을 치르게 되어 있다구. 너도 얼른 정신 차리고 이곳에서 손을 떼는 게 현명할 거야. 복권에 당첨되겠다는 식의 일확천금을 노리지 마. 스타? 그런 거 알고 나면 별거 아냐. 너한테 이런 이야기해서 안됐지만……."

이런 식으로 그녀는 지영에게 말하곤 했는데 따지고 보면 틀린 이야기는 아니어서 저윽이 당혹스러웠다. 꼭 실패한 모델의 이야기라서 그런 것은 아니지만 그녀는 나름대로 이 세계에 어떤 환멸을 품고 있었다. 어떤 종류의 환멸인지는 자세히 모르겠지만.

이렇게 해서 넉 달이 흘렀다. 때는 2월 초순이었고 겨울의 막바지로 치닫을 즈음이었지만 추위라든가 날씨의 변화 따위를 느낄 여유는 없었다. 대단한 하드 트레이닝이었던 것이다. 가끔 연습 중에 김동숙은 이런 말을 내뱉기도 했었다.

"만일 딸을 낳았는데 그애가 모델을 하겠다고 하면 차라리 비구니를 만들어버리겠어. 딸 하나 없는 셈치지, 뭐."

그러나 그때까지도 지영은 모델에 대한 꿈을 버리지 않았다. 적어도 발렌타인 데이를 즈음하여 운명의 그 사건이 벌어질 때까지는…….

5

"이제 와서 생각해 보면 사람은 나름대로 타고난 팔자가 있는 모양이에요. 그때까지만 해도 난 동기 중에 톱이었고, 아마 제대로 졸업을 했더라면 지금쯤 꽤난 잘 나가는 모델이 되었을지도 몰라요. 처음에는 그런 일이 벌어진 것에 대해 매우 속이 상했었지만 따지고 보면 오히려 잘 되었는지도 몰라요. 이런 일이 내게 더 어울리지 않아요?"

장마담의 시선은 그 옛날 원생 시절로 되돌아간 듯 허공을 응시하고 있었다. 꼭 꿈을 꾸는 듯한 모습이었다.

"술 한잔 할까?"

나는 주위를 환기시킬 겸 냉장고로 갔다. 잘 냉각된 맥주병이 가지런히 보였고 정갈하게 준비해 둔 안주도 보였다. 대충 챙겨서 탁자 위에 올려놓고 마개부터 땄다.

"이거 손님이 술집 주인 시중을 드는 경우도 다 있군."

그녀가 피식 힘없이 웃었다. 저런 시니컬한 태도, 그것이 바로 그녀의 매력이야. 어쩌면 이루지 못한 꿈 때문에 현실에 적응하지 못하는 어떤 패배주의적인 태도…… 나는 잔에 술을 따랐다.

"그날 아침은 좀 이상했어요."

입가에 묻은 맥주 거품을 가늘고 흰 손으로 천천히 닦아내며 그녀가 말했다.

"잠을 푹 잤지만 웬지 기분이 개운하지 않았어요. 또 몸도 물 먹은 솜처럼 무거웠고…… 겨우 연습실에 가서 운동을 했지만 시늉만 낼 뿐이었죠. 동숙이가 어디 아프면 조퇴하라고 할 정도였으니까요. 그러다가 에어로빅이 시작되어서 음악이 나왔는데, 바로 그것이……."

"마이 퍼니 발렌타인?"

그녀는 대답 대신 고개를 끄덕였다.

"처음엔 무슨 곡인지 몰랐죠. 어쨌든 한동안 난리법석이었어요.

홍원장이 창백해 가지고 들이닥쳐서 호통을 치고 선생은 비참한 얼굴로 흐느끼고…… 그래도 우리는 영문을 몰랐죠. 차라리 샤워나 하자, 홀가분한 기분이었으니까요. 그런데 이때부터 뭐랄까 나를 둘러싼 주위의 공기가 조금씩 달라졌어요."

"무슨 뜻이지?"

"어디선가 수군거리는 소리도 들리고 아카디아 학원에 얽힌 좋지 못한 루머도 알게 되고…… 이젠 밤마다 그 노래의 멜로디를 누가 콧노래로 흥얼거리고 있는 것도 느끼게 되었어요. 혼자 밤에 텅 빈 복도를 걷노라면 어디선가 인기척도 들리고…… 맞아요. 바바리코트자락이 마치 뱀이 싸늘하게 수풀을 헤치며 지나갈 때 나는 소리를 내며 귓전을 스치고…… 그런데 이상한 것은 그때마다 배연지 선배…… 그 선배의 침대가 텅 비어 있었던 거예요."

"그럼 그 친구가 밤마다 장난이라도 쳤단 말인가, 바바리코트를 걸치구……?"

"그렇게 간단하지 않아요. 물론 그저 우연의 일치이겠거니…… 뭐 그런 환청을 들었을지도 모른다…… 얼마든지 넘겨버릴 수 있겠지요. 적어도 동숙이한테 아카디아 학원에 얽힌 이상한 이야기를 듣기 전까지는 말예요……."

나는 뭔가 대단한 사연이 숨겨져 있음을 직감적으로 알아차렸다. 그러나 그때 마침 술 손님들이 들이닥쳤으므로 한동안 혼자서 담배를 피우며 그녀를 기다리는 수밖에 없었다. 막상 이렇게 거창한 비밀을 털어놓는 사람답지 않게 손님을 접대하는 그녀의 태도는 꽤 능란했다. 저런 것이 과연 프로페셔널이란 것일까? 아니면 그런 일이 그녀의 본성에 딱 맞아떨어졌던 때문일까? 나는 점점 더 혼란에 싸여 갔다. 맥주를 한 병 더 비웠을 즈음 그녀가 다시 자리에 왔고 이야기는 이어졌다.

6

"너, 혹시 말야…… 발렌타인 데이 살인사건에 대해 들은 적이 있니?"

동숙의 표정은 적잖이 당혹스러웠다. 어떤 대상을 알 수 없는 막연한 공포가 가득 그녀의 주위에 맴돌고 있었고 뭔가 긴박한 사연을 담은 이야기를 하고 싶은 눈치였다.

때는 오전 연습이 끝난 직후였고 동숙과 지영은 점심 식사를 하러 식당으로 향하는 중이었다. 2월답지 않게 햇살이 찬란했으므로 학원 주위를 둘러싼 수려한 산세며 쭉 펼쳐진 농촌의 풍경이 꽤나 시원했다. 이곳은 도심의 혼탁함을 피해 농촌 한구석에 깨끗하게 지어진 다소 이채로운 위치에 있었던 것이다. 농촌의 흙냄새와 도시의 첨단 패션이 이질적으로 어우려져 있다고나 할까.

"발렌타인 데이 살인사건? 그게 무슨 말이야?"

지영은 의아하게 그녀를 바라보았다.

"조금 있으면 발렌타인 데이인 거 알지?"

"2월 15일?"

"그래."

"그럼 내일 아냐?"

"그런데 말야, 나도 어젯밤에 친구한테서 알게 된 건데……."

행여 듣는 사람이 없는가 동숙은 주위를 살폈다. 갑자기 입술이 건조해졌으므로 지영은 침을 바르며 그녀의 시선을 쫓았다. 어느새 그녀도 긴장되어 있었던 것이다.

"이 학원에는 뭔가 저주 같은 것이 내렸나봐. 하여튼 암만 주의를 해도 희한하게 발렌타인 데이가 다가오면 꼭 살인사건이 벌어진다는 거야. 그것도 그해 입학생 중에서 제일 성적이 좋고 장래가 보장된 사람만을 골라서 말야……."

"설마?"

"믿어지지 않지? 그러나 사실이야. 벌써 네 명이나 살해당했다는 거야."

"그래?"

"그렇대두."

"……."

"그런데 이상한 일은…… 하긴 이상한 일이 한둘이 아니니까 낸들 뭐라고 말하기도 어색하지만…… 살인사건의 목격자 내지는 증인에 따르면 그 살인범이 이를테면 동일범이라는 거야."

"동일범이라니?"

"뭐…… 바바리코트를 걸치고 그림자처럼 나타나서 최면을 걸듯이 다가와서는 목에 건 긴 스카프를 꺼내 피해자의 목에 살며시 감아서는…… 이렇게……!"

어느새 동숙의 손길이 지영의 목 둘레를 감았으므로 그녀도 모르게 그만 비명을 지르고 말았다. 한참이나 동숙이 웃었지만 그럼에도 두 사람을 둘러싼 막막한 공포는 사라지지 않았다.

"미안 미안…… 그런데 한 가지 재미있는 일은 그 바바리코트의 사내가 꼭 똑같은 노래만 콧노래를 부른대나봐. 왜 있지? 우리가 얼마 전에 에어로빅을 할 때 우연히 흘러나왔던……."

"마이 퍼니 발렌타인?"

"그래, 그 때문에 원장이 그렇게 화가 났던 모양이야……."

"……."

지영은 그녀의 말을 전적으로 신뢰할 수가 없었다. 이 평화롭고

한가로운 곳에서 더구나 화려한 미래를 꿈꾸는 모델을 향해 살인의 마수가 뻗친다는 것은 도무지 상상할 수 없는 일이었다.

그녀는 도서관으로 갔다. 오래된 신문을 모아둔 섹션에 가서 차례로 발렌타인 데이 주변의 날짜를 뽑아 꼼꼼히 살인사건에 관한 기사를 읽어보았다. 하지만 불행하게도 동숙의 말은 사실이었다. 무려 네 차례에 걸쳐 꽃다운 나이의 모델 지망생들이 생과 사를 달리했던 것이다.

대체 어떻게 해서 이런 일이 가능할 수 있담? 그녀는 울고 싶어졌다. 마음 한구석에서 알 수 없는 분노가 치밀었고 도무지 이대로 이곳에 앉아 있을 수가 없을 만큼 열이 솟았다. 이 따위 연쇄살인 하나 제대로 해결하지 못하는 경찰은 대체 뭐하는 족속인가. 아무리 시골 무지렁이 경찰이라고 해도 최소한 사전에 대비는 했어야 하지 않는가. 같은 처지의 모델 지망생의 죽음은 그만큼 그녀의 마음 아픈 곳을 찌르는 데가 있었던 것이다.

그러나 순간 배연지 선배가 생각났다. 차가운 눈초리에 모델을 향한 적개심, 그리고 밤마다 정기적인 외출. 바바리코트의 사내는 실은 여자가 아닐까? 상상력은 마구 극을 치달았고 그녀는 마치 탐정이라도 된 듯 여러 가지 가능성을 검토해 보았다. 그러나 순간 누가 그녀의 등을 가볍게 두드렸다. 소스라치게 놀라서 돌아보자 마치 봄의 기운이 성큼 겨울을 밀어젖히고 달려왔을 만큼 화사하게 밝은 옷차림의 홍원장이 개나리 꽃잎처럼 싱그러운 미소를 주위에 가득 뿌리고 있었다.

"어머, 원장님!"

그녀가 채 자리에서 일어나기도 전에 원장이 말했다.

"나 좀 잠깐 볼 수 있을까? 상의할 일이 있어서……."

7

"그래, 원장이 뭐라고 말했는데?"

나는 참지 못하고 장마담을 추궁하듯이 물었다.

"숨 좀 돌리구요. 이렇게 웃으며 말하고는 있지만 그때 생각을 하면 속이 편하지 않아요."

하면서 그녀는 맥주를 마셨다. 단숨에 잔을 비웠으므로 거품 찌 꺼기가 컵 주변에 붙어 있었다. 나는 가득 맥주를 채웠다.

"지금 생각해 보면 홍원장이란 여자, 참 대단한 사람이었어요. 여자 혼자의 몸으로 그런 커다란 제국을 만든다는 것은…… 누 군 뒤에 거창한 후견인이 있다고 수군대기도 했지만……."

"대개 그렇지 않아? 패션, 모델, 정계, 재계, 연예계…… 일종의 서큘레이션이지. 자체 내로 공급과 수요가 일정하게 꼬리를 물 며 충족되어 버리는……."

"그렇다고 해도 그래요."

"하긴……."

"그날 홍원장은 내 장래에 대해 대단한 관심을 표명했어요. 뭐랄 까…… 평소에는 그저 형식적인 원장, 원생의 관계뿐이었는데 그날에는 마치 무슨 친언니라도 되는 듯이 이것저것 신경도 쓰 고 장래 걱정도 해주는 등 도무지 믿을 수 없는 태도였어요."

"뭔가 재미있는 이야기가 있을 법한데……?"

나도 맥주를 마시며 말했다. 이미 벽시계는 저녁 9시를 넘어서고 있었고 무척이나 허기가 몰려왔지만 이야기에 파묻혀 다른 일체의 행동을 하고 싶지 않았다.

"글쎄, 이런 식으로 말하면 웃을지도 모르겠지만…… 그때는 그랬어요. 마치 자기가 내 뒤를 봐주겠다는 식의…… 네 미래는 환하게 열려져 있으니까 아무 염려 말고 학습에 전념하라…….”

“꽤 신임을 얻었었군 그래.”

“그런가요?”

“느낌이 그래.”

“…….”

그녀가 힘없이 웃었다. 아직도 마음속에는 무엇인가 한 번쯤은 다시 시작해 보고 싶은 열정이 배어 있음을 느끼게 해주는 그런 묘한 쓴웃음이었다. 하지만 그런 속마음을 내보일 만큼 우리의 사이가 발전된 것 같아 그리 기분이 나쁘지 않았다. 다시 맥주 한 잔.

“그런데 사건은 그날 밤 일어났어요…… 아무런 예정이나 경고도 없이…….”

갑자기 그녀의 미소가 말끔히 사라져버렸다. 무슨 시치미라도 떼는 듯 어투조차 다르게 그녀의 이야기는 이어져 갔다.

8

지영이 눈을 떴을 때 주위는 먹물을 뿌려놓은 듯이 캄캄했다. 온몸에 한기가 느껴졌고 와락 두려움이 엄습해 왔다. 대체 지금 몇 시인가. 그녀는 더듬거려 전자 손목시계를 찾았다. 스위치를 누른 순간 인디게이터에 2 : 14가 나왔다.

새벽 2시 14분…….

그녀는 배선배의 침대를 향해 시선을 돌렸다. 그러나 그곳은 텅비어 있었다. 얼른 자리에서 일어나 두꺼운 옷을 걸쳤지만 여전히 한기는 물러가지 않았다. 갑자기 지난 4개월 동안 잠자리를 했던 이곳이 낯설게만 느껴졌다. 묘한 기분이었다.

문득 그녀는 창문이 활짝 열려 있음을 깨달았다. 그 때문에 찬 바람이 횅하니 불어왔던 것이다. 창문을 닫으려고 창가에 다가갔지만 밖은 짙은 구름만 잔뜩 끼었고 그래서 여전히 어두웠다. 아무리 눈에 익숙해져도 전혀 시야가 밝아오지 않는 그런 기분 나쁜 어둠이었다.

후다닥 창문을 닫으려는 순간 어디에선가 묘한 휘파람 소리가 들려왔다. 낯익은 멜로디, 섬뜩한 느낌…… 갑자기 그녀는 잠이 확 달아나는 것을 느꼈다.

황급히 문을 열고 복도로 달려나갔다. 옆방의 문을 세게 두드렸지만 아무런 기척이 없었다. 문을 열어보니 텅 비어 있었다. 계속해서 다른 방들을 뒤졌지만 역시 마찬가지였다. 전혀 예상치 않은 상황에 그녀는 그만 멍해지고 말았다. 문득 탁자 위에 놓인 쪽지 한 장이 시야에 들어왔다.

〈발렌타인 데이를 즈음하여 2박 3일의 휴가 기간을 설정했습니다. 원생 여러분께서는 마음대로 외출을 하셔도 좋으니까…….〉

언제 이런 공문이 내려왔던가. 문득 그녀는 원장과 늦게까지 상담을 하고 함께 술과 음식을 나눈 것을 기억해냈다. 그 때문에 공문을 못 본 것은 좋았는데, 왜 그때 그녀는 이런 사실을 알리지 않았을까.

그러나 그런 생각을 할 틈도 없었다. 텅 빈 복도를 가로지르는 무거운 구둣발 소리가 그녀를 짓누르듯 다가왔으니까.

그녀는 얼른 문을 열고 나가서 복도를 마구 달렸다. 어두워서 어디가 어딘지 분간이 되지 않았고 겨우 발견한 곳은 화장실이었다. 그녀는 그곳 한구석에 세워져 있는 걸레용 나뭇자루를 들고 룸 하나에 숨어들었다. 가쁜 숨을 죽이며 구둣발 소리에 귀를 기울였는데 마치 그 주인은 그녀의 행동 하나하나를 감시하고나 있었다는

듯 거침없이 화장실을 향해 발걸음을 옮겼다. 제발 저런 일만은 내
게 일어나지 말기를, 할 때의 심정이 그대로 재현되어 버린 것이다.

삐걱 소리와 함께 룸의 문이 하나씩 열렸다. 물론 낯익은 멜로디
와 함께. 공포 영화였다면 이 대목에서 굉장한 볼륨의 사운드트랙
이 흘러나왔으리라. 한데 기분상으로는 그에 못지 않은 볼륨이 느
껴지는 것은 그만큼 공포의 강도가 심했던 때문이리라. 그녀는 더
이상 숨을 곳이 없다는 것을 깨달았다.

이윽고 지영이 숨어 있는 룸의 문이 열렸을 때 선수를 친 것은
그녀 쪽이었다. 무슨 힘이 나왔는지 엄청난 괴력으로 상대방을 마
구 내려쳤으니까. 얼마의 시간이 흘렀을까? 몇 대를 내려쳤는지 기
억조차 나지 않았다. 이윽고 때마침 구름을 헤치고 나온 달빛에 의
해 상대방의 축 늘어진 모습이 나왔을 때 그녀는 적잖이 당황하고
말았다.

흐트러진 바바리코트자락, 벗겨진 남성용 가발, 목에 걸려 있는
스카프, 정신을 잃고 기절해 있는 창백한 얼굴…… 그렇다. 그는 바
로 배선배였던 것이다. 그녀와 같은 방을 쓰면서 평소 모델의 세계
를 증오해마지 않았던…….

믿고 싶지 않은 사실에 질려서 그녀가 뒷걸음을 치는데 갑자기
뒤에서 인기척이 느껴졌다. 황망히 돌아본 순간 바바리코트를 걸
친 또 다른 사내가 서 있었던 것이다. 입가에 가벼운 멜로디를 읊
조리며.

"이런, 고맙군. 골칫덩이를 먼저 해결해 줘서 말이야."

지영은 어디선가 그 목소리를 들었다고 느꼈다. 갑자기 소름이
돋으며 그녀는 그만 차갑게 얼어붙고 말았다.

9

"그 주인공이 누구였는지 알아요?"

갑자기 장마담이 나를 향해 질문을 던졌다.

"글쎄?"

이야기에 정신이 팔려 나는 미처 그 생각을 할 겨를이 없었다.

"바로 홍원장이었어요."

"그래?"

"재미있는 전력을 갖고 있었더군요. 그러니까 오래 전에 그녀는 꽤 진지하게 교제를 하고 있었다나봐요. 그런데 상대편 남성이 어느 날 절교를 선언해 놓고는 홍원장하고 가장 친했던 다른 모델하고 결혼을 해버린 거예요. 믿는 도끼에 발등을 찍힌 셈이었죠. 복수를 결심한 그녀는 친구 대신 이렇게 모델 학원에서 제일 멋진 여성을 매해 발렌타인 데이를 즈음해서 살해했던 거예요. 바바리코트는 실은 그때 남자가 자주 입었던 복장이고, 콧노래를 불렀던 노래조차 둘이 데이트할 때 제일 많이 들었던 거래요."

"그럼 배선배라는 사람은?"

"복수에 복수라고나 할까요. 예전에 그 선배하고 제일 친했던 모델이 그 희생자 중의 하나였대요. 그래서 그 범인을 잡기 위해 학원을 나가지 않고 범인과 비슷한 복장을 해서 배회했던 것이죠. 물론 범인을 잡기 위해."

"결국 어뚱한 사람만 다치게 했군."

"상황이 그랬으니까요."

"홍원장은 나름대로 장마담을 찍어놓고 원장실에 붙들어놓은 다음 그 사이 공문을 돌려 원생들을 모두 내보냈다 이거구먼."

"실제로 경찰에서도 그런 협조 공문을 발송했었대요."

"그럼 장마담이 만일 재수없게 살해당했다고 해도 학원측으로서는 아무런 책임을 지지 않아도 되고……."

"그렇지만 세상 일이란 게 그렇지 않은가봐요. 어찌되었건 난 이렇게 살아 있으니까요."

"무슨 일이 벌어졌던 거야?"

"그거야……."

갑자기 그녀의 입가에서 장난스런 미소가 번졌다.

"우종씨와 같은 작가의 몫 아니겠어요?"

"음…… 그러면 말야……."

나는 갖은 궁리를 다해 추리를 해보았다.

"그래, 일단 홍원장하고 당신하고 육탄전이 벌어져서 결국 당신이 승리하고……."

그러나 그녀는 고개를 절레절레 흔들었다.

"좋아, 그때 배선배가 깨어나 홍원장한데 덤비는 바람에……."

여전히 노우(No).

"그래? 그럼 대체 뭐야?"

"미안해요. 이만 영업을 해야거든요. 결국 알게 될 거니까 좀더 상상해 보세요."

하면서 그녀는 다른 손님의 테이블로 사라졌다. 이미 그녀의 표정은 예전 장마담의 분위기로 바뀌어 있었고 나와의 대화 때 보여주었던 공포라든가 절박함은 흔적도 없이 사라져버렸다. 나는 멈칫해졌다. 잠시 열렸던 4차원으로 들어가는 시간의 문이 어김없이 굳게 닫혀져버려 멍해져버린 꼴이었다.

일단 일이 이렇게 되어버리자 술맛도 없어지고 사건에 대한 홍

미도 잃어버렸다. 나는 씁쓸한 기분이 되어 탁자 위에 술값을 내려
놓고 말없이 카페를 나오고 말았다.

10

비는 오지 않았지만 구름이 잔뜩 낀 침침한 밤이었다. 나는 카페
를 나와 힘없이 언덕길을 내려가며, 마치 잘 만들어진 한편의 영화
를 채 결말 부분을 보지 못하고 나온 듯한 허전함으로 한숨을 내쉬
었다.

어쩌면 이런 테크닉이 장마담의 특허인지도 모른다. 무엇인가
정체를 알 듯 말 듯 해놓고는 종국에 가서는 시치미를 뚝 떼고는
언제 그랬냐는 식이다. 번번이 그런 숫법에 걸려든 나도 한심하지
만 따지고 보면 그것도 일종의 매력이다. 하지만 아무리 좋게 해석
하려고 해도 이번 일만큼은 끝장을 보고 싶었다. 그런데 그 해답은
카페를 나온 지 채 1분도 안 되어 어이없이 풀리고 말았다.

그녀의 모습은 멀리서도 눈에 띄었다. 호리호리한 키에 타이트
한 스커트로 무장한 근육질의 잘 발달된 각선미, 그리고 짧게 자른
머리, 한눈에 봐도 보이쉬한 매력이랄까, 어떤 강인함마저 느껴지
는 그녀는 그럼에도 주위 사람들의 시선쯤은 아무렇지도 않다는
듯한 도도함이 넘쳐 흘렀다. 밤이었기에 망정이지 만일 대낮에 아
무 준비 없이 저런 여성하고 맞딱뜨렸다간 망치로 뒤통수를 얻어
맞은 듯한 충격을 받기에 충분한 외모와 분위기였다.

그런데 그녀가 거침없이 나를 스쳐 지난 후 카페 안으로 성큼성
큼 사라져버렸던 것이다. 채 몇 걸음을 옮기기 전에 나는 얼른 카
페 안으로 되돌아갔다. 문을 열고 안으로 들어서니 마침 장마담이
그녀와 마주 앉아 반갑게 이야기를 나누고 있었다. 나는 의기양양

해져서 그들 쪽으로 달려갔다.

"내가 왜 다시 왔는지 알아?"

"……."

내 질문에 잠시 장마담이 멈칫하더니 이내 나와 짧은 머리의 여인을 번갈아 바라봤다. 이윽고 보일락말락 가녀린 미소를 지었다.

"쉽게 해답을 찾았군요."

나는 웃으며 그녀들 틈에 끼어 앉았다. 거침없이 짧은 머리의 여인에게 술을 권하며 쾌활하게 웃고 말았다.

"한 잔 받으시죠, 김동숙씨."

"어머……? 제 이름을 어떻게?"

그녀는 난데없이 봉변이라도 당한 듯한 표정이었다.

"직업까지도 알고 있는걸요?"

"그래요?"

"어때요, 요새? 범인들은 잘 잡아요? 여자의 몸으로 경찰 노릇을 한다는 게 어디 쉬운 일입니까? 특히 잠복 근무를 하려면 말이죠."

"……."

어리둥절하던 그녀가 결국 장마담을 돌아보며 소리쳤다.

"너, 아카디아 이야기 하지 않기로 해놓고선……!"

"그래도 너 때문에 내가 목숨을 구했잖아."

장마담이 쾌활하게 맞받았다.

"그럼 음악이나 들읍시다. 〈마이 퍼니 발렌타인〉 어때요?"

내가 웃으며 컴팩트 디스크를 꺼내자 무려 네 개의 손이 달려들어 나를 막아섰다. 흥, 그래도 음악만큼은 양보하지 않는 나야, 이래봐도.

투명한 눈

이수광

• 이수광

충북 제천 출생.

83년 중앙일보 신춘문예 소설부문에 당선.

84년 삼성미술문화재단 제14회 도의문학 저작상
소설부문상 수상.

94년 제10회 한국추리문학 대상 수상.

「화성의 비밀」,「황야의 시」,

「서울의 밤안개」,「금빛 육체의 여자」,

「잠들지 않는 밤」,「피와 장미」,

「사라진 새벽」,「사자의 얼굴」,

「나는 조선의 국모다(전7권)」(이상 장편소설)
외 작품 다수.

투명한 눈

나의 이름은 야마베 겐타로(山邊健泰郎)이다.

나는 지난해부터 원인이 분명치 않은 위장병을 앓기 시작하다가 얼마 전에 병원에서 대장암 말기라는 사형선고를 받고 교토(京都)에 있는 집에서 죽을 날만을 기다리고 있다. 병원의 내시경 검사나 위 엑스레이 검사에 의하면, 나의 위장은 군데군데 곪거나 썩어 있고 대장도 성한 곳이 없이 망가져 있었다. 의사는 나의 상태가 너무 악화되어 있어서 수술도 할 수 없는 처지라고 하였다. 그러면서 이 상태가 될 때까지 고통을 느끼지 못한 것을 기이하게 생각했다.

그것은 나도 의아한 일이었다. 그러나 지금은 통증이 매우 격렬하여 마약이 없으면 견디지 못한다. 나는 의사의 허락하에 매일매일 마약을 구입해서 통증을 억제했다.

나는 계속 병원을 전전했다. 이미 사형선고를 받은 처지였으나 살고 싶은 욕망은 더욱 강렬했다.

"참 이상한 일이 있습니다."

어느 날 의사가 고개를 갸우뚱하며 나에게 말했다. 의사는 나의 복부를 절개하여 대장과 위장의 조직을 떼어내어 현미경으로 조직

검사를 한 뒤 그렇게 말했던 것이다.

"이상한 일이라니오?"

나는 40대 후반의 사람 좋게 생긴 의사를 의아한 눈빛으로 쳐다보았다. 그는 대장암 전문의로 교토에서는 가장 권위 있는 의사였다.

"위장과 대장에서 다량의 유리 가루가 검출되었습니다."

"유리 가루요?"

"유리 가루가 체내에 쌓여서 위장 조직과 대장 조직을 곪게 만들었습니다. 그것이 대장암으로 발전한 것이구요."

"그럴 리가……."

나는 고개를 설레설레 흔들었다. 내 뱃속에서 유리 가루가 검출되었다는 것이 믿어지지 않았다.

"이 정도라면 거의 매일같이 복용을 했을 것입니다."

"유리 가루를요?"

"유리 가루는 배설되기도 했지만 일부는 배설되지 않고 남아서 이런 현상이 일어난 것입니다."

나는 그때서야 비로소 교꼬의 맑은 눈을 생각하고 소름이 끼치는 듯한 전율을 느꼈다.

(더러운 조센진 같으니……!)

나는 눈을 부릅뜨고 입술을 깨물었다. 의사가 사형선고를 내린 뒤였으므로 죽음이 두렵지는 않았다. 그러나 교꼬의 유리 가루에 당했다는 생각을 하자 찬물을 뒤집어쓴 듯한 기분이었다.

하지만 어쩔 수 없는 일이었다. 의사가 유리 가루를 발견한 것이 너무 늦었고, 나는 죽음이나마 온전하게 맞이할 수 있도록 기도를 하는 수밖에 대책이 없었다. 그리고 격렬한 통증이 진정될 때면 내가 이렇게 된 까닭을 곰곰이 생각하곤 했다. 죽음이 임박할수록 통증은 더욱 격렬해지곤 하였다. 나는 그럴 때마다 입술을 깨물면서 교꼬를 저주했다. 한밤중에도 통증은 창자가 끊어질 것처럼 맹렬하게 엄습해 왔다. 그 통증을 인내하려면 입술을 깨물고 이를 악물어야 했다. 통증이 마약으로 진정되면 나는 거울 앞에 서서 악마처럼 흉측한 내 얼굴을 보고 미친 듯이 웃어댔다.

나는 2차 대전이 일어나기 전 교토의 3고(三高)를 졸업하고 곧바로 황군(皇軍)에 입대하여 초년병 훈련을 받고 관동군(關東軍)에 배치되었다. 그곳은 소만국경(蘇滿國境)에 인접한 황량한 벌판이었다. 나는 그곳에서 죽음의 고비를 넘기고 귀환한 뒤 곧바로 회사에 들어가 경리 일을 보다가 독립해서 내 회사를 차렸다. 그 회사는 자동차 부품을 납품하는 업체였다.

이제는 일본 굴지의 자동차 부품 회사로 성장해 있었고, 경영은 아들에게 맡기고 있었다.

나는 조금 한가롭게 보내고 싶어졌다. 일은 젊었을 때 할 만큼 했고 사업은 기반이 완전히 잡혀 있었다. 나는 1주일에 한두 번씩 회사에 나가 아들의 경영에 조언을 해주는 것으로 만족했다. 그 이상은 아들도 싫어할 것이 분명했다.

식구는 단촐했다. 아내는 죽은 지 7년. 아내를 특별히 사랑했던 것은 아니었으나 2년 가까이 금욕 생활을 하며 지냈다.

그러나 나의 금욕 생활은 더 이상 지탱되지 못하였다. 물론 거기에는 그럴 만한 계기가 있었으나, 일본인들의 한국 기생 관광 붐도 일조를 했다. 그 무렵 일본인들은 계(契)까지 조직해서 서울로 기생 관광을 갔다. 서울에는 게이샤라고 부르는 기생들과 호스티스들이 흔했다. 게다가 일본보다 화대가 훨씬 쌌다. 그리고 그 여자들은 돈 많은 일본인들을 좋아했다.

　서울에서 여자들을 사는 것은 마치 꽃집에서 꽃을 사는 것처럼 간단한 일이었다. 나는 대장암 선고를 받기 전이라 꽃집에서 색색의 꽃을 고르듯이 아름다운 여자들을 선택하여 하나하나 정복했다. 나는 어느덧 서울의 여자를 정복하는 쾌락에 깊이 **빠져** 있었다. 그것은 새로운 쾌락이었다.

　서울에 있는 기생들은 대개 일본말을 썩 잘했다. 서울에 있는 요정을 출입하는 사람들은 정치인과 기업인들뿐이었고 대부분의 요정들이 외국 관광객들을 상대로 하고 있었는데, 외국 관광객들이 또 대부분 일본인들이었다.

　일본인들은 한국에 대해서 독특한 향수를 갖고 있었다. 그것은 지나간 시대에 일본이 한국을 지배했었다는 우월감과 함께 한국 여자들이 일본인들을 좋아한다는 턱없는 자만에 의한 것이었다. 또 한국처럼 여자들을 얼마든지 살 수 있는 나라도 없었다. 일본인들의 한국 기생 관광이 한창일 때 한국의 여자들 970명과 관계를 했다는 사내의 기사가 대중 주간지에 실려 화제를 모은 일도 있을 정도였다. 그는 앞으로 30명의 한국 여자와 더 관계를 맺어 기필코 1천 명을 채우겠다는 포부까지 밝혀 여성 단체들로부터 '추악한 일본인'이라는 격렬한 비난을 받았었다.

　어쨌거나 일본인들의 한국 여자들에 대한 관심은 그 사내와 비슷한 처지였고 그 사내에게서 부러움을 느끼거나 마음속으로 갈채를 보냈을 것이다.

　나 역시 그 사내에게, 아니 그 사내가 970명의 한국 여자들을 정복했다는 사실에 경탄해 마지 않았다.

　한국 여자들에 대한 경험은 나도 적지 않게 갖고 있었다. 그러나 그것은 만주의 관동군 시절이었고, 종군 위안부로 끌려온 짐승 같은 여자들뿐이었다. 휘장을 친 간이막사, 일렬로 늘어선 황군 병사들, 휘장을 들치고 들어가면 가랑이를 벌리고 누워 있는 조센삐들, 가랑이에 촛농처럼 묻어 있는 미끌미끌한 정액…….

퇴폐적이고 절망적인 위안소의 바라크는 내가 관동군에서 돌아온 뒤에도 북만주의 쌀쌀한 북풍과 함께 내 머릿속에서 오랫동안 흑백 사진처럼 희미하게 남아 있었다. 이상한 일이었다. 내가 소만 국경에 주둔했던 것은 한여름이었는데도 내 머릿속에는 언제나 황량한 먼지 바람이 날리는 북만주의 겨울이 연상되곤 했다.

한국 여자 970명을 정복했다는 사내의 기사는 확실히 나를 흥분시키고 자극했다. 회사의 경영은 어차피 아들에게 맡기고 있었던 처지라 나는 서울로 날아갈 준비를 서둘렀다. 그 사내가 정복했다는 970명에는 미치지 못하더라도 옛날의 속국이었던 한국의 여자들을 정복한다는 것은 즐거운 일이 아닐 수 없었다.

그때 또 하나의 사건이 나의 서울 기생 관광을 부채질했다. 그것은 어떤 청년의 돌연한 방문에서 비롯된 것이었다.

그 무렵의 서울은 상당히 혼란스러웠다. 일본의 신문과 방송은 연일 서울의 학생 데모를 대대적으로 보도하고 있었다.

그 해 4월의 어느 날, 나는 단 한 번도 만난 일이 없는 낯선 방문객을 맞이하게 되었다. 그때는 막내딸인 에이꼬가 출가 전이었다.

나는 에이꼬가 아침마다 벚꽃이 하얗게 떨어진 대문간에서 방금 배달된 신문을 가지고 들어오며,

"아빠, 오늘도 톱이 서울의 데모예요. 어제는 꽤 격렬했나봐요."

하는 따위의 말을 듣고 잠에서 깨어나 세수도 하지 않은 얼굴로 신문의 머릿 글자부터 더듬어 읽는 것이 습관이 되어 있었다.

에이꼬는 한국의 독재 정치를 싫어하는 나의 영향을 받아서인지 아니면 제 나름대로의 무엇이 있어서인지 알 수 없었으나 의식적으로 북한을 평양, 한국을 서울로 호칭했다. 신문의 논조도 어엿한

국명(國名)의 사용을 의도적으로 자제하여 평양 당국자들이니 서울 당국자들이니 하고 왜곡하고 있었다.

"아빠! 드디어 서울이 개각을 단행했어요. 중앙정보부장도 밀려났어요!"

그날 아침에도 나는 에이꼬의 호들갑스러운 소리에 놀라 잠에서 깨어났다. 에이꼬의 말대로 아사히 신문은 한국 정부의 개각을 대서특필하고 있었다. 우측 상단엔 개각을 단행한 대통령의 근엄한 사진이 실려 있었고 하단엔 격렬한 데모를 하는 대학생들의 사진이 실려 있었다. 어저께만 해도 에이꼬는,

"서울이 너무 혼란해요. 이러다가 평양에서 쳐내려오면 베트남 꼴이 되겠죠?"

하고 종알거렸던 것이다.

그 낯선 방문자가 찾아온 것은 내가 신문을 꼼꼼하게 읽고 나서 세수까지 마친 뒤의 일이었다. 방문자는 뜻밖에도 서울에서 온 청년이었다. 검은 양복에 흰 와이셔츠, 그리고 넥타이까지 단정하게 매고 있어서 호감이 가는 얼굴이었다.

"서울에서 온 김도수입니다. 관동군에 계셨다는 말씀을 듣고 정신대에 대해서 조사하러 왔습니다."

"조사라니요?"

"정신대의 실태에 대한 조사입니다. 협조해 주시면 고맙겠습니다."

"나는 정신대가 무엇인지 모릅니다."

나는 청년에게 거짓말을 했다. 관동군에도 종군위안부인 정신대가 각 지구마다 배속되어 있었고 정신대의 대부분이 조선 여자들이라는 것은 숨길 수 없는 사실이었다. 그런데도 나는 그 사실을 한국에서 온 청년에게 털어놓기가 싫었다.

밖에는 비가 내리고 있었다. 나는 거실 유리창으로 삼(杉)나무숲으로 둘러싸인 길전산(吉田山) 위의 잿빛 하늘을 물끄러미 쳐다보았다. 산마루도 뿌옇게 흐려 있었다.

"역사는 묻어두어서는 안 되지 않습니까?"

"나는 모릅니다."

"관동군에도 정신대가 배속되어 있었다고 들었습니다."

"내가 있던 부대는 그런 여자들이 없었습니다."

"정신대로 끌려가 희생된 한국의 여자들이 20만 명이나 됩니다. 일본인으로서 책임을 느끼지 않습니까?"

청년은 분개하며 몸을 부르르 떨었다. 그러나 나는 한사코 부인했다. 청년의 일본말이 능숙하여 에이꼬도 청년과 내가 실갱이를 하는 것을 모두 들었다. 나는 얼굴이 화끈거렸다. 청년이 무엇 때문에 정신대의 실상을 조사하고 있는지는 알 수 없었으나 청년의 조사는 실패할 것이 분명했다. 일본인이라면 그 누구도 일본의 치부를 드러내려 하지 않을 것이기 때문이다.

청년은 결국 그냥 돌아갔다.

나는 청년이 돌아간 뒤에 조용히 내가 관동군에 있을 때 접했던 조선인 종군위안부들을 생각했다. 나는 열아홉 살에 황군에 입대했다. 내가 초년병 훈련을 받고 소만국경에 배치된 것은 쇼와(昭和) 19년, 무적의 제국 일본이 연전연패를 거듭하여 옥쇄의 순간이 닥쳐오고 있던 불행한 여름이었다. 동맹국인 독일이 연합군에 항복하고 이태리까지 무너지자 일본이 옥쇄하리라는 것은 누구나 짐작할 수 있는 일이었다.

그러나 8월 8일 소련이 일본에 선전포고를 하기 전까지는 비록 한 달밖에 되지 않았으나 우리는 조선인 종군위안부들을 군표(軍票) 한 장으로 마음껏 유린할 수 있었다. 우리는 그들을 조선 돼지라고 불렀는데 그들이 수용된 막사가 흡사 돼지우리 같았기 때문이었다.

나는 그 조선인 종군위안부 중에 필녀라는 이름을 갖고 있는 여자를 좋아했었다. 내가 군표를 들고 그 여자의 바라크에 들어갔을 때, 나는 그 바라크가 흡사 화장실 같다는 느낌을 지워버릴 수가 없었다. 어둠침침한 실내, 목제 침상에 깔린 더러운 요, 벽에 걸린 옷가지들…… 무엇보다도 내 얼굴을 찌푸리게 한 것은 무적의 황군, 대일본제국의 병사들이 흘리고 갔을 들큼한 정액 냄새였다. 그러나 나는 그 조선인 여자가 좋았다. 그 여자에게서 풍기는 퇴폐적이고 절망적인 냄새, 인간이 그렇게도 짐승 같을 수 있을 것인가 하는 생각을 갖게끔 하는 분위기가 좋았다.

내가 그 여자와 처음 관계를 가졌을 때 그녀는 임신 중이었다. 나는 처음에 그것을 몰랐으나 관계를 가질 때마다 그녀가 고통스러워하는 것을 깨닫고 알게 되었다.

나는 그녀와 관계를 갖게 되었을 때까지 여자를 몰랐었다. 여자와 어떻게 관계를 하는지 몰라서 쩔쩔매는 나를 그녀는 거의 의무적으로 자신의 몸 속으로 이끌었다. 그러나 처음의 행위는 너무나 빨리 끝났다. 이미 그녀가 무적의 황군 병사들에 의해 여자로서 완전히 망가져 있었는데도 나는 그 짧은 순간에 황홀한 전율을 느꼈다. 그리하여 그녀의 몸 속으로 들어갈 때의 뻐근한 전율, 그 미치도록 황홀한 전율은 내가 그녀를 죽이는 데 결정적인 역할을 하였다.

나는 차츰차츰 그녀에게 야릇한 증오를 느끼게 되었다. 그녀가 목욕을 하지 않아서 더럽다든가 하는 것은 전혀 별개의 문제였다. 그녀가 정신대로 끌려와 수많은 병사들의 배설 대상이 되는 것이 짐승처럼 여겨지기 시작한 것이다. 그리고 그러한 여자와 행위를 하는 나 자신 역시 한낱 짐승에 지나지 않는다는 자괴감이 내 머릿속을 지배하기 시작했다. 나는 매일같이 그녀를 죽이는 상상을 하면서 몸부림치기 시작했다. 그것은 달콤한 유혹처럼 내 머릿속을 떠나지 않았다.

그런데 의외로 그 기회가 빨리 왔다. 그것은 전혀 내가 예상하지도 않았던 일이었다. 어느 날 밤, 부대 앞 막사에서 보초를 서는 나의 귓전에 조센삐의 낮고 처량한 노랫소리가 들려왔다.

나는 무엇에 홀린 듯이 그 노랫소리를 따라갔다. 그 소리는 종군위안부 숙소가 있는 언덕에서 들려오고 있었다. 내가 하얗게 깔린 달빛을 밟고 언덕으로 올라가자 언덕에 앉아서 노래를 부르고 있는 여자가 누구인지 알 수 있었다. 그 여자는 필녀였다.

흘러가는 이 신세 물에 뜬 버들잎
흐르고 흘러서 어디로 가나
정든 고향집이 차마 그리워
해 다 지고 저문 길 눈물에 아득하네
아, 나의 일생 고향이 그립기도 하다.

나는 여자에게 다가갔다. 여자가 나를 발견하고 희미하게 웃었다. 나는 여자를 풀숲 위에 눕히고 치마를 걷어올렸다. 여자의 배가 눈에 띄게 불러 있었다. 그러나 나는 짐승처럼 그녀를 짓밟아댔다. 여자가 고통스러워하면서 꺽꺽대는 신음을 내뱉으며 고개를 세차게 흔들었다.

그때 갑자기 나는 악마적인 생각에 사로잡혀 여자의 목을 두 손으로 움켜잡았다. 여자가 깜짝 놀란 눈으로 나를 쳐다보았으나 나는 여자의 목을 누른 두 손에 더욱 힘을 주었을 뿐이었다.

　다음날 소련이 일본에 선전포고를 하는 바람에 여자의 죽음에 대해서 아무도 신경을 쓰지 않았다.

　내가 서울에서 여자를 데려온 것은 아내가 죽고 나서 3년 뒤의 일이었다. 그때는 에이꼬까지 출가한 뒤였으므로 나는 여자에 대해서는 자유롭게 처신할 수 있었다. 에이꼬도 개방적인 성격이라 나의 여자 문제를 탓하리라고는 생각하지 않았다.

　나는 관광단에 끼어 한국으로 향했다. 물론 관광의 목적은 기생 파티였다. 우리 관광단 일행은 부산에서부터 출발하여 경주를 거쳐 서울에 이르게 되어 있었다. 부산과 경주에서는 기생 관광을 하지 않았으나 서울에서는 1주일 내내 기상 관광을 하였다.

　나는 흡족했다. 서울의 요정에서 일을 하는 기생들은 키가 늘씬한데다 영화배우 뺨치는 미인들이었다.

　나는 그녀들과 매일같이 관계를 했다. 여자를 굳이 헌팅하러 다닐 필요도 없었다. 서울의 일류 호텔에 투숙하면 마담 뚜라는 여자들이 있어서 여자들을 공급해 주었다. 그 여자들의 신용은 썩 좋았다. 나는 그 여자들이 소개한 기생들이 한 번도 마음에 들지 않은 적이 없었다. 그 여자들은 이따금 탤런트나 영화배우들까지도 끼어 있다고 귀띔해 주었다.

　그러나 나는 그 여자들은 그다지 마음에 들지 않았다. 그 여자들은 키가 크지도 않을 뿐 아니라 요정에서 일을 하는 기생들보다 미모가 훨씬 떨어졌다. 게다가 여자들에게 돈을 주는 내가 마음대로 할 수 없도록 까다롭게 굴었다.

　나는 이따금 약을 사용했다. 그것은 마약이 아니라 남자의 성기에 바르는 약이었다. 그 약을 바르면 여자는 괴로워하지만 남자는 두 시간쯤 성행위를 계속할 수 있었다.

나는 서울을 계속 오갔다. 그것은 오로지 섹스를 즐기기 위해서
였다. 사업은 장남에게 맡겼으므로 나는 서울의 여자들에게 자유
롭게 몰두할 수 있었다. 게다가 아내가 죽은 뒤였으므로 아무것도
걱정할 것이 없었다. 나는 말년에 찾아온 이 행복이 눈물이 나도록
좋았다. 서울의 여자들이 모두 내 여자라는 착각이 들 정도였다.

그러다가 나는 성북동의 요정에 있는 한 기생이 마음에 들었다.
그 여자의 이름은 하루꼬였다. 물론 이 이름은 관광객들을 상대하
기 위한 이름에 지나지 않았고 진짜 이름은 김선숙이었다.

그날 밤 여자는 주흥이 무르익자 일본 식민 시대의 노래라면서
소만국경인 만주에서 내가 죽인 여자가 불렀던 노래를 불렀다.

피 식은 젊은이 눈물에 젖어
낙망과 설움에 병든 몸으로
북국한설 오로라로 끝없이 가는
애달픈 이 가슴 누가 알 거나

노래 제목은 '방랑자의 노래'였다. 나는 하루꼬가 2절을 부르기
시작했을 때야 그 노래를 뚜렷이 알아들을 수 있었다.

흘러가는 이 신세 물에 뜬 버들잎
흐르고 흘러서 어디로 가나……

나는 하루꼬를 일본으로 불러들였다. 하루꼬의 노래에서 내가
죽인 여자의 퇴폐적이고 절망적인 분위기가 느껴졌던 것이다.

하루꼬는 내가 일본으로 오라고 하자 좋다고 약속을 하였다. 그
때는 이미 기생 관광도 시들해지던 시기였고 하루꼬의 나이도 어

느덧 서른 살이 가까워지고 있어서 목돈이 필요했던 것이다. 나는 1년간의 동거를 조건으로 적지 않은 목돈을 지급하기로 했던 것이다.

하루꼬는 여권 때문에 한 달 후에야 하네다 공항에 도착했다. 에이꼬도 다른 아이들도 하루꼬를 처음 보고는 감탄했다. 늘씬한 키에 세련된 옷차림, 유창한 일본말은 에이꼬와 에이꼬 신랑인 이시야마까지 사로잡아 그들은 여러 가지 핑계를 대고 내가 사는 집을 자주 찾아오곤 하였다.

나는 흡족했다. 하루꼬에 대해서는 이웃에서도 칭찬이 자자했다. 내 집에는 갑자기 손님들이 몰려들기 시작했다. 나는 손님들을 맞이하는 것이 즐거웠고 하루꼬는 차를 정성껏 끓여서 손님들에게 대접했다.

내가 하루꼬를 의심하기 시작한 것은 하루꼬가 일본에 온 지 석 달쯤 되었을 때였다. 어느 날 외출했다 돌아와 보니 하루꼬의 침실 재떨이에 담배꽁초가 몇 개 있었다. 물론 하루꼬도 담배를 피우고 나도 담배를 피운다. 그러나 하루꼬는 여자용인 피네스를 피우고 나는 켄트 디럭스 마일드를 피운다. 그런데 방바닥에 놓인 재떨이에는 말보로 꽁초가 두 개나 있었다. 내가 하루꼬를 의심해서 처음부터 재떨이에 있는 담배꽁초를 살핀 것은 아니었다. 피네스 담배는 필터가 흰색인데다 담배가 유난히 가늘었다. 켄트의 담배 필터도 흰색이었다. 그러나 말보로는 눈에 확 띌 정도의 금색이었다.

"누가 왔었나?"

나는 하루꼬에게 건성으로 물었다. 하루꼬는 욕의 차림으로 경대 앞에서 치렁치렁한 머리를 말리고 있었다. 방금 목욕을 마치고 나온 것이 분명했다.

"아니오."

하루꼬도 건성으로 대답했다.

"아무도 오지 않았어?"

"오지 않았어요."

하루꼬가 밍밍한 얼굴로 나를 돌아보며 대답했다. 하루꼬의 밍밍한 얼굴이 왜 그러느냐는 듯한 표정을 담고 있었다.

"목욕을 했군."

나는 하루꼬를 추궁하는 대신 침대에 걸터앉았다. 속살이 내비치는 얇은 욕의 한 장을 걸친 채 머리를 말리고 있는 하루꼬의 뒷모습이 도발적으로 내 눈에 들어왔다. 여자의 몸은 확실히 벗겨놓은 것보다 얇은 옷을 걸치고 있는 것이 더욱 아름답다. 하루꼬는 아이를 낳지 않아서 허리가 가늘고 둔부가 군형이 잡혀 있었다.

나는 하루꼬를 안아서 침대에 눕혔다. 내 가슴속에 질투심이 맹렬하게 일어났다. 하루꼬가 외간 남자를 침대로 끌어들였으리라는 생각, 하루꼬의 몸 속에 아직도 외간 남자의 정액이 남아 있을지도 모른다는 생각을 하면서 격렬한 행위를 했다.

하루꼬가 증오스러웠다. 내가 관동군 시절에 죽여버린 여자, 그 퇴폐적이고 절망적인 분위기의 짐승 같은 여자로 느껴졌다.

한 번은 하루꼬의 흰 목덜미에 입술 자국이 선명하게 찍혀 있는 걸 발견한 일이 있었다.

나는 그날 집앞 골목에서 사위인 이시야마를 우연히 만났다. 이시야마는 소아과 의사로 시청 근처의 번화가에서 개업을 하고 있었다.

"어디에 다녀오나?"

이시야마는 나를 보고 갑자기 당황한 표정을 지었다.

"왕진을 다녀오는 길입니다."

"혼자서?"

"간호원이 약혼을 한다고 결근을 했습니다."

그러나 그것은 거짓말이었다. 내가 나중에 에이꼬에게 물어보니 이시야마의 병원에 있는 두 사람의 간호원은 모두 기혼자라는 것이었다. 그러나 나는 그 사실을 몰랐기 때문에 이시야마의 말을 당시에는 믿을 수밖에 없었다.

하루꼬는 샤워를 하고 있었다. 내가 하루꼬의 침실을 살피자 이번에도 역시 말보로 담배꽁초가 두 개나 있었다. 나는 손끝이 부르르 떨렸다. 하루꼬가 만주의 관동군에 배속되어 있던 조선인 종군위안부들과 조금도 다르지 않다고 생각했다. 그녀들은 짐승처럼 생활하고 있었다.

샤워를 마친 하루꼬는 욕의를 걸치고 나와서 피아노를 치기 시작했다. 하루꼬는 피아노를 치긴 했으나 한국의 대중가요만 쳤다. 나는 그때 하루꼬의 뽀얀 목덜미에 선명하게 찍혀 있는 입술 자국을 발견했던 것이다.

나는 하루꼬를 죽이기로 결심했다. 그것은 하루꼬가 부정한 여자라거나 나를 배신한 여자라는 질투 때문이 아니었다. 나는 하루꼬를 짐승이라고 생각했고 짐승이라면 얼마든지 죽여도 좋다고 생각했던 것이다.

그날은 천둥번개가 몰아치고 비가 억수같이 쏟아지고 있었다. 나는 하루꼬를 유인하여 시내의 호텔에서 프랑스 요리를 먹여 주고 포도주까지 마시게 했다. 하루꼬는 매우 기분이 좋았다. 집에 돌아오자 콧노래를 부르며 나를 끌어안고 키스를 하는 둥 법석을 떨어댔다.

이내 우리는 옷을 벗고 침대로 올라갔다. 침대의 스탠드는 푸른색으로 켰다. 그 동안에 억수같이 쏟아지던 비는 그쳤지만 천둥번개는 계속 치고 있었다. 번개가 번쩍일 때마다 섬광이 하늘을 가르면서 침대로 꽂혔다.

나는 하루꼬를 맹렬하게 유린했다. 나는 타고난 강인한 체력을 갖고 있었다. 하루꼬 정도의 여자는 얼마든지 오르가즘에 도달하게 할 수 있었다. 게다가 나는 서울에서 수많은 여자들을 섭렵했으므로 기교도 뛰어난 편이었다.

예상했던 대로 하루꼬는 금세 달아올랐다.

나는 하루꼬가 절정에 이르는 순간을 기다려 두 손을 목으로 가져갔다. 하루꼬는 감짝 놀란 듯한 표정을 짓다가 켁켁거리기 시작했다. 밑에 깔린 채 몸부림을 쳐댔으나 빠르게 얼굴이 붉어지고 입을 크게 벌리면서 괴로워하기 시작했다. 나는 하루꼬의 목을 누른 두 손에 더욱 힘을 주었다.

그렇게 해서 하루꼬는 죽었다. 나는 하루꼬의 시체를 정원의 담장 밑에 묻고 그 위에 벚나무를 심었다. 내가 그 일을 모두 마쳤을 때 다시 비가 내리기 시작했다. 그때는 마침 우기였다. 하루꼬의 시체는 다른 때보다 빨리 거름이 되리라고 생각했다.

하루꼬가 죽은 뒤에 나는 한동안 초조하고 긴장된 시간을 보냈다. 찾아오는 사람은 거의 없었다. 에이꼬의 신랑인 이시야마가 하루꼬의 행방을 궁금해했으나 나는 하루꼬가 어떤 남자와 달아나버렸다고 말했다.

"어떤 남자라니오?"

"하루꼬의 침실에서 내가 피우지 않는 말보로 담배꽁초가 몇 번이나 나왔어."

내가 거기까지 얘기하자 이시야마의 얼굴이 창백하게 질렸다.

"자네에게만 하는 얘기지만 하루꼬의 목덜미에 입술 자국까지 찍혀 있곤 했었어."

그것은 이시야마의 가슴에 못을 박는 말이나 마찬가지였다. 이시야마는 재빨리 조선 여자들은 믿을 수가 없어서…… 하고 얼버무리고 말았다.

나는 한 달 후에 다시 서울에 갔다. 새로운 여자를 헌팅하기 위해서였다. 물론 그날로 여자를 서울에서 일본으로 데리고 오지는 않았다.

호랑이 사냥을 나간다고 해서 호랑이만을 잡는 것이 아니라는 것을 나는 누구보다도 잘 알고 있었다. 나는 거의 여섯 달 동안 일본과 서울을 오가면서 즐거운 생활을 했다. 이따금 하루꼬를 생각하면서 서울의 여자를 일본에 데리고 가서 죽이는 상상을 하고는 했다.

그것은 이상한 일이었다. 나는 여자들과 관계를 하면 할수록 새로운 긴장과 즐거움을 찾는 나 자신을 발견했다.

이제 나는 평범한 행위로는 여자들에게 만족을 할 수 없었다. 그무렵 내 몸 속에서는 악마의 피가 흐르고 있던 것이 분명했다.

나는 살인 대상을 물색하기 시작했다. 하루꼬가 죽은 지 이미 6개월이 지나 있었다. 살인 대상자는 아름답고 경찰이 수사를 나서도 행적이 불분명해서 수사를 할 수 없는 여자여야 했다.

서울엔 의외로 그런 여자들이 많았다. 서울의 여자들은 요정에 나가거나 룸살롱의 호스티스 생활을 하는 것을 부끄럽게 생각해서 가족들에게 알리지 않았다. 그녀들은 대개 시골에서 올라와 룸살롱이나 요정에 나가게 되면 가족과의 연락을 끊었다.

나의 두 번째 여자는 스무 살밖에 되지 않은 앳된 처녀였다. 이름이 유경미였다. 일본말을 제대로 하지 못했으나 요시에라는 일본 이름을 갖고 있었다. 그러나 그녀는 다소 불안한 표정을 하고 있었다.

나는 요시에를 데리고 온 것을 아무에게도 알리지 않았다. 내가 데리고 온 여자를 이시야마가 손대게 하고 싶지 않았다. 이시야마는 하이에나 같은 놈이었다. 저는 아무 수고도 하지 않고 내가 데리고 온 여자와 재미를 보는 것을 결단코 용납할 수 없었다.

나는 에이꼬나 이시야마가 찾아오면 요시에를 지하실에 가두었다. 에이꼬나 이시야마가 찾아오는 것은 단순한 문안이었고, 앉아서 얘기를 하다가 가는 일은 없었다. 그것은 겨우 한 달에 한 번 정도뿐이었다.

나는 점점 흉포한 생각을 하기 시작했고, 그것을 실천에 옮기기 시작했다. 나는 처음에 요시에를 침대에 묶어놓고 행위를 하는 도착적인 일에 몰두했다. 그것은 나를 새롭게 자극하고 있었다. 영화나 비디오에서 가능했던 일을 현실에서 시험할 수 있었다. 나는 점점 악마가 되어 갔다. 흉포한 생각이 떠오르면 주저없이 실행에 옮겼다.

처음엔 여자의 옷을 벗겨놓고 그 짓을 했다. 그러나 그것도 무미건조해지자 옷을 입힌 채로 묶어놓은 뒤에 옷을 찢어 가면서 그 짓을 되풀이했다. 여자도 소리를 지르고 반항을 하는 시늉을 하면서 나에게 협조했다.

그러나 똑같은 짓을 반복하는 것은 흥분이나 쾌락을 느낄 수가 없었다. 나는 채찍을 구해다가 여자를 묶어놓고 때리기 시작했다. 여자를 발가벗겨 놓고 채찍으로 후려칠 때도 있었다.

여자는 그때서야 나의 사냥감이 되었다는 것을 깨달았다. 울부짖고 소리를 질렀으나 그녀를 구원해 줄 사람은 아무도 없었다.

여자는 점점 바보가 되어 갔다. 처음엔 채찍의 공포와 고통으로 울부짖었으나 그것이 너무나 극심한 나머지 정신이 돌아버린 것이다.

나는 그녀를 죽여버리기로 결심했다. 나는 그녀에게서 모든 흥미를 잃고 말았던 것이다.

내가 세 번째 살인 대상자로 선택한 여자는 교꼬였다. 그 여자도 일본 관광객들을 위해 일본 이름을 갖고 있었다. 교꼬가 바로 그 이름이었다. 교꼬는 다른 여자들과 달리 내가 일본으로 유인할 때까지 몹시 나를 애태웠다. 그녀는 일본으로 올듯 올듯하면서도 좀처럼 일본으로 오지 않았다. 나는 교꼬를 포기하고 다른 여자를 물색해 볼까 하고 생각하기도 했었다. 그러나 그녀는 기묘하게 하루꼬와 유사한 분위기를 풍기고 있었다.

"일본에 오는 것이 싫은가?"

나는 서울에 가면 그녀를 유인하기 위해 여러 가지 보석까지 선물했다.

"일본은 언젠가는 가보고 싶었어요."

"그런데 무엇 때문에 일본으로 오지 않는 거지?"

"일본에 가면 너무 심심할 거예요."

"일본을 전부 구경시켜 줄게. 온천에도 데려가고 후지산도 보여주지."

"온천은 한국에도 많아요."

"후지산은 어때?"

"그다지 보고 싶은 생각은 없어요."

"그러면 다른 여자를 데려가는 수밖에 없겠군."

나는 그녀에게 겁을 주었다. 나는 그 여자들 사이에서 은어로 말하는 봉이었다. 나 같은 봉을 놓치는 것은 그녀로서도 커다란 경제적 손실이 되는 것이었다.

"일본에도 인신매매단이 있어요?"

그때 그녀가 고개를 돌려 눈빛을 반짝이며 내 얼굴을 똑바로 쳐다보았다. 그녀의 눈이 유리알처럼 투명하고 맑았다.

"인신매매단이 뭔데?"

"여자를 납치해서 팔아먹는 사람들이오."

"일본에는 없어."

"그런데 이상하죠? 내가 아는 언니가 일본에 갔는데 돌아오지 않아요."

"일본에 무엇하러 갔는데?"

"일본 남자하고 동거하기 위해서 갔죠."

"이름이 뭐지?"

"하루꼬요."

나는 그때 가슴이 철렁할 정도로 놀랐다. 다행히 교꼬는 엎드려 읽고 있던 책에서 눈을 떼지 않고 있어서 내가 당황해하는 표정을 볼 수 없었다.

교꼬는 책을 좋아했다. 나는 교꼬의 방에서 빈둥거리고 있었다. 교꼬는 그때 서울 근교의 방 하나를 얻어서 살고 있었는데 교꼬와 자주 만나게 되자 나는 그 방에서 잘 때도 있었다.

"그 여자와 잘 아는 사이인가?"

"쬐금이오."

교꼬는 여전히 책에서 시선을 떼지 않고 대꾸했다.

"무슨 책이지?"

나는 한국말을 잘 몰랐다. 몇 마디 일상적인 말을 간신히 알아듣기는 했으나 글자는 더욱 감감했다.

"추리 소설이오."

"무슨 내용이야?"

"사람 죽이고 복수하는 내용예요."

교꼬는 나에겐 관심도 없이 엎드려 책만 읽고 있었다. 나는 조금 부아가 일어났다. 교꼬가 건성으로 대답을 하는 것이 싫어서 교꼬의 뒷모습을 쏘아보았다. 교꼬는 의외로 어깨가 강인해 보였다. 얇은 티 한 장을 입은 등과 반바지 차림이었으나 둔부가 팽팽한 탄력을 갖고 있었다.

"재미있나?"

"네."

"나는 갈까?"

"왜요?"

그때 교꼬가 다시 나를 쳐다보았다.

"나는 아무것도 할 것이 없잖아?"

"오후에 밖에 나가요."

"지금 나가면 안 돼?"

"이 책을 다 봐야 해요."

"그렇게 재미있는 책이야?"

"사람을 죽이는 방법이 아흔아홉 가지나 적혀 있어요."

교꼬가 피식 웃었다. 양쪽 볼에 귀엽게 보조개가 패었다.

"사람을 죽이는 것이 뭐가 재미있어?"

"기발한 것도 있어요."

"기발하다니?"

"유리를 갈아서 그 가루를 주스에 섞어서 마시게 하면 시름시름 앓다가 죽는대요. 유리 가루는 배설되지 않고 체내에 쌓여서 위장과 대장을 썩게 만든다는 거죠."

나는 어처구니가 없었다. 그런 방법으로 사람을 죽이는 것이 가능할까 하는 의심이 일어났다.

교꼬는 다시 책을 읽기 시작했다. 나는 교꼬의 엉덩이에 손을 올려놓았다.

"교꼬."

"네."

"지난번에 내가 얘기한 거 생각해 봤어?"

"일본 가는 거요?"

"응."

"……."

"여권도 준비해야 하니까 빨리 결정해 주었으면 좋겠어."

"여권은 있으니까 아무 때나 내가 가고 싶으면 갈 수 있어요."

교꼬가 잘라 말했다.

"아파트를 하나 사주지."

"정말이오?"

"1년 간 나하고 동거하는 조건이야. 계약은 공동 명의로 하고 1년 후에 교꼬의 명의로 해주겠어."

"좋아요."

교꼬가 책을 던져버리고 내 머리를 끌어안으며 기뻐했다. 나는 그렇게 하여 교꼬를 일본으로 유인하는 데 성공했다.

"집이 참 좋아요."

교꼬는 내 집을 마음에 들어했다. 나는 요시에와는 달리 교꼬를 처음부터 유희의 대상으로 삼지 않았다. 교꼬를 너무 일찍 살해하기에는 교꼬에게 들인 공이 아까왔다. 교꼬는 하루꼬와 요시에와는 다른 여자였다. 서울에 22평짜리이긴 해도 자신의 아파트가 생긴다는 사실이 그녀를 흡족하게 한 모양이었다.

"녹즙을 먹어야 건강에 좋대요."

교꼬는 매일 아침 나에게 야채 녹즙을 만들어주기도 하였다. 나는 교꼬를 지하실에 가두지 않았다. 에이꼬와 이시야마에게도 교

꼬를 소개하고 내 회사에 있는 테니스코트에서 테니스를 함께 치
기도 했다.

"아빠도 이젠 여자 문제를 자제하는 게 좋겠어요."

에이꼬는 교꼬가 마음에 들지 않는 모양이었다. 에이꼬에 비해
교꼬는 얼굴도 미인이고 몸매도 탄력이 넘치고 있었다.

"나도 즐길 권리가 있다."

"저 여자는 너무 젊어요."

"나에게는 젊은 여자가 좋아."

"어울리지 않아요. 하루꼬처럼 달아나고 말 거예요."

"악담을 해라."

그러나 교꼬는 에이꼬와도 잘 어울렸다. 에이꼬를 불러서 쇼핑
까지 같이 가고 에이꼬 부부를 초대하여 저녁식사를 대접하는 것
을 보면 사교술도 뛰어난 여자였다.

그 무렵 나는 내 회사에 1주일 정도 다시 나가게 되었다. 세무서
에서 갑자기 조사를 나와 아들 혼자서는 감당을 할 수가 없어서 내
가 도와주어야 했기 때문이다. 그런데 사고가 생기고 말았다. 교꼬
가 자물쇠를 채워놓은 지하실에 들어가서 요시에가 써놓은 비밀
쪽지를 발견했던 것이다. 나는 요시에를 극도의 공포에 시달리게
하기 위해서 하루꼬를 죽여서 정원에 묻었고 그 위에 벚나무를 심
었다고 말한 일이 있었다. 물론 요시에도 죽여서 정원에 묻은 뒤에
벚나무를 심을 예정이라는 말까지 했었다. 그런데 요시에가 그것
을 한국말로 종이에 기록해 놓은 것이다.

나는 교꼬를 지하실에 가두었다. 에이꼬에게는 네가 악담을 한
것처럼 교꼬가 달아나버렸다고 슬픈 목소리로 말했다. 나는 교꼬
를 밤에만 지하실에서 끌어내어 도착적인 유희를 즐겼다. 녹즙도
계속해서 만들게 했다. 물론 한순간도 감시의 눈을 떼지 않았다.

쏴아, 바람이 불어오고 있다. 나는 정원의 흔들의자에 앉아서 정원의 담 밑에 심어놓은 벚나무를 응시하고 있었다. 오른쪽이 하루꼬의 시체 위에 심은 것이고 가운데가 요시에, 그리고 맨 왼쪽이 교꼬의 시체를 묻은 뒤에 심은 것이었다. 지금 이 나무들에는 벚꽃이 만개해서 바람이 일 때마다 물결이 흔들리듯 하얗게 나부끼고 있었다.

봄이었다. 날씨가 화창했다. 이따금 바람이 일 때마다 꽃향기가 여자들의 독특한 냄새이기나 한 듯이 코끝으로 풍겨왔다. 다시 아랫배에 격렬한 통증이 느껴지기 시작했다. 마치 창자가 토막토막 끊어지는 것 같은 고통 때문에 나는 아랫배를 움켜쥐고 신음했다.

교꼬는 지하실에 갇혀 있을 때 유리창을 깨뜨려서 유리 가루를 만든 것이 분명했다. 나는 내 체내에서 유리 가루가 검출되었다는 의사의 얘기를 들은 뒤 지하실을 검사하고서야 그 사실을 알았다. 지하실은 온통 유리 가루 천지였다. 교꼬는 내가 마시는 녹즙에 유리 가루를 탄 것이 분명했다. 통증이 더욱 격렬해지기 시작했다. 나는 아랫배를 움켜쥐고 흔들의자에서 굴러떨어졌다.

하루꼬가 웃는 환청이 귓전으로 들려왔다. 의식은 점점 혼미해져 갔다. 하얗게 흔들리고 있는 벚나무들이 여자들의 얼굴로 보여졌다. 나는 땅바닥을 긁어댔다.

(이 짐승 같은 년들!)

나는 벚나무를 향해 간신히 저주의 욕설을 퍼부어댔다. 그때 여자들의 왁자한 웃음 소리가 내 귓전으로 쏟아졌다.

바람이 일자 벚나무가 하얗게 춤을 추고 있었다. 아니, 흰 옷을 입은 조선의 천한 기생들이 하얗게 웃고 있었다.

(짐승 같은 것들!)

나는 소리를 지르고 싶었다. 그러나 소리를 지를 수가 없었다.

그때 여자들의 웃음 소리가 쏟아지면서 교꼬의 또렷한 목소리가
내 귓전을 후벼 팠다.

"짐승은 우리가 아니라 너야! 너희들은 짐승보다 더욱 추악한 인
간들이야!"

나는 소리가 들리는 곳을 향해 엉금엉금 기어가기 시작했다. 내
귓전에는 나를 비웃는 여자들의 웃음 소리가 쟁쟁하게 쏟아지고
있었다.

야마베 겐타로의 시체는 사흘이 지나서 딸 에이꼬에 의해 발견
되었다. 야마베 겐타로는 하얀 꽃잎이 자욱하게 날리는 벚나무 밑
에 쓰러져 죽어 있었고, 무엇 때문이지 알 수 없었으나 벚나무 밑
을 파헤치려고 안간힘을 쓰다가 죽은 것 같았다. 에이꼬는 이시야
마와 합의하여 벚나무 밑을 파헤치기로 했다. 인부들을 둘이나 동
원했다. 에이꼬와 이시야마의 생각으로는 그 나무 밑에 야마베 겐
타로가 무엇인가 중요한 것을 묻어둔 모양이라고 생각했던 것이
다. 그러나 인부들이 벚나무 밑에서 꺼낸 것은 백골밖에 남아 있지
않은 여자의 시체였다.

에이꼬의 신고로 경찰이 달려왔다. 경찰은 포크레인을 동원하여
야마베 겐다로의 집을 모두 파헤쳤다. 그러자 벚나무 밑에서 백골
두 구(具)가 더 나왔다. 그것은 말할 것도 없이 하루꼬, 요시에, 그
리고 교꼬의 백골이었다.

"추악한 일본인!"

"섹스 동물 야마베 겐타로!"

일본 매스컴이 일제히 야마베 겐타로의 행적을 대대적으로 보도
하면서 비난했다.

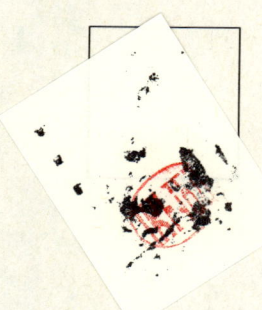

비밀 95+ε(엡실론)
잃어버린 시간과 카페   값 15,000원

1994년 10월 20일 제1판제1쇄인쇄
1994년 10월 25일 제1판제1쇄발행

지은이   이 상 우·노 원 외
펴낸이   박   명   호

펴낸곳   명   지   사

서울특별시 동대문구 장안동 369-1
등 록:1978. 6. 8. 제5-28호
전 화:243-6686 · FAX 249-1253
사 서 함:서울청량우체국사서함 제154호
대체구좌:010983-31-1742329

ISBN 89-7125-083-6 03810   ＊잘못된 책은 바꾸어 드립니다.

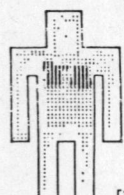

THE ANDROMEDA STRAIN
MICHAEL CRICHTON

「쥬라기 공원」의 작가 마이클 크리튼의

안드로메다 스트레인

- 마이클 크리튼 지음
- 정 성 호 옮김

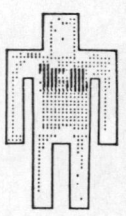

"인간의 달 착륙 장면을 텔레비전으로 지켜보는 것처럼
독자들을 의자에 꽉 붙잡아 매두는 서스펜스로 가득찬 소설!"
― 「디트로이트 프리 프레스」지

"올해의 최대 걸작! 쉴새 없는 서스펜스,
머리칼을 곤두세우게 만드는 공포소설!"
― 피츠버그 프레스 지

"전문가적인 과학적 논리의 치밀성, 속도감 있고 드라이한 묘사,
초인종을 끊고 전화를 내려놓고 이 책을 읽기 시작하면,
독자들은 잠시의 중단도 없이 끝까지 독파하게 될 것이다."
― 버팔로 뉴스 지

명지사